LYNSAY SANDS

Ein Lord mit gewissen Vorzügen

Lynsay Sands bei LYX:

Die Argeneaus:

1. Verliebt in einen Vampir
2. Ein Vampir zum Vernaschen
3. Eine Vampirin auf Abwegen
4. Immer Ärger mit Vampiren
5. Vampire haben's auch nicht leicht
6. Ein Vampir für gewisse Stunden
7. Ein Vampir und Gentleman
8. Wer will schon einen Vampir?
9. Vampire sind die beste Medizin
10. Im siebten Himmel mit einem Vampir
11. Vampire und andere Katastrophen
12. Vampire küsst man nicht
13. Vampir zu verschenken
14. Vampir à la carte
15. Rendezvous mit einem Vampir
16. Der Vampir in meinem Bett
17. Ein Vampir für alle Sinne
18. Vampir verzweifelt gesucht
19. Ein Vampir für alle Lebenslagen
20. Ein Vampir zur rechten Zeit
21. Ohne Vampir nichts los

Romantic History:

Einzeltitel:

Liebe auf den zweiten Blick

Eine Braut von stürmischer Natur

Die Madison Sisters:

1. Ein Earl kommt selten allein
2. Ein Lord mit gewissen Vorzügen

Die Highlander-Reihe:

1. Die Braut des Schotten
2. Mein rebellischer Highlander

Außerdem erschienen:

Ein Vampir für jede Jahreszeit (Anthologie)

Weitere Romane der Autorin sind bei LYX in Vorbereitung.

LYNSAY SANDS

Ein Lord mit gewissen Vorzügen

Roman

Ins Deutsche übertragen
von Susanne Gerold

LYX
EGMONT

Die Originalausgabe erschien 2011 unter dem Titel *The Heiress*
bei AVON BOOKS, An Imprint of HarperCollinsPublishers, New York.

Deutschsprachige Erstausgabe Januar 2016 bei LYX
verlegt durch EGMONT Verlagsgesellschaften mbH,
Gertrudenstraße 30–36, 50667 Köln

Published by Arrangement with the Author
Dieses Werk wurde vermittelt durch die Literarische Agentur
Thomas Schlück GmbH, 30827 Garbsen

1. Auflage
Redaktion: Catherine Beck
Umschlaggestaltung: Guter Punkt, München | www.guter-punkt.de
Umschlagmotiv: © Guter Punkt unter Verwendung
eines Motivs von hotdamnstock
Satz: Greiner & Reichel, Köln
Printed in Germany (670421)
ISBN 978-3-8025-9993-4

www.egmont-lyx.de

MIX
Papier
FSC FSC® C083411

Prolog

»Es ist noch nicht einmal richtig Tag, und trotzdem ist hier schon so viel los.«

Suzette nickte zu der Bemerkung ihrer Schwester, sagte aber nichts, sondern blickte weiter durch das Fenster der Kutsche nach draußen. Wohin sie auch fuhren, auf allen Straßen herrschte emsige Betriebsamkeit. Im Gegensatz zu dem schläfrigen Dorf in der Nähe des Anwesens, auf dem sie geboren worden waren und lebten, war London faszinierend und aufregend. Oder hätte es für Suzette sein können, hätte sie sich nicht im Stillen Sorgen um ihren Vater gemacht.

»Glaubst du, dass wir Vater im Stadthaus treffen werden?«, fragte Lisa, als hätte sie ihre Gedanken erraten.

Suzette seufzte, dann lehnte sie sich wieder zurück. Ihr Blick streifte die zwei anderen Frauen in der Kutsche. Ihre eigene Zofe Georgina war zehn Jahre älter als sie, was sich in der stillen Haltung zeigte, mit der sie durch das gegenüberliegende Fenster auf die Gebäude der anderen Straßenseite blickte. Lisas Zofe Bet war dagegen genau so jung wie Lisa; das Mädchen bebte nahezu vor Aufregung. In ihrem sommersprossigen Gesicht stand lebhafte Ehrfurcht, während auch sie nach draußen starrte.

»Ich hoffe es«, sagte Suzette schließlich und sah ihre Schwester wieder an.

Lisa sank ebenfalls müde auf ihren Platz zurück. Suzette runzelte die Stirn, als sie die dunklen Ringe um ihre Augen und die blasse Haut bemerkte. Lisa hatte das herrlich helle

Haar und den ebenso hellen Teint ihrer Mutter geerbt, und ihre Haut wirkte immer ein bisschen wie Porzellan – etwas, worum Suzette sie oft beneidet hatte. Allerdings beneidete sie ihre Schwester gar nicht darum, wie ihre Haut reagierte, wenn sie zu wenig geschlafen hatte. Dann verdunkelte sich der Bereich um die Augen, und es entstand der Eindruck, als würden sie tief in den Höhlen liegen. Unglücklicherweise hatten sie in der letzten Zeit vor lauter Sorgen und wegen der anstrengenden Reise beide nicht viel Schlaf bekommen.

»Was tun wir, wenn er nicht da ist?«, fragte Lisa und starrte dabei stumpfsinnig aus dem Fenster.

Suzette spürte, wie sich ihre Lippen bei der Vorstellung strafften. Seit ihr Vater vor einem Monat nach London aufgebrochen war, hatten sie nichts mehr von ihm gehört. Dabei hatte sich Lord Cedrick Madison nur deshalb in die Stadt aufgemacht, um ein paar Geschäftspapiere zu unterschreiben. Er hatte ihnen versichert, dass er zum Wochenende wieder zurück sein würde. Er hätte sogar noch früher zurückkehren können, hatte sich aber vorgenommen, bei ihrer Schwester Christiana vorbeizuschauen, wenn er schon mal in London war. Christiana war die älteste der drei Madison-Töchter; sie hatte ein Jahr zuvor Richard Fairgrave geheiratet, den Earl von Radnor. Danach waren die beiden in Richards Stadthaus in London gezogen.

Suzette vermisste ihre ältere Schwester. Sie machte sich auch leichte Sorgen, denn die Briefe, die sie und Lisa regelmäßig an sie geschrieben hatten, waren nie beantwortet worden. Eine Weile hatten sie sich dabei nicht einmal etwas gedacht. Sie wussten, dass sich Chrissy an viele neue Dinge gewöhnen musste und zweifellos sehr beschäftigt war. Vermutlich, dachten sie, ließ ihr das aufregende Leben in London nur wenig Zeit für irgendwelche Korrespondenz. Als dieser Zustand aber immer länger angedauert hatte und nach wie vor nie eine Antwort kam, hatten sie angefangen, sich ernsthafte Gedanken zu machen. Daher waren sie erleichtert gewesen, dass ihr Vater die Gelegenheit nutzen würde, nach Chrissy zu sehen.

Allerdings war er nicht wie erwartet am Wochenende mit guten Nachrichten über eine glückliche Christiana zurückgekehrt. Er war überhaupt nicht zurückgekehrt. Zwei Wochen später hatte Suzette einen Brief nach London geschickt, in dem sie sich nach seinem Wohlbefinden erkundigte und ihn fragte, ob er etwas von Christiana gehört hatte. Als sie am Ende der dritten Woche immer noch nichts von ihm gehört hatten und auch ein weiterer Brief von ihr und ein zusätzlicher von Lisa keinerlei Reaktion nach sich zogen, hatte Suzette es vor Sorge und Ungewissheit nicht mehr ausgehalten. Fast kam es ihr so vor, als würde London die Familienmitglieder der Madisons nach und nach verschlucken. Sie war zu dem Schluss gekommen, dass sie selbst in die Stadt reisen und herausfinden musste, was los war. Es hatte sie nicht sehr überrascht, als Lisa darauf bestanden hatte, sie zu begleiten.

So hatten sie sich also auf den Weg gemacht, zusammen mit ihren Zofen und vier Dienern, die verhindern sollten, dass sie von irgendwelchen Wegelagerern für leichte Beute gehalten wurden. Das hatte anscheinend auch gut funktioniert, denn sie waren auf ihrem Weg nach London nie behelligt worden und standen kurz davor, das Stadthaus der Familie zu erreichen. Dann würden sie hoffentlich schon bald erfahren, was eigentlich vor sich ging.

»Wenn er nicht da ist, werden wir versuchen, herauszufinden, wo er ist«, antwortete Suzette schließlich. Sie war froh, dass Lisa nicht nachfragte, wie sie das genau bewerkstelligen wollte, denn sie hatte nicht die geringste Ahnung. Sie waren beide zum ersten Mal in London, und sie hatte keinen blassen Schimmer, was sie hier erwartete. Bisher war es nicht sehr beeindruckend. Die Stadt schien aus lauter sich dicht an dicht drängenden Gebäuden zu bestehen, über denen eine dicke Wolkendecke aus Seekohlenrauch hing. Suzette führte es darauf zurück, dass an diesem kalten Morgen zu viele Kamine angezündet worden waren. Sie bevorzugte eindeutig das ruhige, stille Leben auf dem Land, wo sie immerhin den Himmel sehen konnte.

Obwohl sich das Londoner Stadthaus der Madisons seit Generationen im Besitz ihrer Familie befand, hatte Suzette es noch nie zu Gesicht bekommen, und so wurde ihr erst klar, dass sie angekommen waren, als die Kutsche plötzlich anhielt. Neugierig musterte sie es, während sie aus der Kutsche stieg. Es war ziemlich groß und wirkte beeindruckend, aber nun ja, es gehörte immerhin der Familie ihrer Mutter, und die Seftons waren bekanntlich ziemlich wohlhabend gewesen. Ihren Großvater hatte man sogar als »alten Geldsack« bezeichnet, weil er so viel Geld geerbt und gehortet hatte. Geld, das er seinen Enkelinnen vermacht hatte. Jede der Madison-Schwestern hatte ein Drittel der Mitgift erhalten, was genügt hätte, ihnen nach ihrem Debüt sämtliche Mitgiftjäger auf den Hals zu hetzen. Allerdings war es dazu nicht gekommen, da ihr Großvater darauf bestanden hatte, dass diese Angelegenheit ein Geheimnis blieb.

»Ganz schön prächtig, was?«, murmelte Lisa, als sie neben sie trat. »Wenn es auch ein bisschen heruntergekommen wirkt.«

Suzette nickte schweigend. Die kleinen Anzeichen von Vernachlässigung hier und da überraschten sie nicht sehr. Ihr Vater hatte selbst dafür gesorgt, dass im vergangenen Jahr nicht sehr viel Geld zur Verfügung gestanden hatte. Sie war sich ziemlich sicher, dass er die Dienerschaft des Stadthauses etwas verkleinert und überall dort, wo es irgendwie ging, weitere Einschränkungen vorgenommen hatte, um ein bisschen Geld zu sparen. Nachdem sie den Zofen aufgetragen hatte, das Entladen der Kisten zu überwachen, ging Suzette mit Lisa über den vorderen Zugang zum Hauseingang.

Noch bevor sie dort ankamen, öffnete sich ein Flügel der schweren Doppeltür. Ein Butler mit schläfrigen Augen spähte durch die Tür und ließ den Blick gereizt über Suzette und Lisa schweifen. Es war eindeutig, dass er sich über die Störung zu so früher Stunde ärgerte, bis er zu dem Wagen hinsah und das Familienwappen der Madisons erkannte. Augenblicklich straffte er sich, und seine Miene wurde um einiges freundlicher. Nun ja, so freundlich, wie es bei einem britischen Butler möglich war, vermutete Suzette, da der Mann es gerade mal eben zuließ, dass sich die Mundwinkel eine Spur nach oben verzogen.

»Myladys Madison«, sagte er zur Begrüßung.

Suzette nickte und zwang sich selbst zu einem kleinen Lächeln, während sie mit Lisa an dem Mann vorbei ins Haus ging. In der Eingangshalle blieb sie stehen, zog die Handschuhe aus und drehte sich wieder zu dem Butler um. »Wo ist unser Vater?«

»Äh …« Der Mann schien einen Moment lang verlegen zu sein, ließ den Blick zur Treppe und den Korridor entlangwandern, ehe er sich plötzlich entspannte. »Ich glaube, er ist in seinem Arbeitszimmer, Mylady.«

Suzette folgte seinem Blick und sah einen schmalen Lichtstreifen unter einer der Türen im Korridor. Sie wusste sofort, dass dies das Arbeitszimmer sein musste. »Danke«, sagte sie und ging Lisa voraus. »Unsere Zofen werden gleich hier sein. Bitte sorgen Sie dafür, dass sie in die Zimmer geführt werden, die wir während unseres Aufenthaltes hier benutzen können, und teilen Sie Bedienstete ein, die ihnen helfen, sie für uns vorzubereiten.«

»Natürlich, Mylady.« Der Mann ging rasch den Gang entlang, zweifellos mit der Suche nach den erforderlichen Bediensteten beschäftigt, während Suzette bereits die Tür des Arbeitszimmers erreichte. Ihre Unruhe war so groß, dass sie eintrat, ohne sich die Mühe zu machen anzuklopfen. Angesichts des Anblicks, der sich ihr bot, blieb sie allerdings abrupt stehen. Zuerst war da vor allem der Geruch, der ihr wie ein Fausthieb entgegenschlug – ein beißender Gestank nach abgestandenem Pfeifenrauch und altem Alkohol. Angewidert rümpfte Suzette die Nase, aber ihr Abscheu wurde nur noch größer, als ihr Blick auf die vielen leeren Gläser und Teller fiel, die überall im Zimmer verstreut waren. Die meisten schienen sich um zwei Stühle beim Kamin zu sammeln, aber fast genauso viele bedeckten den Schreibtisch, an dem ihr Vater mit auf die Tischplatte gesunkenem Kopf hing. Im Gegensatz zu den Gläsern, die alle vollkommen leer waren, befanden sich auf den Tellern noch die Reste halb verzehrter oder kaum angerührter Mahlzeiten, die allmählich vor sich hin gammelten. Es war offensichtlich, dass ihr Vater den größten Teil dieses Monats in diesem Zimmer verbracht hatte. Und dem Geruch und dem Zustand des Zimmers nach zu urteilen, hatte er auch den größten Teil der Zeit damit verbracht, zu trinken und Pfeife zu rauchen, aber nur wenig Zeit oder Energie in die Aufnahme von Nahrung gesteckt.

»O je«, sagte Lisa leise. »Hier stimmt irgendetwas aber ganz und gar nicht.«

Suzette verzog das Gesicht bei dieser maßlosen Untertreibung. Das hier sah gar nicht nach dem Cedrick Madison aus, der sie aufgezogen hatte. Ja, hier stimmte etwas ganz und gar nicht. Ihr Vater trug kein Jackett, hatte die Hemdsärmel hochgekrempelt und war ungekämmt. Sein Kopf war auf die Arme gesunken, die auf der Tischplatte lagen. Er schien entweder tief zu schlafen oder hatte das Bewusstsein verloren. Suzette konnte es nicht genau erkennen.

Sie schluckte gegen den Kloß an, der sich vor Sorge in ihrer Kehle bildete, schloss die Tür und trat zum Schreibtisch. »Vater?«, fragte sie leise.

»Er schläft nur, oder?«, fragte Lisa beunruhigt, als sie vor dem Schreibtisch stehen blieben.

Die Frage führte nur dazu, dass Suzette sich noch mehr Sorgen machte. Sie beugte sich nach vorn und berührte ihren Vater am Arm, was sie allerdings augenblicklich bedauerte, da er abrupt hochschoss und auf seinen Stuhl zurücksackte. Der Mann, den sie jetzt vor sich sahen, hatte noch weniger Ähnlichkeit mit dem vertrauten Cedrick Madison, als sie zuerst befürchtet hatten. Die Augen dieses Mannes hier waren blutunterlaufen, seine Gesichtshaut war fahl, und er trug einen Bart, der mehrere Wochen alt sein musste und in dem sich kleine Essensreste verfangen hatten. Er hatte auch sein Hemd offensichtlich eine ganze Weile nicht gewechselt, denn es stellte ein stummes Abbild der Mahlzeiten dar, die er in der letzten Zeit zu sich genommen hatte. Er roch scheußlich.

Suzette zog ein Taschentuch aus ihrem Ärmel und hielt es sich vor die Nase, um sich vor dem Geruch zu schützen.

»Papa?«, flüsterte Lisa ungläubig.

Cedrick Madison blinzelte sie eulenhaft und mit verwirrter Miene an. »Verflucht, was tut ihr hier?«, fragte er. Seine Stimme klang schwach und verwirrt, während sein trüber Blick von Suzette zu Lisa glitt. Dann sah er sich unsicher um. »Wo bin ich? Heißt das, ich bin nach Hause gekommen?«

Suzette presste die Lippen fest zusammen. Jedes Wort, das ihr Vater sprach, wurde von einer Alkoholfahne begleitet, und er saß sehr wackelig auf seinem Stuhl. Es war schließlich Lisa, die freundlich sagte: »Du bist in deinem Arbeitszimmer im Stadthaus in London.«

Cedricks Schultern sackten enttäuscht ein Stück nach unten. »Dann war es kein Traum? Es ist wirklich schon wieder passiert?«

Suzettes Herz stolperte ein paarmal, und Angst stieg in ihr auf. »*Was* ist schon wieder passiert, Vater? Was zum Teufel geht hier vor?«

»Oh«, seufzte er. Wieder strömte eine Wolke von Whisky-Gestank von ihm aus. Er fuhr sich mit einer Hand durch die Haare. »Ich fürchte, ich habe uns wieder in Schwierigkeiten gebracht.«

»Du hast aber nicht wieder gespielt, Papa, oder?«, fragte Lisa alarmiert, woraufhin er jämmerlich nickte.

»Wie schlimm ist es diesmal?«, fragte Suzette finster. Beim letzten Mal hatte er sie an den Rand des Ruins getrieben. Nur Christianas Heirat mit Dicky hatten sie es zu verdanken, dass sie nicht dieser traurigen Schmach zum Opfer gefallen waren.

»Schlimm. So schlimm wie beim letzten Mal oder sogar noch schlimmer«, gestand er mit beschämter Miene. Dann fügte er, etwas verwirrter klingend, hinzu: »Ich weiß nicht, wie es passiert ist. Ich wollte es nicht tun. Ich habe nur– « Er schüttelte kläglich den Kopf. »Aber ich habe es getan, und dann habe ich versucht, es wieder geradezubiegen. Ich habe mit jedem gesprochen, bei dem ich davon ausgehen konnte, dass er es nicht verraten würde. Ich habe Leute angebettelt, mir das Geld zu leihen. Ich hätte es sogar gestohlen, wenn es mir möglich gewesen wäre. Es sieht so aus, als könnte ich es einfach nicht mehr hinbiegen.«

Suzette starrte ihn entsetzt an. Das Gefühl, verraten worden zu sein, und Angst erhoben sich wie eine finstere Woge, wirbelten eine schäumende Schicht aus Wut auf, die durch sie hindurchraste. Sie ballte die Fäuste und grub die Nägel in die Handflächen, während sie knurrte: »Es hat also gar keine Papiere gegeben, die du hattest unterzeichnen müssen, ja? Du bist schließlich auch früher nie in die Stadt gefahren, um irgendwelche Papiere zu unterschreiben. Es war nur eine Ausrede gewesen, damit du hierher kommen konntest. Die Wahrheit ist, das du wieder nach London gefahren bist, um zu spielen. Deshalb diese plötzliche Reise. Ist es so gewesen?«

»Nein«, protestierte er sofort und erhob sich auf zittrigen Beinen. »Langley hat mir geschrieben. Er macht sich Sorgen um eure Schwester. Wie er schrieb, befürchtet er, dass Dicky sie schlecht behandelt. Er hat schon dreimal versucht, sie zu besuchen, ist aber jedes Mal abgewiesen worden. Deshalb macht er sich Sorgen. Da er weiß, dass Dicky mich nicht ganz so einfach wegschicken kann, hat er mich gebeten, nach ihr zu sehen. Ich schwöre es.«

Suzette starrte ihn nur ungläubig an. Robert Langley war ein Nachbar und Freund der Familie, und gewöhnlich war er auch eine vertrauenswürdige Quelle, was Informationen betraft. Es war allerdings nur schwer vorstellbar, dass Christiana von ihrem Gemahl Richard schlecht behandelt wurde. Als die beiden ein Jahr zuvor geheiratet hatten, hatte er den Eindruck erweckt, als würde er sie abgöttisch lieben.

Lisa, die das Gleiche dachte, sprach es laut und mit fester Stimme aus: »Dicky würde Chrissy nicht schlecht behandeln. Er liebt sie.«

»So hat es ausgesehen«, pflichtete ihr Vater ihr seufzend bei. »Aber warum sollte Robert lügen? Und wenn Dicky sie wirklich schlecht behandelt ...« Er schüttelte den Kopf und sank müde auf seinen Stuhl zurück. »Wie auch immer, das war der Grund, warum ich in die Stadt gefahren bin. Ich schwöre, dass ich nie vorgehabt hatte zu spielen. Ich weiß noch nicht einmal so recht, wie es überhaupt passieren konnte«, wiederholte er stirnrunzelnd.

»Und wieso sollten wir dir das glauben?«, frage Suzette. Die Worte schossen vor Wut regelrecht aus ihr heraus. »Wie könnten wir dir überhaupt noch irgendetwas von dem glauben, was du sagst? Du hast versprochen, dass du *nie wieder* spielen würdest, und trotzdem sieht es so aus, als würden wir jetzt zum zweiten Mal in kaum mehr als einem Jahr vor dem Ruin stehen.«

»Das weiß ich«, stöhnte Cedrick Madison und schlug die Hände vors Gesicht. »Ich verstehe nicht, wie es passiert ist. Ich erinnere mich nicht daran, dass ich gespielt habe. Ich muss zu viel getrunken haben oder so was.«

»Wie praktisch«, fauchte sie kalt. »Und wie genau bist du überhaupt betrunken in der Spielhölle gelandet, wenn du doch eigentlich vorhattest, nach Chrissy zu sehen?«

Er nahm die Hände wieder vom Gesicht und ließ sie nach unten sinken. »Sie war nicht da, als ich an ihrem Stadthaus ankam«, sagte er müde. »Dicky hat mich auf einen Drink mit in den Club genommen. Ich erinnere mich jedenfalls, dass wir dorthin gegangen sind und dass er vorgeschlagen hat, dass wir kurz in der Spielhölle vorbeischauen. Er –«

»*Dicky* hat dich mit in die Spielhölle genommen?«, fragte Lisa ebenso zweifelnd wie ungläubig.

»Ich glaube, ja.« Er schien sich nicht ganz sicher zu sein. »Ich meine, ich habe seinen Vorschlag abgelehnt, aber ich erinnere mich auch daran, dass ich in der Spielhölle war, daher –«

»Oh, also dann erinnerst du dich also doch daran?«, fragte Suzette grimmig, und dann kreischte sie: »Du hättest überhaupt nicht da sein dürfen! Offensichtlich hast du vorgehabt zu spielen, sonst wärst du gar nicht erst hingegangen. Wie konntest du es nur noch einmal tun?« Sie holte tief Luft und zischte dann: »Du hast deine eigenen Töchter nicht nur einmal, sondern zweimal an den Rand des Ruins gebracht. Ich bin froh, dass Mutter nicht hier ist, um zu sehen, was für ein nutzloser und besoffener Verschwender aus dir geworden ist.«

Suzette wartete nicht ab, wie er auf ihre Worte reagieren würde. Sie machte einfach auf dem Absatz kehrt und stürmte aus dem Zimmer, zu angeekelt von seinem Anblick, als dass sie es dort noch länger ausgehalten hätte.

Lisa folgte ihr rasch, zog die Tür hinter sich zu. »Was sollen wir jetzt tun?«, fragte sie dann besorgt.

»Ich weiß es nicht«, gestand Suzette. Sie blieb stehen. Ihre Kehle war wie zugeschnürt, und sie fühlte sich benommen, als würde etwas ihre Brust umklammern und verhindern, dass sie atmen konnte. Sie zwang sich, tiefer Luft zu holen, und versuchte, sich auf diese Weise zu beruhigen, dann begann sie, hin- und herzugehen und murmelte: »Ich muss nachdenken.«

Lisa nickte und schwieg; sie sah einfach nur zu, wie ihre Schwester den Eingangsbereich vom Arbeitszimmer bis zur Vordertür abschritt und dann zurückkehrte.

Suzette musste nicht lange nachdenken, um zu begreifen, was sie zu tun hatte. Sie befanden sich in der gleichen Lage wie vor gerade mal einem Jahr, als ihr Vater schon einmal gespielt hatte. Sie waren damals nur gerettet worden, weil Chrissy geheiratet hatte und so ihre Mitgift beanspruchen konnte, mit der sie die Schulden bezahlt hatte. Es war offensichtlich, dass so etwas wieder geschehen musste. Nur war es diesmal Suzette, die heiraten musste, um ihre Mitgift zu beanspruchen und damit die Schulden zu begleichen. Der Gedanke war ihr gerade gekommen, als sich die Vordertür öffnete und ihre Diener mit den Kisten eintraten.

»Wartet«, sagte sie und trat schnell zu ihnen, um sie am Weitergehen zu hindern. »Packt sie wieder auf den Wagen. Wir bleiben nicht hier.«

»Nicht?«, fragte Lisa überrascht und trat neben sie, als die Männer mit ihrer Last wieder das Haus verließen. »Wohin gehen wir?«

»Zu Christiana und Dicky«, sagte Suzette fest entschlossen. Sie packte Lisas Hand und zog sie mit sich hinter den Männern her. »Ich werde heiraten müssen, wie Chrissy es getan hat, um die Sache zu regeln«, flüsterte sie, denn sie wollte nicht, dass die Bediensteten es mitbekamen. Obwohl sie wahrscheinlich inzwischen schon Bescheid wussten, dachte sie seufzend. »Vater verbringt seine ganze Zeit auf dem Land, aber Christiana und Dicky sind hier in der Stadt, wo es Einladungen zu Bällen und anderen gesellschaftlichen Ereignissen gibt. Sie können uns in die Gesellschaft einführen, was die Voraussetzung ist, wenn ich einen Gemahl finden will.«

»Oh, Suzette«, sagte Lisa und klang beinahe, als würde sie sie bemitleiden. Dann schlug sie vor: »Vielleicht erklärt sich ja Dicky bereit, das Geld noch einmal zu zahlen.«

Suzette lächelte trocken über den Zweifel in Lisas Stimme. Offensichtlich hielt sie es für nicht sehr wahrscheinlich, und Suzette verstand sie nur zu gut. Dicky hatte bereits beim ersten Mal eine riesige Summe gezahlt. Auch wenn er sie über die Mitgift zurückerhalten hatte, war es nicht vernünftig, davon auszugehen, dass er wieder bezahlen würde … ganz besonders dann nicht, wenn er Christiana wirklich schlecht behandelte. Falls das stimmte, bedeutete es, dass er sie nie wirklich geliebt hatte, wie er behauptet hatte. Und das wiederum ließ nur einen Schluss zu, nämlich dass er es auf die Mitgift abgesehen hatte. Wenn das aber so war, würde er wohl kaum Lust haben, davon etwas abzugeben. Deshalb sagte sie einfach nur: »Nein. Christiana hat schon das erste Mal für Vaters kleine Abenteuer in den Spielhöllen von London gezahlt. Dicky wird wahrscheinlich sehr wütend sein, wenn wir von ihm erwarten, dass er wieder zahlt, und er hätte recht. Abgesehen davon sollte auch sie nicht noch einmal zahlen müssen. Jetzt bin ich an der Reihe.«

Sie hatten inzwischen die Kutsche erreicht, und Suzette trat zum Kutscher, um ihm zu sagen, wohin sie als Nächstes fahren würden. Sie schob Lisa wieder in die Kutsche, die sie erst kurz vorher verlassen hatten. Jetzt, da sie nur zu zweit darin saßen, war sie sehr viel geräumiger, und es überraschte Suzette nicht, dass Lisa fragte: »Was ist mit unseren Zofen?«

Sie seufzte und blickte durch das Fenster zum Haus hinüber. Die Zofen waren ganz sicher bereits nach oben gegangen und damit beschäftigt, die Zimmer vorzubereiten, während sie auf die Kisten warteten. Sie überlegte kurz, sie herzuholen, schüttelte aber dann den Kopf. »Vielleicht ist es besser, sie bleiben erst einmal hier. Zumindest so lange, bis wir sicher sein können, dass wir bei Christiana und Dicky willkommen sind.«

»Natürlich werden wir dort willkommen sein. Sie ist unsere Schwester«, sagte Lisa sofort. Die Vorstellung, dass es anders sein könnte, schien sie zu verblüffen.

»Ja, nun, aber sie hat uns nie geschrieben, seit sie weggezogen ist, oder?«, erklärte Suzette sanft.

»Ich bin sicher, dass die Briefe einfach nur verloren gegangen sind«, sagte Lisa sofort.

»Oder Dicky erlaubt ihr nicht, dass sie uns schreibt«, murmelte Suzette und biss sich auf die Lippe.

Lisa runzelte die Stirn und fügte dann zögernd hinzu: »Das könnte tatsächlich sein. Immerhin hat Vater gesagt, dass Robert behauptet, Dicky würde Chrissy schrecklich behandeln.«

»Genau.« Suzette runzelte die Stirn und schüttelte verwirrt den Kopf. »Ich kann das kaum glauben. Es ist erst ein Jahr her, seit er ihr den Hof gemacht hat.« Und er war wirklich der perfekte strahlende Held gewesen, der genau im richtigen Augenblick aufgetaucht war, um sie vor dem Ruin zu retten. Ganz der Romantiker, hatte er Christiana seine unsterbliche Liebe geschworen und sie mit solcher Inbrunst und solchem Charme umworben, dass sich gleich alle drei Madison-Mädchen halb in ihn verliebt hatten.

»Robert würde nicht lügen«, stellte Lisa unglücklich klar.

»Nein«, stimmte Suzette ihr mit einem Seufzer zu. »Was bedeutet, dass all der Charme und die Inbrunst, die er bei seinem Werben um Chrissy gezeigt hat, wahrscheinlich nur Schau waren, um die Falle aufzustellen und sie dazu zu bringen, sich in ihn zu verlieben und ihn zu heiraten.«

»Aber warum?«, fragte Lisa stirnrunzelnd.

»Warum wohl? Natürlich, um an die Mitgift zu kommen«, sagte Suzette trocken. »Wenn er sie eigentlich gar nicht geliebt hat, kann nur das der Grund sein, warum er sie heiraten wollte.«

»Aber es weiß doch niemand etwas von unserer Mitgift«, wandte Lisa sofort ein. »Großvater hat darauf bestanden, damit wir nicht von Mitgiftjägern bestürmt werden.«

»Nun, Dicky muss es irgendwie rausgefunden haben«, sagte Suzette nachdenklich. »Abgesehen davon bleibt nichts ewig ein Geheimnis. Das weißt du doch. Die Bediensteten reden, und Geheimnisse werden weitergetratscht.«

»Wahrscheinlich hast du recht«, sagte Lisa zögernd. Sie verzog das Gesicht. »Und es ging auch alles ziemlich schnell, fast schon stürmisch, genau genommen. Von Vaters Rückkehr nach Hause mit der Nachricht über unseren bevorstehenden Ruin bis zur Heirat von Christiana und Dicky hat es nur ein paar Wochen gedauert. Ich schätze, es ist Dicky nicht schwergefallen, ein paar Wochen lang so zu tun, als würde er sie bewundern.«

»Ja, das kann gut sein«, pflichtete Suzette ihr grimmig bei.

»Was ist, wenn du auch an so einen schlimmen Ehemann gerätst?«, fragte Lisa unglücklich.

Suzette presste die Lippen zusammen. Die Chance, dass sie in nur zwei Wochen einen Gemahl fand, den sie lieben konnte und von dem sie sicher wusste, dass er sie auch liebte, war nicht sehr groß. Und sie wollte verdammt sein, wenn sie zuließ, dass sie ihr restliches Leben von ihrem eigenen Mann schäbig behandelt wurde. Deshalb würde sie gar nicht erst versuchen, nach jemandem Ausschau zu halten, mit dem sie Liebe verband, beschloss Suzette. »Ich werde einen Gemahl suchen, den ich kontrollieren kann«, verkündete sie. »Oder zumindest einen, von dem ich sicher sein kann, dass er mich nicht kontrollieren wird.«

»Und wie willst du das anstellen?«, fragte Lisa unsicher.

»Ich werde einen Gemahl suchen, der Geld braucht«, sagte Suzette grimmig. »Einen mit viel Land, der aber verzweifelt Geld für die Bewirtschaftung dieses Lands braucht, sodass er bereit ist, einem Ehevertrag zuzustimmen, der mir die Hälfte der Mitgift lässt und das Recht gewährt, mein eigenes Leben zu leben.«

»Oh, das ist –« Lisa hielt inne und starrte aus dem Fenster, als die Kutsche sich mit einem Ruck in Bewegung setzte. Dann sah sie Suzette wieder an und fragte unsicher: »Ist so etwas überhaupt möglich?«

»Wenn wir beide damit einverstanden sind«, antwortete Suzette. Allerdings war sie sich nicht ganz so sicher, wie sie geklungen hatte. Das Einzige, das sie ganz genau wusste, war, dass sie alles versuchen würde, um dieses Ziel zu erreichen.

1

»Was dauert das denn so lange?«

Daniel Woodrow wölbte die Brauen, als er seinen Freund so ungehalten sprechen hörte. Es kam nur selten vor, dass Richard Fairgrave, der Earl von Radnor, so ungeduldig war, aber es war natürlich auch eine sehr außergewöhnliche Situation. Genau genommen war es wohl eine einmalige Situation. Ganz sicher hatte Daniel noch nie zuvor gehört, dass irgendwelche Ereignisse dazu geführt hätten, dass jemand sich selbst wegen der eigenen Ermordung zur Rede stellte.

Ein ironisches Lächeln ließ seine Mundwinkel nach oben wandern, als er darüber nachdachte. Die Beschreibung traf nicht ganz das, was ihnen bevorstand, aber es war genau das, was alle anderen auf dem Ball erleben würden. Die Gesellschaft wusste nur, dass George Fairgrave, der um wenige Augenblicke jüngere Zwillingsbruder von Richard Fairgrave, auf tragische Weise bei einem Brand ums Leben gekommen war. George war allerdings gar nicht gestorben. Es war Richard gewesen, der in der Feuersbrunst hatte sterben sollen – einer Feuersbrunst, die George selbst arrangiert hatte, um Richards Platz in der Welt einnehmen und seinen Titel und seinen Reichtum übernehmen zu können. Aber auch Richard war in dieser Nacht nicht gestorben. Er hatte es geschafft, seine Möchtegern-Mörder zu bestechen, sodass sie ihn am Leben ließen, und war stattdessen in Amerika gelandet, ohne einen Penny und halb verhungert, dem Tode nahe und doch noch am Leben. Allmählich hatte Richard sich mit der Hilfe zweier freundlicher Siedler wieder erholt, und dann hatte er Daniel einen Brief geschickt, in dem er ihn bat, ihm zu helfen, nach England zurückzukehren und seinen Titel und seine Position wiederzuerlangen.

Daniel ging davon aus, dass Richard ausgerechnet ihm geschrieben hatte, weil jeder andere ihrer Freunde wahrscheinlich – und verständlicherweise – die Warnung ignoriert hätte, nicht mit alldem zu dem Mann zu gehen, der sich als Richard Fairgrave ausgab, um die Situation zu klären. Aber die meisten ihrer anderen Freunde hatten auch kein Geheimnis, das er nur Richard erzählt hatte und das dieser in seinem Brief erwähnt hatte. Zumindest vermutete Daniel, dass die anderen es nicht kannten. Wie auch immer, er hatte sofort gewusst, dass es Richards Handschrift war, und er hatte keinen Moment verstreichen lassen, sondern sofort eine Schiffspassage nach Amerika gebucht, um seinen Freund zu suchen und nach Hause zu holen.

»Warum zum Teufel werden wir schon wieder aufgehalten?«, ärgerte sich Richard erneut. Er sah aus, als wollte er jeden Moment aus der Kutsche stürzen und den Rest des Wegs zu Fuß zurücklegen.

»Der Ball der Landons ist der erste dieser Saison. Alle nehmen daran teil, deshalb hat sich eine lange Schlange aus Kutschen gebildet, deren Insassen darauf warten, aussteigen zu dürfen«, erklärte Daniel in aller Ruhe. Er hoffte, Richard so etwas beschwichtigen zu können, und neigte sich aus dem Fenster, um die Anzahl der Kutschen abzuschätzen, die noch vor ihnen waren. Dann seufzte er erleichtert und lehnte sich wieder zurück. »Es sind nur noch zwei Kutschen vor uns. Wir werden jeden Moment aussteigen können.«

Richard brummte nur, und statt sich zu entspannen, wurde er sogar noch verkrampfter. »Ich zähle darauf, dass du mich daran hinderst, meinen verfluchten Bruder zu töten, bevor er alles gestanden hat.«

»Natürlich«, sagte Daniel ernst. Er bezweifelte keinen Moment, dass Richard gegen den Wunsch ankämpfte, seinen Bruder auf der Stelle zu erschlagen, wenn er ihn sah. Und das hatte George angesichts dessen, was er getan hatte, sicher auch verdient. Allerdings würde es nicht gut sein, wenn er ihn tötete, bevor er alles gestanden hatte und Richard sicher sein konnte, dass er seinen Titel und seine Position auch wirklich zurückerhielt. Genau deshalb hatten sie sich entschieden, die Konfrontation hier auf dem wahrscheinlich am besten bewachten Ball der Saison stattfinden zu lassen. Sie mussten George zu einem Geständnis bringen, und zwar vor so vielen Zeugen wie möglich. Glücklicherweise waren sie gerade noch rechtzeitig angekommen. Das Schiff, mit dem sie von Amerika zurückgekehrt waren, hatte erst am Morgen Anker geworfen, und danach hatten sie sich sofort daran gemacht, sich passende Kleidung zu beschaffen, um an dem Ball teilnehmen zu können.

»Endlich«, murmelte Richard erleichtert und lenkte damit Daniels Aufmerksamkeit auf die Tatsache, dass sie vor dem Haus der Landons vorfuhren. Sein Freund wartete gerade lange genug, bis die Kutsche zum Stehen gekommen war, dann konnte er sich nicht mehr zurückhalten; noch bevor irgendjemand die Tür für ihn öffnen konnte, riss er sie selbst auf und sprang hinaus. Daniel folgte ihm, nickte dabei dem Diener entschuldigend zu, den Richard fast umgestoßen hätte. Er beeilte sich, seinem Freund zu folgen.

Im Innern des Hauses standen etliche Leute in einer langen Reihe und warteten darauf, angekündigt zu werden. Es überraschte Daniel nicht sonderlich, dass Richard an all diesen Menschen vorbeiging und geradewegs zum Ballsaal schritt. Sie würden George wohl kaum überraschen können, wenn er die Ankündigung jenes Namens hörte, den er das ganze vergangene Jahr lang benutzt hatte. Ihr Plan hing aber ganz entscheidend davon ab, dass sie bereits vor dem Betrüger standen, wenn er begriff, dass Richard gar nicht tot war und seine großartige Intrige gleich über ihm zusammenstürzen würde. Allerdings hinterließen sie eine Woge von Geflüster, als sie an all den wartenden Leuten vorbeischritten. Der Diener, der die Neuankömmlinge ankündigte, unterbrach sich sogar einen Moment überrascht und geriet fast ins Stocken, als Richard und Daniel an ihm vorbeirauschten. Sie ließen sich dadurch nicht aufhalten, sondern liefen weiter die wenigen Stufen zum Ballsaal hinunter, bevor sie stehen blieben und versuchten, in der Menge nach George Cainan Fairgrave zu suchen, der sich Radnor erschwindelt hatte und des versuchten Mordes schuldig war.

»Die Bälle der Landons sind immer großartig gewesen, und ich muss sagen, dieser hier ist es auch, finden Sie nicht?«

Suzette zwang sich, den Blick wieder auf ihren Tanzpartner zu richten. Sie schaffte es, ein höfliches Lächeln aufzusetzen, und nickte. Dann wandte sie den Kopf wieder ab, denn sie ertrug den Gestank seines Atems keinen Moment länger. Dieser ganze Abend entpuppte sich wirklich als eine einzige Enttäuschung, und sie glaubte allmählich, dass sie die Situation entschieden falsch eingeschätzt hatte. Vermutlich hatte sie sich von ihrer Fantasie mitreißen lassen. Sie war davon ausgegangen, dass Christiana und Lisa etwa ein Dutzend gut aussehender, ehrenhafter und charmanter junger Männer auftreiben würden, die in jeder Hinsicht perfekt waren … bis auf die Tatsache, dass sie in ernsten finanziellen Nöten steckten. Sie hatte sich vorgestellt, dass jeder von ihnen bestrebt sein würde, sie um ihre Hand zu bitten, sie nur zu gern umwerben und glücklich darüber sein würde, sowohl sie selbst als auch eine größere Mitgift als Gegenleistung für die Zusage zu bekommen, dass sie über einen Teil der Mitgift frei verfügen konnte und die Freiheit haben würde, ihr eigenes Leben zu führen.

Sie war so dumm gewesen, begriff Suzette jetzt. Das fing schon damit an, dass es Frauen gar nicht gestattet war, einfach von sich aus auf die Männer zuzugehen. Die Frauen mussten warten, bis die Männer zu ihnen kamen. Der Mann würde dann darum bitten, vorgestellt zu werden, eine Quadrille erbitten oder was auch immer, und die Lady würde seinen Namen auf ihre Tanzkarte schreiben und dann mit jedem Mann tanzen, der sich hatte darauf eintragen lassen. Natürlich war Suzette gezwungen gewesen, sich an diese Rahmenbedingungen zu halten. Sie nahm jede Einladung an, fügte den Namen ihrer Karte hinzu und reichte sie dann Christiana und Lisa, während sie tanzte, sodass diese anfangen konnten, etwas über den jeweiligen Mann auf der Karte in Erfahrung zu bringen. Und während die Männer nacheinander zu ihr traten, um sich den zugewiesenen Tanz abzuholen, pflegte Suzette einen Blick zu Lisa und Christiana zu werfen und auf die entsprechenden Zeichen zu warten. Die Zeichen hatten sie zuvor gemeinsam ausgemacht, sodass Suzette erfahren konnte, ob der infrage kommende Gentleman ein geeigneter Junggeselle mit einem Titel und/oder Landbesitz war und ob er für dessen Erhalt dringend Geld benötigte.

In gewisser Hinsicht hatte Suzette ihre Sache bisher gut gemacht. Ihre Tanzkarte war voll, und sie hatte fast den ganzen Abend nur getanzt. Unglücklicherweise schien es, als gäbe es zwar jede Menge gut aussehender und bezaubernder junger Männer, die mit ihr tanzen wollten, aber nur wenige, die die entscheidende Voraussetzung erfüllten, nämlich eine wohlhabende Frau zu benötigen. Die wenigen, bei denen es so war, waren wiederum keine attraktiven, ehrenhaften und bezaubernden Männer im passenden Alter. Bisher war auch nur einer überhaupt das gewesen, was man jung nennen konnte.

Der erste Mann, bei dem Lisa das Zeichen gegeben hatte, dass er eine reiche Frau suchte, war älter gewesen als ihr Vater, mit rundlicher Statur und einem teigigen Gesicht. Während des ganzen Tanzes hatte er sich über seine Gicht beklagt, während er durch ihr Kleid anzüglich auf ihre Brüste gestarrt hatte. Der zweite Kandidat war jünger gewesen, aber auch groß und besorgniserregend dünn. Und dann hatte er sie allen Ernstes gebeten, ihre Zähne überprüfen zu dürfen, als wäre sie ein zur Auktion stehendes Pferd. Und das, obwohl sie noch nicht einmal erklärt hatte, dass sie überhaupt auf der Suche nach einem Gemahl war. Der dritte war der, der jung war, allerdings war er wiederum deutlich zu jung. Sie vermutete, dass er nicht älter als sechzehn sein konnte, auch wenn er das Gegenteil behauptete. Er hatte ein pickeliges Gesicht und die unangenehme Angewohnheit gehabt, an diesen Pickeln herumzuzupfen, während er sich vor und nach dem Tanz mit ihr unterhalten hatte. Wobei er eigentlich auch gar nicht viel gesagt hatte, abgesehen davon, dass er mit ihr tanzen wollte.

Jetzt tanzte sie mit Lord Willthrop, der zwar ein bisschen jünger war als ihr Vater, aber eine Adlernase hatte, die ihm einige Probleme zu bereiten schien, da er beständig schniefte. Er stank auch aus dem Mund und hatte ein aufgeblasenes Gehabe.

Suzette war schon dabei zu verzweifeln, weil ihr Plan zum Scheitern verurteilt war. Sie würde nämlich nur zu bereitwillig den Skandal und Ruin auf sich nehmen, als auch nur einen der Männer, die sie bisher kennengelernt hatte, zu akzeptieren. Natürlich hatte sie eigentlich gar keine echte Wahl, denn es ging ja nicht nur darum, dass sie allein dem Skandal zum

Opfer fallen würde, wenn es ihr nicht gelang, einen Gemahl zu finden und ihre Mitgift zu beanspruchen. Nein, auch ihr Vater wäre betroffen, wenngleich er es eigentlich mehr als verdient hatte; immerhin hatte er sie alle in diese Situation gebracht. Aber auch ihre kleine Schwester Lisa würde darunter leiden und sogar Christiana, ob sie nun bereits verheiratet war oder nicht. Das konnte Suzette nicht zulassen – nicht, wenn es sich irgendwie vermeiden ließ.

Bei dem Gedanken verzog sie das Gesicht, dann seufzte sie erleichtert, als der Tanz endlich zu Ende war. Es gelang ihr gerade noch, sich so weit wie möglich von Willthrops schlechten Atem zu entfernen, ohne sich allzu unhöflich von ihm abzuwenden. Obwohl sie es gern getan hätte, war sie besser erzogen worden, und so ließ sie sich von ihm von der Tanzfläche führen. Sie nickte steif, als er ihr für den Tanz dankte.

»Ich glaube, der nächste Tanz gehört mir.«

Suzette hielt inne und sah den Mann an, der neben ihr aufgetaucht war, als sie und Willthrop gerade den Rand der Tanzfläche erreichten.

»Ah, Danvers«, sagte Willthrop zur Begrüßung. Er wandte sich zu Suzette um und nickte, bevor er wegging und in der Menge verschwand.

Suzette sah ihm nach, dann wandte sie sich dem nächsten Tanzpartner zu. Sie erinnerte sich vage daran, dass sie sich irgendwann am Abend einverstanden erklärt hatte, mit ihm zu tanzen. Ihr Blick glitt über sein Gesicht, und sie bemerkte, dass zunächst einmal nichts an ihm falsch zu sein schien. Er sah durchschnittlich gut aus, war sogar attraktiv zu nennen, als er jetzt lächelte. Er konnte auch nur fünf bis zehn Jahre älter sein als sie, und er schniefte weder, noch starrte er gierig auf ihren Körper oder knibbelte an irgendwelchen Pickeln herum. Ganz im Gegenteil, sein Teint war makellos. Natürlich würde er zu den Männern gehören, die kein Geld benötigten, bemerkte sie mit einem müden Zynismus und sah sich nach ihren Schwestern um. Sie fand Lisas Blick zuerst und wölbte fragend eine Braue. Ihre andere Augenbraue wanderte ebenfalls nach oben, als Lisa erst das Zeichen für Land machte, dann das für einen Titel und schließlich dasjenige, das sie für den Fall vereinbart hatten, wenn jemand kein Geld hatte.

Suzette sah sich jetzt sofort wieder zu Danvers um, und ein Lächeln erblühte auf ihren Lippen. Allerdings erstarb es fast augenblicklich wieder; stattdessen fiel ihr fast die Kinnlade herunter, als sie sah, wie sich Dicky durch die Menschen am Rand der Tanzfläche schob. Er ging direkt auf Christiana zu, die von einer Gruppe älterer Frauen umgeben war – zweifellos, um so viel Klatsch wie möglich über mögliche passende Ehemänner für Suzette zu erfahren.

»Das ist unmöglich«, hauchte Suzette bestürzt, als sie auf den Mann starrte, den sie in der Meinung, er wäre tot, zurückgelassen hatten, bevor sie sich auf den Weg zum Ball gemacht hatten.

»Stimmt etwas nicht, Mylady?«, fragte Danvers.

Suzette sah Danvers verwirrt an. Der Anblick ihres anscheinend lebendigen und wohlbehaltenen Schwagers regte sie einen Moment so auf, dass sie sich nicht erinnern konnte, warum dieser andere Mann an ihrer Seite war. Einen Augenblick später fiel es ihr wieder ein, aber sie schüttelte nur den Kopf und lief weg, vergaß sogar, eine Entschuldigung zu murmeln, als sie zu Lisa eilte.

»Was ist los?«, fragte Lisa verwundert, als Suzette sie am Arm packte und durch die Menge zu ihrer älteren Schwester schob. »Er war ein wirklich vielversprechender Kandidat, jedenfalls um einiges vielversprechender als alle anderen. Er –« Die Worte erstarben in einem unterdrückten Aufkeuchen, als

Lisa neben Suzette bei Christiana stehen blieb und jetzt auch sehen konnte, wen ihre ältere Schwester gerade anstarrte. Als das Geräusch ihren Schwager veranlasste, sich zu ihnen umzudrehen, flüsterte sie voller Entsetzen: »Aber du bist tot.« Sie wandte sich an Christiana. »War er das nicht, Chrissy? Wir haben ihn doch in Eis gepackt und so weiter.«

»Das Eis muss sein kaltes Herz wiederbelebt haben«, sagte Suzette. Die Wut half ihr, sich rasch von dem Schock zu erholen. Sie starrte den Mann grimmig an und fügte trocken, aber aufrichtig hinzu: »Was für ein Pech.«

Während Dicky sie bei dieser Bemerkung überrascht ansah, wirkte Christiana vollkommen entsetzt.

»Suzette!«, schnappte sie und rückte näher zu ihr, als könnte sie sie körperlich zum Schweigen bringen, falls Suzette noch so eine Bemerkung von sich geben sollte. »Vielleicht sollten wir besser rausgehen und etwas frische Luft schnappen. Lisa sieht aus, als würde sie gleich in Ohnmacht fallen, und du, Suzie, brauchst offensichtlich Zeit, um dich zu beruhigen. Vielleicht bist du vom vielen Tanzen so erhitzt.«

Suzette wollte schon wütend schnauben, weil das Tanzen für ihre verbitterten Worte verantwortlich sein sollte, als jemand plötzlich ihren Arm packte. Und dann hörte sie die Worte »Gestatten Sie« in ihren Ohren.

Mit einem Ruck fuhr sie herum und runzelte die Stirn, als sie einem Mann gegenüberstand, der wie aus dem Nichts gekommen zu sein schien. Er trat jetzt zwischen sie und Lisa und hakte sie beide unter. Er war schon dabei, sie entschlossen von Christiana und Dicky wegzuführen, fügte aber dann noch hinzu: »Ich werde mit den Ladys nach draußen gehen, damit ihr beiden euch unterhalten könnt.«

Suzette versuchte sofort, ihren Arm von ihm loszureißen und sich aus seinem Griff zu befreien, aber er schien es nicht einmal zu bemerken. Der Mann führte sie nur einfach entschlossen weg und warf einen Blick über die Schulter, um den beiden, von denen er Suzette und Lisa wegzerrte, vielsagend vorzuschlagen: »Vielleicht findet ihr ja einen etwas persönlicheren Rahmen für dieses Gespräch.«

Während Dicky Christianas Arm nahm, um sie in die andere Richtung wegzuführen, starrte Suzette den Mann finster an, der sie und Lisa durch die Menge zog. Sie öffnete schon den Mund, um ihm zu sagen, dass er sie loslassen sollte, hielt dann aber inne, als sie ihn das erste Mal richtig ansah. Er war einen guten Kopf größer als sie, hatte dunkelbraune Haare, die sich an den Enden etwas kringelten, als würde er einen Haarschnitt benötigen. Sein Gesicht wirkte im Profil ziemlich hübsch, er hatte ein starkes Kinn, eine gerade Nase und Augen. Er drehte sich zu ihr um und sah sie fragend an, und sie kam zu dem Schluss, dass er die hübschesten grünen Augen hatte, die sie jemals gesehen hatte – ein richtiges Grün wie von frischem Gras nach einem Regenguss. Er sah eindeutig gut aus … und er schob sie immer noch unsanft in Richtung der doppelflügeligen Tür, durch die man zur Terrasse gelangte.

Sie runzelte wieder finster die Stirn und ahmte den Ton nach, den er gegenüber Dicky und Christiana benutzt hatte. »Vielleicht würden Sie in Erwägung ziehen, uns jetzt loszulassen und sich um Ihre eigenen Angelegenheiten zu kümmern … sonst sehe ich mich gezwungen, Ihnen auf den Fuß zu treten, Sir.«

»Mylord«, berichtigte er sie. Er wirkte amüsiert über ihre Drohung. »Daniel, Lord Woodrow.«

Suzette starrte den Mann finster an und versuchte, herauszufinden, wie sie ihm auf den Fuß treten konnte, während er sie zwang, so schnell zu gehen, als er plötzlich stehen blieb und auch sie und Lisa zwang, anzuhalten. Bevor sie den Vorteil nutzen und ihn wie geplant treten konnte, sagte jemand: »Ich glaube, dies ist mein Tanz.«

Suzette sah sich überrascht um. Ihre Augen wurden noch größer, als sie den gut aussehenden eisblonden Mann vor sich sah. Sie konnte sich nicht erinnern, ihm einen Tanz versprochen zu haben, und sie war sich ziemlich sicher, dass sie sich daran erinnert hätte. Abgesehen davon wusste sie, dass sie den Tanz bereits Danvers versprochen hatte, aber sie hätte sicherlich keine Gewissensbisse, die Gelegenheit zu nutzen und zuzusagen, um diesem Woodrow zu entkommen, der sie und ihre Schwester aus dem Ballsaal drängen wollte. Das Problem war, dass Lisa dann allein der heiklen Gnade von Lord Woodrow ausgeliefert sein würde und sie das einfach nicht zulassen konnte. Sie öffnete also schon den Mund, um dem blonden Mann freundlich zu erklären, dass er sich vertan haben musste und es nicht sein Tanz war, als Lisa fröhlich herausplatzte: »Ja, das stimmt. Danke, Mylord. Ich fürchte allerdings, ich kann meine Schwester in diesem Moment nicht allein lassen, und – «

»Seien Sie nicht albern«, sagte Woodrow leichthin und ließ Lisa los. »Ich kümmere mich um Ihre Schwester. Gehen Sie, und genießen Sie Ihren Tanz.«

»Oh, aber – « Lisa sah Suzette bestürzt an, doch der Blonde hatte bereits ihren Arm genommen und führte sie auf die Tanzfläche.

Seufzend winkte Suzette sie weiter. Es war nicht nötig, dass Woodrow sie beide grob behandelte und nach draußen schleppte. Abgesehen davon würde sie wohl größere Chancen haben, ihm zu entkommen, wenn sie nicht gleichzeitig darauf achten musste, dass auch Lisa flüchten konnte. Allerdings sah sie den beiden ein bisschen neidisch hinterher, als sie davongingen. Der Mann sah unglaublich gut aus. Unglücklicherweise deutete seine teure Kleidung darauf hin, dass er reich war. Er gehörte also wahrscheinlich nicht zu den Männern, die sie brauchte, um ihre Familie vor den Folgen zu bewahren, die ihr Vater mit seiner Torheit heraufbeschworen hatte. Lisa dagegen hatte die Freiheit, zu heiraten, wen sie wollte, und zwar nur aus Liebe ... das war etwas, um das Suzette sie wirklich beneidete, wie sie sich unglücklich eingestand. Es schien wirklich nicht gerecht zu sein, dass sie sich für die Familie opfern musste, aber das Leben war wohl selten gerecht.

Woodrow drängte sie wieder weiter, und Suzette hörte auf, ihrer Schwester nachzusehen, sondern richtete ihre Aufmerksamkeit wieder auf die missliche Lage, in der sie sich befand.

»Es ist wirklich nicht schicklich für eine junge Lady, von einem fremden Mann nach draußen geführt zu werden«, sagte sie grimmig, während er sie durch die doppelflügelige Tür auf die von Kerzenlicht erleuchtete Terrasse schob. »Wir sind uns noch nicht einmal richtig vorgestellt worden.«

Daniel sah die Frau an, die er am Arm festhielt. Die Schwester der Frau, die George geheiratet hatte, als er sich für Richard ausgegeben hatte. Es war wirklich ein Schock gewesen, als er und Richard es von ihrem Gastgeber erfahren hatten. Sie waren noch ganz damit beschäftigt gewesen, sich unter den Ballteilnehmern nach George umzusehen, der offensichtlich nicht anwesend war, als Landon sich zu ihnen gestellt hatte. Er hatte sie begrüßt und seine Überraschung darüber gezeigt, dass Richard gekommen war, wo doch seine Frau behauptet hatte, er sei krank.

Seine Frau?

Das war ein Problem, mit dem sie beide nicht gerechnet hatten. Nachdem Landon wieder gegangen war, um sich anderen Gästen zu widmen, hatte Richard sich sofort zu der betreffenden Frau aufgemacht. Als Daniel mit ihm bei der kleinen Blonden angekommen war, wurde sie glücklicherweise von einer der Frauen um sie herum mit dem Namen »Christiana« angesprochen, und sie selbst nannte passenderweise ihre Schwestern beim Namen, als diese ebenfalls zu ihnen getreten waren. Lisa war die jüngere Blonde, die im Ballsaal zurückgeblieben war. Die kleine Furie, die sich so unverschämt über Dickys offensichtliche Auferstehung geäußert hatte und jetzt in seiner Obhut war, hieß Suzette.

Daniel musterte sie genauer. Suzette. Erneut glitt der Name durch seine Gedanken. Ein hübscher Name für eine hübsche Frau. Er schätzte, dass sie sogar wunderschön sein konnte, wenn sie nicht so verärgert aussah. Dabei gefiel ihm der verärgerte Ausdruck auf ihrem Gesicht eigenartigerweise sogar. Die meisten Debütantinnen hätten ihre Verstimmung verborgen, indem sie ein gezwungenes Lächeln aufgesetzt und wild mit dem Fächer gewedelt hätten. Suzette dagegen hatte keine Probleme damit, ihre wahren Gefühle zu zeigen. Sie war erfrischend anders.

»Ich habe mich vorgestellt«, sagte er sanft, während er mit ihr die Terrasse entlang zu den Stufen ging, die in den Garten hinunterführten. Daniel hatte die Schwestern ursprünglich nur auf die Terrasse bringen wollen, damit Richard in Ruhe mit Christiana sprechen und herausfinden konnte, was mit George war. Jetzt dachte er, dass er Richard vielleicht besser helfen könnte, wenn er seinerseits ebenfalls versuchte, so viel wie möglich zu erfahren. Ganz sicher ging eine ganze Menge vor, was diese Sache betraf. Alle drei Frauen waren gleichermaßen schockiert gewesen, als sie bemerkt hatten, dass Dicky auf dem Ball war, und es war mehr als nur einmal erwähnt worden, dass sie ihn für tot gehalten hatten. Wenn George aber tot war, waren Richards Pläne in Gefahr.

»Das war alles andere als eine richtige Vorstellung, und das wissen Sie auch«, fauchte sie und versuchte, ihm ihren Arm zu entziehen.

»Nur zu wahr«, gab er ungezwungen zu, ohne seinen Griff zu lockern. Er drängte sie sogar noch weiter in den Garten hinein, ging mit ihr einen Pfad entlang, der kaum sichtbar zwischen den Bäumen hindurchführte. »Allerdings vermute ich, dass Sie auch keine richtige Lady sind, daher sollte das kein Problem sein.«

Suzette blieb plötzlich abrupt stehen, und dieses Mal schaffte er es nicht, sie weiter mit sich zu ziehen. Zumindest nicht einigermaßen würdevoll. Wenn er nicht stehen blieb, würde er sie noch hinter sich herschleifen wie eine alte Decke.

Daniel blieb also stehen und wölbte fragend eine Braue.

»Würde es Ihnen etwas ausmachen, das noch einmal zu wiederholen?«, fragte sie kühl.

Daniel zögerte und erklärte dann etwas sanfter: »Ich meinte nur, dass ich den Eindruck habe, Sie verhalten sich nicht unbedingt immer so, wie es für eine Lady angemessen ist. Eine richtige junge Lady hätte sicherlich niemals so etwas gesagt wie Sie vorhin zu Richard.«

Ihre Blicke waren wie Dolche, ihre Lippen verzogen sich ablehnend. »Dicky hat es verdient. Der Mann ist ein Schurke. Er behandelt Christiana grausam und ist ein schrecklicher Gemahl.« Ihre freie Hand schoss vor, und sie stieß ihm einen Finger gegen die Brust. »Und *Sie* sollten sich dafür schämen, dass Sie sein Freund sind.«

Daniel widerstand dem Drang, den Finger zu nehmen, der so fest gegen seine Brust stach, und sagte grimmig: »Ich versichere Ihnen, dass ich nie mit dem Gemahl Ihrer Schwester befreundet *war* und es auch nie sein *werde*.« Er ließ ihr einen Moment Zeit, um diese Worte wirken zu lassen, und fügte dann hinzu:

»Genau genommen halte ich ihn für eine verabscheuungswürdige Kreatur, die man auf ein Feld zerren und abknallen sollte.«

»Wirklich?«, fragte Suzette zweifelnd.

»Wirklich«, versicherte Daniel, während er dachte, dass George anscheinend eine ganze Menge zu verantworten hatte, wenn man alles in Betracht zog. Immerhin hatte er Suzettes Schwester Christiana in Richards Namen geheiratet, was bedeutete, dass die Ehe nicht legal war, sodass die arme Frau seit der Zeit, die sie verheiratet waren, in Sünde lebte. Kam die Wahrheit erst heraus und verbreitete sie sich, würden Christiana, Suzette und ihre jüngere Schwester in einen Skandal verwickelt werden, der so groß sein würde, dass sie sich unmöglich jemals wieder daraus befreien könnten.

Richard natürlich auch nicht. Und dann war da noch die Sache, dass George wahrscheinlich tot war. Wenn das stimmte, würde es für Richard noch viel schwerer werden, seinen Namen und seinen Titel zurückzugewinnen. Sie hatten auf Georges Geständnis gesetzt, um Richards Identität zu beweisen. Ohne dieses Geständnis allerdings … nun, Christiana konnte erklären, dass Richard in Wirklichkeit George war, der gar nicht in dem Feuer gestorben war, wie alle glaubten, sondern jetzt, da sein Bruder tot war, einfach nur versuchen wollte, alles an sich zu reißen. Das würden vermutlich viele Leute glauben. Himmel, sie würde es ja wahrscheinlich selbst glauben. Sie und alle anderen mussten sich schließlich fragen, warum er mit seiner Behauptung nicht schon eher aufgetaucht war, vor dem Tod des »Earls«. Sie würden also jedes Wort anzweifeln, das er sagte. Was bedeutete, dass sich die ganze Angelegenheit zu einem ziemlichen Durcheinander entwickelte, dachte Daniel.

»Warum helfen Sie Dicky dann so?«, fragte Suzette mit aufrichtigem Zweifel und zog seine Aufmerksamkeit wieder auf sich.

»Es geht mir nicht um Hilfe für Geo-Dick –« Daniel unterbrach sich abrupt. Statt mit seiner Erklärung fortzufahren, nahm er sich die Zeit, die Situation neu zu überdenken. Seit Richard hier aufgetaucht war, hatten ihn alle für Dicky gehalten – was bedeutete, dass George alle anderen dazu gebracht haben musste, ihn so zu nennen. Richard hätte diesen Spitznamen nie zugelassen. Ganz im Gegenteil, es war ja nur George gewesen, der ihn so genannt hatte, und zwar aus keinem anderen Grunde als deshalb, weil er wusste, dass es Richard nicht gefiel. Aber das Wichtige war, dass alle Richard für Richard hielten. Wenn also George wirklich tot war, würde er diese Angelegenheit sicherlich am besten dadurch lösen, indem er einfach zurück in sein Leben schlüpfte und so tat, als hätte er es nie verlassen. Natürlich ging das nur, wenn George wirklich tot war. Und es bedeutete, dass Richard die Ehe mit Christiana aufrechterhalten musste, aber –

»Also, warum haben Sie es dann getan?«, fragte Suzette ungeduldig. Sie war es offensichtlich leid, darauf zu warten, dass er mit seiner Erklärung fortfuhr.

Daniel schob seine Gedanken erst einmal beiseite und sagte: »Ich habe es getan, um zu verhindern, dass alle anderen mitbekommen, was Sie sagen. Es klang alles ein bisschen zu sehr nach einem ergötzlichen Skandal«, sagte er trocken und fragte dann vorsichtig: »Haben Sie und Ihre Schwestern wirklich geglaubt, dass Dicky tot ist, und ihn in Eis gepackt?«

Suzette seufzte angewidert. »Ja. Obwohl es offensichtlich etwas voreilig war, angesichts der Tatsache, dass er schließlich gesund und munter zu sein scheint.« Sie schüttelte den Kopf und fügte einigermaßen fassungslos hinzu: »Ich bin mir allerdings sicher, dass er tot war.«

»Vielleicht war er nur bewusstlos«, gab Daniel zu bedenken.

»Er hat nicht mehr geatmet«, entgegnete sie trocken, dann

runzelte sie die Stirn. »Zumindest hat es so gewirkt. Und ich hätte schwören können, dass sein Körper bereits ein bisschen kalt geworden war, als wir ihn in Eis gepackt haben. Nun, vielleicht haben sich meine Hände auch nur kalt angefühlt, weil ich das Eis angefasst hatte.«

Daniel räusperte sich und fragte vorsichtig: »Was ist eigentlich vor seinem offensichtlichen Tod genau passiert? Hat er den Eindruck gemacht, als würde er sich nicht wohlfühlen?«

Suzette zog ein finsteres Gesicht, während sie nachzudenken schien. Schließlich sagte sie langsam: »Er hat sicher nicht krank gewirkt, während er heute Morgen versucht hat, uns wie zwei Hausiererinnen abzuwimmeln, als wir bei Christiana aufgetaucht sind. Er wirkte gesund und munter und so aufgeblasen wie ein Hahn.«

»Er hat Sie abgewimmelt wie zwei Hausiererinnen?«, fragte Daniel neugierig.

»Hmm.« Suzettes finstere Miene wurde noch finsterer. »Wir sind hingegangen, um mit Christiana über – na ja, Familienangelegenheiten zu sprechen. Aber der Butler hat uns an der Tür warten lassen, während er Dicky geholt hat. Und dann hat Dicky versucht zu verhindern, dass wir sie sehen können.« Sie wirkte verwundert und fügte hinzu: »Glücklicherweise ist Christiana in dem Moment aufgetaucht und hat sich eingemischt. Es ist ihr gelungen, ihn zu überreden, uns reinzulassen.« Ihre Lippen strafften sich bei der Erinnerung, und sie fügte hinzu: »Aber dann hat der Schurke darauf bestanden, dass wir im Salon auf sie warten, während er mit Christiana gefrühstückt hat. Anscheinend wollte er sie dafür bestrafen, dass wir so unangemeldet aufgetaucht sind«, fügte sie trocken hinzu. »Und er war die ganze Zeit verdammt aufgeblasen.«

Daniel wölbte die Brauen, als er sie so fluchen hörte. Ladys fluchten gewöhnlich nicht so wie Seeleute. Zumindest nicht die

Ladys, die er kannte. Suzette entpuppte sich mehr und mehr als eine ziemlich außergewöhnliche Lady.

Sie seufzte unglücklich und sprach dann weiter. »Als Christiana schließlich zu uns kommen durfte, war er anfangs mit dabei. Natürlich wollten wir in seiner Anwesenheit nicht gleich erzählen, was Vater wieder getan hat.«

»Was Ihr Vater wieder getan hat?«, fragte Daniel sanft.

Ihre Miene verschloss sich, und sie ignorierte die Frage, sprach einfach weiter. »Es ist mir jedoch gelungen, ihn mit irgendwelchen Klatschgeschichten zu Tode zu langweilen, sodass er schließlich abgezogen ist. Danach haben wir Christiana alles gesagt.«

»Alles?«, fragte Daniel sofort. Allmählich wurde er richtig neugierig.

Was immer es war, es schien sie eindeutig zu bedrücken, und diesmal ignorierte sie seine Frage nicht, sondern warf ihm einen trockenen Blick zu und sagte: »Das müssen Sie nicht wissen. Niemand darf das wissen außer meinem zukünftigen Gemahl.«

»Sie sind verlobt?«, fragte er scharf. Aus irgendeinem Grund störte ihn dieser Gedanke.

»Nein«, sagte Suzette. Sie sah aus, als wäre die bloße Vorstellung ziemlich lächerlich. »Aber ich muss heiraten. Deshalb sind wir ja zu Christiana gegangen – damit sie dafür sorgen kann, dass Lisa und ich auf die Bälle gehen können und ich die Chance habe, einen zukünftigen Gemahl zu finden.«

»Verstehe«, sagte Daniel enttäuscht. Die Frau steckte offensichtlich in Schwierigkeiten und musste so schnell wie möglich heiraten, damit diese Schwierigkeiten nicht ans Tageslicht kamen, was sie in weniger als neun Monaten tun würden, wie er vermutete. Der Gedanke nahm ihrer Schönheit in seinen Augen ein bisschen den Glanz.

»Wie auch immer, Christiana war natürlich einverstanden. Immerhin musste sie Dicky wegen Vaters letztem Fehler heiraten, deshalb hat sie vollkommen verstanden.«

Was vermutlich gut war, dachte Daniel, aber er war jetzt doch ziemlich verwirrt. Er konnte sich nicht vorstellen, wie ein Mädchen durch den Fehler ihres Vaters in Schwierigkeiten geraten konnte, die es nötig machten, schnell zu heiraten. Zumindest nicht in diejenigen, die sich in neun Monaten offenbarten. Vielleicht hatte er sie an dieser Stelle falsch verstanden, dachte er.

»Also ist Christiana zu Dicky gegangen, um mit ihm darüber zu sprechen, dass sie uns in die Gesellschaft einführen wird, aber als sie ihn in seinem Arbeitszimmer gefunden hat, war der Idiot tot.«

Daniel biss sich auf die Lippe, als er ihren gereizten Tonfall hörte. In ihrer Stimme lag absolut keine Trauer, nur Gereiztheit wegen der unangenehmen Umstände. Aber George war nie jemand gewesen, der in seinen Mitmenschen feinere Gefühle hatte entfachen können. Er räusperte sich und fragte: »Ist er gestürzt und hat sich den Kopf eingeschlagen, oder –«

»Nein. Er saß einfach tot in seinem Sessel«, sagte sie ziemlich verbittert, dann fügte sie empört hinzu: »Offensichtlich ist er ein Opfer seiner eigenen Ausschweifungen geworden. Wir vermuten, dass es sein Herz war. Das Glas und der Whisky-Dekanter neben ihm deuten zumindest darauf hin, dass er nicht besonders auf sich achtgegeben hat. Ich bitte Sie, wer trinkt schon morgens harten Alkohol?«

Daniel schüttelte den Kopf, er wusste nicht, was er sagen sollte. In ihrer Stimme war so viel Wut, als sie von Georges Tod sprach, dass man hätte glauben können, er hätte es mit Absicht getan, um ihre Pläne zu durchkreuzen. Nach einem Moment fragte er: »Und Sie sind sich sicher, dass er tot ist?«

Suzette schenkte ihm einen weiteren bezaubernden *Machen-Sie-sich-nicht-lächerlich*-Blick. »Nun, ganz offensichtlich ist er es nicht. Er ist ja jetzt hier«, sagte sie, und dann schüttelte sie den Kopf und fügte kaum hörbar hinzu: »Obwohl ich hätte schwören können … er hat sich schließlich nicht im Geringsten gerührt, als er aus dem Sessel gerutscht und mit dem Kopf auf den Boden geknallt ist. Oder als ich ihn fallen gelassen habe und er noch mal mit dem Kopf auf das harte Parkett geprallt ist. Oder als wir ihn in den Teppich eingerollt und nach oben geschafft haben. Oder als wir ihn oben im Korridor fallen gelassen haben und er aus dem Teppich gerollt ist. Oder –«

»Ähm«, unterbrach Daniel sie, dann hüstelte er in seine Hand, um ein Lachen zu verbergen, bevor er fragte: »Wieso genau haben Sie ihn in einem Teppich weggeschafft?«

»Nun tun Sie nicht so dumm«, sagte sie erbittert. »Wir konnten ja wohl kaum zulassen, dass irgendjemand von seinem Tod erfährt, oder?«

»Konnten Sie nicht?«, fragte er unsicher.

Suzette wirkte jetzt gereizt. »Natürlich nicht. Wäre sein Tod bekannt geworden, hätten wir trauern müssen. Wie soll ich aber einen Gemahl finden, wenn wir uns von gesellschaftlichen Ereignissen fernhalten müssen, um zu trauern?«

»Oh. Verstehe«, sagte Daniel, und jetzt verstand er tatsächlich. Allmählich wurden die Dinge etwas klarer. Nach alldem, was mit George passiert war, ohne dass er reagiert hatte, musste er wohl wirklich tot sein.

»Natürlich hatte Christiana eigentlich vorgehabt, die Obrigkeit zu rufen und sie über seinen Tod in Kenntnis zu setzen. Aber ich habe sie daran erinnert, dass wir nur zwei Wochen Zeit haben, in denen ich einen Gemahl finden und meine Mitgift beanspruchen kann.«

»Hmm«, sagte Daniel trocken. Enttäuschung breitete sich

wieder in ihm aus, als er begriff, dass Suzette nur eine weitere der vielen Frauen war, die einen Gemahl mit schwerer Börse suchten.

»Also hat sie zugestimmt, dass wir Dicky auf sein Bett legen, ihn in Eis packen und dem Dienstpersonal sagen, dass er krank ist, um seinen Tod zwei Nächte lang zu verheimlichen und mir die Zeit zu geben, einen Gemahl zu finden.« Suzettes Mund zuckte, und sie murmelte: »All die Mühe, und der Kerl war nicht einmal tot. Ich weiß einfach, dass er jetzt alles ruinieren wird. Er wird verhindern, dass wir noch weitere Bälle besuchen können, um einen Gemahl zu finden. Wenn er auch nur einen Funken Ehre im Leib hätte, wäre er einfach tot geblieben.«

»Unglücklicherweise scheint er lediglich bewusstlos gewesen zu sein«, murmelte Daniel. Er war sich jetzt ziemlich sicher, dass George tot war. Dies konnte die ganze Sache ziemlich vereinfachen oder könnte es, wenn Richard bereit war, die Ehe mit Christiana aufrechtzuerhalten … und tatsächlich begann Daniel zu denken, dass es in diesem Fall das Ehrenhafteste überhaupt wäre. Wenn er auch nicht viel davon hielt, dass die Schwestern nach einem Mann mit Geld Ausschau hielten, der alle ihre Probleme lösen würde, kam es ihm wie eine Schande vor, diese drei Frauen unter Georges skandalösen Taten leiden zu lassen, wo doch nichts von alledem ihr Fehler war.

»Bewusstlos.« Suzette war so empört, dass sie das Wort regelrecht ausspie. »Das muss er gewesen sein, und er hatte offensichtlich getrunken.« Sie stampfte mit dem Fuß auf, machte mehrmals »Ts-ts-ts« und murmelte dann: »Wieso konnte dieses Scheusal nicht tot bleiben? Ich hätte ihn in seinem Bett ersticken sollen, um sicherzugehen, dass er tot ist und es bleiben wird.«

Daniel starrte sie verwundert an. Sein erster Gedanke war, dass diese Frau ihn – abgesehen davon, dass sie einen reichen

Mann suchte und mörderische Neigungen zu haben schien – in ihrem vollständigen Mangel an Künstlichkeit faszinierte. Sein nächster Gedanke allerdings war, dass die Gesellschaft sie lebendig verspeisen würde. Künstlichkeit und Täuschung waren notwendige Mittel, um in der besseren Gesellschaft zu überleben, und Suzette mangelte es offensichtlich an beidem.

Sie atmete plötzlich schwer aus, als hätte sie längere Zeit die Luft angehalten, und murmelte: »Ich vermute, ich sollte mich jetzt besser darum kümmern, heute Nacht noch einen Gemahl zu finden. Ansonsten wird Dicky sicher einen Weg finden, mir einen Strich durch die Rechnung zu machen.«

Daniels Brauen zuckten bei ihren Worten hoch, dann musterte sie ihn interessiert.

»Sie sind ein ziemlich gut aussehender Kerl«, bemerkte sie nachdenklich.

Daniel blinzelte, dann murmelte er: »Oh … äh … danke, schätze ich.«

»Sie wirken auch nicht wie ein Dummkopf«, fügte sie hinzu und legte den Kopf leicht schief, um ihn nachdenklich zu betrachten.

»Ähm«, sagte er schwach.

»Und Sie sind nicht alt. Noch ein Pluspunkt.« Daniel überlegte noch, was das alles zu bedeuten hatte, als sie unvermittelt fragte: »Sind Sie reich?«

Zuerst war er einfach nur überrascht über die unverblümte Frage. Jemand, der über all die Schliche, Listen und Tücken verfügte, an denen es ihr mangelte, hätte auf sehr viel indirektere Weise versucht, das herauszufinden. Genau genommen hätten die meisten Menschen der besseren Gesellschaft gar nicht *versucht*, es herauszufinden. Sie alle gingen seit Jahren davon aus, dass Daniels Familie gut betucht war, und seine Mutter hatte sehr hart dafür gearbeitet, dass dieser Eindruck bestehen blieb. Die Wahrheit war allerdings, dass sie fast bettelarm gewesen waren und kostbare Kunstgegenstände hatten verkaufen müssen, um die Gläubiger in Schach zu halten, während sie verzweifelt versucht hatten, das Bild von Wohlstand aufrechtzuerhalten, das jeder von ihnen erwartete.

Seit Daniel im heiratsfähigen Alter war, hatte seine Mutter ihm in den Ohren gelegen, sich eine reiche Frau zu suchen und zu heiraten. Dazu wäre es auch fast gekommen, hätte er sich nicht eines Abends unter dem Einfluss von Alkohol dazu verleiten lassen, Richard alles zu gestehen. Richard war nicht überrascht gewesen. Zu Daniels großer Verwunderung schien es, als wären die Bemühungen seiner Mutter nicht so erfolgreich gewesen, wie sie geglaubt hatte, denn sein bester Freund hatte ihren finanziellen Zustand schon seit Langem angezweifelt. Oder vielleicht lag es auch nur daran, dass er als jemand, der Daniel sehr nahestand, bemerkt hatte, dass sein Freund den größten Teil der Zeit die gleichen Sachen trug, sie extrem behutsam behandelte, damit sie möglichst lange hielten, oder dass die Möbel im Salon bereits abgenutzt waren und niemand, der zu Besuch war, weiter kam als bis zu diesem Salon – hauptsächlich, weil in den übrigen Zimmern des Hauses fast keine Möbel mehr standen.

Aus welchem Grund auch immer, Richard hatte seinen Freund nicht demütigen wollen, indem er selbst das Thema aufbrachte, sondern lieber darauf gewartet, dass Daniel von sich aus darauf zu sprechen kam. Als dies geschah, hatte Richard ihm sofort seine Hilfe angeboten. Er schlug vor, eine passende Investition für ihn zu suchen, die vielversprechend war. Er würde Daniel das Geld leihen, um dort zu investieren, und danach mit Zinsen zurückerhalten. Dieser letzte Aspekt war der Grund, weshalb Daniel seinen Stolz hinuntergeschluckt und das Angebot angenommen hatte. Er vermutete, dass Richard dies gewusst und nur deshalb die Zinsen hinzugefügt hatte. So hatten die beiden Männer ihre Investition getätigt, und sie hatte sich tatsächlich ausgezahlt. Nachdem Daniel seinem Freund das geliehene Geld mit Zinsen zurückgezahlt hatte, war immer noch mehr übrig als das ursprünglich eingesetzte Geld, das er sofort wieder in einer anderen Anlage anlegte, die Richard ihm empfohlen hatte.

Richard Fairgrave hatte ein goldenes Händchen, wenn es um Investitionen ging, und er teilte seinen unternehmerischen Verstand nur zu gern mit seinen Freunden. Im Laufe der letzten zehn Jahre war der Reichtum, den seine Mutter während seiner Kindheit so verzweifelt vorgetäuscht hatte, zu echtem Reichtum geworden. Dies war das Geheimnis, das Richard und er miteinander teilten. Es war der Grund, wieso Daniel sofort gewusst hatte, dass der Brief an ihn vom echten Richard gekommen war.

»Nun«, fragte Suzette. »Sind Sie reich?«

Daniel starrte die kämpferische Frau an. Die Antwort lautete, dass er dank Richard jetzt einer der vermögendsten Lords in England war. Aber wenn das auch bedeutete, dass seine Mutter aufgehört hatte, ihn zu bedrängen, sich eine *reiche* Frau zu suchen, wollte sie immer noch, dass er sich eine Frau suchte und ihr Enkel schenkte. Und was ihn selbst betraf, wurde er ständig von ehestiftenden Müttern und ihren kreischenden Töchtern verfolgt, und obschon er das auf eine verdrehte Weise ziemlich erheiternd gefunden hatte, als er arm gewesen war und gewusst hatte, dass sie ihren Handel nie bekommen würden, stellte Daniel fest, dass er es jetzt ziemlich ärgerlich fand. Er kam sich vor wie ein Zuchthengst, der einen Sack Gold zwischen den Beinen hatte. Und so unterhaltsam Suzette auch war, schätzte er es ganz und gar nicht, dass sie nur wegen seines Reichtums an ihm interessiert war. Also tat er das, was jeder vernünftige Mann in seiner Situation getan hätte … er log.

»Ich bin so arm wie eine Kirchenmaus«, verkündete er also mit gespieltem Bedauern. »Tatsächlich bin ich sogar noch ärmer als eine Kirchenmaus, seit ich im letzten Jahr Woodrow von meinem Onkel geerbt habe, das sich in einem schrecklichen Zustand befindet, sodass ziemlich viele Reparaturen und Instandsetzungsarbeiten nötig sind, die ich mir nicht leisten kann.«

Das Letzte war nicht einmal eine echte Lüge. Er hatte den Familiensitz im Jahr zuvor vom älteren Bruder seines Vaters geerbt, und er befand sich wirklich in einem schrecklichen Zustand, war schon regelrecht baufällig. Er hatte allerdings das Geld, ihn reparieren zu lassen, und genau darum hatte er sich auch im Laufe des letzten Jahres gekümmert. Genau genommen hatte er das Gut geerbt, kurz bevor George angeblich gestorben war. Als er die Nachricht von Georges Tod erhalten hatte, war er gerade auf dem Gut gewesen und hatte sich dessen armseligen Zustand angesehen. Er hatte sich ein Bild davon verschafft, was alles getan werden musste, um es in seinen früheren Glanz zurückzuversetzen. Zu diesem Zeitpunkt war der Leichnam des Mannes, von dem alle dachten, dass es Georges sei, in der Familiengruft der Fairgraves beigesetzt worden, und der Staub hatte sich gelegt. Daniel hatte Richard – oder denjenigen, den er für Richard hielt – ein Beileidsschreiben nach London geschickt, und ihm angeboten, ihn zu besuchen, wenn er einen Freund benötigen sollte, aber niemals eine Antwort erhalten.

Trotzdem hatte er sich irgendwann entschieden, in die Stadt zu fahren, um ihn aufzusuchen und zu sehen, wie er mit dem Tod seines Zwillingsbruders klarkam. Die Instandsetzung seines Guts hatte jedoch ein Problem nach dem anderen mit sich gebracht, und dann war seine Mutter ernsthaft krank geworden und wäre beinahe gestorben. Glücklicherweise hatte sie sich wieder erholt, aber viel Zeit zur Genesung benötigt, sodass schließlich fast sechs Monate verstrichen waren, bevor er das Gefühl gehabt hatte, in die Stadt reisen zu können. Daniel war nach Mitternacht dort angekommen, und obwohl er eigentlich vorgehabt hatte, Richard sofort in seinem Stadthaus aufzusuchen, um herauszufinden, wie es ihm ging, war er zu dem Schluss gekommen, dass es dazu bereits zu spät und er zu müde von der Reise war. Er war also stattdessen zu Bett gegangen, um ihn am nächsten Tag zu besuchen. An diesem Tag jedoch hatte ihn Richards Brief aus Amerika erreicht.

Nachdem Daniel den Brief gelesen hatte, war er nicht mehr zum Stadthaus gegangen, in dem sich jetzt George breitgemacht hatte – ein Heuchler, der sich den Namen und Titel seines Bruders angeeignet hatte. Stattdessen hatte er eine Kabine auf dem nächsten Schiff gebucht, das nach Amerika auslief, um Richard selbst zurückzuholen.

»Tatsächlich?«, fragte Suzette. »Sie sind arm?«

Daniel blinzelte, als er ihre erstaunte Miene sah, die seine Aufmerksamkeit wieder auf das Gespräch zurücklenkte. Er beschloss, das Ganze noch ein bisschen mehr auszuschmücken. »Ja, wirklich. Eigentlich bin ich heute Nacht hier, weil ich eine reiche Frau suche, die ich heiraten kann. Das Geld wird gebraucht, um Woodrow instand zu setzen und die kleine Belegschaft zu bezahlen, die noch übrig ist.« Er täuschte einen Seufzer vor. »Ich gehe nicht davon aus, dass Sie irgendeine junge hübsche Lady mit einem Sack voller Münzen kennen, die den Wunsch hat, einen Kerl zu heiraten, den das Glück verlassen hat?«

»Doch! Mich!«

Daniel fiel die Kinnlade herunter. Suzette hatte die Worte nicht nur gekreischt, als wären sie das Wunderbarste auf der Welt, sondern sie wirkte auch so aufgeregt wie ein Kind an Weihnachten. Dies war nicht die Reaktion, mit der er gerechnet hatte. Er hatte vielmehr gedacht, sie würde sich bei seinen Worten umdrehen und zum Ball zurückstapfen. Oder es zumindest versuchen, da er sie daran gehindert hätte, weil er ihr noch nicht alle Informationen entlockt hatte, die er brauchte. Er hatte einfach gehofft, dass sie – als Frau auf der Suche nach einem reichen Mann – von ihm als potenziellen Gemahl absehen würde. Stattdessen sah sie aus, als wäre er die Antwort auf all ihre Gebete.

»Aber das ist perfekt«, sagte sie glücklich. »Ich brauche einen armen Gemahl, und Sie brauchen eine reiche Frau. Es ist, als hätte das Schicksal es bestimmt.«

»Ich bezweifle doch sehr –« Daniel schluckte die restlichen Worte hinunter, als Suzette plötzlich eine seiner Hände aufgeregt zwischen ihre nahm. Dabei erschreckte ihn nicht so sehr, dass sie seine Hand überhaupt zwischen ihren hielt, sondern vielmehr, dass sie sie in ihrer Aufregung zwischen ihre Brüste drückte. Er hatte nicht das Gefühl, als würde sie auch nur begreifen, was sie tat. Wirklich, diese Frau war außer sich vor Aufregung, und er war vollkommen perplex, bis ihm dämmerte, was sie gesagt hatte. Mit einem Stirnrunzeln fragte er: »Sie sind reich?«

»Lieber Himmel, ja. Mein Großvater Sefton hat sein Vermögen zwischen mir und meinen Schwestern aufgeteilt und es uns als Mitgift hinterlassen. Sie sehen also, ich habe das Vermögen, das Sie brauchen. Ist das nicht wunderbar?«

»Sefton, sagen Sie?«, fragte er langsam. Er erkannte den Namen sofort. Jeder kannte den Namen Sefton. Der Mann hatte sogar noch ein besseres Händchen gehabt als Richard und sich vor Jahrzehnten den Beinamen Alter Geldsack erworben. Es hieß, dass er ein größeres Vermögen angehäuft hätte als der König. Es hatte Gerüchte gegeben, als er gestorben war, dass er sein Geld dem Gemahl seiner verstorbenen Tochter und dessen Töchtern vermacht hätte. Wie war noch gleich sein Name? Angesichts der Tatsache, dass seine Hand zwischen Suzettes Brüsten lag, fiel es ihm schwer, sich zu konzentrieren. Sie hatte sie zwar in ihren Händen, und er berührte auch gar nicht ihre Haut, aber allein schon der Anblick lenkte ihn ziemlich ab. Glücklicherweise ließ sie ihn jetzt los, und er konnte seine Hand zurückziehen und wieder denken. Jetzt fiel ihm auch der Name ein. »Madison?«

»Ja, Suzette Madison.« Sie nickte, tänzelte voller Fröhlichkeit auf der Stelle, was er nicht ganz verstand. »Und meine Schwestern sind Lisa und Christiana.«

Daniel runzelte die Stirn, während seine Gedanken zu dem zurückkehrten, was sie sonst noch gesagt hatte. Sie brauchte einen armen Gemahl? Aber das ergab keinen Sinn. Eine Frau heiratete einen armen Mann nur aus Liebe, und nicht einmal dann würden die meisten adligen Frauen zulassen, dass die Liebe sie in eine solche Ehe führte. Reichtum bedeutete für die bessere Gesellschaft alles. Warum also sollte eine reiche Frau einen armen Gemahl brauchen? Es wollte ihm kein Grund einfallen, außer … sie befand sich in arger Not und brauchte einen Mann, der arm war und verzweifelt genug, um sie sofort zu heiraten. Was ihn zu dem Grund zurückbrachte, der ihm als Erstes eingefallen war, als er darüber nachgedacht hatte.

»Bekommen Sie ein Kind?«, fragte er unsicher. Sein Blick ging unwillkürlich zu ihrer Taille. Sie wirkte nicht, als wäre sie schwanger, und es würde auch nicht erklären, wieso ihr Vater irgendetwas mit all dem zu tun hatte.

»Was?«, fragte sie überrascht, aber statt beleidigt zu sein, schnaubte sie nur und verdrehte die Augen. »Nein, natürlich nicht… Für was für eine Frau halten Sie mich?«

Das war eine gute Frage, dachte Daniel trocken, denn er hatte tatsächlich keinen blassen Schimmer, was für eine Frau sie war. Er war noch nie jemandem wie ihr begegnet, und alles, was er bisher wusste, deutete darauf hin, dass sie in irgendwelchen Schwierigkeiten und voller Überraschungen steckte. »Warum brauchen Sie dann einen armen Gemahl? Und haben Sie nicht gesagt, dass Sie ihn heute Nacht noch finden müssen? Was für einen anderen Grund könnte es für eine solche Notlage geben, als den Wunsch, den Skandal einer unehelichen Schwangerschaft zu vermeiden?«

Suzette seufzte. Ihre Aufregung löste sich etwas auf, als sie gestand: »Der Wunsch, eine andere Art von Skandal zu vermeiden.«

Als Daniel fragend eine Augenbraue hochzog, zögerte sie und sagte: »Ich schätze, ich sollte es Ihnen wirklich erklären, wenn Sie mich heiraten werden.«

Jetzt zuckte auch seine andere Augenbraue hoch, aber Suzette bemerkte es nicht. Sie sah sich um und fand ein Stückchen tiefer im Garten eine Bank unter einem Baum, nahm seine Hand und zog ihn in die Richtung. »Kommen Sie, ich werde Ihnen alles erklären.«

2

»Sie sehen, ich muss unbedingt heiraten und meine Mitgift beanspruchen. Dann kann ich die Spielschulden meines Vaters bezahlen, bevor irgendwer davon erfährt und wir in einem Skandal versinken«, beendete Suzette ihren Bericht. Genau genommen hatte sie die ganze Zeit in Windeseile gesprochen und die gesamten Ausführungen über die Schwierigkeiten, in die ihr Vater seine Töchter gebracht hatte, hinter sich gebracht. Trotzdem hatte sie alles Wichtige erwähnt, selbst den Brief von Robert Langley, der ihren Vater überhaupt erst dazu gebracht hatte, in die Stadt zu reisen, um nach Christiana zu sehen. Jetzt biss sie sich auf die Lippe und wartete, während Daniel Woodrow über das, was sie erzählt hatte, nachdachte.

Suzette hoffte inständig, dass er nicht abgeschreckt sein würde. Sie hatte jedoch keine Möglichkeit gesehen, ihm *nicht* alles zu erzählen. Daniel war der erste Mann an diesem Abend, auf den ihre Vorstellung von einem möglichen Gemahl passte, die sie sich vor dem Ball gemacht hatte. Nun, sie schätzte, Danvers vielleicht auch. Die beiden waren etwa im gleichen Alter, aber wenn Daniel auch durchschnittlich aussah, war er … nun, sie vermutete, im ganz großen Spiel war er vermutlich auch nicht sehr viel mehr als Durchschnitt, doch seit er sie nicht mehr so durch die Gegend zerrte, strahlte er tatsächlich etwas aus, das sie irgendwie anzog. Vielleicht waren es seine Lippen, dachte sie und starrte auf seine Unterlippe, die etwas dicker als die Oberlippe war. Sie fragte sich, wie es wohl wäre, von ihm geküsst zu werden.

»Wieso Sie und nicht Ihre Schwester?«, fragte er. »Lisa, nicht wahr?«

»Ja, Lisa«, antwortete Suzette und zuckte dann mit den Schultern. »Ich bin ein Jahr älter als sie. Ich denke, dass es daher eher an mir ist, diese Aufgabe zu übernehmen.«

»Hmm.« Er schwieg einen Moment und murmelte dann: »Also Christiana hat Geo-Dicky geheiratet, um ihre Mitgift beanspruchen und so die Schulden bezahlen zu können, die Ihr Vater in der Spielhölle gemacht hat?«

»Nun, Dicky hat sie selbst bezahlt, aber er hat das Geld über die Mitgift zurückbekommen, als er und Christiana geheiratet haben«, sagte sie langsam.

»Und das war das erste Mal in seinem Leben, dass Ihr Vater überhaupt gespielt hat?«, fragte er mit zusammengezogenen Augen.

Suzette seufzte und nickte. »Ja. Früher hat er sich aus solchen Dingen nie etwas gemacht.«

»Und jetzt hat er es sogar zum zweiten Mal getan, und er hat zum zweiten Mal so viel verloren, dass eine seiner Töchter – in diesem Fall Sie – heiraten muss, um Ihre Mitgift beanspruchen und all diese Schulden zurückzahlen zu können?«, fragte er. Als Suzette nickte, runzelte er die Stirn. »Und Sie sagen, Geo-Dicky hat Ihren Vater in die Spielhölle mitgenommen, in der er schon beim letzten Mal so viel Geld verloren hat?«

Suzette nickte erneut. Verbittert verzog sie den Mund. Sie wünschte sich wirklich, Dicky wäre tot. Es wäre nur gerecht, da das, was er getan hatte, sie zu dieser überstürzten Heirat zwang.

»Hat er Ihren Vater auch beim ersten Mal in die Spielhölle mitgenommen?«

Suzette blinzelte überrascht. »Nein«, sagte sie sofort, runzelte dann aber nachdenklich die Stirn. »Obwohl, vielleicht doch.«

Daniel wölbte die Brauen. »Was jetzt?«

Suzette biss sich auf die Lippe. »Ich bin mir nicht sicher. Als Dicky bei uns auf Madison aufgetaucht ist, war ich gerade zum Lesen auf dem Dachboden und habe sein Gespräch mit Vater mit angehört.« Sie machte eine Pause, dann erklärte sie: »Der Dachboden erstreckt sich über die ganze Länge des Hauses, und aus irgendeinem Grund kann man an einer Stelle dort oben hören, was in Vaters Arbeitszimmer gesprochen wird. Zufälligerweise hatte ich mich gerade da zum Lesen hingesetzt.«

»Zufälligerweise, ja?«, fragte er mit einem erheiterten Lächeln.

Suzette errötete, aber sie ließ sich nicht beirren. »Wie auch immer, ich habe gehört, wie Dicky Vater angeboten hat, die Schulden zu begleichen, wenn er als Gegenleistung dafür Christianas Hand bekommt. Und dann sagte er so etwas wie, dass er sich dafür verantwortlich fühlen würde, dass Vater in dieser Nacht gespielt hat.« Sie runzelte die Stirn. »Ich erinnere mich allerdings nicht, dass er irgendeinen Grund genannt hat, warum er sich dafür verantwortlich gefühlt hat … aber es könnte natürlich sein, dass es damit zu tun hat, weil er ihn auch damals schon dorthin mitgenommen hat, oder?«

»Es wäre möglich«, pflichtete Daniel ihr ruhig bei. Seine Miene wurde jetzt nachdenklich.

Suzette saß einen Moment unruhig da, dann fragte sie schließlich: »Und? Werden Sie mich heiraten?«

Daniel schien über die Frage verblüfft zu sein, zumindest richtete er sich abrupt auf. »Oh … äh …«

»Es ist die perfekte Lösung für uns beide«, erklärte Suzette eifrig. Sie war ziemlich versessen darauf, ihn zu überzeugen. Die Vorstellung, jemanden wie Lord Willthrop oder einen der anderen heiraten zu müssen, mit denen sie an diesem Abend getanzt hatte, schreckte sie einfach furchtbar ab. Dieser Mann jedoch … nun, sie fand ihn zumindest anziehend. Und bisher hatte er noch keine unerträgliche Angewohnheit gezeigt wie das Knibbeln an irgendwelchen Pickeln. Wobei er, um gerecht zu sein, gar keine Pickel zu haben schien. Aber er hatte sie auch noch nicht ein einziges Mal anzüglich begafft, er zog nicht unaufhörlich die Nase hoch, und sie hatte nicht das Gefühl, dass er aus dem Mund stank.

Der letzte Gedanke machte sie etwas nachdenklich, und sie beugte sich etwas näher zu ihm hin, hielt ihre Nase an seinen Mund und sog vorsichtig die Luft ein. Sie bemerkte keinen unangenehmen Geruch.

»Was tun Sie da?«, fragte er verwundert.

»Nichts«, sagte sie, dann richtete sie sich rasch wieder auf. Suzette widmete sich wieder ihren Argumenten. »Sie brauchen eine reiche Frau, um das nötige Geld für die Instandsetzung des Guts und der Ländereien zu bekommen, und ich habe das Geld. Ich wiederum brauche einen Gemahl, der bereit ist, mir die Verfügungsmacht über einen Teil meiner Mitgift zu gewähren, sodass ich die Schulden meines Vaters zurückzahlen kann und …« Sie zögerte und biss sich auf die Lippe, besorgt, dass der nächste Teil ein Problem darstellen könnte. Aber sie würde es so oder so irgendwann zur Sprache bringen müssen, wenn sie weiter ihren Plan verfolgen wollte, also sagte sie frei heraus: »Und ich möchte eine Vereinbarung, derzufolge ich mein eigenes Leben leben kann.«

Daniel wölbte die Brauen. »Was genau bedeutet das?«

»Nun ja«, sagte Suzette langsam, zog die Worte bewusst in die Länge. Sie versuchte, herauszufinden, wie sie erklären konnte, was genau sie damit meinte. Die Wahrheit war, dass sie gar nicht ganz sicher war, was sie damit meinte, abgesehen davon, dass sie nicht mit einem widerlichen, ständig an ihr herummäkelnden Gemahl enden wollte, der auf ihr herumhackte und ihr die nächsten vierzig Jahre das Leben schwer machte. Seufzend sagte sie: »Ich schätze, es bedeutet, dass ich die Freiheit haben möchte, mit meiner Zofe zu verreisen oder auf dem Land zu leben, während Sie in der Stadt sind, oder selbst in der Stadt zu leben, während Sie auf dem Land sind, wenn ich das möchte. Ich meine, wenn ich Ihre Gesellschaft als … äh … unangenehm empfinden sollte.«

»Verstehe«, sagte Daniel trocken. »Und wenn wir ständig getrennt voneinander sind, wie genau sollen wir dann Erben hervorbringen?«

»Oh.« Suzette errötete. »Nun, ich vermute, wir könnten uns auf gelegentliche Besuche einigen … zum Zwecke der … äh … Zeugungsabsicht.«

»Gelegentliche Besuche zum Zwecke der Zeugungsabsicht?«, wiederholte er ungläubig, und dann murmelte er trocken: »O je, wie romantisch.«

Suzette runzelte die Stirn, denn es klang wirklich eher kühl und gar nicht nach dem leidenschaftlichen Wahn, von dem sie in einem der Romane von Lisa gelesen hatte. Aber wenn sie ehrlich war, konnte sie die Ekstase, die in diesem Buch beschrieben war, nicht erfassen. Sie war in ihrem ganzen Leben noch nicht einmal geküsst worden. Was war, wenn sie seine Küsse nicht genoss? Dass er keinen schlechten Atem hatte, bedeutete ja nicht, dass sie diese Besuche, von denen sie so kühn gesprochen hatte, genießen würde. Sie kam zu einer Entscheidung, richtete sich abrupt auf und sagte: »Wir müssen uns küssen.«

Das erregte augenblicklich seine Aufmerksamkeit, und er fragte verblüfft: »Was?«

»Nun, wir sollten herausfinden, ob wir in … äh … dieser Hinsicht zusammenpassen«, murmelte sie und errötete heftig. Sie schluckte und zwang sich, mit fester Stimme hinzuzufügen: »Sie sollten mich küssen. Dann werden wir es wissen.«

»Meine liebe junge Lady«, begann Daniel halb amüsiert und halb entsetzt, »ich glaube wirklich nicht, dass –«

»Um Himmels willen«, unterbrach Suzette ihn ungeduldig, dann beugte sie sich einfach nach vorn und drückte ihre Lippen auf seine. In ihrem Eifer, es hinter sich zu bringen, verlor sie fast das Gleichgewicht und musste sich an seiner Jacke festhalten, während sie ihren Mund auf seinen quetschte. Dann wartete sie auf die warme und wunderbare Regung, die sie überfallen würde, wie sie gelesen hatte. Unglücklicherweise gab es jedoch keine Regung. Das hier war nicht aufregender, als wenn sie ihre Lippen an eine Tasse setzte, dachte Suzette bestürzt. Sie ließ ihn los und lehnte sich mit einem enttäuschten Seufzer wieder zurück. »O je, ich fürchte, Sie sind nicht gut darin.«

»Wie bitte? *Ich* bin nicht gut darin?«, fragte Daniel mit ungläubigem Erstaunen. »Mein liebes Mädchen, wenn Sie denken, dass das ein Kuss war –«

»Hören Sie auf, mich liebes Mädchen zu nennen«, fauchte Suzette ungeduldig und sprang auf. Sie war jetzt zu aufgeregt, um noch sitzen bleiben zu können. »Sie klingen, als wären Sie alt genug, um mein Vater zu sein, und dabei sind Sie so alt nun auch wieder nicht.«

»So alt nun auch wieder nicht? Um Himmels willen! Wie bezaubernd Sie sind«, sagte er gereizt. Und dann stand er ebenfalls auf und informierte sie einigermaßen würdevoll: »Das war *kein* richtiger Kuss.«

»Nun, wenn Sie so ein Experte darin sind, warum zeigen Sie mir dann nicht, wie man es richtig macht?«, schlug sie vor und funkelte ihn frustriert über diese Entwicklung der Situation an. Sie hatte angefangen, den Mann zu mögen, seit sie begriffen hatte, dass er nicht Dickys Freund war, sondern sich lediglich eingemischt hatte, um zu verhindern, dass die Begegnung Stoff für Klatsch und Tratsch bieten würde. Dann waren ihre Hoffnungen sogar noch gestiegen, als sie erkannt hatte, dass er auf der Suche nach einer reichen Braut war. Aber dieser Kuss war so enttäuschend gewesen, dass sie –

Ihre Gedanken erstarben jäh, und sie keuchte überrascht auf, als Daniel die Herausforderung plötzlich annahm, sie in seine Arme zog und seinen Mund an ihren brachte. Er machte es ganz sicher anders als sie. Seine Lippen legten sich auf ihre, aber nicht so fest wie sie zuvor. Stattdessen bewegten sie sich liebkosend und so zart und leicht wie ein Schmetterlingsflügel, strichen nur über der Oberfläche, glitten ein bisschen zur Seite, sodass ihre Neugier geweckt wurde. Ihre Neugier wurde sogar noch stärker, als er an ihrer Unterlippe zu knabbern begann, mit seinen eigenen Lippen daran zupfte und leicht daran saugte, sodass kleine Schauder durch die zarte Haut liefen. Danach kam seine Zunge ins Spiel, glitt heraus und fuhr über ihre Lippen, und bevor sie richtig wusste, wie ihr geschah, war sie schon an ihnen vorbeigeglitten und hatte sich ihren Weg sanft, aber sicher in ihren Mund gebahnt. Als sich seine Zunge mit ihrer verband, wurden ihre Geschmacksknospen plötzlich von einem völlig unvertrauten, aber nicht unangenehmen Geschmack bestürmt.

Daniel hatte die Hände bisher still gehalten, aber plötzlich begannen sie, sich ebenfalls zu bewegen, zogen sie zu sich heran, während seine Zunge in sie eindrang. Zu dem bereits herrschenden Aufruhr an seltsamen Gefühlen gesellten sich jetzt noch andere, die er mit seiner Zunge heraufbeschwor.

Suzette stieß einen kleinen Seufzer aus, eine Mischung aus Erleichterung und Wonne, während ihre Hände sich wie von selbst um seinen Nacken legten, als die erstaunlichsten Gefühle über sie hinwegströmten. Sie hatte das seltsame Bedürfnis, ihn dichter an sich heranzuziehen, obwohl sie eigentlich den

Eindruck hatte, dass ihre Körper schon so eng aneinandergepresst waren, wie es überhaupt möglich war. Suzette hatte auch den seltsamen, aber unwiderstehlichen Drang, ihren Körper zu strecken, so als wäre sie gerade aus einem langen Schlaf erwacht. Sie gab der Versuchung nach und tat es, stöhnte leise, als sie feststellte, dass sie sich vielleicht doch noch nicht so nahe gewesen waren, wie sie geglaubt hatte. Die Dehnung und Streckung ihres Körpers führte dazu, dass sie den Oberkörper zurückbog, was wiederum ihn zwang, sich über sie zu beugen, um den Kuss fortzusetzen, aber gleichzeitig drückte er dadurch seine Hüften fest auf ihre, was einen neuen Ansturm von Empfindungen in ihr auslöste.

Jetzt glaubte Suzette zu verstehen, was es mit der warmen und wunderbaren Regung auf sich hatte, von der sie gelesen hatte. Ganz sicher breitete sich gerade eine Wärme zwischen ihren Beinen aus, die sich wie flüssige Hitze anfühlte und regelrecht aus ihr herauszufließen schien. Es fühlte sich wunderbar an, wie sein Mund weiterhin dicht an ihrem war und seine Zunge ihre berührte und mit einer köstlichen Gründlichkeit erforschte.

Das Geräusch von Stimmen zwang sie, aufzuhören. Allerdings hörte Suzette die Stimmen gar nicht selbst, und selbst wenn sie das getan hätte, hätte sie sie nur zu gern ignoriert und sogar ihren Ruf riskiert, um Daniel weiterküssen zu können. Daniel allerdings schien mehr Verstand zu besitzen als sie und brach den Kuss ab, schob sie ein gutes Stück von sich weg.

»Wir sollten zum Ball zurückkehren«, sagte er ruppig, nahm ihren Arm und führte sie mit leichtem Druck den Pfad entlang zurück.

Suzette ging zuerst fügsam mit, viel zu überwältigt von dem Kuss, um klar denken zu können. Sie ging schweigend, unfähig zu verhindern, dass ihre Zunge immer wieder über ihre immer noch kribbelnden Lippen glitt, während sie dachte, dass diese Besuche zu Zeugungszwecken sicher kein Problem darstellen sollten. Der nächste Gedanke allerdings traf sie heftig, denn sie erinnerte sich, dass er sich noch gar nicht bereit erklärt hatte, sie zu heiraten … oder zu sonst etwas.

Sie wurde langsamer und runzelte die Stirn. »Werden Sie mich heiraten?«

Die Frage brachte seine Lippen dazu, augenblicklich fester zu werden, und er murmelte: »Das ist höchst unüblich, Mylady.«

»Ja, das ist es«, räumte sie ernst ein. »Und wenn es für Sie zu unüblich ist, sagen Sie es bitte gleich, damit ich mich daran machen kann, heute Abend noch jemand anderen zu suchen.«

Er blieb abrupt stehen. »Jemand anderen zu suchen? *Heute Abend?*«

»Ich hatte Ihnen doch gesagt, dass ich nur zwei Abende Zeit habe, um einen akzeptablen und entgegenkommenden Gemahl zu finden«, erklärte sie ruhig. »Da Dicky nicht tot ist, könnten sich die Dinge allerdings ändern. Es könnte sehr gut sein, dass er uns daran hindert, morgen Abend auf den Ball der Hammonds zu gehen, was bedeutet, dass ich wirklich heute Abend alles organisieren muss, wenn es irgend möglich ist. Wenn Sie also nicht bereit sind, mein Angebot anzunehmen, muss ich mit meinem Ansinnen auf jemand anderen zugehen.« Suzette warf einen Blick auf die erleuchteten Fenster ein Stück voraus und murmelte: »Ich frage mich, ob Danvers mir wohl vergeben wird, dass ich unseren Tanz abgebrochen habe, und –«

»Ich werde Rich-Dicky überzeugen, dass er Ihnen gestattet, morgen Abend zum Ball der Hammonds zu gehen«, unterbrach Daniel sie grimmig.

Sie sah ihn überrascht an. »Sie glauben, das können Sie? Ich meine, er scheint auf niemanden zu hören, und –«

»Er wird auf mich hören«, versicherte Daniel ihr fest. »Das heißt, Sie haben noch einen weiteren Abend.«

»Ja. Danke.« Suzette lächelte. Ihre Schultern entspannten sich etwas, und dann sagte sie: »Nun, dadurch habe ich ein bisschen mehr Zeit, schätze ich. Trotzdem, wenn Sie nicht interessiert sind, sollte ich wirklich wieder reingehen und mich nach einem anderen zukünftigen –«

»Nein.«

Suzette starrte ihn überrascht an. »Nein?«

»Ich –« Daniel runzelte die Stirn und wandte den Blick ab, dann schüttelte er den Kopf. »Bitte tun Sie es nicht … geben Sie mir eine Nacht, um … Das kommt alles etwas plötzlich. Ich … warten Sie eine Nacht, bevor Sie jemand anderem dieses Angebot machen.«

Suzette zögerte, aber dann schüttelte sie den Kopf. »Mylord, das ist –«

Ihre Worte erstarben abrupt, wurden von ihm erstickt, als er sie wieder küsste. Diesmal war der Kuss allerdings weder langsam noch sanft. Es gab keine schmetterlingshafte Zärtlichkeit, kein süßes Knabbern an ihrer Lippe. Sein Mund legte sich fest auf ihren, und seine Zunge drängte sich zwischen ihre Lippen, zwang sie mit einer Geschicklichkeit auf, die sie atemlos machte. Diese Atemlosigkeit vertiefte sich noch, als er sie in seine Arme zog.

Daniels Hände wanderten über ihren Körper, durch das Kleid hindurch. Die eine lag an ihrem Gesäß und zog sie eng an ihn, während die andere nach oben glitt, eine Brust umfasste und sanft drückte. Hatte der erste Kuss eine Regung aus warmen und wunderbaren Gefühlen in ihr erzeugt, brachte dieser eine Explosion aus heißer Begierde hervor. Suzette stöhnte in seinen Mund hinein, ihre Arme schlangen sich um seinen Hals, als wollte sie ihn erwürgen, und ihre Hüfte rieb unaufhörlich gegen seine. Sie hatte das seltsame Bedürfnis, auf ihn zu klettern, wie sie es als Kind auf den Bäumen von Madison getan hatte. Nur war in den Empfindungen, die sie jetzt erlebte, ganz und gar nichts Kindliches. Trotzdem wollte sie ihre Beine um ihn schlingen, wie sie es mit den Armen machte, und nur ihr Kleid hinderte sie daran, es zu tun.

Sie atmeten beide schwer, als Daniel den Kuss beendete. In seiner Stimme klang wieder die merkwürdige Mischung aus Sanftheit und Schroffheit, als er noch einmal betonte: »Eine Nacht. Das ist sicher nicht zu viel verlangt. Diese Nacht ist sowieso bald vorbei. Geben Sie mir bis morgen Zeit.«

Suzette hätte sich in diesem Moment zu allem bereit erklärt und nickte stumm, während sie den Druck ihrer Hände an seinem Nacken verstärkte, damit er sich zu einem weiteren Kuss herunterbeugte. Zu ihrer großen Enttäuschung widersetzte Daniel sich dem allerdings. Stattdessen nahm er ihre Hände sanft von seinem Hals und sagte: »Wir gehen jetzt am besten wieder rein.«

Sie öffnete schon den Mund, um Einwände zu erheben, als durch die kühle Nachtluft helles Gelächter zu ihr drang. Sie standen immer noch im Schatten der Bäume, und sie konnte jetzt ein Paar sehen, das in ein Gespräch vertieft in den Garten hinunterschritt. Seufzend nickte Suzette und ließ sich von ihm zur Terrasse führen. Sie schwieg, als er sie hineinbegleitete, aber ihre Gedanken waren ganz und gar nicht ruhig. In ihrem Kopf herrschte vielmehr ein einziger Tumult aus Aufregung, Vorfreude und Sorge. Sie hatte den perfekten Mann für ihre Bedürfnisse gefunden. Sie musste jetzt nur noch bis zum nächsten Tag warten und beten, dass er ihr Angebot annahm. Was sie inständig hoffte. Sie konnte sich nicht vorstellen, irgendjemand anderen zu heiraten, nachdem sie ihn geküsst hatte. Sie konnte sich absolut nicht vorstellen, dass Lord

Willthrop oder irgendeiner der anderen, die sie bisher getroffen hatte, die gleiche Hitze und Leidenschaft in ihr erwecken würden wie Daniel in diesen wenigen kurzen Momenten im Garten.

»Es ist schön zu sehen, dass ihr beide wieder bei uns seid, du und Richard. Ihr wart lange weg.«

Daniel murmelte auf Lord Jamiesons Worte eine höfliche, aber irgendwie geistesabwesende Entschuldigung. Nathaniel, der Baron Jamieson, war ein Schulkamerad von ihnen gewesen; er hatte zu jener Gruppe junger Männer gehört, mit denen er und Richard damals ihre Zeit verbracht hatten. Daniel hatte sich gefreut, als er den Mann in der Menge gesehen hatte, nachdem er Suzette wieder in den Ballsaal gebracht hatte. Nachdem er sie zu Lisa geführt hatte, war er in der Hoffnung zu Nathaniel gegangen, etwas über das zu erfahren, was im letzten Jahr passiert war, während er und Richard weggewesen waren. Es schien ihm eine gute Idee zu sein, so viel wie möglich herauszufinden. Je mehr sie wussten, desto besser war Richard vorbereitet, und das bedeutete, dass er umso besser wissen würde, wie er weiter vorgehen wollte.

Unglücklicherweise war Daniel kaum zu Jamieson getreten und hatte ihn begrüßt, als Lord Garrison sich Suzette genähert und sie zum Tanz aufgefordert hatte. Etwas, das ihm gar nicht gefallen hatte. Garrison war Junggeselle, und Daniel wusste zufälligerweise, dass er darüber hinaus dringend Geld brauchte. Er hatte Schulden, und wenn er seine Gläubiger nicht bezahlen konnte, würde er ins Gefängnis wandern. Abgesehen davon sah er auch noch gut aus und war charmant. Er hatte ganz sicher mehr naive junge Mädchen entjungfert, die gerade in die Gesellschaft eingeführt worden waren, als alle anderen Schurken zusammen. Ein purer Hedonist, der sich zu sehr und zu ausschweifend Wein, Weib und dem Spiel hingab. Genau das hatte ihn in die Lage gebracht, in der er jetzt steckte.

»Genau genommen habe ich euch beide fast ein Jahr lang nicht mehr gesehen«, erklärte Jamieson. »Richard war natürlich in Trauer und musste sich von vielen gesellschaftlichen Ereignissen fernhalten, das verstehe ich. Anscheinend ist dies der erste Ball, an dem er seit dem Tod seines Bruders teilnimmt.«

Daniel brummte zustimmend, folgte aber mit dem Blick Suzette und Garrison über die Tanzfläche. Dann bemerkte er, dass sie immer wieder fragend zu ihrer Schwester sah, und als er zu Lisa hinsah, stellte er fest, dass diese ihr verschiedene Handzeichen machte, deren Bedeutung er nicht verstand. Anscheinend teilte sie Suzette etwas mit – zudem etwas, mit dem sie sehr zufrieden zu sein schien. Suzettes plötzlichem glücklichen Lächeln zufolge war auch sie offensichtlich zufrieden über die Auskunft. Daniel dagegen war ganz und gar nicht glücklich, als sie Garrison mit einem strahlenden Lächeln ansah und fröhlich zu plaudern begann, während sie weiter ihre Runden drehten.

Dieses kleine Miststück flirtet mit dem Mann, dachte Daniel bestürzt. Es schien, als würde Suzette weiter nach Männern suchen, die bereit waren, ihr Angebot anzunehmen, auch wenn sie versprochen hatte, an diesem Abend niemandem mehr davon zu erzählen. Und obwohl Daniel wusste, dass es von ihrer Seite aus gesehen nur nachvollziehbar war, ärgerte es ihn. Er hatte nicht die Absicht, sie selbst zu heiraten. Allerdings war er sich ganz sicher, dass Richard die Spielschulden von Lord Madison bezahlen würde, um zu verhindern, dass die Mädchen sich auf dem Heiratsmarkt opferten. Und falls er das nicht tun würde, dachte Daniel bereits daran, es selbst zu tun.

Nicht dass er viel davon hielt, wenn jemand sein Vermögen in Spielhöllen verspielte. Da er selbst so lange mit wenig Geld hatte auskommen müssen, wusste er damit umzugehen und hielt nicht viel von Leuten, bei denen das anders war. Er vermutete allerdings, dass diese Sache irgendwie von George in Gestalt des viel geschmähten Dicky eingefädelt worden war. Er konnte nicht glauben, dass ein Mann wie Lord Madison, der bisher ein geachtetes und ruhiges Leben auf dem Land geführt und noch nie gespielt hatte, plötzlich damit anfangen sollte. Selbst wenn man in Betracht zog, dass George oder besser Dicky ihn dazu angestachelt haben mochte – sofern man glauben konnte, was Suzette gehört haben wollte. Und auch dann, wenn er es glaubte, fiel es ihm immer noch schwer, sich Lord Madison als einen unverantwortlichen Mann vorzustellen, der sich so sehr hatte mitreißen lassen, dass er Gefahr gelaufen war, alles zu verlieren – wäre nicht rechtzeitig George, natürlich wieder als Dicky, aufgetaucht, hätte die Schulden bezahlt und seine Tochter geheiratet.

Abgesehen davon würde jemand, der gleich bei seinem ersten Besuch in einer Spielhölle eine derartige Katastrophe erlebt hatte, solche Orte in Zukunft meiden wie die Pest. Stattdessen sah es so aus, als wäre Lord Madison tatsächlich noch einmal dorthin gelockt worden, und diesmal ganz eindeutig von George in Gestalt von Dicky. Daniel war sich ziemlich sicher, dass George beide Male Lord Madison aus nur ihm bekannten Gründen zum Spielen verleitet hatte. Auch wenn er nicht die leiseste Ahnung hatte, warum.

Was immer der Grund war, eher würde er die Schulden der Madisons selbst bezahlen, als zuzulassen, dass Suzette den erstbesten verzweifelten Schurken heiratete, der ihr zugestand, besagte Schulden durch einen Teil ihrer Mitgift zu begleichen. Daniel wusste nicht, wieso das so war. Er war der Frau erst vor einer Stunde zum ersten Mal begegnet, aber irgendetwas an ihr faszinierte ihn. Er stellte fest, dass er sie nur ungern in einer solchen Lage sah, und lieber versuchen würde, es zu verhindern.

»Obwohl Richard im vergangenen Jahr an keinen gesellschaftlichen Ereignissen teilgenommen hat«, bemerkte Jamieson, »scheint er den Gerüchten zufolge – sofern man ihnen glauben kann – aber auch nicht nur zu Hause herumgesessen zu haben.« Dann fragte er: »Stimmt es, dass er sich mit einem gewissen Burschen herumtreibt, der sich Zerberus nennt?«

Daniel versteifte sich. Die letzten Worte erregten wieder seine Aufmerksamkeit, und es gelang ihm, die Gedanken an Suzette und ihren Tanzpartner beiseitezuschieben. Zerberus war in der griechischen Mythologie der dreiköpfige Hund, der die Tore zum Hades bewachte. »Wer zum Teufel ist Zerberus?«

»Oh.« Jamiesons Lippen verzogen sich zu einem zufriedenen Lächeln, als er begriff, dass er etwas wusste, das für Daniel neu war. »Ich vermute, da du so lange nicht in der Stadt warst, kannst du noch nicht von ihm gehört haben. Wie schreiten denn eigentlich die Arbeiten am alten Familiengut voran, nebenbei gefragt?«

»Gut«, sagte Daniel ungeduldig. »Also, wer ist Zerberus?«

»Der Besitzer einer neuen Spielhölle, die vor etwa einem Jahr eröffnet wurde«, teilte Jamieson ihm vertraulich mit. Er schüttelte den Kopf. »Sie hat schon jetzt einen ziemlich üblen Ruf, und die meisten halten sich von dort fern. Gerüchten zufolge sollen dort allerdings arglose Spieler betäubt und dann eines möglichst großen Teils ihres Vermögens beraubt werden.«

Daniel zog die Augen zusammen. »Und du sagst, es gibt Gerüchte, das Geo-Dicky mit dem Inhaber dieses Ladens, diesem Zerberus, befreundet ist?«

Jamieson nickte, verzog aber das Gesicht und sagte: »Ich habe gehört, dass Richard sich jetzt von den Leuten Dicky nennen lässt. Es fällt mir schwer, das zu glauben. Er hat es immer gehasst, wenn George ihn so genannt hat.«

»Ja, und das tut er immer noch«, versicherte Daniel ihm.

»Aber du hast ihn eben auch so genannt«, sagte Jamieson verblüfft.

»Ein Versehen«, versicherte Daniel ihm grimmig. Er drehte sich wieder zu Suzette um und machte ein finsteres Gesicht, als er sah, dass Garrison das Mädchen viel zu dicht an sich gezogen hatte. Nicht ganz so dicht wie er im Garten, aber immer noch viel zu sehr für seinen Geschmack … und sie schob ihn auch nicht von sich weg.

Offensichtlich zog sie Garrison ernsthaft als Ersatz für ihn in Betracht, falls er das Angebot ablehnte. Wirklich übel war, dass Garrison wahrscheinlich sofort zugreifen würde, wenn sie ihm dieses Angebot unterbreitete. Die Vorstellung, mit der Frau schlafen zu müssen, würde er jedenfalls ganz sicher nicht als lästig empfinden, und ihr Geld zu nehmen, würde ihm Vergnügen bereiten. Ihre Bitte darum, ein getrenntes Leben zu führen, würde ihn wahrscheinlich sogar zum glücklichsten Schurken überhaupt machen. Himmel, wenn Garrison mit ihr im Garten gewesen wäre und nicht mit ihm, wäre das Mädchen wahrscheinlich längst irgendwo da draußen entjungfert worden und bereits unterwegs nach Gretna Green.

Aus irgendeinem Grund verursachte diese Vorstellung ein ungutes Gefühl in seinen Eingeweiden, und er verzog erneut das Gesicht. Daniel konnte regelrecht vor sich sehen, wie sie zwischen den Blumen im Gras lag, die Röcke hochgeschoben, während das Mondlicht ihr von Leidenschaft verzerrtes Gesicht erhellte und Garrison mit kleinen glücklichen Grunzlauten in sie hineinstieß. Zur Hölle, sie würde für den Schurken genau die richtige Beute sein. Aber Garrison würde sie nicht gut behandeln. Er würde ihrer schon bald überdrüssig sein, sie auf dem Land absetzen und zu irgendwelchen Huren gehen und Saufgelage veranstalten und ihre Mitgift verspielen, bis sie sich erneut am Rand des Ruins und des Skandals befinden würde. Und dann würde auch sie zu denen gehören, die durch Georges Machenschaften ruiniert worden waren.

Zu seiner großen Erleichterung endete der Tanz jetzt, und Garrison brachte Suzette zu Lisa zurück. Er trat zur Seite, als sich ein anderer Mann für den nächsten Tanz näherte. Es war der rundliche Lord Alliston.

Wieder sah Suzette fragend zu Lisa, während sie mit Lord Alliston auf die Tanzfläche ging, und wieder erhielt sie eine Reihe von geheimnisvollen Signalen. Diesmal wirkte sie aber eher resigniert als erfreut, auch wenn Daniel das Gefühl hatte, als wären es genau die gleichen Zeichen, die sie bei Lord Garrison erhalten hatte. Da Daniel wusste, dass Lord Alliston ebenfalls auf der Suche nach einer gut betuchten Frau war, vermutete er, dass die Signale genau das übermitteln sollten, nur dass sie diesmal gar nicht erfreut über das Wissen zu sein schien. Daniel dagegen war sehr froh, dass er sie sicher in den Armen des alten Mannes und nicht mehr in denen von Garrison wusste. Obwohl Alliston in jungen Jahren durchaus ein Wüstling gewesen war, war er nicht bekannt dafür, sich einer Frau aufzudrängen, und konnte jetzt als verhältnismäßig harmlos betrachtet werden.

Daniels Blick schweifte zu den anderen Paaren auf der Tanzfläche. Er hatte Christiana mit Harburt tanzen gesehen, als er Suzette wieder hineingebracht hatte, während Richard am Rand der Tanzfläche gestanden und grimmig zugeschaut hatte. Jetzt befand sich Christiana in den Armen eines weiteren Mannes, und Daniel schätzte, dass sie sich nur zu gern zum

Tanzen bitten ließ, um so dem Mann zu entkommen, den sie für ihren Gemahl hielt. Richard schaute lediglich mürrisch vom Rand der Tanzfläche aus zu, inmitten von anderen Umstehenden. Es war offensichtlich, dass er nicht in der Stimmung war, sich mit anderen Leuten zu unterhalten und irgendetwas Sinnvolles in Erfahrung zu bringen. Daniel vermutete auch, dass er selbst wahrscheinlich kaum etwas Nennenswertes hören würde, das mit Georges Verhalten im vergangenen Jahr zu tun hatte. Niemand würde mit ihm über ihn selbst tratschen. Es war offensichtlich, dass es Daniels Aufgabe war, so viel wie möglich herauszufinden.

»Also«, sagte er und wandte sich abrupt wieder an Jamieson. »Erzähl mir alles, was du im letzten Jahr über Richard gehört hast.«

Jamieson stürzte sich nur zu begeistert sogleich in das Gespräch und begann zu erzählen, was er alles mitbekommen hatte. Daniel lauschte schweigend. Er musste möglichst viel erfahren. Er glaubte allmählich wirklich, dass es im Augenblick das Klügste war, wenn sie Georges Leiche beiseiteschafften und Richard sein altes Leben wieder aufnahm, als wäre er nie weg gewesen. Je länger Daniel darüber nachdachte, desto mehr war er davon überzeugt, dass es sogar der *einzige* Weg war, sicher zu sein, dass Richard seinen Namen und seinen Titel zurückbekam. Es bedeutete allerdings, dass er Christiana heiraten musste, was ihm jedoch keine so schlechte Sache zu sein schien. Sie war zwar etwas dünn, aber ansonsten eine attraktive Frau, und aus dem Gespräch mit Suzette ließ sich schließen, dass Christiana ein ziemlich nettes Mädchen zu sein schien. Sie hatte ganz sicher nicht den Skandal verdient, der losgetreten werden würde, wenn Georges Taten ans Licht kamen, und auch Suzette und Lisa hatten es nicht verdient. Und Richard könnte es wirklich schlimmer treffen, was eine Gemahlin betraf. Natürlich war es letztlich seine Entscheidung … und er würde versuchen, so viel wie möglich in Erfahrung zu bringen, damit Richard diese Entscheidung leichter treffen konnte.

3

»Ich schwöre, dass er tot war, Chrissy. Als wir heute Abend weggegangen sind, ist er schon kalt geworden.«

Bei Lisas Worten sah Suzette sich rasch in der Eingangshalle des Stadthauses der Fairgraves um und schloss die Eingangstür. Es wäre nicht gut, wenn die Dienstboten etwas von dem mitbekamen, worüber sie redeten, seit sie den Ball der Landons verlassen hatten. Sie waren früher gegangen als geplant. Zwar hatte Christiana vorgeschlagen, noch etwas länger zu bleiben, damit Suzette die Chance hatte, weitere Männer kennenzulernen, aber Suzette hatte nicht gewollt. Die lange Reise nach London und die vielen Ereignisse an diesem Tag hatten sie richtig müde gemacht. Und dann war ihr der Ball auch gar nicht mehr so aufregend vorgekommen.

Dabei hatte der Abend eher entmutigend begonnen, wenn sie an die armselige Auswahl dachte, was ihre Suche nach einem zukünftigen Gemahl betraf. Aber dann war Daniel aufgetaucht, und alles hatte sich verändert, war aufregender und hoffnungsvoller geworden. Er bot eindeutig eine sehr viel angenehmere Perspektive als potenzieller Gemahl. Noch immer konnte sie das Brennen an bestimmten Stellen spüren, wenn sie sich seine Küsse in Erinnerung rief.

Als wäre seine Ankunft eine Art glückliches Omen gewesen, hatte es auch danach noch ein paar angenehme Begegnungen gegeben. Lord Garrison sah sicherlich gut aus und war charmant, wenngleich sie Daniel attraktiver fand. Das mochte allerdings auch an seinen Küssen liegen. Nach ihm hatte es mindestens zwei weitere Männer gegeben, die zwar nicht besonders hübsch gewesen waren, aber doch wenigstens passabel und angenehm gewirkt hatten. Jeder der drei würde sich als Ersatz eignen, sollte sich Daniel gegen eine Heirat mit ihr entscheiden. Aber sie waren eindeutig nur zweite Wahl, und Suzette war so begierig auf seine Antwort, dass sie es nicht mehr hätte genießen können, noch weitere Männer auszuwählen.

Abgesehen davon hatte sie das Gefühl gehabt, als wäre mit Daniels Verschwinden vom Ball auch der Glanz der Nacht verblasst, und so hatte Suzette entschieden, lieber ins Stadthaus zurückzukehren und sich ins Bett zu verkriechen. Je schneller sie schlief, desto schneller würde der nächste Tag anbrechen und die Antwort von Daniel kommen. Möglich, dass sie am nächsten Tag um diese Zeit bereits mit ihm unterwegs nach Gretna Green sein würde.

Sollte das nicht so sein, würde Suzette – das wusste sie nur zu gut – am nächsten Abend auf den Ball der Hammonds gehen müssen, um einen Ersatzmann zu finden. Und obwohl Daniel ihr versichert hatte, dass er mit Dicky sprechen und ihn überreden würde, die Mädchen dort hingehen zu lassen, war sie sich nicht so sicher, ob er das wirklich schaffen würde. Dabei machte sie sich keine besonderen Sorgen um Dicky. Sie würde so oder so zu dem Ball gehen, ob es ihm gefiel oder nicht, und er konnte nicht viel tun, um sie daran zu hindern. Als Ehemann mochte er zwar Kontrolle über Christiana haben, aber er war nicht ihr Gemahl, und sie hatte keine Absicht, sich nach seinen Launen zu richten. Allerdings vermutete sie, das Christiana am Ende dafür würde büßen müssen, wenn sie gezwungen war, so etwas zu tun, und diese Vorstellung gefiel ihr ganz und gar nicht. Vielleicht sollte sie lieber versuchen, sich heimlich auf den Ball zu schleichen, statt ganz offen dort hinzugehen.

Suzette verzog das Gesicht, als sie daran dachte, warum all das überhaupt nötig war. Dicky hätte ihnen wirklich den Gefallen tun und tot bleiben können, dachte sie zum wiederholten Mal in dieser Nacht. Sie schaute Christiana mitleidig an, denn sie war diejenige, die nun weiter mit dem schrecklichen Mann und seiner kritisierenden und herrschsüchtigen Art klarkommen musste. Nach dem, was Christiana ihnen gestanden hatte, als sie Dicky in Eis gepackt hatten, war ihre Ehe bisher ein einziger Albtraum gewesen.

Mit einiger Besorgnis sah Suzette, dass ihre ältere Schwester offenbar etwas unsicher auf den Beinen war. Christiana hatte schon leichte Probleme gehabt, bei ihrer Ankunft vor dem Stadthaus aus der Kutsche auszusteigen; jetzt machte Suzette sich Sorgen, dass sie betrunken war. Was nicht überraschend gewesen wäre. Kurz bevor sie den Ball verlassen hatten, hatte Christiana aus Versehen den Whisky von Robert Langley getrunken. Da sie nicht gewohnt war zu trinken, konnte es gut sein, dass ihr der Alkohol ziemlich zu Kopf stieg. Diese Möglichkeit entpuppte sich als Gewissheit, als Christiana sagte: »Er muss einen Pakt mit dem Teufel geschlossen haben, um zurückzukommen.«

Bei diesen Worten weiteten sich Suzettes Augen noch mehr. Sie war eigentlich diejenige, die solche unangemessenen Bemerkungen von sich gab. Christiana versuchte eher, sie in solchen Momenten zum Schweigen zu bringen, und riet ihr, höflich zu sein und zu lächeln und derartige hässliche Bemerkungen für sich zu behalten. Es schien allerdings, als hätten diese Getränke ihr die Zunge gelöst. Suzette dachte besorgt daran, was sie in diesem Zustand alles von sich geben mochte, und fand sich in der seltenen Rolle wieder, sie zu warnen. »Still, sonst hört uns noch einer der Dienstboten.«

Die Worte waren ihr kaum über die Lippen gekommen, als

Haversham am Ende der Eingangshalle auftauchte und auf sie zueilte. Er blieb jedoch stehen und drehte sich um, als Christiana ihn wegwinkte. Dann taumelte sie etwas zur Seite.

Suzette nahm ihren Arm, um sie zu stützen, und musterte sie besorgt. »Alles in Ordnung, Chrissy? Du scheinst nicht sehr sicher auf den Beinen zu sein.«

»Es geht mir gut«, antwortete Christiana vergnügt.

»Ich fürchte, diese Drinks, die Langley ihr gegeben hat, zeigen jetzt doch Wirkung«, sagte Lisa besorgt und nahm Christianas anderen Arm, als sie in ihre Richtung schwankte.

»Aber zwei Drinks können ihr doch gewiss nicht so zusetzen?«, wandte Suzette ein.

»Drei Drinks«, murmelte Christiana.

»Drei?« Suzette blinzelte sie überrascht an. »Wann hast du denn den dritten getrunken?«

»Den erschten«, berichtigte Christiana sie und runzelte kurz die Stirn, als sie merkte, wie undeutlich sie geklungen hatte. Als sie es genauer erklärter, sprach sie sehr bedächtig. »Vorher habe ich noch Dickys Whisky getrunken. Es ist aber in Ordnung. Ich fühle mich wirklich gut.«

»Oje«, sagte Lisa.

Suzette schüttelte nur den Kopf. Sie hatte keine Ahnung, wann Christiana den dritten Drink zu sich genommen hatte – oder den ersten, wie sie behauptete. Wie auch immer, es schien, als hätte sie zwei Whisky getrunken und dann noch den Punsch. Kein Wunder also, dass sie in diesem Zustand war. Und es würde ganz sicher sogar noch schlimmer werden, da sie die letzten beiden Getränke erst zehn bis fünfzehn Minuten zuvor hinuntergestürzt hatte und die Wirkung des Alkohols sich noch steigern würde.

»Immerhin fühlt sie sich gut, wahrscheinlich zum ersten Mal, seit sie diesen widerlichen Mann geheiratet hat«, sagte

Suzette trocken. »Ich bin mir ganz sicher, dass er tatsächlich einen Pakt mit dem Teufel geschlossen hat, um zurückzukommen.«

»Genau, was ich gesagt hab«, erklärte Christiana und blieb stehen, um mit einem Finger herumzuwedeln.

Suzette hielt ihren Arm fest und schürzte die Lippen. Sie war sich nicht sicher, was ihre Schwester tat. Lisa seufzte mitleidig über Christianas Zustand.

»Was tun wir jetzt, Suzie? Wir können nicht zulassen, dass sie weiter mit ihm verheiratet bleibt.«

»Oh.« Christiana schwang zu Lisa herum und zog an dem Arm, den Suzette festhielt, die jedoch aus Angst, ihre Schwester könnte stürzen und sich das Gesicht verletzen, nicht losließ. Schließlich hörte Christiana auf, sich befreien zu wollen, und sagte einfach nur: »Keine Sorge. Das kriege ich schon hin.«

»Und wie?«, fragte Lisa mit dem gleichen Zweifel, den auch Suzette verspürte.

»Ich werde der Sache auf den Grund gehen«, verkündete Christiana und prustete dann unerklärlicherweise laut los.

Suzette sah sie einen Moment unsicher an, dann wechselte sie einen besorgten Blick mit Lisa, die genauso ratlos war. Sie konnten beide an der Situation nichts Komisches finden.

»Vielleicht sollten wir sie besser ins Bett bringen«, murmelte Lisa. »Es scheint immer schlimmer zu werden.«

»Ja«, sagte Suzette trocken, und sie schoben sie auf die Treppe zu und dann die Stufen hinauf.

»Ich glaube, sie sind weg.«

Daniel reagierte nicht sofort auf Richards geflüsterte Worte. Er dachte über das nach, was er gehört hatte. Es schien, als würde es Christiana nicht sehr gut gehen, weil sie zu viel getrunken hatte. Sehr viel mehr hatte er nicht aufgeschnappt, bevor die Mädchen den Korridor entlanggegangen und ihre Stimmen verklungen waren. Er und Richard versteckten sich in einem der Gästezimmer im Stadthaus der Fairgraves. Nun, genau genommen er, Richard und George. Daniel seufzte und schüttelte den Kopf darüber, dass er sich in einer solchen Situation wiederfand. Im Grunde war es eine natürliche Entwicklung der Ereignisse, dass er hier gelandet war. Er hatte so viele Informationen wie möglich darüber gesammelt, was George im vergangenen Jahr als Richard »Dicky« Fairgrave getan hatte. Danach war er mit seinen Informationen zu Richard gegangen und hatte ihm vorgeschlagen, dass er am leichtesten mit der Situation fertigwerden könnte, wenn er einfach in sein früheres Leben zurückkehrte und George ersetzte, als wäre nie etwas geschehen.

Richard hatte sich bei Weitem nicht so gesträubt, wie Daniel es erwartet hatte, nachdem er ihn darauf hingewiesen hatte, dass er dadurch einen langen Prozess vermeiden könnte, in dem er beweisen müsste, dass er wirklich der Earl von Radnor war. Richard bevorzugte es ebenfalls, einen Skandal zu verhindern, der unweigerlich folgen würde, wenn Georges Machenschaften enthüllt werden würden. Und darüber hinaus hatte er behauptet, dass er auch Christiana und ihre Familie lieber nicht in einen Skandal wegen der fehlenden Rechtmäßigkeit der Ehe stürzen wollte. Immerhin waren sie und ihre Familie ebenso unschuldige Opfer von George wie er, und die Frau hatte genug gelitten, indem sie ein Jahr lang mit diesem Mann verheiratet gewesen war. Da die Enthüllungen auch George nicht mehr treffen würden, der sich jetzt jenseits jeglicher Strafe befand, würde ein Hinzuziehen der Obrigkeit lediglich dazu führen, dass andere bestraft wurden.

Der einzige Einwand, den Richard geäußert hatte, galt der Ehe selbst und der Besorgnis, dass er und Christiana vielleicht nicht zueinander passen würden. Schließlich war es offensichtlich, dass sie Dicky nicht mochte, mit dem sie glaubte, verheiratet zu sein.

Daniel verstand das, aber er hatte darauf hingewiesen, dass sich dies im Laufe der Zeit geben würde, wenn Richard sie gut behandelte. Und dann hatte er vorgeschlagen, dass sie Georges Leiche vielleicht erst einmal wegschaffen und irgendwo aufbewahren sollten, damit er etwas Zeit hätte, um sich zu entscheiden. Auf diese Weise würde Richard mindestens einen Tag haben, um Christiana besser kennenzulernen und herauszufinden, ob er eine Ehe mit ihr ertragen würde. Wenn er zu dem Schluss kam, dass sie gut miteinander auskommen könnten, konnte er die Leiche immer noch loswerden. Wenn nicht, würden sie George einfach wieder in sein Bett legen, und Richard könnte zur Obrigkeit gehen und so tun, als wäre er gerade erst aus England zurückgekehrt.

Daniel hatte diesen Vorschlag kaum richtig zu Ende gebracht, als Richard auch schon aus dem Ballsaal gestürmt war. Er war wild entschlossen gewesen, zum Stadthaus zu fahren, um besagte Leiche zu finden und zu entfernen, bevor die Frauen ihrerseits vom Ball zurückkehren und begreifen würden, dass etwas nicht stimmte. Es war allerdings nicht so leicht, wie es geklungen hatte. Zuerst einmal konnten sie das Haus kaum einfach durch die Vordertür betreten, da der tote George durch sie auch nicht nach draußen gegangen war. Die Dienerschaft ging vielmehr davon aus, dass er krank im Bett lag. Darüber hinaus war das Stadthaus bis zu den Grundmauern abgebrannt gewesen, und George hatte ein neues gekauft, dessen Grundriss sie nicht kannten. Sie hatten sich daher erst einen Überblick über das Haus verschaffen und raten müssen, in welchem Zimmer wohl der Hausherr schlief, um dann auf einen Baum zu steigen und durch das Fenster dort einzusteigen.

Sie hatten auf Anhieb erkannt, dass George zweifelsfrei tot war, aber als Richard am Mund des Toten den Geruch von Bittermandel wahrgenommen hatte, war ein zweites Problem aufgetreten. Es schien, als wäre der Betrüger keines natürlichen Todes gestorben, wie die Frauen geglaubt hatten. Gift war die Ursache gewesen. Richard und Daniel hatten jedoch entschieden, darüber erst später nachzudenken, und George seine Sachen ausgezogen, die vom schmelzenden Eis pitschnass geworden waren. Danach hatten sie ihn in eine Decke eingewickelt und angefangen, ihn nach draußen zu tragen. In diesem Moment waren neue Probleme aufgetaucht. Die Frauen hatten die Tür zum Korridor anscheinend zugeschlossen, ziemlich sicher, um zu verhindern, dass irgendwelche Bediensteten hereinkommen und ihren toten Herrn finden würden. Sie waren also gezwungen gewesen, die Leiche durch das angrenzende Schlafzimmer zu tragen, in dem sich eine schlafende Zofe befand. Richard hatte die steife Leiche seines toten Bruders hochgehoben und in den Armen gehalten, während Daniel vorausgegangen war und sich um die Türen gekümmert hatte.

Sie waren durch das Zimmer gekommen, ohne die Zofe aufzuwecken, und auch bis zur obersten Stufe der Treppe, als das nächste Problem in Gestalt der vom Ball zurückkehrenden Schwestern auftauchte, die gerade die Eingangshalle betraten. Voller Panik waren Daniel und Richard über den oberen Korridor zurückgelaufen und hatten sich in diesem Zimmer versteckt, um zu warten, bis die Luft wieder rein war.

»Wir sollten sehen, dass wir wegkommen, solange wir noch die Gelegenheit dazu haben«, sagte Richard hinter ihm. »Wenn sie Christiana ins Bett gebracht haben, werden die Mädchen zweifellos ihre eigenen Zimmer aufsuchen, und das hier könnte eines davon sein.«

Daniel nickte und öffnete die Tür einen Spalt, um die Lage zu prüfen. Ein rascher Blick in beide Richtungen verriet ihm, dass der Korridor leer war. Er zog die Tür weiter auf und trat nach draußen, um Richard mit seiner Last vorausgehen zu lassen. Er wollte ihm schon folgen, hatte aber kaum einen Schritt getan, als Richard plötzlich herumwirbelte. Völlig überrascht reagierte Daniel zu langsam. Bevor er sich wieder mehr ins Zimmer zurückziehen konnte, fluchte Richard und stieß ihm George entgegen.

Es war reiner Instinkt, der Daniel dazu brachte, nach der in die Decke gehüllten Leiche zu greifen. Richard versetzte ihm einen Stoß, der ihn zum Stolpern brachte, und mit einem sehr steifen George eng an seine Brust gepresst, führte er einen makabren Tanz auf, während sich die Tür schloss und er schließlich allein im dunklen Zimmer war. Nachdem er das Gleichgewicht wiedererlangt hatte, lauschte er reglos in der Dunkelheit, in die nicht das kleinste bisschen Licht gelangte. Er versuchte, herauszufinden, wieso Richard ihm nicht in das Zimmer gefolgt war. Als er seine gedämpfte Stimme auf der anderen Seite der Tür hörte, entspannte er sich etwas. »Ladys. Darf ich euch beide einladen, in meinem Arbeitszimmer noch einen Drink mit mir einzunehmen, bevor ihr euch zurückzieht?«

Daniel versuchte, George ein bisschen anders zu packen, aber es nützte nicht viel. Der Mann war so steif wie ein Brett und völlig unnachgiebig. Er hätte auch eine lebensgroße Statue sein können. Kopfschüttelnd rückte Daniel näher zur Tür, um zu hören, was draußen im Flur vor sich ging, als jemand sagte: »Nein, danke.«

Daniel erkannte Lisas Stimme, und es überraschte ihn nicht, dass sie so abweisend klang. Sie mussten davon ausgehen, dass Richard eigentlich Dicky war, den keine der Frauen mochte.

»Ich muss mit euch sprechen!«

Daniel verharrte augenblicklich, als er die Panik in Richards Stimme hörte; besorgt fragte er sich, was sie verursacht haben könnte. Gütiger Gott, er hoffte nur, dass er nicht in Lisas Zimmer war. Die Verzweiflung in Richards Stimme allerdings und die Tatsache, dass er der Tür jetzt noch näher zu sein schien, waren nicht sehr beruhigend. Dann sagte Richard: »Mir ist klar geworden, dass ich mich eurer Schwester gegenüber ein bisschen wie ein Scheusal verhalten habe –«

»Ein bisschen?« Das war Suzette, und Daniel stellte fest, dass er lächelte, als er ihre Stimme hörte. Die Frau war gnadenlos. Das gefiel ihm.

»Also schön, ziemlich wie ein Scheusal«, sagte Richard und klang richtiggehend gequält. »Worauf es ankommt, ist, dass ich durch meine Begegnung mit dem Tod heute Abend aufgewacht bin. Ich habe erkannt, was im Leben wirklich wichtig ist, und ich möchte bei Christiana alles wiedergutmachen, um unsere Beziehung in Ordnung zu bringen. Ich hatte gehofft, dass ihr mir dabei helfen und mir sagen könntet, wie ich das am besten anstelle.«

Daniel wölbte bei diesen Worten die Brauen. Er war wirklich beeindruckt. Das war ein Geniestreich von Richard, dieses ganze angebliche Sterben als Grund für seine Veränderung zu nutzen. Es würde es sicherlich leichter machen, den Unterschied im Verhalten zwischen Dicky und Richard zu erklären.

»Meinst du das ernst?«, fragte Lisa ruhig.

»Natürlich meint er das nicht ernst«, sagte Suzette gereizt. »Ein Leopard wechselt seine Flecken nicht.«

»Er hat seine Flecken gewechselt, als er sich nach der Heirat mit Christiana von jemandem, der nett war, in jemanden verwandelt hat, der fies war«, erklärte Lisa. »Vielleicht kann er sich noch einmal verändern.«

»Er hat damals seine Flecken nicht verändert«, sagte Suzette grimmig. »Die zuerst sichtbaren Flecken waren falsch. Er hatte sie sich nur zugelegt, um Christiana dazu zu bringen, ihn zu heiraten, damit er an ihre Mitgift kommen konnte. Als er das erreicht hatte, hat er sie einfach abgewaschen und wieder sein wahres, hässliches Wesen gezeigt.«

»Meine Damen, ich bin sehr reich«, sagte Richard ruhig. »Ich musste Christiana nicht wegen des Geldes heiraten.«

»Warum hast du sie dann geheiratet?«, fragte Suzette.

Daniel verzog das Gesicht; er fragte sich, was Richard darauf antworten würde.

»Christiana und ihr Glück sind mir nicht egal«, sagte Richard schließlich.

Die Frauen kauften ihm das offensichtlich nicht ab, was Daniel nicht überraschte, wenn er daran dachte, dass sie ihn für Dicky hielten und der seine Frau im letzten Jahr schrecklich behandelt hatte. Zumindest vermutete Daniel das, als Richard seufzend hinzufügte: »Mein Verhalten im vergangenen Jahr ist eine direkte Folge dessen, was mit meinem Bruder passiert ist. Ich –«

»Oh«, unterbrach Lisa ihn. »Natürlich.«

»Natürlich was?«, fragte Suzette argwöhnisch.

»Kannst du es nicht erkennen, Suzette? Zweifellos hat er sich tief in seinem tiefsten Innern immer schuldig gefühlt, dass er den Brand überlebt hat, bei dem sein Bruder ums Leben gekommen ist.«

Daniel verdrehte die Augen, als er das hörte. Richard hatte überhaupt keinen Grund, sich wegen irgendetwas schuldig zu fühlen, und er glaubte nicht, dass George die Fähigkeit besessen hatte, so etwas wie ein schlechtes Gewissen aufzubringen. Lisa war aber noch nicht fertig.

»Es muss Balsam für seine Seele gewesen sein, als er Chrissy getroffen und sich in sie verliebt hat«, sprach Lisa mit ernster

Stimme weiter. »Aber dann haben sie geheiratet und sind hierhergezogen, in die gleiche Straße, in der sich ein Stück weit entfernt die verkohlten Überreste des Stadthauses befinden, in dem sein armer Bruder gestorben ist. Er muss täglich an dessen Tod erinnert worden sein. Seine Schuldgefühle sind vermutlich sogar vielfach stärker zurückgekehrt, denn jetzt ging es nicht mehr nur darum, dass er im Gegensatz zu seinem Bruder überhaupt überlebt hatte, sondern er hatte auch noch eine Liebe und ein Glück erfahren, das seinem armen toten Bruder nie möglich sein würde ... Seine Seele war gequält, sein Geist verwundet, und so hat er auf Chrissy eingeschlagen, auf die Frau, die er liebt, hat aus dem Schuldgefühl heraus, das ihn verzehrte, ihre Liebe und ihre Beziehung zerstört.«

Daniel war so verblüfft über den dramatischen Unsinn, dass er fast laut aufgelacht hätte. Das Mädchen hatte mehr romantische Neigungen, als ihm guttat. Man musste sie vor sich selbst schützen, und Daniel beschloss, mit Richard darüber zu reden. Sofern er mit Christiana verheiratet blieb, würde er sich um dieses Mädchen wirklich kümmern müssen.

»Stimmt das?«, fragte Suzette. Sie klang wie ein misstrauisches Kindermädchen. Es war ein Ton, den Daniel oft gehört hatte, wenn auch von seiner Mutter und nicht von einem Kindermädchen. Sie hatten sich kein Kindermädchen leisten können. Seltsamerweise tauchte vor seinem geistigen Auge plötzlich Suzette als dieses nicht existierende Kindermädchen auf. Allerdings war das Kleid, das sie dabei trug, alles andere als das, was ein angesehenes Kindermädchen jemals tragen würde, denn es enthüllte mehr, als dass es etwas bedeckte, während sie sich ihm mit einem unanständigen Lächeln und einem Holzstück näherte.

»Versohl mich«, flüsterte er und murmelte dann: »Oder noch besser, lass mich dich versohlen.« Unverzüglich tauchte in seinem Geist die Vision auf, wie sie sich umdrehte und langsam ihren skandalös kurzen, knöchelfreien Rock hochschob, um ihm einen Blick auf ihren sehr schönen Hintern zu gewähren.

Die Vision starb einen schnellen Tod, als Richard wieder sprach. Seine Stimme troff förmlich vor Melodramatik, als er sagte: »Schuldgefühle können Menschen wie Scheusale handeln und die dümmsten Dinge tun lassen.«

Daniel schnaubte fast bei diesen Worten. Er stand in diesem dunklen Zimmer und tanzte fast mit einem toten Mann, während er die lächerlichsten sexuellen Fantasien über Suzette hatte. Und währenddessen wartete er darauf, unentdeckt aus diesem Haus herauszukommen. O ja, Schuldgefühle – und viele andere Gefühle – konnten einen Menschen leicht dumme Dinge tun lassen.

»Bitte, Suzette. Können wir uns nicht wenigstens anhören, was er zu sagen hat?«, bat Lisa.

Eine kleine Stille trat ein, dann antwortete Suzette mit gereizter Stimme: »Also schön, aber nur, weil Christiana jetzt irgendwie mit ihm klarkommen muss.«

»Ich wusste, dass nicht alles gespielt gewesen sein konnte, als du Christiana den Hof gemacht hast«, sagte Lisa glücklich. Ihre Stimme wurde schwächer, als sie offensichtlich endlich von der Tür weggingen.

Daniel drückte sein Ohr an die Tür, um zu lauschen, während die gedämpften Stimmen noch leiser wurden. Als sie gar nicht mehr zu hören waren, wartete er noch einmal einen weiteren Moment, um sicher zu sein, dass sie nicht einfach nur schwiegen. Dann tastete er nach dem Türgriff und öffnete behutsam die Tür. Er schob seinen Kopf ein kleines Stück hinaus und spähte in beide Richtungen in den Korridor, um sich zu vergewissern, dass er leer war. Schließlich trat er mit seiner Last auf den Flur, wich aber ganz schnell wieder in das Zimmer zurück, als sich ein Stück weiter in der anderen Richtung eine Tür öffnete.

Daniel biss die Zähne zusammen, während er die Tür zu seinem Zimmer so weit wie möglich zuzog und trotzdem einen kleinen Spalt offen ließ, durch den er nach draußen sehen konnte. Schließlich tauchte die Zofe auf, die in dem mit dem Schlafzimmer des Hausherrn verbundenen Raum geschlafen hatte. Er schätzte, dass es die von Christiana war, und wartete voller Ungeduld darauf, dass sie an seinem Zimmer vorbei Richtung Treppe ging. Sie bewegte sich so lautlos wie ein Luftgeist, und Daniel runzelte innerlich die Stirn, als ihm klar wurde, dass er gar nicht merken würde, wann sie die Treppenstufen erreicht hatte und es für ihn sicher war, herauszukommen. Seufzend lehnte er sich mit der Schulter gegen die Wand neben der Tür und begann langsam, bis hundert zu zählen. Sicherlich konnte es nicht noch länger dauern, bis sie die Treppe erreicht und hinuntergegangen war, um im Dienstbotentrakt zu verschwinden.

Daniel wurde das Zählen leid, als er bei fünfzig angekommen war, aber er zwang sich, bis fünfundsiebzig weiterzuzählen, bevor er die Tür wieder öffnete und seinen Kopf erneut hinausstreckte und nachsah. Ein leiser Seufzer der Erleichterung entfuhr ihm, als er sah, dass die Luft rein war, und eilig ging er über den Korridor in Richtung der Treppe. Er erreichte sie, kam dann aber wieder nicht weiter, da in diesem Moment in der Eingangshalle unter ihm das Geräusch einer sich öffnenden Tür erklang. Er erstarrte. Adrenalin rauschte durch seine Adern, und er beugte sich genau in dem Augenblick über das Geländer, als Suzette unten auftauchte. Sie war allein und ging rasch.

Daniel fluchte leise, machte auf dem Absatz kehrt und eilte wieder den Korridor entlang. Er fragte sich, wieso zum Teufel Richard die Frauen nicht ein bisschen länger beschäftigt hatte. Er wäre fast in ein anderes Zimmer gegangen als das, aus dem er gerade gekommen war, aber er wusste nicht genau, welcher Raum ihm eine sichere Zuflucht bieten würde. Daniel vermutete, dass Lisa in dem Zimmer schlief, in dem er gerade gewesen war, was bedeutete, dass Suzette irgendeines der anderen benutzte. Bei seinem Glück würde es das sein, in das er gehen wollte. Am Ende entschied er sich, doch in das ursprüngliche Zimmer zurückzukehren, da es im Moment der einzige verhältnismäßig sichere Ort war. Wenn Suzette dann in ihrem Zimmer war, würde er allerdings schnell aus Lisas verschwinden müssen, denn vermutlich würde sie ihrer Schwester schon bald folgen.

Daniel verfluchte George und sogar Richard für seine lächerliche Notlage und duckte sich in das Zimmer, das er für Lisas hielt, zog die Tür fast ganz zu, damit er sehen konnte, in welches Zimmer Suzette ging. Es wäre einfach nicht gut, wenn er beim nächsten Versuch, wegzugehen, wieder ein neues Versteck suchen musste und durch Zufall in Suzettes Zimmer landete, um ihrer Schwester auszuweichen.

Daniel hatte die Tür nur einen winzigen Spalt geöffnet, gerade genug, um diesen Teil des Flurs bis zur obersten Treppenstufe übersehen zu können. Er stellte fest, dass er aus keinem ersichtlichen und begreiflichen Grund zu lächeln begann, als Suzettes Kopf in Sicht kam. Das Lächeln wandelte sich in Überraschung, als ihr Oberkörper auch in Sicht geriet und er den großen, feuchten Fleck vorn auf dem hellen Musselinstoff sah. Die Überraschung wiederum wurde zu Neugier, als er bemerkte, wie sich der offensichtlich feuchte Stoff an die Kurven ihrer Brüste und ihres Bauches schmiegte. Gütiger Gott, das war unanständig … auf eine verdammt reizvolle Art. Der Stoff war von der Nässe ein bisschen durchsichtig geworden, sodass er sicher war, dass er die dunklen Kreise erkennen konnte, wo ihre Brustwarzen sein mussten. Verdammt …

Daniel war so fasziniert von dem Anblick, dass er einen Moment lang brauchte, um zu begreifen, dass sie den Korridor entlang direkt auf die Tür zuging, aus der er gerade nach draußen spähte. Er versuchte sich einzureden, dass sie daran vorbeigehen würde, aber er konnte nicht umhin zu begreifen, dass sie auf ihn zuhielt. Als sie dann beim Tisch neben der Tür stehen blieb, um den Kerzenhalter aufzunehmen und eine Kerze an der Wand anzumachen, war er ganz sicher, dass sie nicht an der Tür vorbeigehen würde. Es war nicht Lisas Zimmer, in dem er war. Es war das von Suzette.

Es war klar, dass er nicht entkommen konnte; sie musste nur noch einen Schritt bis zur Tür zurücklegen, um sie zu öffnen. Daniel stand wie erstarrt da, Panik verwandelte seine Glieder in Stein, während sein Geist versuchte, sich irgendeinen Grund einfallen zu lassen, weshalb er in ihrem Zimmer war, und vor allem, wieso er dabei einen Toten über der Schulter trug.

Glücklicherweise musste er nie eine Erklärung abgeben. Suzette streckte gerade ihre Hand nach der Tür aus, als Lisa ihr von der obersten Treppenstufe aus etwas zurief. Zu seiner großen Erleichterung ließ Suzette die Hand wieder sinken und drehte sich zu ihrer Schwester um, dann setzte sie sich in Bewegung, als das jüngere Mädchen den Korridor betrat.

Daniels Panik ließ genug nach, dass er sich bewegen konnte. Er wirbelte augenblicklich weg von der Tür und eilte auf das nächstbeste Fenster zu. Glücklicherweise war es jetzt nicht mehr vollständig dunkel. Der schwache Lichtschimmer vom Flur wie auch das Sternenlicht, das durch die offenen Vorhänge fiel, gestatteten ihm, Möbelstücke zu erkennen und ihnen auszuweichen. Als er das Fenster erreichte, ließ er keine Zeit verstreichen, sondern öffnete es sofort und warf George nach unten. Er verspürte schwache Gewissensbisse, als er den dumpfen Schlag hörte, mit dem die Leiche unten ankam, aber sie waren wirklich nur schwach. Er war viel zu beschäftigt damit, ihm zu folgen, um sehr viel mehr zu empfinden. Daniel war es gerade gelungen, sich auf das Fenstersims zu setzen und ein Bein aus dem Fenster zu schwingen, als das Zimmer plötzlich in helles Licht getaucht wurde.

Entsetzt sah er sich um und starrte Suzette an, die in der offenen Tür stehen geblieben war und mit einer Hand den Kerzenhalter umklammerte. Ihr Mund stand vor Verblüffung offen.

»Daniel«, hauchte sie.

»Äh … ja … ich … äh … sollte erklären …« Unglücklicherweise fiel ihm keine Erklärung ein, daher drehte er sich stattdessen um und blickte auf Georges Leiche hinunter. Er verzog das Gesicht. Der Mann lag ausgestreckt mit dem Gesicht nach unten im Gras, sein Kopf und seine Beine ragten in seltsamen Winkeln von ihm weg, und die Decke verbarg jetzt nur noch seinen Hintern und seine Arme.

Das Geräusch der sich schließenden Tür lenkte seine Aufmerksamkeit wieder in den Raum. Suzette hatte die Tür geschlossen. Sie hatte auch die Kerze auf den Tisch neben der Tür gestellt und eilte jetzt zu ihm. Daniel zog sofort sein Bein in das Zimmer zurück und stellte sich hin. Verzweifelt bemüht, sie davon abzuhalten, einen Blick nach unten zu werfen, hob er die Hände, um sie nicht zum Fenster gehen zu lassen. Sie schob sich mit Leichtigkeit an ihnen vorbei – aber nicht, indem sie zur einen oder anderen Seite auswich, sondern weil sie zwischen ihnen hindurch in seine Arme glitt. Und dann lag plötzlich ihr Mund auf seinem.

Suzette hatte bei ihren früheren Küssen offensichtlich das eine oder andere gelernt, bemerkte er leicht geistesabwesend.

Sie drückte nicht mehr nur einfach ihren Mund auf seinen, wie sie es beim ersten Mal getan hatte, sondern streichelte seinen Mund mit ihrem, wie er es ihr gezeigt hatte. Daniel war so überrascht, dass er einfach nur dastand und sich seine Arme automatisch um sie schlossen. Kaum hatte er das getan, zog sie sich ein bisschen zurück und flüsterte: »Du musst es nicht erklären. Du bist gekommen, um Ja zu sagen.«

»Bin ich das?«, fragte Daniel überrascht.

»Natürlich«, lachte sie und lehnte sich zurück, sodass ihre Hände neugierig über seine Brust wandern konnten. »Wieso sonst hättest du mitten in der Nacht hierherkommen sollen, statt bis morgen zu warten?«

Das war eine gute Frage, dachte er, während er ihre Hände festhielt und verhinderte, dass sie mit ihren Erkundungen seiner Brust fortfuhr. Es fiel ihm schwer, sich zu konzentrieren, während ihre Finger über seine Brust glitten und die Breite und Beschaffenheit untersuchten. Und Daniel musste sich jetzt ganz sicher ziemlich konzentrieren. Er musste eine sinnvolle Begründung für seine Anwesenheit in ihrem Zimmer liefern, die nicht einschließen würde, dass er mit Fußfesseln in Gretna Green enden würde. Er musste ihr unbedingt deutlich machen, dass er noch nicht so weit war, um zu heiraten.

»Äh … nun, genau genommen ging es darum …«, begann Daniel schließlich, aber dann runzelte er die Stirn, als seine Hände, die ihre umfassten, an ihr feuchtes Kleid stießen. Sie war völlig durchnässt, und dem Geruch nach musste es Whisky sein. »Was ist passiert? Wieso bist du mit Whisky getränkt?«

»Oh.« Ihr Lächeln wich der Verärgerung, und sie sah an sich hinunter. Daniel folgte ihrem Blick und bemerkte jetzt, dass das Kleid wie eine zweite Haut an ihrem Körper klebte. Jetzt war auch eindeutig, dass er ihre Brustwarzen durch den durchscheinenden Stoff erkennen konnte.

»Richard hat versucht, mich davon abzuhalten, seinen Whisky zu trinken, und ihn dabei über mich verschüttet«, murmelte sie angewidert. »Er behauptet zwar, er hätte sich geändert und würde Christiana glücklich machen wollen, aber …« Sie schüttelte den Kopf. »Ich glaube nicht, dass er sich geändert hat. Chrissy hat heute Morgen gesagt, dass niemand seinen Whisky trinken darf, und eben in seinem Arbeitszimmer hat er sich genau so verhalten. Selbstsüchtig. Ich bezweifle, dass er sich auch nur ein bisschen verändert hat.«

»Dazu kann ich nichts sagen«, murmelte Daniel in der Hoffnung, Richard irgendwie helfen zu können. Wenn sein Freund die Frauen davon überzeugen konnte, dass er sich verändert hatte, würde sich Christiana vielleicht schneller für ihn erwärmen. Und wenn er seinerseits Suzette davon überzeugen konnte, dass Richard sich verändert hatte, würde sie Christiana beeinflussen können. »Wenn man dem Tod so nah kommt, wie er es heute getan hat, kann das schon dazu führen, dass man sein Leben neu bewertet. Es kann der Grund für eine Veränderung sein.«

»Hmm.« Suzette wirkte nicht sehr überzeugt. Dann zuckte sie die Schultern, lächelte und sagte: »Ich möchte nicht über Dicky sprechen. Ich möchte über uns sprechen.«

»Über uns?«, fragte er schwach.

»Ja. Ich bin so froh, dass du dich entschieden hast, mein Angebot anzunehmen und mich zu heiraten«, flüsterte Suzette und stellte sich auf die Zehenspitzen, um ihn erneut zu küssen. Diesmal berührte sie seinen Mund nicht einfach nur mit ihrem, sondern sie knabberte an seiner Unterlippe – noch so ein Trick, den er ihr früher am Abend beigebracht hatte. Verflucht, sie lernte ziemlich schnell, dachte er bestürzt. Und sie war für eine Anfängerin verdammt gut in dieser ganzen Küsserei, entschied er, als ihre Zunge hervorschnellte und über seine Lippen spielte. Er konnte der Versuchung einfach nicht widerstehen und ließ zu, dass sich sein Mund für sie öffnete, dann glitt seine eigene Zunge heraus, um mit ihrer zu spielen.

Suzette seufzte augenblicklich und schlang ihm die Arme um den Hals. Ihr Körper bog sich mit ziemlich schmeichlerischem Eifer durch und drängte gegen seinen. Ein Eifer, der aus der Überzeugung geboren war, dass er vorhatte, sie zu heiraten, rief sich Daniel grimmig in Erinnerung. Er war kurz davor, das hier zu beenden, als jemand die Tür hinter ihr öffnete und ihn ablenkte.

Er öffnete die Augen und seufzte fast vor Erleichterung, als er Richard in der geöffnete Tür stehen sah und nicht jemand anderen. Sein Freund verharrte augenblicklich, als er sie in dieser Umarmung sah, aber er blieb einfach nur stehen, unsicher, was er tun sollte. Daniel kam zu dem Schluss, dass es für alle besser wäre, wenn Suzette nicht bemerken würde, dass sie entdeckt worden waren. Er winkte Richard weg. Sein Freund zögerte noch einen Moment, beschloss dann aber anscheinend, ihm zu vertrauen, machte einen Schritt zurück und zog die Tür wieder hinter sich zu.

Als Daniel das sanfte Klicken hörte, das ihm anzeigte, dass die Tür ganz zu war, beendete er den Kuss und begann, sich von ihr zu lösen. »Suzette, wir müssen jetzt aufhören. Ich sollte gehen. Es ist nicht angemessen, dass ich in deinem Zimmer bin.«

»Oh, aber wir müssen uns darüber unterhalten, wann wir es tun«, wandte Suzette ein.

Daniel hatte ihre Hände von seinem Hals genommen und drehte sich zum Fenster um, aber bei ihren Worten verharrte er augenblicklich. Die Formulierung »es tun« erweckte unwillkürlich eine Reihe von Bildern, die sie ganz sicher nicht im Sinn gehabt hatte, wie er nur zu gut wusste. Sie alle beinhalteten, dass Suzette nackt war, und –

»Es muss nicht gleich heute Abend sein, aber es muss bald geschehen. Vater hat nur zwei Wochen Zeit, um die Schulden zurückzuzahlen, und ich glaube, man braucht mindestens zwei Tage bis nach Gretna Green, und das auch nur, wenn man Tag und Nacht durchfährt. Es können sogar drei Tage und Nächte sein.«

Daniel seufzte. Natürlich sprach sie nicht davon, das zu tun, was er bevorzugt hätte. Sie sprach davon, ihn anzubinden. Er musste dieses Missverständnis über seine Anwesenheit hier wirklich aufklären und ihr sagen, dass er nicht vorhatte, sie zu heiraten. Und dann musste er das Haus verlassen, Richard finden, George holen und – Bei dem Gedanken an George sah er zu dem Fenster hin, aus dem er den Mann geworfen hatte. Seine Augenbrauen schossen in die Höhe, als er unten am Boden eine Bewegung sah. Er beugte sich näher an das geöffnete Fenster, blinzelte in die Dunkelheit und sah vage, dass Richard dabei war, George in die Decke zu wickeln.

»Was ist das?«

Suzette war plötzlich neben ihm und nicht mehr hinter ihm, und er richtete sich sofort auf und packte sie am Arm, um sie vom Fenster wegzudrängen. Sie entzog ihm jedoch ihren Arm und spähte über seine Schulter, reckte den Hals, um etwas sehen zu können.

»Ich dachte, ich hätte da unten jemanden gesehen, der irgendetwas tut, Daniel. Ich –« Ihre Worte erstarben abrupt, als er das Einzige tat, was ihm einfiel – sie in seine Arme zog und küsste.

Es war ein verzweifelter Versuch, sie abzulenken, und er funktionierte auch. Bei ihnen beiden. Zuerst hatte er noch die Kontrolle darüber, sein Mund glitt über ihren, seine Arme hielten sie fest, wo sie war, seine Zunge glitt heraus und drang in ihren Mund, um irgendwelche Gedanken an das, was sie gesehen haben könnte, aus ihrem Kopf zu vertreiben. Als Suzette allerdings ein leises, lustvolles Quäken von sich gab und ihr Becken verlagerte, ihren Körper dichter an seinen drängte und sich an seinen Lenden rieb, verlor er seinen Plan aus den Augen. Kurz danach verwandelte sich der Kuss von kühler Beherrschtheit in wildes Verlangen, und seine Hände bewegten sich eifrig, suchten nach den verborgenen Wonnen, die er plötzlich unbedingt berühren musste.

4

Suzette schnappte nach Luft, als Daniel durch das Kleid hindurch nach ihrem Gesäß griff und sie noch fester an seine zunehmende Härte drückte. Es war jedoch seine Hand, die plötzlich zwischen ihnen war und ihre Brust durch den nassen Stoff hindurch umfasste, die sie vor Entzücken stöhnen und beben ließ. Seine Berührung und die Art, wie er das zarte Fleisch knetete, schickten Wellen der Lust durch sie hindurch, die alles übertrafen, was sie bisher erlebt hatte. Als er ihre sich aufrichtende Brustwarze durch den Stoff hindurch in die Hand nahm und leicht drückte, schrie sie leise auf und zog ihren Mund von seinen Lippen. Sie hatte plötzlich Angst, dass sie ihm in ihrer Erregung auf die Zunge beißen könnte.

Daniels Mund glitt weiter zu ihrem Ohr. Er knabberte kurz daran, dann wanderte er nach unten, folgte der Linie ihres Halses. Die ganze Zeit über spielte seine Hand weiter an ihrer Brust und erzeugte einen solchen Aufruhr an Lustgefühlen in ihr, dass sie schon glaubte, es nicht ertragen zu können. Suzette fürchtete allen Ernstes, sie könnte ohnmächtig werden. Plötzlich fiel es ihr schwer zu atmen, ihre Brust hob und senkte sich in raschem Keuchen, ohne dass sie viel Luft zu bekommen schien.

Suzette war so verzehrt von der Mischung aus dieser Beunruhigung und dem Vergnügen, das er in ihr entfachte, dass sie gar nicht merkte, wie er sie aufnahm und durchs Zimmer trug, bis sie das Bett hinter ihren Beinen spürte.

»Daniel«, quäkte sie, als er mit seiner Zunge an dem Ausschnitt ihres Kleids entlangfuhr. »Ich kann nicht at-«

Ihre Worte erstarben in einem Keuchen. Ihr Kleid hatte sich plötzlich gelöst und rutschte ihr von den Schultern. Es war ihm gelungen, ihr Mieder mit der Hand zu öffnen, die vorher noch an ihrem Gesäß gewesen war. Jetzt nahm er die andere Hand von ihrer Brust und zog den feuchten Ausschnitt nach unten, sodass eine Brust frei kam. Im nächsten Augenblick schloss sich Daniels Mund um das feste rosige Juwel, das er gerade entblößt hatte. Suzette sog zwischen zusammengebissenen Zähnen die Luft ein, als er mit den Lippen an der Brustwarze zog und mit seiner Zunge darum herumfuhr. Noch immer schien sie die Luft, die sie einatmete, nicht in die Lunge bekommen zu können … allerdings kümmerte sie sich jetzt nicht mehr darum.

Als seine Zähne leicht über ihre Brustwarze streiften, konnte sie es nicht mehr ertragen und griff in seine Haare, versuchte, ihn zu zwingen, wieder hochzukommen und sie zu küssen. Zu ihrer großen Erleichterung ließ er die Brustwarze los und richtete sich sofort auf, um seine Lippen auf ihren Mund zu legen. Aber dieser Kuss war ganz und gar anders als die vorherigen. Wenn sie die anderen bereits für leidenschaftlich gehalten hatte, war dieser hier reines Verlangen. Seine Zunge stieß fast mit Gewalt zwischen ihre Lippen und beanspruchte alles, was sie berührte. Suzette reagierte mit der gleichen Leidenschaft darauf, ihr Mund war begierig, und ihre Arme schlossen sich um seinen Hals, drückten ihn so fest, dass die Knöpfe seiner Jacke sich fast schmerzhaft in ihre nackte Brust gruben. Es fühlte sich so unbehaglich an, dass sie zu dem Schluss kam, wenn sie schon bis zur Taille nackt war, dann sollte er das auch sein. Sie bog ihren Rücken genug zurück, um die Knöpfe seiner Jacke zu finden. Glücklicherweise war sie bereits geöffnet, und sie streifte ihm den Stoff von den Schultern.

Als Daniel die Aufgabe übernahm und die Jacke abschüttelte und zur Seite warf, öffnete sie blind die Knöpfe seiner Weste. Als sie fertig war, zog er auch diese aus, und danach richtete sie ihre Aufmerksamkeit auf seine Krawatte. Es gelang Suzette, sie zu lösen und den weichen Stoff von seinem Hals zu ziehen, um sie dann auf den Boden fallen zu lassen, während seine Arme sich wieder um sie schlossen. Sie schmolz regelrecht gegen ihn, zitterte, als die rauen Brusthaare über ihre empfindlichen Brustwarzen strichen.

Suzette begriff erst, dass er sie aufs Bett gelegt hatte, als sie es in ihrem Rücken spürte. Allerdings verschwand diese Wahrnehmung auch rasch wieder aus ihrem Bewusstsein, da sie von dem Druck seines Gewichts abgelenkt wurde, als er sich halb auf sie sinken ließ. Sie spürte die kühle Luft vom offenen Fenster an ihren Knöcheln und dann an ihren Waden und begriff irgendwann in ihrem von Leidenschaft umnebelten Geist, dass er ihr das Kleid hochschob. Es machte ihr nichts. Ihre Aufmerksamkeit war ganz und gar auf ihren Kuss gerichtet, auf die Erregung und Begierde, die Daniel ihr damit entlockte. Als er den Kuss beendete und sich wieder ihren Brüsten widmete, seufzte sie und stöhnte und bewegte sich unruhig unter ihm. Ihre Hände griffen nach seinen Schultern, und ihr Kopf zuckte in zunehmendem Verlangen hin und her.

Daniel hatte inzwischen aufgehört, das Kleid nach oben zu schieben. Es war hoch genug, dass er seine Hand daruntergleiten lassen konnte, und er strich mit den Fingern an der nackten Haut ihres Oberschenkels entlang, schob den leichten Stoff ihres Kleids vor sich her. Die Empfindung erzeugte verwirrende Gefühle in ihr. Erregung, Erwartung und Furcht wirbelten durcheinander und ließen sie stöhnen und sich winden, ihr Becken bewegte sich unabsichtlich auf dem Bett. Doch dann erstarrte Suzette und stieß zischend die Luft aus, als seine Hand plötzlich zur Innenseite ihres Beins wanderte und sich dort nach oben tastete, das Kleid sogar noch etwas höher schob.

Seine Finger waren nur noch einen Zoll von ihrem Zentrum entfernt, als Suzette plötzlich die Oberschenkel schloss. Es war mehr eine instinktive Bewegung als eine beabsichtigte – ihr unerfahrener Körper reagierte einfach nur auf die Situation.

Daniel ließ sofort von ihren Brüsten ab und hob den Kopf, um sie wieder zu küssen. Seltsam genug, verklangen die Angst und die Spannung, die sie eben noch im Griff gehabt hatten, auf wunderbare Weise, und einen Moment später ließ Suzette zu, dass sich ihre Beine mit einem kleinen Stöhnen öffneten. Bevor Daniel jedoch annehmen konnte, was sie ihm anbot, ertönte ein Klopfen an der Tür.

Sie erstarrten beide.

»Suzette?« Lisas Stimme erklang durch die Tür, dann klopfte sie erneut. »Suzette, ich muss mit dir sprechen.«

Als Daniel seinen Mund von ihrem zurückzog und den Kopf hob, biss Suzette sich auf die Lippe und sah zur Tür hin. Sie fragte sich, ob Lisa weggehen würde, wenn sie einfach still blieb. Sie erhielt die Antwort darauf, als Lisa am Türgriff rüttelte und dann verkündete: »Ich komme rein.«

»Nein!«, kreischte Suzette und setzte sich abrupt auf, während Daniel von ihr heruntersprang. Zu ihrer Erleichterung öffnete sich die Tür nicht. Noch immer kämpfte sie mit dem Kleid, versuchte die Arme wieder in die Ärmel zu schieben und es hochzuziehen, während Daniel seine Weste und die Jacke packte und zum Fenster eilte.

»Einen Moment noch«, rief sie, krabbelte aus dem Bett, zog das Kleid fertig an und strich den Stoff glatt. Besorgt blickte sie zu Daniel, als der das Fenster erreichte und kurz stehen blieb, um Weste und Jacke anzuziehen. Er begann, aus dem Fenster zu klettern, zögerte aber plötzlich, warf einen Blick zurück, kletterte wieder herein und eilte noch einmal zu ihr.

Sein Kuss war so rasch, dass er, kaum angefangen, schon wieder vorbei war. »Morgen«, flüsterte er und drehte sich wieder zum Fenster um.

»Suzette?«, rief Lisa ungeduldig.

»Einen Moment noch«, schnappte Suzette und sah besorgt zu, wie Daniel draußen auf den Fenstersims kletterte und dann außer Sicht geriet.

»Was tust du da?«, fragte Lisa.

Suzette verdrehte die Augen und eilte zur Tür. Sie riss sie auf, sah ihre Schwester finster an. Es ärgerte sie, dass sie dem wundervollen Zwischenspiel ein Ende gemacht hatte. »Ich habe mich zum Schlafengehen vorbereitet. Was willst du?«, fragte sie knurrig.

Lisa starrte sie an. Ihre Miene wurde besorgt. »Ist alles in Ordnung? Du wirkst ziemlich gerötet.«

Suzette hielt einen Moment lang den Atem an, dann stieß sie ihn mit einem Seufzer aus. »Es geht mir gut«, sagte sie ruhig. »Ich wollte nur Georgina um diese Uhrzeit nicht wecken und hatte eine paar Probleme, das Mieder allein zu öffnen.« Sie verzog das Gesicht über ihre eigene Lüge, dann verlagerte sie das Gewicht von einem Bein aufs andere und fragte: »Was war so wichtig, dass du unbedingt sofort mit mir sprechen wolltest?«

»Oh, ich …« Lisa runzelte die Stirn und sah den Flur entlang zu Christianas Zimmer. »Ich komme gerade von Chrissy. Sie hat seltsame Dinge gesagt. Sie spricht davon, George zu heiraten, und –« Hilflos zuckte sie mit den Schultern. »Ich mache mir ein bisschen Sorgen.«

»Sie ist betrunken, Lisa«, sagte Suzette geduldig. »Ich würde mir keine Sorgen darüber machen, dass sie seltsame Dinge sagt. Himmel, sie hat von Erdbeeren gesprochen und dass sie Dickys Hintern ansehen müsste, als wir sie in ihr Zimmer gebracht haben. Ich bin sicher, dass morgen früh alles wieder beim Alten ist.«

»Wahrscheinlich hast du recht«, entgegnete Lisa mit einem kleinen Seufzer. »Tut mir leid, dass ich dich gestört habe. Ich werde jetzt ins Bett gehen.«

»Das ist sicher eine gute Idee«, sagte Suzette ernst.

Lisa nickte und begann, sich umzudrehen, dann hielt sie noch einmal inne. »Oh, fast hätte ich es vergessen. Dicky musste eben durch Chrissys Zimmer gehen, um in sein eigenes zu kommen. Wir dürfen nicht vergessen, dass wir morgen die Schlafzimmertür wieder aufschließen.«

»Das tun wir«, versicherte Suzette ihr. »Und jetzt geh schlafen. Es war ein langer Tag.«

»Ja, du hast recht«, murmelte Lisa und stolperte den Korridor entlang.

Suzette sah ihrer Schwester nach, bis sie in ihrem Zimmer verschwunden war, dann schloss sie ihre eigene Zimmertür wieder. Seufzend drehte sie sich um und trat zum Fenster. Ein Blick nach draußen verriet ihr allerdings, dass im Garten niemand war. Daniel war bereits verschwunden. Er war vermutlich vorn und ging gerade zu seiner Kutsche … sofern er mit einer hergekommen war. Suzette hatte keine Ahnung, wie weit sein eigenes Stadthaus entfernt war oder ob er überhaupt eins hatte. Es konnte sein, dass er weggegangen war und sie ihn nie mehr wiedersehen würde.

Sie schloss das Fenster und drehte sich wieder zum Bett um, blieb aber stehen, als ein Stück schneeweißer Stoff ihre Aufmerksamkeit erregte. Sie wusste sofort, dass es Daniels Krawatte war, lief hin und hob sie auf. Bevor sie wusste, was sie tat, rannte sie aus ihrem Zimmer. Wahrscheinlich war er längst weg, aber vielleicht konnte sie ihn doch noch einholen, dachte Suzette, während sie die Treppe hinunterhastete.

Als Daniel die wartende Kutsche erreichte, sah er den Fahrer auf dem Kutschbock schlafen. Er unterließ es jedoch, den Mann jetzt schon aufzuwecken, sondern blickte durch das Fenster ins Innere des Gefährts. Als er sah, dass niemand darin saß, drehte er sich stirnrunzelnd wieder zum Haus um. Georges Leiche war nicht mehr an der Stelle gewesen, wo sie nach dem Sturz aus Suzettes Fenster gelandet war. Er hatte eigentlich vermutet, dass Richard sie allein zur Kutsche geschafft hatte und hier mit George auf ihn warten würde. Jetzt wusste er nicht, was er denken sollte. Wo zur Hölle war Richard, und was hatte er mit George gemacht?

In diesem Moment öffnete sich die Haustür und zog seine Aufmerksamkeit auf sich. Daniel wollte sich schon entspannen, weil er glaubte, Richard würde mit Georges Leiche das Haus verlassen. Allerdings war es nicht Richard. Es war vielmehr Suzette. Etwas Elfenbeinfarbenes flatterte in ihrer Hand, als sie die Straße erst in die eine und dann in die andere Richtung entlangsah. Bevor er sich entschieden hatte, was er tun sollte, sah sie ihn bei der Kutsche stehen und eilte zu ihm.

Daniel runzelte die Stirn und setzte sich in Bewegung, um ihr entgegenzugehen, aber er hatte nur einen einzigen Schritt getan, als er durch eine Bewegung am oberen Fenster des Hauses abgelenkt wurde. Er verharrte abrupt und sah nach oben, und dann fiel ihm vor Überraschung die Kinnlade herunter. Nun, damit hatte sich die Frage erledigt, wo Richard war. Groß und breit und anscheinend splitterfasernackt stand der Mann vor dem geöffneten Fenster seines Schlafzimmers und saugte an Lady Christianas entblößten Brüsten.

»Oh.«

Der unterdrückte Laut kam von Suzette und verriet ihm, dass sie neben ihn getreten war. Daniel riss sich vom Anblick am Fenster los und sah sie an. Sie hatte offensichtlich ebenfalls nach oben gesehen und verfolgte jetzt, was ihre Schwester und der Mann, den alle für deren Ehemann hielten, taten. Suzettes Augen waren ziemlich weit aufgerissen, während sie zusah.

Daniel blickte wieder zum Fenster hin, wo Christiana jetzt ein Bein um Richard geschlungen hatte, während der sie küsste. Dann fasste Richard sie um die Taille und trug sie vom Fenster weg. Es sah nicht so aus, als hätte sein Freund vor, in dieser Nacht noch einmal herunterzukommen. Was allerdings nicht erklärte, was Richard mit Georges Leiche gemacht hatte. Einen Moment lang hatte Daniel die Idee, einfach ins Haus zurückzukehren und die beiden zu stören, um es zu erfahren. Er fand eigentlich, dass es eine ziemlich wichtige Angelegenheit war, um die sie sich kümmern mussten.

»Du hast das hier vergessen«, sagte Suzette in diesem Moment mit ruhiger Stimme und lenkte seine Aufmerksamkeit von seinen Sorgen weg. Er sah, dass sie seine Krawatte in der Hand hielt.

Doch dann weiteten sich seine Augen, als er sah, dass sich Suzette nicht einmal die Zeit genommen hatte, das Kleid richtig anzuziehen, ehe sie hierhergelaufen war. Der Ausschnitt war offen und wurde nur von ihrer Hand oben gehalten. Kaum war ihm das klargeworden, ertönte das Klappern von Pferdehufen und verriet, dass eine Kutsche die Straße entlangkam.

In diesem Moment begriff er, dass er selbst mit offener Jacke und Weste und ohne Krawatte dastand und ebenfalls skandalös aussah. Fluchend beeilte er sich, die Kutschentür zu öffnen, schob Suzette hinein und folgte ihr rasch. Während er mit einer Hand die Kutschentür hinter sich schloss, zog er mit der anderen bereits die Fenstervorhänge zu. Er achtete darauf, dass auch alle wirklich dicht waren, um absolut sicherzugehen, dass niemand von denen, die in der anderen Kutsche saßen, sie sehen konnten. Dann ließ er sich gegenüber von Suzette auf der Bank nieder und lächelte sie schief an.

»Entschuldige, ich dachte nur –« Seine Erklärung erstarb ihm auf den Lippen, als er bei dem Versuch, sich auf die Bank zu setzen, gegen etwas Hartes stieß. Daniel warf einen Blick über die Schulter und tastete mit der Hand nach der Bank, um herauszufinden, was sich da befand. Erst jetzt bemerkte er, dass ein Stück neben ihm zwei Beine von der Bank herunterbaumelten, über die eine Decke gebreitet worden war. Zumindest vermutete er, dass es Georges Beine waren, denn für Schultern und Kopf waren sie zu schmal. Und was den Rest des Körpers betraf, vermutete Daniel, dass er den größten Teil der Bank hinter ihm belegte.

Daniel war schlagartig alarmiert und fuhr wieder zu Suzette herum. Er nahm ihre Hand und packte zugleich, immer noch sitzend, den Türgriff, um sie wieder aus die Kutsche zu befördern. Dann begriff er jedoch, dass die klappernden Pferdehufe in diesem Moment bei ihnen angekommen waren – die andere Kutsche fuhr offenbar gerade an ihnen vorbei. Fluchend zog er die Tür wieder zu und drehte sich rasch zu Suzette um. Offenbar hatte sie gedacht, dass er ihre Hand nur genommen hatte, um sie an sich zu ziehen, war aufgestanden und trat jetzt leicht vornübergebeugt zu ihm.

Obwohl es in der Kutsche dunkel war, hatten sich Daniels Augen mittlerweile genügend daran gewöhnt, dass er die Gestalt hinter sich ausmachen konnte. Er war sich nur zu bewusst, dass auch Suzette sie möglicherweise sehen würde, sollte ihr Blick darauf fallen. Also beschloss er, sie sofort an sich zu ziehen, setzte sie seitlich auf seinen Schoß und hoffte, sie damit ablenken zu können.

Mit einem kleinen Seufzer ließ sich Suzette auf seinem Schoß nieder. Ihre Arme glitten um seine Schultern, und sie drückte ihm einen Kuss in den Mundwinkel. »Du musst dich nicht entschuldigen«, flüsterte sie. »Ich bin genauso wild darauf und kann ebenfalls nicht warten.«

Daniel wusste nicht so recht, was sie damit meinte, aber er war vor allem damit beschäftigt, sie von Georges Anwesenheit abzulenken, bis die andere Kutsche endlich vorbeigefahren war und sich weit genug entfernt hatte, dass sie ungesehen wieder aussteigen konnten. Er tat also das Einzige, was ihm einfiel, und küsste sie. Es war wirklich der einzige Grund, weshalb er es tat. Dass sein Gemächt von den früheren Aktionen oben in ihrem Zimmer immer noch auf Halbmast stand und Suzette ihr Gesäß jetzt direkt auf das größer werdende Anhängsel gepflanzt hatte, dann auch noch auf ziemlich entnervende Weise hin und her wackelte ... Nun, das hatte nichts, aber auch gar nichts damit zu tun, redete sich Daniel ein, während er mit seiner Zunge ihren Mund öffnete und den Kuss vertiefte. Auch als sie stöhnte und sich genussvoll auf ihm zurechtrückte, während sie ihren Oberkörper zu ihm hinbog, diente es nur der Ablenkung, dass er mit den Händen nach ihren Brüsten tastete und sie durch das inzwischen wieder trockene Kleid umfasste. Was sie natürlich dazu brachte, noch mehr zu stöhnen und noch genussvoller mit dem Gesäß zu wackeln.

Derart befeuert, knetete Daniel die weichen Wölbungen, die er in der Hand hielt, stieß seine Zunge jedes Mal in ihren Mund, wenn er sie drückte, bis Suzette den Kuss abbrach und tief aufstöhnte. Sie bewegte ihren Hintern auf seinem Schoß, rieb sich unbeabsichtigt an ihm, und Daniel konnte nicht widerstehen: Er ließ ihre Brüste los und schob das Oberteil ihres immer noch offenen Kleids über ihre Schultern herunter. Suzette zog ihre Arme unter seinen Schultern weg, um ihm zu helfen; dann erzitterte sie, als der Stoff nach unten fiel und ihre Brüste ganz seinem Blick ausgesetzt waren.

So, wie sie da saß, musste Daniel kaum den Kopf senken, um mit dem Mund über die obere Wölbung ihrer Brüste zu fahren, und sich nur ein bisschen tiefer beugen, um eine Brustwarze zu finden und an ihr zu saugen. Er hörte ihr kehliges Grunzen, während er mit seiner Zunge darüberfuhr, und machte weiter, bis er sie als kleinen, erregten Stein im Mund spürte. Er streifte sie mit seinen Zähnen und wurde damit belohnt, dass sie wieder mit ihrem Gesäß wackelte und aufschrie.

»Daniel«, keuchte sie, griff mit den Fingern in seine Haare und zog seinen Kopf hoch.

Er reagierte sofort, ließ ihre Brustwarze los und forderte erneut ihre Lippen. Suzette küsste ihn leidenschaftlich zurück, schlang ihre Zunge um seine und saugte daran. Ihr Hintern bewegte sich auf seinem Schoß auf und ab, rieb noch mehr an ihm.

Begierde schoss durch ihn hindurch, und Daniel knabberte an ihrer Lippe und legte eine Hand auf ihre Beine. Er strich kurz an der Außenseite entlang, dann wanderte seine Hand weiter, und schließlich drückte er den Handballen zwischen ihre Beine. Sie zuckte heftig, und er knurrte, als ein weiterer Stoß der Lust durch ihn hindurchschoss, und drückte noch fester. Dann versuchte er, seine Finger zwischen ihre Blütenblätter zu schieben, um ihre Knospe zu erreichen, aber der Stoff behinderte ihn. Trotzdem wand sich Suzette höchst genüsslich, saß jetzt rittlings auf seinen Knien, bis eines ihrer Beine zur einen Seite abrutschte und sie sich weit für ihn geöffnet hätte, wäre das Kleid nicht gewesen.

Daniel fing sofort an, den Stoff hochzuschieben, wild entschlossen, es aus dem Weg zu befördern. Ein kleiner Seufzer der Erleichterung entrang sich schließlich seinem Mund, als er den Saum gefunden hatte und in der Lage war, seine Hand darunterzuschieben. Suzette zitterte über die direkte Berührung, und er lächelte an ihrem Mund, während er mit der Hand über die weiche Haut ihrer Wade strich, am Knie entlang nach oben und weiter den Oberschenkel hinauf.

Er stieß seine Zunge tief in ihren Mund, als seine Finger schließlich die köstliche Stelle fanden, die er gesucht hatte, bevor Lisa sie in Suzettes Zimmer unterbrochen hatte. Ihre Reaktion war ziemlich zufriedenstellend. Sie stöhnte wild, dann bedeckte sie seine Hand mit ihrer eigenen, drängte ihn weiter und wurde vollkommen reglos, als seine Finger ihre heiße, feuchte Mitte fanden. Als er anfing, mit den Fingern darüber und darum herum zu reiben, bewegte sie sich wieder; ihr Becken verlagerte sich gemeinsam mit seinen zärtlichen Liebkosungen, rieb dabei jedes Mal an seiner Männlichkeit.

»Oh, Daniel«, keuchte sie und riss ihren Mund von ihm los. »Ich kann nicht – bitte –«

»Schschsch«, murmelte er sanft, brachte seine Lippen an ihr Ohr und saugte das Ohrläppchen in seinen Mund, während er die Beine etwas weiter spreizte. Dadurch konnte sie noch ein bisschen tiefer sinken und rieb fester gegen seine Männlichkeit, als sie auf seine Liebkosungen reagierte.

»Ohhh«, stöhnte Suzette, stieß sich selbst mit Hilfe des einen Fußes, der auf dem Boden stand, in seine Berührung hinein.

»Ja«, bestärkte er sie, ließ ihr Ohrläppchen los und legte den Arm an ihre Taille. Er schob sie weit genug von sich weg, dass er ihre nackten Brüste betrachten konnte. Es war das erste Mal, dass er sie richtig ansah, und er berauschte sich geradezu an ihnen, während seine Finger weiter über und um ihre feuchte Mitte glitten. Sie saß weit gespreizt auf seinem Schoß, bog den Körper durch, zuckte und bebte in einer Art, die ihm vor Verlangen Schmerzen bereitete. Er sehnte sich verteufelt danach, sie gleich hier in der Kutsche besteigen zu können. Aber Daniel hatte sich nicht so vergessen, dass er eine

Unschuldige auf diese Weise entjungfern würde, wenn überhaupt, und so biss er die Zähne zusammen und ignorierte sein Verlangen.

Und dann überraschte Suzette ihn vollkommen, indem sie plötzlich den Kopf herumdrehte und ihn in die Brust biss. Seine Weste und seine Jacke waren weit geöffnet, der größte Teil seiner Brust war nackt, und ihre Zähne sanken ungehindert in seine Haut. Es war das Einzige, was sie erreichen konnte, und es war auch kein richtiger Biss, nur ein frustriertes Knabbern, während ihr Verlangen weiter anstieg. Es erzeugte dennoch ein atemloses Lachen bei ihm, und dann fand sie seine Brustwarze und knabberte daran. Sein Lachen erstarb vor Überraschung angesichts der Lust, die das in ihm auslöste. Im Laufe der Jahre war Daniel mit vielen Frauen zusammen gewesen, aber nicht eine hatte jemals seiner Brust irgendwelche Aufmerksamkeit geschenkt. Nicht dass er jemals mit so etwas gerechnet hätte. Er hatte gar nicht gewusst, dass es so lustvoll sein könnte. Ganz sicher bereitete sie ihm einiges Vergnügen damit, daher war er enttäuscht, als sie plötzlich aufhörte und sich heftig gegen seine Hand drückte, während sie stöhnte.

»Daniel, ich will dich«, klagte sie, drückte seine Hand fester gegen das geschwollene Fleisch, das er gerade streichelte.

»Was willst du?«, fragte er, fest davon überzeugt, dass sie erröten und schüchtern von einer Antwort Abstand nehmen würde.

Stattdessen ließ Suzette seine Hand los, zog seinen Kopf zu einem Kuss zu sich herunter und flüsterte: »Es ist mir egal, wenn es beim ersten Mal wehtut. Ich brauche dich. Ich will deinen Maibaum in mir.«

»Meinen was?«, fragte er mit amüsierter Verwunderung und schob sie etwas von sich weg, um sie anzusehen.

Suzette knurrte vor Frustration und rutschte noch ein Stück

auf seinen Knien zurück, sodass sie ihre Hand auf seine sprießende Männlichkeit legen konnte. »Das da.«

Daniels Heiterkeit löste sich bei der Berührung abrupt auf, und dann stöhnte er und schloss die Augen, als ihr Griff fester wurde. Er spürte nicht, dass sie an seiner Kniehose herumnestelte, nur, dass plötzlich das Material wegfiel und sie ihn in ihrer Hand hielt. Er riss die Augen auf, als sie mit der Hand an seinem Schaft hoch- und runterfuhr, und knurrte: »Wo zum Teufel hast du das gelernt?«

»Ich lese«, flüsterte sie und machte weiter.

Daniel hielt ihren Kopf fest und küsste sie, unfähig, es nicht zu tun, als sie ihn durch ihre Berührung auf fast schmerzhafte Weise noch härter werden ließ. Suzette erwiderte seinen Kuss begierig, machte aber auch mit ihrer unbeholfenen Liebkosung weiter und vertrieb jeden ehrenhaften Gedanken, den er noch haben mochte, geradewegs aus seinem armen, von Leidenschaft gequälten Kopf. Und dann veränderte Daniel ihrer beider Position, hob sie hoch und drehte sie so, dass jetzt sie am Rand der Bank saß und er auf dem Boden der Kutsche vor ihr kniete, bereit, seine Männlichkeit in ihrer Hitze zu begraben.

»Ja«, hauchte Suzette und spreizte die Beine noch weiter, damit er sich zwischen sie bewegen konnte. Während er das tat, ließ sie seine Männlichkeit los und stützte sich mit den Händen links und rechts auf der Bank ab.

Daniel küsste sie erneut, ein heißer, verlangender Kuss, und dann verlagerte er sein Becken und rieb sich an ihrer Hitze. Stöhnend riss Suzette ihren Mund weg, drehte den Kopf zur Seite. Ihre Hüfte bog sich in die neue Liebkosung. Fast hätte er ihre gemurmelten Worte überhört: »So kalt.«

»Ich wärme dich«, versprach er und rieb sich wieder an ihr. Dann lehnte er sich etwas zurück und nahm seine Männlichkeit in die Hand, diesmal fest entschlossen, in sie einzudringen.

»Nein, nicht ich«, murmelte sie mit einem kleinen Lachen. »Deine Hand. Die, die ich festhalte.«

Daniel hielt inne. Was auch immer sie festhielt – seine Hand war es nicht. Denn eine war an ihrem Becken und hielt sie fest, damit sie nicht hin- und herrutschte, und mit der anderen wollte er gerade seine Erektion in sie einführen. Wa-?

Und dann fiel ihm George plötzlich wieder ein.

»Was ist los?«, fragte Suzette, als er erstarrte. Die Leidenschaft war zum Teil wieder aus ihrem Gesicht gewichen, hatte der Besorgnis Platz gemacht, als sie im düsteren Licht der Kutsche seine Miene bemerkte.

Daniel zögerte, strich dann mit seiner Hand an ihrer Hüfte entlang hoch zu ihrem Rücken und zog sie zu sich heran, drückte ihren Kopf an seine Brust. Jetzt schaffte er es, einen Blick auf ihre Hände zu werfen. Offenbar hatten die wilden Bewegungen dazu geführt, dass einer von Georges Armen unter der Decke hervorgerutscht war. Es war seine kalte Hand, die sie hielt.

»Gütiger Gott«, sagte er heiser und bestürzt; wie hatte er nur vergessen können, dass George da war?

»Was ist?«, fragte Suzette, ließ die Hand los und versuchte, sich aufzurichten.

Daniel verhinderte das für einen Moment, aber dann ließ er zu, dass sie sich genug erhob, damit er sie küssen konnte. Diesmal tat er es wirklich nur, um sie abzulenken. Sie durfte sich auf keinen Fall umschauen und bemerken, dass sie nicht allein waren, und er musste irgendwie seine Kniehose wieder anziehen. Indem er sie küsste, konnte er sie ablenken und sich um seine Kleidung kümmern. Kaum hatte er die Kniehose wieder an, beendete Daniel den Kuss und hob Suzette von der Bank hoch, trug sie auf den Armen. Glücklicherweise schlang sie instinktiv die Arme und Beine um ihn, als er aufstand, sonst hätte er sie womöglich sogar noch fallen lassen.

Aber dazu kam es nicht, auch wenn die Kutsche unter der abrupten Gewichtsverlagerung heftig schwankte und Daniel einen Moment innehalten musste. Er kauerte mitten in der Kutsche und drückte Suzette an seine Brust. Es war nicht wirklich das Schlechteste, schließlich wusste er noch gar nicht so genau, was er als Nächstes tun sollte. Sie war halb nackt, das Oberteil ihres Kleids bis zur Taille nach unten gesunken und das Rockteil bis zu den Oberschenkeln hochgeschoben, während sie ihn immer noch mit beiden Armen und Beinen umklammerte. Und auch er war nicht anständig gekleidet, hatte keine Krawatte umgebunden, während Weste und Jacke offen standen. Sie konnten die Kutsche so nicht verlassen, aber sie konnten auch nicht hier drin bleiben. Es war pures Glück, dass Suzette die in eine Decke gehüllte Leiche noch nicht gesehen hatte.

»Wohin soll's gehen, Mylord?«, rief plötzlich der Kutscher. Das heftige Schwanken der Kutsche hatte ihn offenbar geweckt.

»Wunderbar«, murmelte Daniel. Der Mann war anscheinend bei den vorherigen Bewegungen nicht wach geworden, aber jetzt schien er sich entschieden zu haben, aus seinem Schlummer aufzuwachen. Genau in dem Moment, da Daniel es vorgezogen hätte, dass er weiterschlief.

»Willst du es ihm nicht sagen?«, fragte Suzette und versuchte, den Kopf zu heben.

»Was soll ich ihm sagen?«, fragte Daniel. Er hielt ihren Kopf weiter fest, um sie daran zu hindern, sich umzusehen.

»Dass wir nach Gretna Green wollen.« Ihre Stimme kam gedämpft, da ihr Gesicht an seine Brust gepresst war.

Daniel sah auf sie hinunter, aber so, wie er sie hielt, konnte er nur ihren Scheitel sehen.

»Hattest du nicht genau das geplant, als du mich in die Kutsche gezerrt hast?«, fragte sie, als er nicht sofort antwortete.

Daniel schloss die Augen und seufzte, als ihm ihre glückliche Bemerkung wieder einfiel. »Du musst dich nicht entschuldigen«, hatte sie geflüstert, während sie sein Gesicht mit Küssen bedeckt hatte. »Ich bin genauso wild darauf und kann ebenfalls nicht warten.« Sie hatte geglaubt, dass er mit ihr nach Gretna Green fahren würde. »Wunderbar«, murmelte er erneut.

»Daniel?«, fragte Suzette und versuchte wieder, den Kopf zu heben. Diesmal wäre es ihr fast gelungen.

»Mylord?«, fragte der Kutscher fast im gleichen Augenblick.

Daniel knurrte in sich hinein und wandte sich der Tür zu. Er riskierte es, die Hand von Suzettes Rücken zu nehmen, und machte sich rasch am Türgriff zu schaffen, dann drückte er ihren Kopf wieder fest an seine Brust und sprang aus der Kutsche, während sie an ihm hing wie ein Affe an einem Baum. Mit viel Glück schaffte er es, sie beide hinauszubugsieren, ohne dass sie sich dabei den Kopf oder die Beine anstieß. Daniel nahm seine Hand von ihrem Kopf und legte sie ihr auf den Rücken, um sie fest an sich zu drücken und so dafür zu sorgen, dass ihre Brüste nicht zu sehen waren. Dann ging er eilig auf das Haus zu.

Zu Daniels großer Erleichterung war die andere Kutsche vorbeigefahren, und es schien auch sonst niemand auf der Straße zu sein. Gegen den Mann auf dem Kutschbock konnte er allerdings nichts tun … abgesehen davon, dass er ihm vielleicht den Lohn erhöhen könnte, um ihn zu ermutigen, den Mund zu halten, dachte er mit einem Seufzer.

»Was hast du vor?«, fragte Suzette unsicher. Sie hob den Kopf und sah sich um, während er sie zum Haus trug.

Daniel antwortete nicht sofort, sondern ging einfach weiter.

Die Tür, durch die Suzette zu ihm gelaufen war, stand immer noch weit offen. Er trat mit ihr ins Haus und begab sich direkt ins nächstgelegene Zimmer, einen Salon. Er ging gerade weit genug hinein, um außerhalb des Lichtscheins zu stehen, der von den Kerzen in der Eingangshalle durch die Tür fiel. Dann stellte er Suzette auf die Füße und begann sofort, ihr das Kleid glatt zu streichen.

»Daniel?«, fragte sie unsicher. Sie half ihm nicht, sie stand einfach nur still da und blinzelte ihn mit großen, unsicher dreinblickenden Augen an, während er ihre Arme in ihr Kleid schob und es hochzog, sodass es die Brüste bedeckte.

»Wir fahren heute Nacht nicht nach Gretna Green«, sagte er ruhig.

»Und wieso nicht? Ich dachte –«

Er unterbrach sie abrupt. »Was ist, wenn wir einen anderen Weg finden, die Schulden deines Vaters zu begleichen?«

Suzette starrte ihn überrascht an und zuckte dann mit den Schultern. »Dann würde ich nicht heiraten, und Lisa und ich würden aufs Land zurückkehren.«

Daniel runzelte die Stirn. »Du würdest doch sicherlich nicht aufs Land zurückkehren? Du wirst auf jeden Fall eines Tages heiraten und solltest deine Saison haben. Ich dachte, alle jungen Frauen träumen von ihrer Saison.«

Suzette seufzte. »Ich vermute, dass ich das auch getan habe«, gestand sie. »Aber nachdem ich miterlebt habe, wie Christiana von Dicky behandelt wird, bin ich nicht mehr so wild darauf zu heiraten. Wenn ich nicht meine Mitgift beanspruchen müsste, um diesen Skandal zu vermeiden, würde ich es vielleicht nie tun.«

»Nicht alle Männer sind wie Dicky«, wandte Daniel sofort ein.

»Auch Dicky war nicht wie Dicky, bevor sie geheiratet haben«, sagte sie trocken. »Er wirkte lieb und bezaubernd, als er Chrissy umworben hat. Woher weiß man, dass nicht jeder Mann so ist?«

»Ich würde eine Frau niemals so behandeln, wie Dicky offenbar Christiana behandelt hat«, versicherte er ihr ernst. »Und viele andere Männer würden das auch nicht tun. Ich bin mir sicher, dein Vater hat deine Schwestern oder deine Mutter auch nicht so schlimm behandelt.«

»Nein, er war immer ein gütiger und liebevoller Mann … er war wunderbar, abgesehen von seiner Neigung zum Spielen, mit der er uns seit einer Weile jedes Jahr einmal in den Ruin treibt«, erklärte Suzette. »Und wenn ich auch gern höre, dass du eine Frau niemals so behandeln würdest, wie Dicky es getan hat, bin ich mir ziemlich sicher, dass Dicky vor der Heirat mit Chrissy das Gleiche gesagt hätte. Wie soll eine Frau wissen, wie ein Mann wirklich ist, bevor sie verheiratet sind?«

Als Daniel nur die Stirn runzelte, weil er darauf keine Antwort wusste, schüttelte sie den Kopf. »Ich verstehe nicht, wieso wir das hier überhaupt besprechen. Es gibt keinen anderen Weg für mich, das Geld zu bekommen, das ich brauche, um Vaters Schulden zu begleichen. Und du musst eine Frau mit Geld heiraten. Es kommt mir vor, als hätten wir nicht gerade die Wahl. Das weißt du. Deshalb bist du heute Nacht hergekommen, um mir zu sagen, dass du dich entschieden hast, mein Angebot anzunehmen. Und ich dachte, wir würden jetzt nach Gretna Green fahren. Warum sind wir jetzt wieder im Haus und sprechen darüber?«

Daniel starrte sie einen Moment lang an. Es lag ihm auf der Zunge, dass er nicht gekommen war, um ihr zu sagen, dass er beschlossen hatte, sie zu heiraten. Allerdings sah sie ihn jetzt verkniffen und misstrauisch an, und er konnte ihr keine andere Erklärung dafür bieten, wieso er *dann* gekommen war, als die Wahrheit. Und genau die konnte er ihr einfach nicht sagen. Schließlich erklärte er: »Wir können nicht einfach mitten in der Nacht losfahren, ohne irgendjemandem Bescheid zu sagen. Wir haben uns geeinigt, dass ich dir meine Antwort morgen geben werde, und ich denke, wir sollten uns an den ursprünglichen Plan halten.«

Daniel wartete nicht darauf, sich irgendwelche Einwände von ihr anzuhören, und er war sich ziemlich sicher, dass sie welche vorbringen würde. Deshalb machte er auf dem Absatz kehrt und verließ eilig das Zimmer, ging mit raschem Schritt auf die Haustür zu. Er zog sie hinter sich zu, als er draußen war, aber es überraschte ihn nicht sehr, dass er noch hörte, wie sie geöffnet wurde, als er noch nicht einmal halb bei seiner Kutsche war. Er reagierte auf ihren Ruf jedoch nicht und unterließ es, einen Blick zurückzuwerfen, sondern ging nur noch schneller, brachte den Rest des Wegs bis zur Kutsche nahezu im Laufschritt hinter sich.

»Nach Hause«, blaffte Daniel den Kutscher an, während er wieder in das Gefährt stieg. Er zog die Tür hinter sich zu und ließ sich auf die leere Bank sinken, während die Kutsche mit einem Ruck anfuhr. Sein Blick glitt zum verhängten Fenster, als Suzette noch einmal nach ihm rief, aber er widerstand dem Drang, hinzusehen und nachzuschauen, ob sie wieder zum Haus zurückkehrte oder ihm wenigstens nicht noch weiter nachlief. Als Nächstes sah er auf die Bank ihm gegenüber und das eingewickelte Bündel, das dort lag. George. Er hatte immer noch eine Leiche, um die er sich kümmern musste, und keinen Schimmer, was er mit ihr tun sollte.

Stirnrunzelnd schüttelte Daniel den Kopf. Selbst im Tod machte George nichts als Ärger. Wäre er nicht gewesen, wäre Daniel überhaupt nicht in Suzettes Zimmer gelandet. Er wäre dort nicht von ihr gefunden worden, hätte sich mit dem Mädchen nicht vergnügt und dann nachlässigerweise seine Krawatte vergessen. Woraufhin sie nicht hätte hinter ihm herrennen müssen, um sie ihm zu geben, und sicherlich wäre dann nicht das Ende gewesen, dass er ihr fast auf der Bank einer verfluchten Kutsche ihre Unschuld geraubt hätte.

Es war alles Georges verfluchte Schuld. Es war auch seine Schuld, dass er jetzt frustriert und immer noch so hart wie eine tote Henne dasaß. Wenn er nicht in der Kutsche gewesen wäre, wäre Daniel jetzt tief in Suzette vergraben und würde sie beide in die höchsten Sphären der Lust führen. Aber so war es nicht, und er fühlte sich sehr verleitet, George dafür einen ordentlichen Tritt zu verpassen … Trotz der Tatsache, dass er wahrscheinlich dankbar sein sollte, weil er ihn davor bewahrt hatte, diesen unwiderruflichen Schritt zu machen.

Daniel seufzte über seine eigenen verwirrten Gedanken, lehnte den Kopf zurück und schloss die Augen, während er versuchte, seinen Kopf etwas zu klären.

Er wollte Suzette. Als Gentleman konnte er sie aber nicht haben, ohne sie zu heiraten. Und er wollte auch nicht, dass sie sonst jemanden heiratete, wie zum Beispiel Garrison. Aber er war sich nicht sicher, ob er selbst sie heiraten wollte. Gütiger Himmel, sie hatten sich doch gerade erst an diesem Abend kennengelernt.

Er brauchte eindeutig mehr Zeit, um sie besser kennenzulernen. Um herauszufinden, ob mehr als nur Begierde zwischen ihnen war. Denn wenn Daniel sie auch mochte und von ihr bezaubert war, kannten sie sich doch bei Weitem noch nicht lang genug. Und der Rest seines Lebens war eine viel zu lange Zeit, um eine derart gewichtige Entscheidung möglicherweise zu bedauern. Allerdings wusste Daniel, dass er diese Zeit vermutlich nicht bekommen würde. Suzette war nur deshalb an einer Heirat interessiert, weil sie ihre Mitgift brauchte, um sich und ihre Schwestern vor einem Skandal zu bewahren. Wenn er oder Richard die Schulden ihres Vaters bezahlen würden und sie nicht mehr heiraten müsste, würde sie aufs Land zurückkehren und einer Ehe aus dem Weg gehen – was *wieder* dem toten Mann auf der Bank gegenüber zu verdanken war, und der schrecklichen Art, wie er Christiana behandelt hatte.

Daniel öffnete die Augen und starrte George finster an, dann seufzte er und schüttelte den Kopf. Er musste die Leiche immer noch irgendwo verstecken, und sie mussten herausfinden, wer George getötet hatte und weshalb. Und das alles zusätzlich dazu, dass er seine ziemlich plötzlichen und extremen leidenschaftlichen Gefühle für Suzette Madison ordnen musste. Offen gestanden kam es ihm so vor, als hätte sich sein Leben innerhalb weniger Stunden in ein einziges großes, verfluchtes Chaos verwandelt.

5

»*Das* ist dein Notfall? Du lässt mich von meinem Kammerdiener aus dem tiefsten Schlaf reißen, um mich *das* zu fragen?« Daniel starrte ihn ungläubig an. Sein Kammerdiener hatte ihn erst wenige Augenblicke zuvor mit der Nachricht geweckt, dass der Earl von Radnor unten sei und ihn wegen einer dringenden Angelegenheit sprechen müsse. Angesichts all der Dinge, die vor sich gingen, hätte sich diese dringende Angelegenheit auf alles Mögliche beziehen können, und das meiste davon wäre schlecht gewesen, daher hatte sich Daniel schnell angezogen und war voller Panik nach unten geeilt. Und jetzt musste er feststellen, dass die dringende Angelegenheit nichts anderes betraf als Richards Sorge, was mit Georges Leiche geschehen war. Die Erkenntnis war ziemlich niederschmetternd, da er sich in der Nacht zuvor nicht besonders darum gekümmert hatte, was mit George war, sondern eng umschlungen mit Christiana am Fenster seines Schlafzimmers gestanden hatte. Abgesehen davon hatte sich Daniel zwar zu Bett begeben, nachdem er sich um George gekümmert hatte, aber den größten Teil der Nacht hatte er wach dagelegen und darüber nachgegrübelt, was er mit Suzette tun sollte. Er hatte lediglich ein paar Stunden geschlafen und war dementsprechend müde und gereizt, weil er so früh geweckt wurde.

»Nun, der Verbleib von *du weißt schon, wem* ist ziemlich wichtig für mich«, sagte Richard steif. »Und ich hätte dich nicht aus deinem tiefen Schlaf wecken müssen, wenn du nicht gestern Nacht einfach ohne mich weggegangen wärst.«

Empört ließ sich Daniel in den nächsten Sessel fallen. *Du weißt schon, wer* war natürlich George. Sie nannten ihn so, seit sie angefangen hatten, sich zu unterhalten, da sie möglicherweise von einem Diener belauscht werden könnten. Jetzt starrte er Richard mit finsterer Miene an. »Was hätte ich denn sonst tun sollen? In meiner Kutsche warten, während du dich mit der Frau von *du weißt schon, wem* vergnügst?«

Richard versteifte sich. »Sie ist *meine* Frau, vielen Dank auch.«

Daniel schnaubte. »Oh, wir haben also heute Morgen die Einstellung geändert«, sagte er trocken. »Letzte Nacht warst du dir noch nicht einmal sicher, ob du sie überhaupt behalten willst.«

»Nun ja, ich habe meine Meinung geändert.« Er machte eine Pause und sah seinen Freund finster an. »Woher zum Teufel weißt du, dass ich mich mit ihr vergnügt habe?«

Daniel zog die Brauen ungläubig hoch. »Sollte das ein Geheimnis bleiben? Wenn ja, hättest du es nicht am offenen Fenster tun sollen, wo jeder es von der Straße aus sehen konnte.«

Richards Augen weiteten sich entsetzt, und er stand eine ganze Weile einfach nur da, bis Daniel gereizt genug war, um zu fragen: »Und?«

Richard blinzelte, als würde er aus einem Traum erwachen, und fragte unsicher: »Und was?«

»Hast du wirklich vor, sie zu behalten?«, fragte Daniel erwartungsvoll.

Seufzend ließ sich Richard in einen Sessel sinken. »Sie war bis letzte Nacht noch Jungfrau.«

Daniel stieß einen leisen Pfiff aus. »Das war ziemlich nachlässig von *du weißt schon, wem*.«

Richard brummte. Er wirkte ziemlich erbärmlich, aber Daniel konnte im Moment nicht viel Mitgefühl für ihn aufbringen. Abgesehen davon, dass er sich allein um Georges Leiche hatte kümmern müssen, hatte er das Stadthaus von Radnor mit schmerzenden Eiern und einer Erektion verlassen, die man gut und gern für eine Pistole in seiner Tasche hätte halten können. Richard dagegen hatte offenbar eine schöne Zeit mit der Frau verbracht, die nicht ganz rechtmäßig mit seinem toten Bruder verheiratet war, oder die nicht ganz seine eigene Frau war, je nachdem, wie man es betrachtete. Eine Frau, erinnerte sich Daniel, die ihren »Gemahl« durch und durch verabscheut hatte, die offensichtlich betrunken und Richard zufolge auch noch Jungfrau gewesen war. Daniel gefiel die Vorstellung nicht, dass Richard die Lage der Frau ausgenutzt hatte; eigentlich war er nicht so jemand. Er hatte allerdings Schwierigkeiten, sich vorzustellen, wie es dazu gekommen war.

»Also«, sagte Daniel schließlich, »nachdem sie ein Jahr in einer Ehe mit *du weißt schon, wem* das reine Elend erlebt hat, hat sie letzte Nacht alles beiseitegeschoben und ist dir in die Arme gesunken, obwohl sie dich für ihn gehalten hat?«

Augenblicklich zeigte sich Reue in Richards Miene. Er rieb sich das Gesicht, als würde er versuchen, das Gefühl wegzuwischen, dann seufzte er und murmelte voller Abscheu über sich selbst: »Ich habe den Zustand einer betrunkenen Jungfrau ausgenutzt.«

Daniel wusste nicht, wie er darauf reagieren sollte. Es passte gar nicht zu Fairgrave, sich so zu verhalten, und er vermutete, dass es Gründe gab und beschloss, mildernde Umstände gelten zu lassen. Sicher, nach dem, was er gesehen hatte, hatte Christiana nicht den Eindruck gemacht, als hätte sie sich dagegen gesträubt. Genau genommen hatte sie sich wie Efeu an ihn geklammert, und wenn sie auch nur annähernd wie Suzette war … Daniel verzog das Gesicht. Die Madison-Schwestern schienen sehr leidenschaftlich zu sein. Selbst er hatte seine guten Absichten vergessen und Suzette beinahe genommen … und das auch noch zweimal. Und er machte sich keine Illusionen, was das betraf. Hätte Lisa sie nicht beim ersten Mal unterbrochen, und hätte Suzette beim zweiten Mal nicht darauf hingewiesen, wie kalt seine Hand war, und ihn dadurch an Georges Anwesenheit in der Kutsche erinnert, hätte Daniel Suzette in der letzten Nacht die Unschuld geraubt und die Konsequenzen ignoriert. Er wäre wahrscheinlich heute Morgen bereits auf dem Weg nach Gretna Green.

Schließlich räusperte er sich und sagte: »Nun, zumindest bist du dabei, das Richtige zu tun und zu der Heirat zu stehen.«

»Die nicht einmal legal ist«, sagte Richard. Dann weiteten sich seine Augen plötzlich. »Was ist, wenn sie von unseren Vergnügungen letzte Nacht schwanger wird? Genau genommen wäre das Kind unehelich.«

Daniel verzog das Gesicht, aber er versuchte, Richard zu beruhigen. »Nun, es ist unwahrscheinlich, dass es bei einem Mal gleich ein Kind gibt.«

»Stimmt, aber es war nicht nur einmal.«

»Na ja, selbst bei zwei Malen …«, begann Daniel, aber dann sah er Richards Gesichtsausdruck und fragte stattdessen: »Drei?«

Richard starrte ihn einfach nur an.

»Vier?«, fragte er ungläubig.

Richard blieb stumm.

»Oh.« Daniel lehnte sich zurück. Er war wirklich beeindruckt, aber vor allem war er neidisch. Wenn er sich vorstellte, dass er Suzette fünf oder noch mehr Male haben könnte, jedes Mal an einem anderen Ort und in einer anderen Stellung und … Er schüttelte den Kopf und murmelte: »Nun, sie muss sehr … äh … inspirierend sein. Wir können nur hoffen, dass sie nicht genauso fruchtbar ist.« Als Richards Schultern heruntersackten, fügte er hinzu: »Du könntest sie auch heiraten, um dafür zu sorgen, dass alles rechtmäßig ist.«

»Aber wir sind doch angeblich schon verheiratet. Wie zum Teufel soll ich erklären, dass ich sie noch einmal heiraten will?«

Daniel öffnete den Mund, stellte aber fest, dass er nicht wusste, was er dazu sagen sollte. Er war müde und hatte nicht gefrühstückt, nicht einmal eine Tasse Tee getrunken. Wie sollte er in diesem Zustand mit irgendetwas Nützlichem dienen können? Er dachte daran, einen Diener damit zu beauftragen, wenigstens etwas Tee zu bringen, sah zur Tür und stellte fest, dass er sie offen gelassen hatte, als er eingetreten war. Jetzt stand er auf und sah hinaus in die Halle. Unglücklicherweise war niemand da, den oder die er wegen des Tees hätte rufen können. Seufzend schloss er die Tür wieder und ging zu seinem Stuhl zurück. Er fing Richards beunruhigten Blick auf, begriff, dass er die Tür schon viel früher hätte schließen sollen, und verzog das Gesicht.

Die paar Schritte hatten allerdings geholfen, seine Gedanken zu klären. Als sich Daniel wieder setzte, sagte er: »Du musst es ja nicht als Notwendigkeit hinstellen. Vielleicht könntest du Christiana sagen, dass du es noch einmal tun *willst*, sozusagen als Neubeginn der Ehe. Eine Art Wiedergutmachung für das schlimme letzte Jahr. Sie wird dich für den romantischsten Kerl der Welt halten, und du kannst sicher sein, dass alle Erben ehelich und rechtmäßig sind.«

Es war eine ziemlich gute Idee, und Daniel war sowohl überrascht als auch zufrieden damit, dass sie ihm in diesem Zustand eingefallen war. Das verhinderte aber nicht, dass er einigermaßen verärgert war, als sein Freund offenbar genauso überrascht war und sagte: »Das ist tatsächlich eine gute Idee.«

»Man sagt mir nach, dass ich mitunter die eine oder andere gute Idee habe«, erwiderte Daniel gereizt.

Als Richard lediglich brummte, fügte er unbekümmert hinzu: »Und dann könntet ihr Suzette und mich nach Gretna Green begleiten, wenn wir dorthin reisen, um das Gleiche zu tun.«

»Ja, wir könnten –«, begann Richard und sah seinen Freund dann scharf an. »Du und Suzette?«

Daniel konzentrierte sich einen Moment auf seine Fingernägel und wich Richards Blick aus. Und dies war der großartige Plan, den er schließlich ausgeheckt hatte, während er im Bett gelegen und sich die ganze Nacht von einer Seite auf die andere gewälzt hatte. Er wollte Suzette, aber er war nicht dumm genug, sie einfach zu nehmen und es dann möglicherweise zu bereuen. Er brauchte Zeit mit ihr, um sie besser kennenzulernen. Andererseits zweifelte er nicht daran, dass Suzette ihm keine zweite Chance geben würde, wenn er ihr heute nicht sagte, dass er sie heiraten würde. Sie würde einfach weiter nach einem Gemahl suchen und vielleicht mit Garrison nach Gretna Green fahren, oder mit einem der anderen Männer, die sie am vergangenen Abend kennengelernt hatte.

Daniel war davon überzeugt, dass er nur auf eine Weise dafür sorgen konnte, dass er ein bisschen Zeit mit ihr verbringen konnte: indem er sich mit der Heirat einverstanden erklärte und sie dann hinauszögerte. Sie hatten zwei Wochen Zeit, und er hoffte, dass er ein paar Tage rausschinden konnte, um dann in aller Gemütlichkeit nach Gretna Green zu fahren, sodass sie noch ein paar weitere Tage Zeit haben würden, an denen sie sich kennenlernen konnten, bevor er sich entscheiden musste. Natürlich würde er sich spätestens entschieden haben, wenn sie Gretna Green erreichten. Und sofern er dachte, dass sie gut zusammenpassten, würde er zustimmen. Wenn nicht, würde er einfach weggehen und ihr anbieten, die Schulden selbst zu bezahlen, um zu verhindern, dass sie gezwungen war, den erstbesten Mann zu heiraten, der ihr über den Weg lief.

Das einzige Problem, das Daniel bei seinem Plan sah, bestand darin, dass er bei alldem die Finger von ihr lassen musste. Von jetzt an würde er so viel Zeit mit ihr verbringen, wie er nur konnte, aber in Gegenwart der anderen, um seine Ehre und ihre Jungfräulichkeit zu bewahren. Er wollte sie nicht einfach nur, er mochte sie bereits, und er hatte nicht den Wunsch, ihr oder ihrem Ruf irgendwie zu schaden. Daniel war nicht der Mann, der junge unschuldige Mädchen verführte. Was letzte Nacht passiert war, war ungewöhnlich für ihn. Aus irgendeinem Grund brachte Suzette es fertig, dass alle seine guten Absichten zum Fenster hinausflogen, wenn sie in der Nähe war, und er würde in den nächsten Wochen aufpassen müssen, dass es nicht dazu kam.

Richard rückte ungeduldig auf seinem Sessel hin und her, und Daniel sah ihn an. Er begriff, dass sein Freund auf eine Antwort wartete. Er räusperte sich. »Äh … ja.«

»Du heiratest Suzette?«, fragte Richard langsam und bedächtig, da er offenbar Schwierigkeiten hatte, es zu glauben.

»Ich habe mich noch nicht ganz entschieden«, räumte Daniel ein und zupfte eingebildete Flusen von seiner Hose, um Richards Blick auszuweichen. Dann gestand er mit einem Seufzer: »Aber ich tendiere dazu.«

Als Richard argwöhnisch die Stirn runzelte, wusste Daniel genau, in welche Richtung seine Gedanken gingen. Sie eilten direkt zu der Situation, zu der Richards eigene Begierde ihn letzte Nacht geführt hatte. Sein Freund dachte zweifellos, wenn er und Christiana es getan hatten, würden auch Daniel und Suzette es vielleicht getan haben. Der Verdacht verärgerte ihn, und er fauchte: »Ich habe mich nicht mit ihr vergnügt.« Um der Wahrheit Genüge zu tun, fügte er hinzu: »Aber wir waren verdammt nah dran, und nur die Anwesenheit von *du weißt schon, wem* hat es am Ende verhindert.«

Dies schien Richard zu überraschen. Er wirkte regelrecht verwirrt und sagte: »*Du weißt schon, wer* war in der Kutsche.«

»Na ja, Suzette und ich auch«, murmelte Daniel angewidert, als er sich an den Moment erinnerte, als Suzette Georges tote Hand genommen hatte, weil sie dachte, es wäre seine.

»Suzette war in der Kutsche, in der *du weißt schon, wer* war?«, fragte Richard entsetzt. »Hat sie gewusst, dass er da drin war?«

»Können wir nicht einen anderen Namen für ihn finden?«, fragte Daniel gereizt. »Es nervt allmählich.«

»Beantworte mir die verdammte Frage«, beharrte Richard.

»Na ja, natürlich wusste sie es nicht. Himmel, ich wusste es doch selbst nicht, bis ich drin war. Tatsächlich sind wir deshalb so verdammt nah dran gewesen, weil ich versucht habe, sie von ihm abzulenken.« Er seufzte und fügte hinzu: »Es ist also Ironie, dass seine Anwesenheit dem gleichzeitig auch ein Ende gemacht hat.«

Richard fuhr sich mit einer Hand durch die Haare und fragte: »Wenn du nicht mit ihr geschlafen hast, wieso denkst du dann darüber nach, sie zu heiraten? Du kennst das Mädchen doch kaum.«

Daniel versteifte sich bei dem Vorwurf und fauchte: »Na ja, ich kenne sie genauso gut wie du Christiana, und du heiratest sie auch.«

»Christiana ist eine besondere Frau, und unsere Situation ist alles andere als alltäglich.«

»Nun, Suzette ist genauso besonders, und unsere Situation ist auch nicht alltäglich«, schoss er zurück. Dann seufzte er, als er begriff, was er gesagt hatte. Unglücklicherweise konnte er es nicht bestreiten. Suzette war etwas Besonderes. Abgesehen von der Tatsache, dass er noch nie jemandem begegnet war, der eine ähnlich tiefe Leidenschaft in ihm entfacht hatte wie sie, fand er sie unglaublich faszinierend. Ihre Angewohnheit, zu sagen, was sie empfand, war in der Tat etwas Besonderes, und nachdem Daniel seine Kindheit und sein frühes Mannesalter damit verbracht hatte zu lügen, um die Armut der Familie zu verbergen, fand er diese unverblümte Ehrlichkeit erfrischend. Er fand sie auch bezaubernd und amüsant und geistreich und …

Seufzend erklärte er es näher. »Sie hat mir auf dem Ball einen Antrag gemacht, und als sie mich dann in ihrem Zimmer wiederfand, dachte sie, ich wäre gekommen, um Ja zu sagen. Statt ihr den wirklichen Grund zu nennen, ließ ich sie in dem Glauben. Mir ist einfach keine andere Erklärung dafür eingefallen, dass ich dort war. Ich versuche immer noch, mir etwas einfallen zu lassen. Aber ich denke in der Zwischenzeit auch ernsthaft über ihr Angebot nach.«

»Warum zum Teufel sollte sie dir ein Angebot machen?«, fragte Richard überrascht. »Sie will einen Ehemann, der Geld braucht und sich daher mit ihren Bedingungen einverstanden erklärt.«

Daniel verzog das Gesicht. »Na ja, ich habe sie etwas getäuscht, was meinen finanziellen Status betrifft.«

Richard zog eine Braue hoch. »Warum?«

»Als sie mich über mein Einkommen ausgefragt hat, habe ich vermutet, dass sie nur eine von den unzähligen Debütantninnen ist, die ihr Glück suchen – und habe sie angelogen. Du kannst dir sicher meine Überraschung vorstellen, als meine Lüge sie nicht im Geringsten abgeschreckt hat.« Er schüttelte den Kopf und dachte ironisch, dass er mit seinen eigenen Waffen geschlagen worden war. Aber er wusste, dass es nicht ungewöhnlich war, dass Debütantinnen, die ihr Glück suchten, und deren Mütter ihn jagten. Die Vorstellung, dass Suzette kein Interesse an seinem hart verdienten Reichtum hatte, war eine nette Abwechslung.

»Statt ihr also zu sagen, dass du sehr wohl Geld hast –«

»Ich habe nicht die Absicht, es ihr zu sagen, und du tust es am besten auch nicht«, sagte Daniel grimmig. »und denk bloß nicht daran, ihr anzubieten, die Spielschulden ihres Vaters zu bezahlen. Ich werde mich selbst darum kümmern, ob ich sie heirate oder nicht.«

Richard wölbte eine Braue. »Wieso soll ich es ihr nicht anbieten? Es würde den Frauen den Druck nehmen, unter dem sie gerade stehen.«

Daniel spürte, wie sich sein Mund anspannte. »Suzette ist nicht gerade angetan von der Idee zu heiraten, nachdem sie erfahren hat, wie es Christiana im letzten Jahr ergangen ist. Es könnte gut sein, dass sie sich irgendwo auf dem Land einigelt und jede Ehe meidet, sobald sie erfährt, dass es nicht mehr notwendig ist, und ich kann sie kaum besser kennenlernen, wenn sie in Madison Manor ist und ich in Woodrow bin.«

»Ah«, murmelte Richard, dann räusperte er sich und sagte: »Schön, ich werde mich also von einem Angebot, die Schulden zurückzuzahlen … zunächst einmal zurückhalten.«

Daniel entspannte sich sofort. »Danke.«

Richard wischte seinen Dank mit einer Handbewegung beiseite und wechselte das Thema. »Die gute Nachricht ist, dass wir *du weißt schon, wen* einfach wegschaffen können, seit ich mich entschieden habe, die Ehe mit Christiana aufrechzuerhalten. Ich habe auf dem Weg hierher über verschiedene Möglichkeiten nachgedacht –«

Daniel schüttelte den Kopf und unterbrach ihn. »Das ist vielleicht keine sehr gute Idee.«

Richard hob fragend eine Braue.

»Ich halte es für das Beste, wenn wir ihn erst einmal nicht

wegschaffen. Zumindest nicht, solange wir nicht herausgefunden haben, wer ihn getötet hat.«

»Wieso?«, fragte Richard sichtlich überrascht. Dann fügte er nachdenklich hinzu: »Es ist ja nicht gerade so, als wäre er ein brauchbarer Zeuge für seine eigene Ermordung.«

»Nein, aber ohne eine Leiche können wir einen Mord nicht beweisen«, erklärte Daniel. »Wer immer ihn vergiftet hat, wird schon bald glauben, dass er versagt hat. Vielleicht ist das bereits der Fall. Und dann wird er oder werden sie es erneut versuchen.«

Diese Vorstellung schien Richard aufzuregen, denn er sagte grimmig: »Dann muss ich eben vorsichtig sein. Aber ich sehe keine Notwendigkeit, *du weißt schon, wen* so lange irgendwo rumliegen zu lassen, bis wir seinen Mörder gefunden haben. Wir können die Person in dem Moment anklagen, in dem sie versucht, mich zu töten.«

Daniel schwieg einen Moment. Er machte sich Sorgen. Sie hatten so schon genug Probleme, ohne dass sie auch noch darauf achten mussten, ob ein neuer Mordanschlag auf Richard verübt werden würde. Er hatte Glück gehabt, dass er den Plänen entkommen war, die George ausgeheckt hatte, aber jetzt war eine vollkommen unbekannte Person in das alles einbezogen. Eine Person, die offenbar ihn – oder ihn als George – tot sehen wollte. Und sie hatten keine Ahnung, wer es war oder warum dieser Mensch ihn töten wollte. Es kam Daniel so vor, als wäre es klüger, George noch zu behalten, falls sie den ersten Mordanschlag beweisen mussten oder auch nur, um die Identitätsfrage zu klären. In diesem Moment wussten sie einfach nicht, was passieren würde. Schließlich sagte er nur: »Es kommt mir irgendwie klüger vor, wenn *du weißt schon, wer* einfach noch da ist, bis wir alles geklärt haben.«

»Also schön«, sagte Richard schließlich. »Hast du ihn irgendwo gut versteckt?«

Daniel verzog das Gesicht. »Äh … eigentlich nicht. Ich habe ihn für die Nacht in den Pavillon hinter dem Haus geschafft.«

»In den …?« Ungläubig starrte Richard ihn an.

Daniel zuckte mit den Schultern. »Das war der einzige Ort, der mir einfiel. Es sollte kalt sein und ein Dach haben, und heute Nacht ist mir nichts Besseres eingefallen.« Abgesehen davon war es schon spät gewesen, er war müde und mürrisch gewesen, und wirklich, wo versteckte man einen Toten? Die Antwort hatte sich ihm zu diesem Zeitpunkt entzogen. Jetzt erklärte er: »Aber wir werden ihn schon bald wieder von dort wegschaffen müssen.«

»Ja«, pflichtete Richard ihm bei. »Er muss eindeutig weggeschafft werden.«

»Ich habe auch schon eine Vorstellung, was das betrifft.«

»Sag schon«, bat Richard trocken.

Daniel ignorierte seinen Sarkasmus. »Ich dachte, es wäre am besten, ihn wieder in Georges Schlafzimmer zu bringen.«

Bei diesem Vorschlag fielen Richard fast die Augen aus dem Kopf. »*Was?* Du –«

»Hör mich erst an, bevor du Einwände erhebst«, beharrte Daniel. Er hatte Richard wirklich noch nie so aufgeregt erlebt, aber andererseits waren sie auch noch nie in einer solchen Situation gewesen. »Die Mädchen haben bereits gesehen, dass ›Dicky‹ weg ist, und denken, du bist er … was du natürlich auch bist. Sie wissen auch, dass das Bett jetzt dank dem Eis, das sie um denjenigen gelegt haben, den sie für dich gehalten haben, nicht mehr zu gebrauchen ist. Also packen wir ihn einfach wieder ins Bett, du öffnest die Fenster, um den Raum zu kühlen, schließt die Türen ab und steckst die Schlüssel ein. Danach erklärst du, dass du ein neues Bett anfertigen lässt und niemand den Raum betreten soll, bis es ankommt und das Zimmer wieder in Ordnung gebracht werden kann.«

Daniel hielt es für eine ziemlich schlaue Idee. Im Grunde würden sie die Leiche vor aller Augen verstecken. Er lehnte sich mit einem Lächeln zurück. »So ist er in der Nähe, wenn wir ihn für irgendeinen Beweis oder so brauchen, und kann trotzdem nicht gefunden werden.«

»Ich schätze, das könnte funktionieren«, sagte Richard nachdenklich.

»Das wird es auch«, versicherte Daniel ihm und räumte dann ein: »Das einzige echte Problem besteht darin, ihn am helllichten Tag von hier weg und wieder in dein Stadthaus zu bringen.«

Richard versteifte sich und hob den Kopf. Als er fragend die Brauen wölbte, erklärte Daniel: »Er muss schon bald weggeschafft werden. Einer der Dienstboten könnte auf die Idee kommen, in den Garten zu gehen, und über ihn stolpern, noch ehe der Tag vorüber ist.«

»Verdammt«, sagte Richard, starrte ihn einen Moment lang entsetzt an und senkte dann den Kopf.

Während Richard eine Weile auf seine Füße starrte, lehnte sich Daniel zurück und wartete. Er war sich sicher, dass sein Freund mit irgendeiner Idee kommen würde. Er selbst war dazu im Moment nicht in der Lage. Er war erschöpft, seine Augen brannten, und fast hätte er ausgiebig gegähnt. Eigentlich wollte er am liebsten wieder ins Bett zurückkehren. Seit er sich allerdings wieder daran erinnert hatte, wohin er die Leiche gebracht hatte, würde er keine Ruhe finden, ehe sie nicht weggeschafft worden war. In der Nacht hatte er das Gefühl gehabt, es wäre eine gute Idee, aber jetzt begann er zu erkennen, dass dort, wo er George gelassen hatte, etliche Gefahren lauerten. Daniel vermutete, dass er in der Nacht einfach zu müde gewesen war, um sämtliche Eventualitäten zu durchdenken.

»Du hast nicht zufällig einen alten Teppich, den du entbehren kannst?«, fragte Richard plötzlich, und Daniel starrte in seine Richtung und sah, dass das Entsetzen, das eben noch in Richards Gesicht gestanden hatte, jetzt von einem Lächeln ersetzt worden war. Richard hatte offensichtlich eine Idee.

»Oh, du bist ja noch im Bett.«

Suzette hatte das Fenster angestarrt, durch das Daniel in der Nacht zuvor zu ihr gekommen war. Jetzt wandte sie den Blick davon ab und sah zur Tür, als Lisa eintrat und zu ihr kam.

»Du stehst doch sonst immer mit den Vögeln auf. Geht es dir heute nicht gut?«, fragte ihre Schwester besorgt.

Suzette verzog das Gesicht und sah mit einem leichten Schulterzucken wieder zum Fenster. Sie war nicht richtig krank, höchstens krank vor Sorge. Sie hatte schon eine ganze Weile wach im Bett gelegen und die Ereignisse der Nacht noch einmal vor ihrem geistigen Auge ablaufen lassen. Je mehr sie sich erinnerte, desto besorgter wurde sie. Als sie Daniel in ihrem Zimmer vorgefunden hatte, war sie zuversichtlich gewesen, dass alles in Ordnung kommen würde. Er war gekommen, um ihr Angebot anzunehmen. Sie würden heiraten, sie würde die Spielschulden bezahlen, und alles würde gut werden.

Die beiden leidenschaftlichen Begegnungen mit ihm – zuerst in ihrem Zimmer und dann in der Kutsche – hatten diese Gewissheit noch verstärkt. Aber am Ende hatte Daniel sie in großem Aufruhr zurückgelassen. Er war so kalt und kurz angebunden gewesen, nachdem er sie abgesetzt hatte, hatte ihr Kleid glatt gestrichen und gesagt, dass sie sich an ihre Abmachung halten sollten, am nächsten Morgen darüber zu sprechen. Danach war er geflüchtet, als wären ihm die Höllenhunde auf den Fersen, und sie konnte nicht verhindern, dass sie fürchtete, er hatte es sich anders überlegt. Vielleicht hatte sie etwas falsch gemacht, und er hatte die Sache noch mal überdacht.

Vielleicht hätte sie nicht so auf seine Küsse reagieren sollen, dachte Suzette mit einem Stirnrunzeln. Vielleicht befürchtete er, dass sie mit ihren Gefälligkeiten ein bisschen zu freigiebig umging. Oder er gehörte zu jenen Männern, die von einer Frau erwarteten, dass sie sich an solchen fleischlichen Genüssen nicht gern beteiligte, und ihn widerte die Lust an, die sie aus seinen Berührungen und Küssen gezogen hatte. Und sie hatte wirklich Lust dabei empfunden. Noch nie zuvor in ihrem Leben hatte Suzette ein so ungefiltertes und mächtiges Verlangen verspürt. Genau genommen hatte sie so etwas noch nicht einmal annähernd erlebt. Vor Daniel war sie ja noch nicht einmal geküsst worden.

Suzette wusste nicht, was sie tun sollte, wenn er heute mit der Nachricht zurückkehrte, dass er sich entschieden hatte, ihr Angebot nicht anzunehmen. Sie vermutete, sie würde einen anderen Mann als Ersatz für ihn suchen müssen, aber das Problem war, dass sie sich nicht sicher war, ob das überhaupt möglich war. Sie konnte sich nicht vorstellen, dass irgendeiner der anderen Männer, die sie am Abend zuvor kennengelernt hatte, solche Lust und Leidenschaft in ihr erwecken würden. Allein die Vorstellung, zuzulassen, dass irgendeiner der anderen sie berührte und liebkoste, wie Daniel es gestern Nacht getan hatte, erzeugte Kälte in ihr. Es war kein gutes Zeichen für die Zukunft, wenn sie mit einem Mann verheiratet war, der nicht dieselbe Leidenschaft in ihr erwecken konnte wie Daniel. Vor allem jetzt nicht, da sie diese Lust kennengelernt hatte.

»Suzie?«, fragte Lisa unsicher und setzte sich auf die Bettkante.

Seufzend richtete Suzette den Blick auf ihre Schwester und zwang sich zu einem Lächeln. »Es geht mir gut. Ich bin heute Morgen einfach nur sehr faul.«

»Oh.« Lisa lächelte erleichtert. »Nun, ich bin gekommen, um dir zu sagen, dass Robert hier ist.«

»Oh«, murmelte Suzette. Es interessierte sie eigentlich nicht sehr, dass Lord Langley zu Besuch war. Als Freund und Nachbar der Familie hatte Robert im Laufe der Jahre viel Zeit bei den Madisons verbracht. Genauer gesagt war er im Grunde mehr *auf* Madison gewesen als *nicht* dort, und er war für sie alle wie ein großer Bruder. Ein unmöglicher großer Bruder, der es liebte, sie aufzuziehen und zu belästigen, wie alle richtigen Brüder es taten.

Kurz nach Christianas Hochzeit mit Dicky und ihrem Umzug in das Stadthaus der Fairgraves, das Dicky als Familiensitz zu bevorzugen schien, war Robert selbst nach London gezogen und hatte das Landleben zugunsten der Verführungen des gesellschaftlichen Lebens aufgegeben. Wie es aussah, hatte er dabei allerdings auch Christiana im Auge behalten, denn es waren seine Briefe gewesen, deretwegen ihr Vater in die Stadt gefahren war. Wo er schließlich mit seinem Besuch in der Spielhölle wieder in Schwierigkeiten geraten war.

»Ich dachte, du würdest ihm vielleicht ein paar Fragen über Lord Woodrow stellen wollen«, beharrte Lisa. »Er könnte uns vielleicht sagen, ob er ein ehrenhafter Mann ist und was er sonst von ihm hält.«

Sofort war Suzettes Interesse geweckt; sie setzte sich augenblicklich auf. »Das ist eine gute Idee«, erklärte sie und schob ihre Füße aus dem Bett, um aufzustehen. Vielleicht konnte sie genügend erfahren, um zu erkennen, ob sie sich völlig falsch verhalten hatte. Und wenn das so war, würde sie vielleicht auch wissen, wie sie ihren Fehler berichtigen konnte. Abgesehen davon hätte sie gern etwas über Daniel erfahren, alles, wenn möglich. Immerhin würde er ihr Gemahl werden. Nun, zumindest hoffte sie, dass er das werden würde.

»Ich schicke Georgina zu dir hoch«, sagte Lisa und ging zur Tür.

»Danke«, rief Suzette, wartete aber nicht darauf, dass die Zofe eintraf. Inzwischen begierig darauf, möglichst schnell nach unten zu kommen, glitt sie rasch aus dem Bett und suchte nach etwas zum Anziehen. Sie hatte sich gerade für etwas entschieden und bürstete sich die Haare, als Georgina mit einer Schüssel voller Wasser eintraf. Suzette lächelte die Zofe an, lauschte geistesabwesend ihrem Geplauder, während sie sich rasch wusch. Dann kleidete sie sich mithilfe der Zofe an und blieb geduldig stehen, während Georgina ihr die Haare kämmte. Kaum war sie allerdings damit fertig, lief Suzette schon aus dem Zimmer und nach unten, erpicht darauf, Langley auszufragen. Sie hielt ihn für jemanden, der eine gute Menschenkenntnis besaß, und war neugierig darauf zu erfahren, was er von Daniel hielt.

Die Tür zum Salon war geschlossen, als Suzette die Treppe verließ. Sie wollte schon stehen bleiben und einen Blick hineinwerfen, als sie Lisa im Frühstückszimmer sitzen sah und stattdessen dorthin ging.

»Oh, das ging ja schnell.« Lisa stand auf, als Suzette eintrat, aber dann zögerte sie und fragte: »Möchtest du erst noch frühstücken, bevor wir zu Christiana und Robert gehen?«

Suzette warf einen Blick auf die Anrichte und schüttelte den Kopf. »Ich werde essen, wenn wir mit Robert gesprochen haben.«

Lisa war sichtlich erleichtert, was Suzette nicht überraschte. Während Suzette und Christiana in Robert stets einen Bruder gesehen hatten, schien Lisa – so vermutete sie zumindest – seit ein paar Jahren zartere Gefühle für ihn zu hegen. Ihre Schwester hatte die Angewohnheit, ihn ständig mit verschleiertem Blick anzusehen und ihm wie ein bewunderndes Hündchen überallhin zu folgen. Bisher hatte Suzette nicht den Eindruck, dass Robert etwas von ihren Gefühlen ahnte, aber Männer konnten da manchmal unglaublich begriffsstutzig sein.

»Wollen wir dann zu ihnen in den Salon gehen?« Lisa kam eilig um den Tisch herum zu ihr.

Suzette nickte und kehrte in die Eingangshalle zurück. Es verwunderte sie, dass die Tür zum Salon geschlossen war. Es war nicht angemessen, dass eine verheiratete Lady allein in einem Raum mit einem Mann war, der nicht ihr Gemahl war. Aber sie wusste, dass in diesem Zimmer nichts Ungehöriges geschehen würde. Wäre Lisa dort gewesen, hätte Suzette sich vielleicht Sorgen gemacht, dass sie auf Robert losgehen könnte, aber bei Christiana war das nicht so. Wie auch immer, sie war nicht sonderlich überrascht, als Lisa zur Tür lief, sie öffnete und geradewegs hineinmarschierte, während sie rief: »Da bist du ja!«, bevor sie stirnrunzelnd hinzufügte: »Haversham hat gesagt, dass Langley hier sei. Wieso war die Tür zu?«

Suzette biss sich erheitert auf die Lippe, als sie Lisa hineinfolgte und jetzt den verblüfften Ausdruck auf den Gesichtern von Robert und Christiana sah. Für sie war es offensichtlich, dass die beiden ein ernstes Gespräch geführt hatten, jetzt aber vor allem über Lisas vorwurfsvolle Frage überrascht waren.

»Ich fürchte, ich habe sie beim Eintreten zugemacht, ohne richtig nachzudenken«, sagte Christiana dann. Sie brachte ein Lächeln zustande. »Kommt, setzt euch. Ich wollte Langley gerade fragen, ob es irgendwelche Bälle gibt, zu denen wir heute Abend gehen könnten.«

»Ich dachte, wir hätten vor, zum Ball der Hammonds zu gehen«, murmelte Suzette, während sie und Lisa sich zu Robert auf das Sofa setzten. Ihr entging der Blick nicht, den Robert und Christiana wechselten, und sie fragte sich, worüber die beiden gesprochen hatten, bevor sie und Lisa gekommen waren.

»Ja, natürlich«, sagte Robert leichthin. »Ich denke, Christiana meinte, welche anderen Bälle es danach noch gibt.«

Suzette warf Christiana einen Blick zu, die nickte, aber dann wandte sie ihre Aufmerksamkeit wieder Robert zu, der jetzt anfing, all die in den nächsten Tagen anstehenden gesellschaftlichen Ereignisse und Bälle aufzuzählen. Suzette wartete geduldig, lauschte nur mit einem Ohr, für den Fall, dass sie an irgendeiner dieser Veranstaltungen teilnehmen musste, um einen Ersatz für Daniel zu finden. Schließlich unterbrach sie ihn und fragte: »Kennst du Lord Woodrow?«

Robert ließ einen Moment verstreichen; die Frage schien ihn zu überraschen. Es schien, als hätte Christiana ihm noch nichts von Suzettes Plänen erzählt – oder dass sie Daniel einen Antrag gemacht hatte. Schließlich sagte er: »Ich – nun, ja, ich kenne ihn tatsächlich. Wir sind zusammen zur Schule gegangen. Er ist sehr gut mit Richard Fairgrave befreundet.«

Suzette schüttelte sofort den Kopf. »Nein, das ist er nicht. In Wirklichkeit mag er Dicky gar nicht.«

»Wirklich?«, fragte Robert interessiert, dann sah er bedeutungsvoll zu Christiana hin und sagte: »Sie waren in der Schule einmal die besten Freunde.«

Suzette hatte keinen blassen Schimmer, was diese stumme Nachricht besagte, aber sie war zu beschäftigt damit, so viel wie möglich über Daniel herauszufinden, sodass sie sich darüber jetzt keine Gedanken machte. »Was kannst du mir über ihn sagen?«

»Er stammt aus einer sehr alten und geachteten Familie. Er ist das einzige Kind. Sein Vater war ein zweiter Sohn, aber

Woodrows Onkel ist vor etwa einem Jahr ohne Erben gestorben und hat Daniel die Woodrow-Güter und die Grafschaft vermacht.«

»Oh, Suzie, er ist ein Earl!«, quietschte Lisa aufgeregt.

Suzette runzelte nur die Stirn; sie fragte sich, warum er das ihr gegenüber nicht erwähnt hatte. Als sie bemerkte, dass Robert jetzt neugierig von ihr zu Lisa sah, verzog sie das Gesicht und bedeutete ihm, weiterzusprechen.

Robert zuckte mit den Schultern. »Was willst du sonst noch wissen?«

»Was hältst du von ihm?«, fragte sie sofort. Langley war normalerweise ein guter Menschenkenner, auch wenn er sich bei Dicky ziemlich geirrt hatte. Aber damals war sein Vater krank gewesen, tatsächlich sogar kurz nach Christianas und Dickys Hochzeit gestorben. Robert hatte sich um seinen sterbenden Vater gekümmert und in der Zeit, als Dicky um Christiana geworben hatte, nicht viel Zeit im Haus der Madisons verbracht. Wenn er doch einmal dort gewesen war, war er wegen des Gesundheitszustands seines Vaters abgelenkt und besorgt gewesen. Suzette vermutete, dass der Tod seines Vaters der Grund war, wieso er plötzlich nach London gezogen war. Es schien, als hätte er das Heim der Familie geflohen, das mit so vielen traurigen Erinnerungen verbunden war.

»Was ich von ihm halte«, murmelte Robert nachdenklich. Sein Blick glitt kurz zur Decke, bevor er mit einem raschen Schulterzucken sagte: »Ich habe ihn immer gemocht. Er war klug und hatte Humor. Er neigte dazu, sich für uns Unterdrückte einzusetzen, und hat immer die verteidigt, die die übleren Kerle sich ausgesucht hatten, um auf ihnen herumzuhacken. Wir bewegen uns zwar jetzt nicht in den gleichen Kreisen, aber ich habe nie gehört, dass jemand seit damals etwas Schlechtes über ihn gesagt hat. Er scheint ein guter Kerl zu sein.« Er machte eine Pause und zog die Brauen fragend hoch. »Wieso willst du das alles wissen?«

»Suzette wird ihn heiraten«, verkündete Lisa mit einem Lächeln.

Robert setzte sich abrupt auf. Verwunderung breitete sich in seinem Gesicht aus, und Suzette sah Lisa finster an. »Wir werden *vielleicht* heiraten«, berichtigte sie. »Er wird mir heute seine Antwort geben.«

»*Er* wird dir *seine* Antwort geben?«, fragte Robert verwundert. »*Du* hast *ihn* gefragt?«

Christiana hatte ihm also ganz eindeutig nicht erklärt, in welcher Notlage sie sich befanden, dachte Suzette und vermutete, dass sie darüber nicht erstaunt sein sollte. Als es das erste Mal passiert war, hatten sie es auch so lange wie möglich geheim gehalten. Robert zählte zwar praktisch zur Familie, und daher zweifelte sie nicht daran, dass er womöglich seine Hilfe anbieten würde, aber niemand hätte sich dabei gut gefühlt. Es hätte das Gleichgewicht ihrer Freundschaft verschoben, sie wären ihm gegenüber verpflichtet gewesen, und keine von ihnen wollte das. Abgesehen davon war es einfach nur entwürdigend, zugeben zu müssen, dass ihr Vater einen so schrecklichen Charakterfehler besaß. Auch jetzt hatte sie kein Interesse daran, es zu tun, also sagte sie: »Wieso sollte eine Lady nicht den Mann fragen, den sie mag?«

Die Frage schien Robert regelrecht zu verblüffen.

Suzette gab ihm nicht die Gelegenheit, sich davon zu erholen. »Sind seine Eltern noch am Leben?«

Robert zögerte einen Moment. »Seine Mutter ja, sein Vater ist vor einigen Jahren gestorben. Deshalb sind der Titel und das Gut an Daniel und nicht an seinen Vater gegangen.« Er machte eine kurze Pause, runzelte die Stirn und sprach weiter: »Ich meine gehört zu haben, dass seine Mutter Anfang des Jahres krank war, aber ich bin mir sicher, dass sie sich wieder davon erholt hat.«

»Trinkt er?«, fragte Suzette.

Robert wirkte erstaunt, dachte aber kurz darüber nach, ehe er antwortete. »Ich erinnere mich nicht, dass er irgendwann übermäßig getrunken hätte, als wir jünger waren, und ich habe auch nichts dergleichen gehört.«

»Was ist mit Spielen?«, fragte Suzette und bemerkte, dass sich Christiana und Lisa versteiften und leicht nach vorn beugten. Es war eine wichtige Frage, wenn man bedachte, dass es an der Spielsucht ihres Vaters lag, weshalb sie überhaupt in dieser Klemme steckten.

Robert schüttelte entschieden den Kopf. »Ganz sicher nicht. Er hat Vergnügungen dieser Art immer verschmäht, als wir jünger waren. Er sagte damals, dass für ihn jeder, der sein Geld mit Spielen wegwirft, ein Idiot sei.«

»Mätressen?«, fragte Suzette. Es war nicht ungewöhnlich, dass Männer sich Mätressen hielten, vor oder nach der Hochzeit, aber sie stellte fest, dass ihr die Idee, ihn mit einer anderen Frau teilen zu müssen, nicht gefiel.

»Ich bin eigentlich sicher, dass er welche gehabt hat«, sagte Robert mit ernster Aufrichtigkeit. »Aber wenn, ist er damit immer sehr diskret umgegangen.«

Suzette wollte noch andere Fragen stellen, als ein Räuspern sie innehalten ließ. Sie sah zur Tür des Salons. Haversham stand da, der Butler von Fairgrave.

»Ja, Haversham?«, fragte Christiana sofort.

»Lord Fairgrave hat mich gebeten, Ihnen die Nachricht zu übermitteln, dass er zurückgekehrt ist. Er und Lord Woodrow werden sich in Kürze zu Ihnen gesellen, Mylady.«

»Daniel ist hier?«, fragte Suzette, setzte sich auf und spähte an dem Butler vorbei in der Hoffnung, einen Blick auf den

Mann werfen zu können, der sie gestern Nacht in ihren Träumen heimgesucht hatte.

»Ja, Mylady. Er hilft seiner Lordschaft dabei, etwas in das Schlafzimmer des Hausherrn zu tragen.«

»Oh.« Suzette ließ sich etwas enttäuscht wieder zurücksinken, aber ihr Kopf wirbelte jetzt von Sorgen und Fragen. Würde er ihr seine Entscheidung mitteilen? Er musste es eigentlich tun. Was schaffte er mit Dicky nach oben? Und würde er die Gelegenheit nutzen, Dicky um ihre Hand zu bitten? Sie vermutete eigentlich, dass er zu ihrem Vater gehen musste, aber Daniel war sich der Situation bewusst und würde es vielleicht für angemessener halten, mit Dicky zu sprechen.

»Danke für die Nachricht, Haversham.«

Christianas Worte lenkten Suzette von ihren Gedanken ab, und sie sah Haversham an, der gerade sagte: »Natürlich, Mylady.«

»So!«, sagte Lisa strahlend, während der Butler sich umdrehte und wegging. »Dicky leistet uns Gesellschaft. Das wird nett werden, nicht wahr?«

Suzette verzog das Gesicht über Lisas vorgetäuschte gute Laune. Lisa sah ihre ältere Schwester beinahe flehentlich an, und Suzette wusste, dass sie Christiana bat, Dicky eine Chance zu geben. Lisa glaubte offenbar an das, was er letzte Nacht behauptet hatte: dass er sein Verhalten bedauerte und wünschte, er könnte es wiedergutmachen. Suzette allerdings wollte sich noch nicht festlegen. Zwar hatte Daniel in der Nacht gesagt, dass jemand sich durch die Berührung mit dem Tod verändern konnte, aber es fiel ihr schwer zu glauben, dass dies so rasch möglich war. Trotzdem vermutete sie, dass Chrissy ihn als Gemahl am Hals hatte und es ihr Leben sicher erleichtern würde, wenn er eine Art Offenbarung erlebt hatte und ein neuer Mensch werden würde.

»Chrissy?«, fragte Lisa, und Suzette starrte Christiana an, die jetzt aufstand.

»Ich hätte Haversham bitten sollen, ein Tablett mit Tee vorzubereiten und zu uns zu bringen. Ich werde es jetzt nachholen«, verkündete sie und eilte aus dem Zimmer.

Suzette sah ihr nach, dann saß sie einfach nur da und starrte auf die geöffnete Tür, wartete darauf, dass Daniel auftauchte und sie aus ihrem Elend erlöste. Wieso hatte er gestern Nacht plötzlich erklärt, dass sie alles so belassen sollten wie geplant und am Morgen über alles sprechen würden? Er war ihr schließlich nach Hause gefolgt und in ihr Schlafzimmer geklettert, um Ja zu sagen, verflucht. Zumindest hatte sie das angenommen.

Was war, wenn er in Wirklichkeit gekommen war, um abzulehnen, aber dann durch ihre Vermutung davon abgehalten worden war? Suzette hatte ihm nicht viel Gelegenheit gegeben, seine Anwesenheit in ihrem Zimmer zu erklären, denn sie war davon ausgegangen, dass dies der Grund war, aus dem er da war. Und dann hatte sie sich ihm wie ein leichtes Mädchen an den Hals geworfen.

Wirklich, wenn sie jetzt darüber nachdachte, hatte sie ihn regelrecht überfallen. Sie war diejenige gewesen, die ihn in ihrem Zimmer zuerst geküsst hatte, und dann … nun, dann hatten sich die Dinge ziemlich erhitzt. Vielleicht hatte er ihr nicht sagen wollen, dass er gekommen war, um ihr seine Ablehnung mitzuteilen, nachdem sie so leidenschaftliche Augenblicke miteinander geteilt hatten. Es würde erklären, wieso er sie am Ende einfach weggestoßen hatte, begriff Suzette alarmiert und stand plötzlich auf.

»Ich muss andere Schuhe anziehen«, verkündete sie und eilte aus dem Zimmer, bevor irgendjemand etwas dazu sagen konnte. Es war eine lahme Ausrede, aber mehr war ihr nicht eingefallen, als sie Hals über Kopf weggelaufen war. Sie konnte einfach nicht mehr länger auf Daniels Antwort warten. Die Ungewissheit machte sie fast wahnsinnig. Suzette hatte vor, ihn zu suchen und dazu zu bringen, ihr sofort zu sagen, ob er bereit war, sie zu heiraten, oder nicht. Es würde keine weiteren Vermutungen oder Verzögerungen mehr geben. Sie musste es einfach wissen.

Haversham hatte gesagt, dass Daniel Richard half, etwas nach oben zu tragen, und so eilte sie die Treppe hinauf und schritt den Korridor entlang. Sie kam gerade an ihrem Zimmer vorbei, als sich ein Stück weiter vorn eine Tür öffnete und Daniel auf den Korridor trat. Suzette blieb abrupt stehen; ihr Herz raste plötzlich. Diesmal würde sie nicht auf ihn zulaufen und sich ihm an den Hals werfen. Sie würde warten, bis er zu ihr kam und ihr sagte, wie seine Entscheidung lautete.

6

Daniel zog die Schlafzimmertür hinter sich zu, blieb dann aber einen Moment stehen, leicht besorgt darüber, was jetzt in dem Zimmer vor sich gehen mochte. Er und Richard hatten es gerade geschafft, George aus dem Teppich auszuwickeln, ihn ins Bett zu legen und unter Laken und Decken zu verbergen, als Christiana hereingekommen war. Sie hatte ihren Gemahl gesucht und schien die hügelige Oberfläche des Betts, das durch das geschmolzene Eis zerstört worden war, nicht zu bemerken. Das konnte sich allerdings leicht ändern, wenn Richard sie nicht baldmöglichst aus dem Raum bugsierte. Ganz sicher würden sie jede Menge Ärger am Hals haben, sollte sie George finden. Es wäre nötig, ihr alles zu erklären, und Daniel war sich nicht sicher, wie gut sie es verkraften würde, dass Dicky zwar wirklich tot war, aber gar nicht Dicky gewesen war. Ganz zu schweigen davon, dass Richard der wahre Earl von Radnor war und damit jemand, den sie erst am Tag zuvor kennengelernt hatte – und damit nur Stunden, bevor er mit ihr geschlafen hatte. Wahrscheinlich würde sie das alles ziemlich aufregen.

Wie auch immer, Richard hatte ihn nach draußen geschickt und ihm bedeutet, dass er alles im Griff hatte. Daniel vermutete, dass es am sinnvollsten war, wenn er das Beste hoffte und nach unten ging, um abzuwarten, was weiter geschah. Mehr konnte er im Augenblick nicht tun. Kopfschüttelnd drehte er sich also um und begann schon, den Korridor entlangzugehen, als er Suzette vor ihrer Tür stehen sah und langsamer wurde. Sie schaute genau in seine Richtung.

Sie hatte ein Kleid aus weißem Musselin an und sah wunderschön aus. Die dunklen Haare fielen ihr in weichen Wellen über die Schultern. Das Gesicht war allerdings ein bisschen blass, und dunkle Ringe unter ihren Augen deuteten darauf hin, dass sie in dieser Nacht auch nicht besser geschlafen hatte als er. Es verlieh ihr etwas seltsam Verletzliches und Zartes, und als er vor ihr stehen blieb, konnte er nicht anders, er musste einfach eine Hand ausstrecken und ihre Wange mit seinen Fingern berühren.

»Du siehst heute Morgen wundervoll aus«, sagte er leise. Sein Blick war auf ihre Lippen gerichtet, die leicht geschwollen und rosig wirkten, als hätte sie vor Sorge darauf herumgebissen. Er verspürte den starken Wunsch, sie gesund zu küssen, zwang sich aber, den Drang zu unterdrücken.

»Danke«, murmelte Suzette und brachte ein Lächeln zustande. Dann platzte sie heraus: »Du sieht auch hübsch aus. Ich meine, du siehst gut aus.«

Daniel kicherte leicht und nahm die Hand wieder herunter. »Wie hast du geschlafen?«

»Schrecklich, ich habe die ganze Zeit gegrübelt«, gab sie unumwunden zu. Damit bestätigte sie seine Vermutung, dann fragte sie geradeheraus: »Wirst du mich heiraten?«

Daniel vermutete, dass ihn die direkte Frage eigentlich überraschen sollte. Aber das war nicht so. Und er hätte von Suzette auch gar nichts anderes erwartet. Über seine eigenen Gedanken lächelnd nickte er, um nicht in die Verlegenheit zu kommen, die Lüge direkt auszusprechen. Kaum hatte er das getan, atmete Suzette geräuschvoll aus und lächelte. Dann schlang sie ihm die Arme um den Hals und drückte die Lippen auf seinen Mund. Daniel verharrte, er kämpfte gegen den Drang an, ihren Kuss zu erwidern. Er hätte es gern getan, aber er wusste nur zu gut, wohin das führen würde, und dann würde er sie ganz sicher nicht besser kennenlernen, es sei denn im biblischen Sinne. Er war jedoch fest entschlossen, sie in anderer Hinsicht kennenzulernen, und so nahm er ihre Hände von seinem Hals, damit er sie etwas von sich wegschieben konnte.

»Wir müssen uns unterhalten«, sagte er sanft, noch während Suzette einen Schritt zurück machte und ihn unsicher ansah.

»Oh«, hauchte sie erleichtert. »Ja, natürlich.«

Sie sah sich im Korridor um und öffnete dann die Tür neben sich. »Wir müssen darüber reden, wann wir aufbrechen, und ich sollte packen und–« Suzette hörte abrupt auf zu sprechen, als sie begriff, dass er ihr nicht folgte. Sie warf einen Blick zu ihm zurück und sagte: »Komm. Es gibt so viel zu besprechen.«

Daniel verzog das Gesicht, aber er schüttelte den Kopf. »Ich glaube nicht, dass es eine gute Idee ist, wenn wir in der nächsten Zeit allein sind. Wir scheinen Schwierigkeiten zu haben, uns zu beherrschen, und –«

Seine Worte erstarben, als sie wieder zurückkam und lachend seine Hand nahm, um ihn mit sich zu ziehen. »Ich verspreche dir, dass ich nicht vorhabe, mich dir wieder an den Hals zu werfen. Mir ist klar geworden, dass ich gestern Nacht ziemlich stürmisch gewirkt haben muss. Ich kann dir nur versichern, dass ich normalerweise nicht so direkt mit Männern umgehe. Genau genommen habe ich mich in meinem ganzen Leben noch nie so kühn verhalten.«

»Das habe ich auch nicht angenommen«, versicherte Daniel ihr ernst. Als sie seine Hand losließ, machte er einige Schritte von ihr weg, um einen sicheren Abstand zu schaffen. Ihr Mangel an Erfahrung war am Anfang auf schmerzhafte Weise offensichtlich gewesen, auch wenn sie rasch gelernt hatte. Er vermutete, dass er sich geschmeichelt fühlen sollte, dass sie so leidenschaftlich auf ihn reagierte, und es gefiel ihm, dass diese Anziehungskraft beiderseitig war. Allerdings war er sich nur zu bewusst, dass er sich gerade in ihrem Zimmer aufhielt, nur wenige Fuß von ihrem Bett entfernt stand, und sie gerade die Tür schloss, sodass sie allein waren, und …

»Ich bin froh, dass du nicht davon ausgegangen bist, dass ich leichtfertig mit so etwas umgehe«, gestand Suzette. Sie trat zu einer Truhe am Fußende des Bettes. »Gestern Nacht habe ich mir darüber große Sorgen gemacht.«

»Nein. Davon bin ich nie ausgegangen«, murmelte er und sah zu, wie sie sich neben die Truhe kniete. Sie öffnete sie, beugte sich darüber und kramte darin herum. Daniels Augen weiteten sich plötzlich, und er begriff, dass er auf ihr Gesäß blickte, das hin und her wackelte und dann sanft schaukelte, während sie die Gegenstände in der Truhe durchging. Gütiger Gott, heutzutage bestanden die Kleider der Frauen aus so dünnen Stoffen, dass sich das hier wie eine zarte Hülle an ihren Körper schmiegte und so gut wie nichts mehr seiner Vorstellungskraft überließ. Sie hätte genauso gut nackt sein können, dachte er, als er den Schwung ihrer Hüften betrachtete.

»Wie viele soll ich einpacken, was meinst du?«, fragte sie und nahm ein Kleid aus der Truhe. Sie ließ sich auf den Fersen nieder.

Jetzt nicht mehr von dem Blick auf ihren Hintern abgelenkt, betrachtete Daniel das Kleid, das sie hochhielt. Er schluckte, als er begriff, dass es ein Nachthemd war, eine fast durchsichtige Kreation mit kleinen Rosetten am Halsausschnitt. Er konnte direkt hindurch zur Truhe und zum Bett sehen und sah auch alles andere auf der anderen Seite. Er wusste, dass er jeden Zoll ihrer Haut würde sehen können, falls sie es anziehen sollte. Was zum Teufel machte eine unverheiratete Frau mit so etwas?, fragte er sich bestürzt.

»Es hat meiner Mutter gehört«, erklärte sie unvermittelt und drehte sich mit einem Lächeln zu ihm um. »Ich habe es immer gemocht. Vater hat ihre Kleider nach ihrem Tod auf den Dachboden gebracht, aber das hier habe ich vor einigen Jahren gefunden und mit in mein Zimmer genommen. Ich war nur noch nicht mutig genug, es zu tragen. Genau genommen bin ich mir gar nicht sicher, warum ich es überhaupt eingepackt habe, als wir nach London aufgebrochen sind, aber jetzt bin ich froh, dass ich es getan habe. Ich denke, bei dir könnte ich den Mut finden, es zu tragen.«

Daniel schluckte. Er stellte sie sich in dem Nachthemd vor, dann ohne Nachthemd, dann auf dem Rücken liegend unter ihm.

Suzette legte das Nachthemd mit einem zufriedenen kleinen Seufzer ans Fußende des Betts und beugte sich wieder über die Truhe. Ihr Gesäß wackelte wieder vor ihm, während sie sagte: »Ich vermute, ich sollte mindestens drei oder vier Kleider einpacken, findest du nicht auch?«

Daniel brummte etwas, das Zustimmung ausdrücken mochte, während er auf ihren wackelnden Hintern starrte. Verdammt, diese Frau machte ihn noch wahnsinnig.

»Wie ist Woodrow eigentlich?«, fragte sie plötzlich. Ihre Stimme klang gedämpft, weil sie immer noch kopfüber in der Truhe hing.

»Es ist … nett, schätze ich. Viel Ackerland und Bäume und ein kleiner See zum Schwimmen. Natürlich muss das Haus immer noch instand gesetzt werden«, antwortete er. Seine Stimme und seine Gedanken wurden von ihrem Hintern abgelenkt.

»Werden wir dort oder in der Stadt leben, was meinst du?«

Daniel wölbte die Brauen. Diese Frage erregte seine ganze Aufmerksamkeit. Letzte Nacht hatte sie noch erklärt, dass sie das Recht haben wollte, getrennt von ihm leben zu können, aber das jetzt klang eher so, als würde sie es gar nicht wollen.

Es war ermutigend, schätzte er. Nun, das würde es sein, wenn er sich entschied, sie zu heiraten. Er räusperte sich. »Hauptsächlich auf Woodrow, obwohl ich gelegentlich geschäftlich in die Stadt werde reisen müssen.«

»Oh, ich bin so froh, dass du das sagst«, sagte Suzette und lächelte ihn über die Schulter an. »Ich bin auf dem Land aufgewachsen, und es ist dort so viel netter als in der Stadt, findest du nicht? Die Luft hier ist so rußig, und es ist so voll und –« Sie zuckte mit den Schultern und drehte sich wieder zur Kiste um. »Ich würde es vorziehen, Kinder auf dem Land großzuziehen.«

Daniel blinzelte leicht, während ihr Hintern wieder in sein Blickfeld wackelte. Kinder? Er begriff plötzlich, dass sie natürlich Kinder haben würden, wenn sie heiraten sollten, und er stellte sich eine kleine Suzette mit Zöpfen und blitzenden Augen und einem spitzbübischen Lächeln vor, ein Abbild ihrer Mutter. Das Bild war bezaubernd, und Daniel musste lächeln.

»Es würde mir auch gefallen, zwei Jungen zu haben, glaube ich«, sagte Suzette glücklich in die Truhe hinein.

Das Bild von zwei ernst dreinblickenden Jungen erstand vor seinem Auge, die das kleine spitzbübische Mädchen beschützend in ihre Mitte nahmen. Daniel sah wieder zu Suzette hin, als sie sagte: »Ich schätze, du hast sehr gut ausgesehen, als du jung warst. Ich wünschte, ich hätte dich damals sehen können.«

Daniel neigte den Kopf leicht; er fragte sich, ob er sich den wehmütigen Ton ihrer Stimme nur eingebildet hatte. Dann fragte er jedoch lediglich: »Wirst du das Stadtleben nicht vermissen?«

»Was gibt es da zu vermissen?«, fragte sie, wandte sich halb zu ihm um und sah ihn an.

Daniel zuckte kurz mit der Schulter. »Bälle, Gesellschaften, das Theater.«

Suzette lachte unbekümmert und wandte sich wieder der Truhe zu. »Da ich noch nie im Theater gewesen bin, werde ich es sicher auch nicht sehr vermissen. Abgesehen davon gibt es auch auf dem Land Bälle und Gesellschaften, weißt du. Vielleicht nicht so viele wie in London, und sicher sind sie nicht ganz so prunkvoll, aber …« Sie machte eine Pause und sah ihn neugierig an. »Hast du dein ganzes Leben in der Stadt gelebt?«

Daniel nickte, und sie runzelte die Stirn.

»Dann musst du an all diese gesellschaftlichen Aktivitäten gewöhnt sein. Wirst du das Landleben dann nicht ein bisschen zu … ländlich finden?«

»Nein«, sagte er bestimmt. Obwohl die Instandsetzung von Woodrow mit etlichen Schwierigkeiten verbunden gewesen war, hatte Daniel die sechs Monate auf dem Land zu Beginn des Jahres ziemlich genossen. Nachdem er sein ganzes bisheriges Leben in der Stadt verbracht hatte, hatten die friedliche Stimmung, die Ruhe und die Natur beruhigend auf ihn gewirkt. »Abgesehen davon sind wir gar nicht auf so vielen Bällen oder Gesellschaften gewesen, während ich aufgewachsen bin, und ich war auch nicht oft im Theater.«

»Und wieso nicht?«, fragte sie überrascht.

»Wir sind arm gewesen«, erwiderte er schlicht. »Mein Vater war der zweite Sohn. Er hatte das Stadthaus geerbt und eine Position in der Bank inne. Ansonsten hat er jedoch nicht viel besessen, als meine Mutter und er sich kennengelernt haben. Sie dagegen war die älteste Tochter sehr wohlhabender Eltern, die meinen Vater für nicht gut genug gehalten haben. Sie haben versucht, meine Mutter zu zwingen, einen Baron zu heiraten, dessen Vermögen es mit ihrem aufnehmen konnte. Allerdings hat meine Mutter meinen Vater geliebt. Sie sagt, sie hätte gleich bei der ersten Begegnung gewusst, dass er der Mann fürs Leben sein würde.«

»Oh, wie schön«, murmelte Suzette. Sie hörte jetzt auf, in ihrer Truhe zu wühlen; stattdessen drehte sie sich um und sah ihn an, während er weitersprach.

»Ihre Eltern haben das anders gesehen«, sagte Daniel trocken. »Als sie meinen Vater gegen ihren Willen geheiratet hat, hat die Familie jeden Kontakt mit ihr abgebrochen.«

»Oh, nein.« Suzette verzog das Gesicht.

Daniel nickte und zuckte mit den Schultern. »Meine Eltern waren trotzdem sehr glücklich miteinander. Das Geld war zwar immer etwas knapp, aber sie haben sich geliebt, und es hat ihnen nichts ausgemacht. Doch dann ist mein Vater krank geworden und gestorben, und ab da wurde alles richtig schlimm. Mutter musste die Dienstboten entlassen und hat angefangen zu flicken. Sie hat auch Möbel verkauft, damit wir mehr Geld zur Verfügung hatten. Sie konnte es sich nicht leisten, Kleider zu kaufen, um Bälle und ähnliche gesellschaftliche Ereignisse besuchen zu können, und daher hat sich nie die Frage gestellt, ob wir ins Theater gehen. Aus Geldmangel haben wir uns meistens zurückgezogen.«

»Aber sicher habt ihr andere Leute in der Stadt besucht, oder …« Suzettes Stimme versiegte, als er den Kopf schüttelte.

»Hätten wir Einladungen von anderen angenommen, hätten wir sie ebenfalls einladen müssen, aber das wäre nicht gegangen, weil niemand unser Haus betreten durfte.«

»Wieso nicht?«, fragte sie stirnrunzelnd.

»Weil der größte Teil der Möbel nicht mehr da war«, erklärte er und lächelte leicht als Hinweis, dass es ihn nicht gestört hatte. »Als Erstes wurden die Möbel verkauft, um die Gläubiger zu bezahlen und über die Runden zu kommen. Danach hat meine Mutter ihren Schmuck verkauft, ein Stück nach dem anderen. Glücklicherweise war ein Großteil davon von guter Qualität, denn die Schmuckstücke waren Geschenke ihrer Eltern aus der Zeit, als sie noch bei ihnen gewohnt hatte. Aber es gab auch einiges darunter, das mein Vater ihr in der Zeit gekauft hatte, als es ihnen noch gut gegangen war, und auch all das verschwand nach und nach … sogar ihr Ehering und ihr Verlobungsring, die sie von meinem Vater bekommen hatte.«

»Nein!«, rief Suzette bestürzt.

»Sie hat die Ringe verkauft, damit ich zur Schule gehen konnte«, gab Daniel zu. Es fiel ihm schwer, die Traurigkeit aus seiner Stimme herauszuhalten. Seit seine Investitionen in den letzten Jahren zu einer Verbesserung seines Wohlstands geführt hatten, hatte er dafür gesorgt, dass es seiner Mutter an nichts fehlte. Aber eines konnte er ihr nicht geben, und das waren die Ringe, die Symbole der Liebe seiner Eltern. Sie waren unersetzlich, und sie zu verkaufen war das schwerste Opfer gewesen, das sie je gebracht hatte. Seine Mutter hatte seinen Vater wirklich geliebt, sie liebte ihn immer noch. Obwohl er seit zwanzig Jahren tot war, war diese Liebe nicht verblasst. Daniel zweifelte nicht daran, dass es ihr schier das Herz zerrissen haben musste, sich von diesen Ringen zu trennen.

»Wie traurig«, sagte Suzette leise. »Es muss sehr schwer gewesen sein.«

»Ja, es war damals lange Zeit ziemlich schwer für meine Mutter. Sie hat wegen ihrer Liebe zu meinem Vater schrecklich gelitten.«

»Sie hat das Opfer freiwillig gebracht«, sagte Suzette ruhig, und fügte dann hinzu: »Ich habe dich gemeint. Es muss auch für dich sehr schwer gewesen sein.«

Daniels Augen weiteten sich, aber er schüttelte den Kopf. »Als Kind habe ich gar nicht gemerkt, dass wir arm waren und anders lebten als alle anderen, und dann war ich in der Schule, und dort war es ganz sicher nicht schwer. Ich hatte ein warmes Bett und mehr gute Mahlzeiten als jemals zuvor und gute Freunde. Richard war der beste.«

»Ich dachte, du hättest gesagt, dass du mit Richard nicht befreundet warst«, erinnerte Suzette ihn. Ihre Augen zogen sich zweifelnd zusammen.

Daniel versteifte sich, er zögerte einen Moment und sagte dann vorsichtig: »Als Kinder waren wir die besten Freunde. Aber ich bin ganz sicher nicht mit dem Mann befreundet, der seit der Feuersbrunst des Stadthauses der Earl von Radnor ist.«

Suzette entspannte sich etwas und seufzte. »Also hat der Tod seines Zwillingsbruders ihn wirklich beeinflusst?«

Daniel zögerte erneut. Er wollte Suzette nicht direkt belügen, was ihm in diesem Gespräch bisher sogar gelungen war, da er seine Worte mit Bedacht wählte. Schließlich sagte er: »Der Brand im Stadthaus und Georges Tod haben alles verändert. Wie auch immer, jetzt ist der Earl von Radnor wieder ganz der Alte und ein Mann, den ich voller Stolz meinen Freund nennen kann.«

»Hmm«, murmelte Suzette. Sie wirkte nicht ganz überzeugt, drehte sich wieder zur Truhe um und wechselte das Thema. »Deine Mutter scheint eine interessante Frau zu sein.«

»Ich schätze, das ist sie«, sagte er nachdenklich. Im Grunde hatte Daniel nie besonders viel darüber nachgedacht. Er hatte sie so geliebt, wie ein Sohn die Frau lieben sollte, die so viel für ihn geopfert hatte. Aber er wusste auch ihre Charakterzüge zu würdigen. »Sie ist stark, klug und charmant. Und sie ist trotz der Umstände nicht verbittert. Obwohl der Verlust meines Vaters ein schwerer Schlag für sie gewesen ist, sagt sie, dass die wenigen kostbaren Jahre, die sie zusammen gehabt hatten, jeden noch so kummervollen Tag aufwiegen würden.«

Suzette stieß einen kleinen Seufzer aus. »Sie muss ihn wirklich sehr geliebt haben.«

»Hmm«, murmelte Daniel. Es wunderte ihn jetzt, weshalb er ihr das alles erzählt hatte. Nicht einmal Richard wusste so viel über ihn und seine Familie.

»Dann hat die Familie deiner Mutter ihr also nie vergeben?«, fragte Suzette plötzlich und lenkte ihn von seinen Gedanken ab. »Sie haben sie nach dem Tod deines Vaters nicht wieder aufgenommen?«

»Nein.« Daniels Mund wurde fester. »Die Mutter meiner Mutter hat uns anscheinend Nahrungsmittel und Geld und andere Dinge geschickt. Alles Mögliche, das sie durch ihre Zofe hinausschmuggeln konnte. Allerdings ist sie gestorben, als ich noch zur Schule gegangen bin«, sagte er. »Und ihr Gemahl, mein Großvater, ist offenbar ein verbitterter alter Mistkerl, der nie nachgegeben hat.«

»Vielleicht tut er es eines Tages doch noch«, sagte Suzette ruhig.

»Es wäre mir egal. Jetzt ist es zu spät«, sagte Daniel entschlossen. Der Vater seiner Mutter hatte ihr nicht geholfen, als es nötig gewesen war, und inzwischen half Daniel ihr. Er brauchte und wollte nichts von dem kaltherzigen alten Narren.

Suzette seufzte tief, und ihre Brust hob sich dabei. »So viel Kummer und Kampf. Verglichen damit hatte ich die perfekte Kindheit. Obwohl meine Mutter kurz nach Lisas Geburt gestorben ist, habe ich nie etwas entbehrt. Ich bin mit jeder Menge frischer Luft aufgewachsen, mit viel Liebe und Lachen und meinen liebevollen Schwestern und einem hingebungsvollen Vater.«

»Dem es gelungen ist, sich in eine Situation zu manövrieren, in der du gezwungen bist zu heiraten, um die Familie vor dem Ruin zu bewahren«, erklärte Daniel ironisch. »Manche erleben Kummer, wenn sie jung sind, andere erst später. Am Ende gleicht es sich immer aus.«

Als sie ihn verwirrt über die Schulter ansah, holte er etwas weiter aus. »Ich hatte meinen Kummer und meine Kämpfe, als ich jung war, während deine jetzt am Ende einer idyllischen Kindheit stehen. Offen gestanden ziehe ich den frühen Kummer vor. Ich war ein Kind und habe nicht viel vermisst. Für euch hingegen muss das alles ein schrecklicher Schock sein. Ich bezweifle, dass du dir früher vorgestellt hast, jemals heiraten zu müssen, um die Familie zu retten.«

»Nicht mehr als du wahrscheinlich als Kind«, sagte sie ruhig.

Daniel schwieg dazu. Er musste sie nicht wegen des Geldes heiraten, aber das konnte er nicht laut sagen. Und abgesehen davon wäre es sogar der Fall gewesen, hätte es Richard nicht gegeben.

»Ist es schlimm, wenn ich zugebe, dass ich darüber froh bin?«, fragte sie plötzlich.

Daniel blinzelte sie überrascht an. »Froh über was?«

»Darüber, dass du eine Erbin brauchst und bereit bist, mich zu heiraten«, sagte sie ruhig. Sie verzog das Gesicht und gestand: »Ich hatte mir schon Sorgen gemacht, dass du es nicht tun würdest und ich gezwungen wäre, mir einen anderen zukünftigen Gemahl zu suchen.«

Die Vorstellung gefiel auch Daniel nicht, und er runzelte die Stirn, als er sich daran erinnerte, wie Garrison am Abend zuvor mit Suzette getanzt hatte. Dann sah er eine lange Reihe von Junggesellen vor seinem geistigen Auge, die sie alle nur zu gern wegen ihrer Mitgift heiraten würden und sich lüstern ausmalten, wie es sein würde, Hand an die süße, leidenschaftliche Suzette zu legen.

»Mir hat diese Vorstellung allerdings nicht gefallen«, sagte sie mit einem Seufzer. »Als du mich berührt hast, habe ich mich gefühlt wie … Nun, ich habe mich so lebendig gefühlt wie noch nie zuvor«, gestand sie. »Aber der Gedanke, dass irgendeiner der anderen Männer mich so anfassen könnte, gefällt mir nicht.«

Und mir auch nicht, dachte Daniel grimmig, während sie ein hellblaues Kleid neben das Nachthemd legte, bevor sie wieder in der Truhe herumwühlte. Seine Gedanken waren jetzt angefüllt mit lüsternen Junggesellen, die Suzette auf das Bett warfen und einer nach dem anderen über sie herfielen. Mistkerle!

»Und deine Küsse rauben mir den Atem«, teilte sie ihm mit. Ihr Gesäß wackelte wieder hin und her. »Meine Lippen kribbeln sogar jetzt, wenn ich nur daran denke.« Suzette schüttelte den Kopf. »Aber ich schätze, wenn du Nein gesagt hättest, hätte ich zulassen müssen, dass jemand anderes mich küsst und berührt.« Sie hielt inne und meinte unsicher: »Vielleicht irre ich mich aber auch, und es wäre alles gut geworden. Ich meine, als du mich geküsst hast, habe ich dich ja kaum gekannt, und trotzdem hast du diese Leidenschaft in mir entfacht. Vielleicht ist ein Kuss nur ein Kuss, und jeder andere Mann hätte mich ebenfalls dazu gebracht, ein solches Verlangen zu empfinden.« Suzette warf einen Blick über die Schulter und fragte: »Hältst du das für möglich?«

»Nein«, knurrte Daniel tief in der Kehle. Zorn und Eifersucht stiegen in ihm auf, als ihm das Bild von ihr und all den anderen Männern wieder schlagartig vor die Augen trat.

»Hmmm.« Sie drehte sich wieder zur Truhe um. »Dann bin ich mir nicht sicher, wieso du so eine Wirkung auf mich gehabt hast. Vielleicht war es der Punsch, den ich bei den Landons getrunken habe. Er war um einiges stärker als alles, was ich sonst gewohnt war. Vielleicht war er der Grund, dass du so auf mich gewirkt hast.«

Daniel versteifte sich, seine Augen zogen sich bei dieser Vermutung zusammen. Sie glaubte, ihre Reaktion war eine Folge des Getränks? Dass der Punsch der Grund war, weshalb sie am ganzen Körper geprickelt hatte? Er würde es ihr zeigen. Sie hatte an diesem Morgen nichts getrunken, und er würde verdammt noch mal dafür sorgen, dass sie so sehr prickelte, bis sie explodierte. Suzette würde nie wieder glauben, dass es nur am Punsch gelegen hatte oder dass jeder Mann diese Empfindungen in ihr erzeugen könnte, beschloss er und stand abrupt auf.

»Dabei hatte ich eigentlich gar nicht den Eindruck, als hätte ich so viel von dem Punsch getrunken, aber nun, vielleicht war es doch mehr, als ich dachte, und –« Suzettes Worte endeten mit einem Keuchen, als sie plötzlich an der Taille gepackt und vom Boden hochgehoben wurde. Einen Moment später stand sie wieder, fand sich aber jetzt Daniel gegenüber, der seinen Mund auf ihren presste und erneut dieses Kribbeln erzeugte, das sie erwähnt hatte, und es in jeden Winkel ihres Körpers schickte.

Suzette reagierte sofort darauf; sie schlang ihre Hände um seinen Hals und öffnete begierig den Mund. Sicher, es gab immer noch vieles zu besprechen, aber das hatte Zeit. Jetzt musste sie seine Küsse und seine Zärtlichkeiten genießen. Abgesehen davon hatte sie bereits festgestellt, dass sie allmählich abhängig von seinen Küssen wurde; mit jedem Kuss entstand eine Gier nach weiteren. Als Daniel sie plötzlich wieder hochhob und zum Bett trug und sein Körper gegen ihren rieb, stöhnte sie. Er legte sie aufs Bett und wollte sich wieder aufrichten, doch statt Einwände zu erheben, verstärkte Suzette einfach den Griff um seinen Hals und versuchte, ihn bei sich zu behalten. Er befreite sich jedoch mit Leichtigkeit von ihr und stand aufrecht da.

Einen Moment lang sah Suzette ihn nur verwirrt an, dann legte sich ein Teil ihrer Verwirrung, als sie sah, wie er rasch seine Jacke und die Weste auszog und die Krawatte abnahm. Sie konnte das Spiel seiner Muskeln sehen, als er die Kleidungsstücke vorsichtig auf einen Stuhl beim Fenster legte, und staunte über die schiere Schönheit seiner muskulösen Brust. Dann kehrte er zum Bett zurück, kniete sich neben sie und drängte sie, sich aufzusetzen.

Suzette tat es sofort und war froh, als er sie wieder küsste. Es war allerdings nur ein flüchtiger Kuss; seine Lippen berührten ihren Mundwinkel sacht, bevor sie zu ihrem Ohr weiterwanderten. Sie neigte den Kopf, um es ihm etwas leichter zu machen, und schloss die Augen. Und öffnete sie abrupt wieder, als sie seine Hände auf ihrem Rücken spürte. Kurz danach schob er ihr das Kleid von den Schultern und drängte sie, die Arme herauszuziehen.

Nachdem Daniel ihr das Oberteil heruntergeschoben hatte, küsste er sie wieder auf den Mund, dieses Mal intensiver, verlangender, und er brachte sie wieder dazu, sich auf den Rücken zu legen. Suzette folgte bereitwillig, hatte die Hände zuerst noch um seinen Hals geschlungen, begann aber alsbald, sie erkundend über seine straffen Schultern wandern zu lassen, dann seinen Rücken hinunter, bevor sie nach vorn weitertasteten, wo sie seine Brust erforschten. Daniels Körper fühlte sich zugleich hart und weich an, während seine Muskeln sich unter ihren neugierigen Fingern bewegten. Sie seufzte in seinen Mund hinein. Nach einem Moment brach Daniel den Kuss ab, und seine Lippen wanderten ihre Kehle hinunter, sodass sich seine Brust ihrer Berührung entzog, während er innehielt, um an ihrem Schlüsselbein zu knabbern.

Suzette seufzte und bewegte sich unruhig auf dem Bett, ihre Finger umfassten jetzt seinen Kopf, da sie an seine Brust nicht herankam. Als er dann weiter zu ihren Brüsten wanderte und ihnen huldigte, stöhnte sie. Ihre Beine begannen zu zittern, und ein sehnsüchtiger Schmerz breitete sich zwischen ihnen aus. Suzette konnte nur daran denken, wie gut es war, dass sie nicht stand, denn sie vermutete, dass ihre Beine sie nicht aufrecht gehalten hätten.

»Daniel«, stöhnte sie und zupfte an seinen Haaren, als er erst an der einen Brustwarze saugte und knabberte und dann an der anderen. Die Empfindungen, die er damit in ihr auslöste, waren noch immer so neu für sie, dass sie sie nicht lange aushielt, und so wollte sie, dass er aufhörte und sie wieder küsste. Diesmal allerdings beachtete er ihre stumme Forderung nicht, sondern widmete sich weiter der Erkundung ihres Körpers mit dem Mund, liebkoste die Unterseite ihrer Brust, bevor er Küsse auf ihrem Bauch verteilte.

»Oh.« Sie schnappte nach Luft, ließ seine Haare los und griff rechts und links nach den Decken, auf denen sie lag. Sie hatte Angst, sie könnte zu fest an seinen Haaren ziehen. Als er an ihrer Taille angekommen war, wo sich der Stoff ihres Kleids sammelte, ließ er seine Zunge gleich oberhalb davon über ihre Haut kreisen. Ihr Bauch zuckte, und sie warf den Kopf hin und her, zog und zerrte an den Laken. Als er diese Qual beendete und sich aufrichtete, seufzte sie erleichtert. Sie freute sich, weil sie dachte, er würde sie wieder küssen, was im Moment ihr sehnlichster Wunsch war, aber stattdessen rutschte er noch tiefer nach unten, bis zu ihren Knien, und schob ihr Kleid die Waden hoch.

Suzette starrte ihn einfach nur an. Daniel seinerseits hockte auf den Fersen und sah sie an, während er den Stoff nach oben schob. Er schob ihn bis zu den Knien, hörte dann plötzlich auf, nahm ihren linken Knöchel in die Hand und hob ihn vom Bett hoch. Er drückte einen Kuss auf die Außenseite des Knöchels, und sie schluckte und leckte sich über die trockenen Lippen. Dann jedoch schnappte sie überrascht nach Luft, als er plötzlich ihren Knöchel über seinen Kopf schwang, um ihn auf die andere Seite zu bringen, sodass er die Innenseite ihres Knöchels küssen und daran knabbern konnte. Dies führte dazu, dass ihr Kleid noch weiter nach unten rutschte, sodass der Stoff sich weit oben an ihren Oberschenkeln sammelte und der Rest ihres Beins nackt war. Ihr Zentrum war gerade eben noch bedeckt. Aber Suzette protestierte nicht dagegen, biss sich nur auf die Lippe und packte die Decken fester, als er anfing, sich mit dem Mund von ihrer Wade zum Knie hochzuarbeiten.

Als Daniel mit seiner Zunge über ihre Kniekehle strich, kitzelte es so sehr, dass sie zusammenzuckte. Sie war ziemlich erleichtert, als er das Bein wieder auf dem Bett abstellte. Allerdings tat er das so, dass sie jetzt mit gespreizten Beinen dalag und er sich zwischen sie hockte. Und dann lag er auch schon auf dem Bauch und begann, an ihrem anderen Knöchel und der anderen Wade zu knabbern und zu lecken.

Suzette biss sich noch fester auf die Lippe; sie hob den Kopf, um zu ihm hinunterzusehen. Auf einmal fühlte sie sich vollkommen verletzlich. Dieses Mal verschwand das Gefühl auch nicht, da seine Lippen an ihrem Knie vorbeiwanderten und sich, eine brennende Spur hinterlassend, bis zum Oberschenkel hocharbeiteten.

»Daniel?«, flüsterte sie unsicher.

»Schsch«, sagte er leise an ihrem Oberschenkel und knabberte leicht daran, bevor er flüsterte: »Ich möchte dir zeigen, dass es nicht der Punsch war.«

»Ich glaube, ich weiß bereits, dass es nicht der Punsch – Oh!« Suzette schrie auf und klammerte sich verzweifelt an die Laken, als er eine Hand hochschob und gegen ihr Zentrum drückte, während sein Mund weiter nach oben wanderte. Sie war so abgelenkt, dass sie erst mitbekam, dass er ihre Schenkel mithilfe seines Arms und seines Gesichts auseinanderschob, als er plötzlich seine Hand von ihrem Zentrum zurückzog und beide Hände benutzte, um ihre Oberschenkel zu spreizen. Suzette starrte wieder nach unten und stellte verblüfft fest, dass der Rockteil ihres Kleids mit dem Mieder quer über ihrem Bauch lag, sodass sie komplett entblößt für ihn war. Und dann sah sie entsetzt zu, wie er seinen Kopf zwischen ihren gespreizten Schenkeln vergrub und Dinge tat, die die Kirche ganz sicher nicht gutheißen würde.

In diesem Moment verlor sie jede Fähigkeit, noch irgendetwas sagen zu können. Sie sank auf das Bett zurück, ruckte mit dem Becken und zuckte wild unter der fast unerträglichen Lust.

Daniel verstärkte seinen Griff an ihren Schenkeln nur noch, hielt sie fest, während er leckte und schleckte und saugte, was ihr leises Wimmern, Stöhnen und Seufzen entlockte. Sie fing an, hohe klagende Laute von sich zu geben, als die Lust, die er ihr entrang, sogar noch zunahm, und instinktiv zog sie ein Stück Leintuch zu sich heran und stopfte es sich in den Mund, um das Geräusch zu dämpfen. Aber ihre Hüfte kreiste und zuckte jetzt auf und ab, als sie auf den Wogen ritt, die er bei ihr erzeugte. Und dann spürte sie, wie etwas in sie hineinstieß, und sie spuckte das Leintuch mit einem Schrei wieder aus, ihr Körper bog sich durch, als eine Woge von Lust in ihr explodierte, die so stark war, dass sie das Gefühl hatte, sterben zu müssen.

Als das heftige Beben in ihr nachließ und sanfteren Wogen aus pulsierender Lust Platz machte, erhob sich Daniel und legte sich neben sie. Suzette bemerkte es erst, als er sich über sie beugte und ihre Lippen suchte. Sie spürte immer noch die Wogen der Lust in sich, als seine Hand dort hinwanderte, wo bisher sein Mund gewesen war. Er fachte ihre Lust weiter an, indem seine Finger über ihre feuchte Haut strichen, in sie eindrangen und sich zurückzogen und wieder in sie eindrangen, während er gleichzeitig seine Zunge in ihren Mund stieß.

Suzette stöhnte und packte ihn fest an den Schultern, als sich neue Lust in ihr aufbaute, während die alten Wogen noch dabei waren, abzuebben. So erregt, wie sie war, dauerte es nur wenige Augenblicke, ehe sie erbebend aufschrie und von einer weiteren Woge der Lust überschwemmt wurde. Dieses Mal streichelte Daniel sie nicht noch weiter, sondern zog seine Hand zwischen ihren Beinen weg und drückte Suzette fest an sich, als sie auf den Wellen ritt, die über sie hinwegspülten.

Es kam ihr vor, als würde ziemlich viel Zeit vergehen, bis sich ihr rasender Herzschlag wieder beruhigte und zu einem normalen Puls wurde. Als Suzette die Augen öffnete, sah sie, dass er sie schweigend musterte. Ein eigenartig sanfter Ausdruck lag auf seinem Gesicht.

»Es war nicht der Punsch«, sagte er ernst.

»Nein«, stimmte sie ihm zu.

»Und du würdest so etwas auch nicht mit jedem anderen Mann erleben«, versicherte er entschieden.

Suzette lächelte schwach bei der Mischung aus Hochmut und Verärgerung in seiner Stimme. »Dann ist es wohl gut, dass du dich bereit erklärt hast, mich zu heiraten«, murmelte sie. »Ich wäre sehr enttäuscht, wenn ich mein ganzes Leben mit einem Gemahl verbringen müsste, der mich nicht so zum Brennen bringen kann wie du. Du hast mich für andere Männer verdorben.«

Jetzt huschte ein Ausdruck über sein Gesicht, den Suzette nicht deuten konnte. Daniel beugte sich wieder über sie und küsste sie, eher süß und langsam als verlangend und leidenschaftlich. Suzette erwiderte den Kuss, aber das, was da kurz über sein Gesicht gehuscht war, beunruhigte sie, und sie begriff, dass er ihr nicht nur einmal, sondern zweimal Vergnügen geschenkt hatte, selbst aber immer noch unbefriedigt war. Seine Härte drückte gegen ihr Bein, und es kam ihr ungerecht vor, weshalb sie sich auf dem Bett verlagerte. Daniel hatte ein Bein über ihren Oberschenkel gelegt, um ihre Beine offen zu halten, während er sie gestreichelt hatte, aber jetzt warf sie ihr freies Bein über seines und drückte ihren Busen an seine Brust, während sie nach seiner Männlichkeit suchte.

Kaum berührte sie sie, brach Daniel den Kuss ab und knurrte: »Nein.«

»Aber –?«

»Nein«, sagte er ernst. »Das war für dich. Ich werde dir nicht die Unschuld nehmen.«

»Wir werden heiraten. Sie gehört dir«, erklärte Suzette, dann drückte sie ihn fest. »Abgesehen davon möchte ich dich in mir spüren. Und ich kann erkennen, dass du mich willst.«

Daniel verharrte einen Moment vollkommen reglos, dann ließ er sie plötzlich los und rollte sich weg, um aufzustehen.

»Daniel?«

Er biss die Zähne zusammen und beeilte sich, seine Weste und seine Jacke zu nehmen. Er weigerte sich, sich umzudrehen und Suzette anzusehen. Was er noch an Kontrolle über diese Situation besaß, hing an einem seidenen Faden. Er wusste verdammt gut, dass dieser Faden reißen würde, wenn er sich jetzt umdrehte und sah, wie sie zerzaust und gesättigt dalag, das Kleid nur das Becken bedeckend. Er würde keine Möglichkeit haben, sich davor zu schützen, denn sein Körper sehnte sich danach, sich tief in all dieser feuchten Leidenschaft zu vergraben, die er erzeugt hatte.

Er war ein Idiot gewesen, dass er das alles überhaupt angefangen hatte, begriff Daniel, während er seine Weste zumachte und dann die Jacke darüberzog. Sein verdammter Stolz hatte ihn dazu verleitet, ihr zu zeigen, dass es nicht der Punsch gewesen war und dass nicht jeder Mann sie in diesen Zustand versetzen konnte. Aber er hätte es besser wissen müssen. Hieß es etwa nicht, dass Hochmut vor dem Fall kam? Wie ein Idiot war er dem Drang gefolgt, ohne sich zu fragen, was dies für ihn selbst bedeuten würde. Oder vielleicht hatte er sich diese Frage auch einfach nicht stellen wollen. Vielleicht hatte Daniel tief in seinem Innern gehofft, dass irgendetwas passieren und seine Kontrolle brechen würde, sodass er sie endlich nehmen und seine Befriedigung finden würde. Glücklicherweise hatte Suzette die Sache mit der Heirat aufgebracht, und Daniel besaß immer noch einen kleinen Rest Gewissen. Sie war die Schwägerin seines besten Freunds oder würde es bald sein, wenn Christiana und Richard erst geheiratet hatten. Er befand sich im Haus seines besten Freunds, und sie war eine Adlige, mit der man nicht leichtfertig umgehen durfte. Solange er sich nicht entschieden hatte, sie zu heiraten …

Daniel verzog das Gesicht. Wem machte er eigentlich etwas vor? In diesem Moment hätte er den ersten Priester von der Straße hereingezerrt, wenn es rechtlich möglich gewesen wäre, um sie beide zu verheiraten, und dann hätte er sich in der Frau vergraben, noch bevor sich die Tür wieder ganz hinter dem Mann geschlossen hätte. Suzette war Feuer in Menschengestalt, ihr Körper heiß und flüssig in seinen Armen, ihre Reaktionen auf ihn ehrlich und ungehemmt. Er hatte im Laufe der Jahre mehrere Mätressen gehabt, und ein paar von ihnen hatte Daniel für wunderbare Geliebte gehalten, und das waren sie auch gewesen. Geübt und eigentlich tadellos, hatten sie ihm seine Leidenschaft mit einer Gewandtheit entlockt, die von Erfahrung zeugte, aber, das sah er jetzt, von wenig echter Leidenschaft.

Suzette war anders. Ihre Reaktionen waren aufrichtig, ihr Verlangen echt und nicht nur vorgetäuscht, um die Sache voranzubringen, und ihre Leidenschaft hatte seine eigene geweckt. Es hatte ihn erregt zu spüren, wie sie vor Erregung zitterte, und ihre Leidenschaft zu schmecken, hatte sein eigenes

Verlangen dazu gebracht, sich zu strecken und aufzubrüllen. Schon einfach nur zuzusehen, wie sie ihre Erlösung fand, hatte fast zu seiner eigenen geführt. Er wollte diese Leidenschaft besitzen, und wenn er dafür heiraten musste, dann würde er eben mit ihr nach Gretna Green fahren, verdammt.

»Daniel.«

Er versteifte sich und spürte, wie ihm die Kinnlade herunterfiel, als sie plötzlich vor ihm stand – splitterfasernackt. Offensichtlich hatte sie das Kleid ganz ausgezogen, das schon zuvor kaum noch etwas verhüllt hatte. Daniel hatte mit der Krawatte gekämpft, während er nachgedacht hatte, aber jetzt schob sie seine Hände weg und nahm die Enden, als würde sie die Aufgabe für ihn erledigen. Allerdings hielt sie inne und blinzelte stattdessen zu ihm hoch.

»Es ist sehr ritterlich von dir, dass du mir nicht meine Unschuld nehmen willst, und ich verstehe das und halte es für ehrenhaft. Aber in einem der Bücher, die ich gelesen habe, steht geschrieben, dass es einen Weg gibt, wie ich dir das gleiche Vergnügen bereiten kann wie du mir, ohne dass du deinen Maibaum in mir versenken musst.«

»Was zum Teufel liest du?«, brachte Daniel mit erstickter Stimme hervor, während seine Erektion in seiner Hose zuckte.

Suzette grinste, als sie seine Miene sah, aber dann stellte sie sich auf die Zehenspitzen, um ihn zu küssen. Während sie mit der einen Hand die Krawatte zurückschob, griff sie mit der anderen nach seiner Hose und begann, ihn zu streicheln. Stöhnend fing er an, ihren Kuss zu erwidern, aber dann verharrte er, als Männerstimmen durch die Tür drangen. Er brach den Kuss ab, drängte sie ein Stück von sich weg, dass sie in sicherem Abstand voneinander waren, und hielt sie dort, indem er seine Hände auf ihre Oberarme legte, während er sich alarmiert zur Tür umdrehte. Er runzelte kurz die Stirn, fragte sich, was zum Teufel Richard da draußen tat, und dann schüttelte er den Kopf darüber, was zum Teufel *er* da tat. Wirklich, er sollte anfangen, an etwas anderes als an seine Männlichkeit zu denken. Auch wenn er vermutete, dass das nicht geschehen würde, bevor er diesem verdammten Ding nicht gegeben hatte, was es wollte.

Er verzog das Gesicht und drehte sich zu Suzette um. Seufzend gab er sich geschlagen. Es war unmöglich, ihr zu widerstehen. Er hatte sich selbst zum Narren gehalten, als er geglaubt hatte, er könnte Zeit mit ihr verbringen und sie kennenlernen, bevor er sein Verlangen nach ihr gestillt hatte. Sie war wirklich ein brennendes Haus in einem Orkan, der ihn in seine Luftwirbel zog und zugleich versengte. All seine guten Vorsätze und vernünftigen Entscheidungen waren nichts gegen die Versuchung, die sie darstellte.

»Zieh dich an«, sagte er mit fester Stimme, drehte sie herum und schob sie zum Bett und dem dort liegen gelassenen Kleid. »Wir werden so bald wie möglich nach Gretna Green aufbrechen.«

»Aber –« Suzette versuchte, sich umzudrehen, und warf einen Blick zurück auf die Beule in seiner Hose. Er drehte sie jedoch entschieden wieder zum Bett um.

»Ich werde überleben, bis wir verheiratet sind«, versicherte er ihr trocken, obwohl das fraglich war. Die Frau trieb ihn in den Wahnsinn, wie Daniel erkannte. Angewidert sah er an sich hinunter, trat zum Fenster und öffnete es, um sich kurz nach draußen zu beugen. Er wollte sich mit ein paar tiefen Atemzügen beruhigen, bevor er zu den anderen ging. Ein Schwall kaltes Wasser auf seine Lenden wäre allerdings nützlicher gewesen. Seufzend schloss er das Fenster wieder. Als er sich umdrehte, stellte er fest, dass Suzette wieder ihr Kleid anhatte und sich bemühte, es zuzumachen. Daniel löste sich vom Fenster und half ihr rasch, das Mieder zu verschließen.

»Du solltest deine Haare noch kämmen«, murmelte er, als er fertig war. »Du findest mich unten, sobald du vorzeigefähig bist.«

Er ließ sie zurück, drehte sich um und verließ das Zimmer. Ohne lange nachzudenken, schlüpfte er aus der Tür und zog sie hinter sich zu, bevor er nachsah, ob der Korridor leer war. Was er nicht war. Richard schloss gerade die Tür zu seinem Schlafzimmer. Christiana war zwar nicht bei ihm, aber Langley. Was vermutlich bedeutete, dass Christiana und Robert Langley nun die genauen Einzelheiten dessen, was vorging, kannten. Irgendwie war es eine Erleichterung. Ein solches Geheimnis zu bewahren war schwer, und jetzt hatten sie Verbündete, die ihnen halfen, mit der Angelegenheit umzugehen.

»Du hast vielleicht recht«, erklärte Richard gerade, nachdem er die Tür geschlossen hatte und sich aufrichtete. »Ich werde mit Daniel sprechen und sehen, ob ihm irgendwelche Fehler in dem Plan auffallen.«

Daniel straffte die Schultern und ging auf sie zu. »Fehler in welchem Plan?«, fragte er.

Beide Männer drehten sich zu ihm um.

»Wo kommen Sie her, Woodrow?«, fragte Langley abrupt. Seine Augen zogen sich argwöhnisch zusammen, sein Blick wanderte zur Tür von Suzettes Zimmer.

»Oh … ich … äh …« Daniel wedelte vage mit der Hand in die Richtung, aus der er gekommen war, hielt aber abrupt inne, als sich hinter ihm eine Tür geräuschvoll öffnete.

»Daniel! Daniel! Du hast deine Krawatte vergessen.«

Die gezischten Worte brachten ihn dazu, sich abrupt umzudrehen. Suzette ging eilig in Richtung Treppe; offensichtlich hatte sie gedacht, dass er nach unten gehen würde.

Daniel verdrehte seufzend die Augen, dann sagte er scharf: »Suzette!«

Sie blieb abrupt stehen, warf einen Blick zurück und riss die Augen auf, als sie ihn, Richard und Langley im Flur stehen sah.

»Oh.« Sie drehte sich um und machte eine Geste zur Treppe, aber dann versteckte sie die Hand schnell hinter dem Rücken, als würde sie erst jetzt bemerken, dass sie dabei mit der Krawatte herumwedelte. »Ich wollte gerade nach unten gehen.«

Richard gab ein Geräusch von sich, das halb Hüsteln und halb Lachen war, was Suzette dazu brachte, ihn finster anzustarren. Dann seufzte sie jedoch verärgert, stapfte die wenigen Schritte auf Daniel zu und schob ihm die Krawatte in die Hand. Danach drehte sie sich einfach wieder um und schritt lautlos den Korridor entlang.

Daniel band sich rasch die Krawatte um, während er Suzette nachsah. Ein Lächeln stahl sich auf seine Lippen. Jede andere Frau wäre über das, was passiert war, furchtbar beschämt gewesen. Sie jedoch war verärgert und sogar genervt. An Lady Suzette Madison war aber auch gar nichts Gewöhnliches. Der Rest seiner Tage würde ganz gewiss unterhaltsam sein, und das nicht nur im Schlafzimmer. Durch diesen Gedanken irgendwie beruhigt, drehte sich Daniel zu Richard und Langley um, als er mit der Krawatte fertig war. Als er Langleys zusammengekniffene Augen sah, verzog er das Gesicht.

»Wir werden heiraten«, verkündete er, um jeder wütenden Anklage zuvorzukommen, die dieser Mann vorbringen konnte.

»Dann hast du dich jetzt also entschieden?« Richard klang erheitert.

»Ich bin mir nicht sicher, ob das der richtige Ausdruck dafür ist«, sagte Daniel lakonisch. »Es wäre passender zu sagen, dass ich mich dem Unausweichlichen gefügt habe. Diese Frau ist eine Naturgewalt.«

»Das ist sie«, bestätigte Langley und entspannte sich wieder. »Wann also geht es nach Gretna Green? Ich würde euch gern begleiten.«

»Je früher, desto besser«, entschied Daniel grimmig. »Wenn Suzette noch einmal aus einem Zimmer gestürzt kommt und mich reinzerrt, kann ich nicht garantieren, dass sie Gretna so rein erreichen wird, wie sie jetzt ist, und sie ist bereits heute schon weniger rein, als sie es gestern Abend war.«

7

»Sie werden sehr, sehr wütend sein.«

Daniel bemerkte, wie Richard bei Roberts Vorhersage das Gesicht verzog, aber er hielt den Mund. Er war sich ziemlich sicher, dass Langley recht hatte und die Frauen sehr wütend sein würden, weil sie so einfach geflüchtet waren. Aber er selbst war im Augenblick auch nicht sehr glücklich damit.

Es war fast Mitternacht des gleichen Tages, an dem er Langley und Richard im Korridor begegnet war. Wie er vermutet hatte, wussten Christiana und Robert Langley inzwischen Bescheid über George und all das, was er getan hatte. Nachdem sie alles in Betracht gezogen hatten, waren die Männer zu dem Entschluss gekommen, gleich nach Gretna Green aufzubrechen. Sie waren sofort zu den Frauen in den Salon gegangen, um es ihnen mitzuteilen. Dies hatte allerdings Entsetzen hervorgerufen und die Versicherung, dass das schlicht unmöglich sei. Anscheinend hatten sie nicht bedacht, dass die Frauen auf ihren Hochzeiten hübsch aussehen wollten. Sie hatten darauf beharrt, den Rest des Tages zum Packen zu benötigen und abgesehen davon unmöglich ohne ihre Zofen fahren zu können.

Was bedeutete, dass sie nicht sofort in einer einzigen Kutsche losgefahren waren, wie die Männer es vorgehabt hatten, sondern London also erst am nächsten Morgen mit drei Kutschen für sie selbst sowie den Zofen und einigen Truhen verlassen hatten. Drei Truhen beinhalteten die Kleider der Frauen, eine enthielt die gesamte Kleidung für die drei Männer, und in einer befand sich Georges Leiche.

Da sie jetzt eine so große Gruppe waren, fuhren sie weniger hektisch los, nahmen sich vielmehr vor, zum Essen anzuhalten und sich für die Nacht Zimmer zu nehmen. Auf diese Weise würden sie drei Tage brauchen, um nach Gretna Green zu kommen. Daniel hatte das nichts ausgemacht. Obwohl er sich entschieden hatte, Suzette zu heiraten, begrüßte er die Gelegenheit, sie vorher noch ein bisschen näher kennenzulernen. Allerdings hatte er schnell festgestellt, dass er diese Gelegenheit nicht bekommen würde. Am ersten Morgen ihrer Reise waren Christiana und Richard mit der Radnor-Kutsche vorausgefahren, während Daniel und Suzette hinter ihnen in der Woodrow-Kutsche gesessen hatten und Lisa und Langley aus Gründen des Anstands dort mitfuhren. Langleys Kutsche mit den Zofen bildete schließlich das Ende der kleinen Karawane.

Daniels Hoffnungen, Suzette besser kennenzulernen, hatten an diesem Morgen einen ziemlichen Dämpfer bekommen. Langley verhielt sich während der Fahrt entschieden still, hatte auf Lisas Versuche, ihn zum Antworten zu bewegen, nur Grunzlaute und einsilbige Antworten von sich gegeben. Lisa hatte daraufhin angefangen, mit Suzette zu sprechen. Daniel hatte die meiste Zeit dagesessen und ihrer Unterhaltung gelauscht. Sicherlich hatte er auch so ein bisschen über sie erfahren, aber es war nicht das Gleiche, als wenn er selbst mit ihr gesprochen hätte. Daniel hätte ihr gern Fragen über *ihre* Kindheit gestellt und sie darüber in ein Gespräch verwickelt. Er selbst hatte bereits sehr viel dazu gesagt, wie er aufgewachsen war und sich als Kind gefühlt hatte; jetzt wollte er gern hören, wie es bei ihr gewesen war. Dazu kam es aber nicht. Stattdessen beschlossen die Mädchen nach dem Essen in Stevanage, gemeinsam mit Christiana in der ersten Kutsche zu fahren, was bedeutete, dass Richard sich zu den Männern in der zweiten gesellen würde.

Der Unterschied zu der Fahrt am Morgen war offensichtlich. Während der Fahrt mit den Mädchen hatte eine leichte und gesprächige Atmosphäre geherrscht, aber als nun die drei Männer am Nachmittag zusammensaßen, waren alle irgendwie ernst und grimmig. Sie hatten fast die ganze Zeit über Georges Tod gesprochen und wer dahinterstecken mochte. Da sie sozusagen blind in diese Situation hineingestolpert waren und keine Ahnung hatten, mit wem sich George umgeben hatte oder was er im vergangenen Jahr getan hatte, waren sie letztlich nicht sehr weit gekommen und hatten schließlich geschwiegen.

Daniel konnte den Gedanken nicht loswerden, dass Christiana bei der Sache hätte helfen können. Seit sie alles wusste, schien sie am besten dazu geeignet zu sein, ihnen zu sagen, mit wem er sich in dem letzten Jahr angefreundet hatte. Allerdings war sie nicht da gewesen, damit sie sie hätten fragen können.

Er hatte sich erleichtert gefühlt, als sie gegen Abend auf Radnor angekommen waren. Allerdings war die Erleichterung nur von kurzer Dauer gewesen. Als sie aus ihrer Kutsche gestiegen waren, waren die Frauen aufgeregt zu ihnen gelaufen. Es schien, als hätte Lisa sich während der zweiten Hälfte der Fahrt an einen Brief erinnert, den ein Straßenkind ihr am Morgen gegeben hatte, damit sie ihn dem »Earl« übergab. Das alles war während der Zeit passiert, als sie damit beschäftigt gewesen waren, die Kisten auf den Wagen zu laden. Unglücklicherweise hatte sie den Brief dadurch vergessen, bis sie Radnor fast erreicht hatten, wo sie George in der Familiengruft lassen wollten. Christiana hatte ihn bereits geöffnet, da sie vermutet hatte, dass er an George und nicht an Richard adressiert war. Schnell war jedoch klar geworden, dass er sehr wohl für Richard gedacht war. Jemand wusste, dass George tot war und vermutete, dass Richard ihn getötet hatte, um seinen Namen und seinen

Titel zurückzubekommen. Dieser Mensch verlangte jetzt eine ziemlich hohe Summe Schweigegeld. Jetzt mussten sie nicht nur herausfinden, wer George umgebracht hatte, sondern sich auch noch mit einem Erpresser herumschlagen. Irgendwie schienen die Dinge außer Kontrolle zu geraten.

Das Gute an dem Brief war, dass er Christiana gezwungen hatte, ihren Schwestern alles zu erklären. Sie würden also nicht länger dadurch behindert sein, dass sie irgendwelche Tatsachen oder das Vorhandensein der Leiche vor Lisa und Suzette verbergen mussten. Allerdings wurde Daniels daraus resultierende Erleichterung ein wenig durch Suzettes Verärgerung über ihn gedämpft. Sie war wütend, weil er es ihr nicht selbst erzählt hatte. Sie war der Meinung, dass Ehepaare keine solchen Geheimnisse voreinander haben sollten. Daniel hatte es unterlassen, sie darauf hinzuweisen, dass sie ja noch gar nicht verheiratet waren, sondern einfach nur gesagt, dass es nicht an ihm gewesen sei, dieses Geheimnis weiterzuerzählen. Eine Antwort, die Suzette nicht sehr besänftigt hatte.

Die Entdeckung des Briefes bedeutete, dass sie die Reise nach Gretna Green aufschieben mussten, um zur Stadt zurückzukehren und sich um den Erpresser zu kümmern. Allerdings hatten sie sich die Zeit genommen, die Kiste mit George in die Familiengruft zu bringen, und dann waren sie aufgehalten worden, als sie vom Pastor von Radnor überrascht worden waren. Hätte er sie nicht in der Gruft gefunden, würden sich alle drei Kutschen vermutlich längst wieder auf dem Weg zurück in die Stadt befinden. Die Entdeckung hatte jedoch zu Erklärungen geführt, und dann hatte der Reverend angeboten, Richard und Christiana sofort zu trauen. Schließlich, so hatte der Pastor argumentiert, sei das Aufgebot bestellt worden und die Lizenz für die ursprüngliche Eheschließung ein Jahr zuvor erteilt worden. Der einzige Grund, weshalb die Ehe ungültig war, lag darin begründet, dass Richard bei der Zeremonie nicht anwesend gewesen war und sich nicht selbst ins Trauungsbuch der Kirche eingetragen hatte. Wenn der Pastor sie jetzt verheiratete und wenn Richard und Christiana sich vor Zeugen ins Trauungsbuch eintrugen, würde die Ehe legal und unauflösbar sein. Also hatten sie die Zeremonie durchgeführt, und dann hatte Richard vorgeschlagen, dass die Frauen sich nach oben begaben, um sich etwas frisch zu machen, während rasch ein Hochzeitsmahl vorbereitet werden würde. Mit den Worten, dass sie mit dem Reverend speisen und dann in die Stadt zurückkehren würden, hatte er die Frauen nach oben geschickt.

Kaum aber waren die Schwestern oben verschwunden, hatte Richard den Pastor auf ein Wort an die Seite genommen und kurz darauf Daniel und Langley aus dem Haus gescheucht. Er war zu dem Schluss gekommen, dass sie ohne die Frauen schneller vorankommen würden. Außerdem wollte er sie lieber im Schutz von Radnor zurücklassen, statt sie wieder mit in die Stadt zu schleppen. Die Männer konnten sich um den Erpresser kümmern und danach die Frauen einsammeln und weiter nach Gretna Green fahren, damit Daniel und Suzette heiraten konnten.

Daniel war nicht sehr glücklich darüber. Er wusste, dass Suzette fuchsteufelswild sein würde, aber er selbst ärgerte sich ebenfalls. Wie sollte er sie besser kennenlernen, wenn sie nicht einmal zusammen waren? Richard hatte allerdings auf seiner Idee bestanden. Er hatte behauptet, dass es so sicherer sei und er nicht wollte, dass die Frauen irgendwie in die Sache mit dem Erpresser mit hineingezogen werden würden. Er hatte auch darauf hingewiesen, dass es lächerlich wäre, die Zofen und die Kisten und alle drei Kutschen wieder in die Stadt zu schleppen, wenn sie doch ohnehin ein oder zwei Tage später wieder zurückkehren würden, um nach Gretna Green zu fahren. Ob es ihm gefiel oder nicht, Daniel konnte die Stichhaltigkeit der beiden Argumente nicht leugnen und hatte daher schließlich nachgegeben. Während die Frauen oben gewesen waren, hatten sich die drei Männer also aus dem Haus geschlichen und waren in Daniels Kutsche weggefahren.

So verärgert er war, dass er Suzette hatte zurücklassen müssen, musste Daniel doch zugeben, dass es so sicherer war. Sie kamen auch tatsächlich rascher voran, da sie nur eine einzige Kutsche hatten. Sie hatten dreimal angehalten, um die Pferde zu wechseln, und noch immer war es nicht Mitternacht, aber er vermutete, dass sie bereits drei Viertel des Wegs zurück nach London hinter sich gebracht hatten.

»Sie werden über ihren Ärger hinwegkommen«, sagte er jetzt und hoffte, dass es auch stimmte.

»Glaubt mir ruhig«, sagte Langley trocken. »Ich kenne die drei Madison-Schwestern schon mein ganzes Leben lang. Mit dem hier werdet ihr nicht so ohne Weiteres davonkommen. Keiner von euch.« Er sah Richard an und fügte hinzu: »Es hat mich gefreut zu sehen …«

Den Rest seiner Worte hörte Daniel nicht, denn sein Blick schweifte durch das Fenster zum mondbeschienenen Himmel, während er sich fragte, was Suzette jetzt wohl tat. Er stellte sich vor, dass sie innerlich brodelte, weil er sie zurückgelassen hatte. Er vermutete, dass er einiges wiedergutzumachen haben würde, wenn sie wieder nach Radnor zurückkehrten. Er würde in der Stadt ein Geschenk für sie kaufen, beschloss Daniel, und dann strahlte er bei der Vorstellung, dass er einen Verlobungsring und einen Ehering kaufen würde. Er hatte bisher gar nicht daran gedacht, dass sie so etwas brauchen würden, und er versuchte zu entscheiden, ob sie etwas Schlichtes wie einen einzelnen Stein oder etwas Kunstvolleres wie einen Ring mit verschiedenen Juwelen bevorzugen würde, als seine Gedanken durch ein lautes Krachen unterbrochen wurden und die Kutsche sich plötzlich zur Seite neigte.

Daniel versuchte instinktiv, sich an irgendetwas festzuhalten, als die Nacht plötzlich von Schreien und Wiehern erfüllt war, aber er war zu langsam und wurde in der Kutsche herumgeschleudert. Er krachte erst gegen die eine Wand, dann gegen die andere, während er von den verschiedenen Körperteilen seiner Kameraden Schläge einsteckte, als sie alle drei in dem Gefährt herumgeworfen wurden. Die Kutsche schien sich mehrmals zu überschlagen, bevor sie zum Stehen kam, und dann war plötzlich alles ruhig.

Die Stille senkte sich wie eine schwere Decke über das Innere der Kutsche, bis Daniel wieder so viel Atem hatte, dass er aufstöhnen konnte. Er lag rücklings auf einer verhältnismäßig ebenen Oberfläche, abgesehen davon, dass irgendetwas gegen seinen unteren Rücken drückte. Es war verdammt unangenehm, aber nicht so unangenehm wie die Tatsache, dass er keine Luft bekam. Etwas Schweres war auf ihm gelandet und drückte ihm die Luft regelrecht ab. Wahrscheinlich einer der beiden anderen, dachte er, während ihm leicht schwindelig wurde, oder vielleicht auch alle beide, berichtigte er sich rasch, als sich das Gewicht auf ihm zu bewegen begann und ihm das Atmen noch schwerer machte, wenn das überhaupt möglich war.

»Lord Woodrow?«

Die Dunkelheit löste sich plötzlich auf, als die Kutschentür über ihnen aufgerissen wurde und der Kutscher mit einer Laterne in der Hand zu ihnen herunterblinzelte. In dem Licht konnte Daniel erkennen, dass tatsächlich Richard und Langley auf ihm lagen. Robert kroch allerdings jetzt herunter, setzte sich auf und griff begleitet von Richards Ächzen nach der Öffnung und zog sich nach draußen.

»Verdammt, Richard, geh runter von mir. Ich bekomme keine Luft«, keuchte Daniel, als er einen Moment lang zu Atem kam. Richard bewegte sich allerdings bereits und entschuldigte sich murmelnd, als er ihm dabei unabsichtlich die Knie und die Ellbogen in den Körper rammte. Richard folgte Robert nicht sofort aus der Kutsche, sondern rückte zur Seite und kniete sich neben Daniel. »Alles in Ordnung?«

»Prellungen und Quetschungen, aber ansonsten alles in Ordnung, denke ich«, sagte Daniel und setzte sich auf. »Und bei dir?«

»Das Gleiche«, sagte Richard und sah hoch.

Daniel folgte seinem Blick nach oben zur Öffnung, wo der Kutscher wartete. Auch Robert schaute zu ihnen herunter. Daniel suchte allerdings den Blick des Kutschers.

»Was ist passiert?«, fragte er, als er aufstand.

»Ich weiß es nicht genau, Mylord«, sagte der Kutscher unglücklich. »Wir sind die ganze Zeit normal gefahren, und dann habe ich ein Krachen gehört, und die Kutsche ist zur Seite gekippt und hat angefangen, sich zu überschlagen. Glücklicherweise ist der Rahmen gleich hinter dem Kutschkasten gebrochen, und die Pferde wurden nicht mitgerissen, sonst wären sie ganz sicher gestorben.«

»Und du bist unverletzt geblieben?«, fragte Daniel den Kutscher, während er aus der Kutsche kletterte. Richard folgte ihm sofort.

»Ich wurde heruntergeschleudert, bin aber in einem Gebüsch gelandet. Es geht mir gut«, murmelte der Mann, dann fügte er empört hinzu: »Aber die Kutsche ist hinüber. Ich glaube nicht, dass sich das reparieren lässt.«

»Hauptsache, es hat sich niemand ernsthaft verletzt«, sagte Daniel und sah Robert fragend an.

»Mir geht es gut«, versicherte Robert ihm und trat zum Rand

der Kutsche, um von dort auf den Boden zu springen. »Ich habe einen Ellbogen ins Gesicht bekommen, als sich die Kutsche überschlagen hat, was mir wahrscheinlich ein blaues Auge bescheren wird … aber ansonsten geht es mir gut.«

Daniel brummte leise vor sich hin, als er das hörte, und rutschte über die Seite der Kutsche zu den beiden Rädern, die nach oben ragten, um sie zu untersuchen. Sie sahen aus, als wären sie in Ordnung, daher sprang Daniel auf den Boden und trat zu den anderen beiden Rädern, die jetzt flach auf dem Boden lagen. Er runzelte die Stirn, als er das gebrochene Rad fand und sich die Bruchstelle ansah. Argwöhnisch beäugte er sie. »Die sind ziemlich glatt durchgebrochen.«

Richard war sofort neben ihm. »Denkst du, sie sind angesägt worden?«

Stirnrunzelnd richtete sich Richard auf und sah sich um. »Ich stimme dir zu. Die Frage ist, ob es Absicht war, und wer es getan hat – und warum? Und wann?«

»Das Warum ist leicht«, sagte Daniel ruhig. »Soweit der Mörder von George weiß, hat das Gift nicht gewirkt. Und was das Wann betrifft …« Wieder betrachtete er das zerbrochene Rad. »Es kann nicht in der Stadt passiert sein. Heute Morgen auf dem Hinweg nach Radnor waren wir zu viert. Das Rad hätte dann schon unter dem Gewicht zusammenbrechen müssen, noch ehe wir aus London rausgekommen wären. Abgesehen davon bist du nicht einmal in meiner Kutsche gewesen, als wir die Stadt verlassen haben.«

»Also muss es auf Radnor geschehen sein – oder bei einer der drei Schenken, an denen wir auf dem Rückweg angehalten haben«, schlussfolgerte Richard.

Daniel nickte. Offenbar hatten Georges Mörder gedacht, dass sie versagt hatten, und unternahmen verstärkte Anstrengungen, um Richard aus der Welt zu befördern. Ein bisschen kaltschnäuzig, es auf eine Weise zu versuchen, bei der er und Langley ebenfalls gestorben wären, dachte Daniel trocken. Er sah zu Richard hin und bemerkte, dass er sich wieder umsah, als würde er damit rechnen, dass der Übeltäter auf sie zugesprungen kam. Er konnte es ihm nicht verübeln. Wenn die Speichen auf Radnor oder bei einer der Schenken angesägt worden waren, bedeutete dies, dass sie von der Stadt aus verfolgt worden waren. Der Täter war möglicherweise immer noch hinter ihnen her.

»Höre ich da eine Kutsche?«, fragte Richard plötzlich.

Daniel hob eine Braue und lauschte einen Moment. Er konnte ein schwaches Geräusch hören, das eindeutig von einer fernen, aber sich nähernden Kutsche stammte. »Ja, und sie ist schnell. Wir sollten von der Straße runter.«

Richard nickte und setzte sich in Bewegung. Daniel folgte ihm und warnte dabei seinen Kutscher. Der Mann zog die Pferde, die er untersucht hatte, sofort auf das grasbewachsene Bankett. Dann trat er mit seiner Laterne wieder an den Straßenrand, schwenkte sie in der Luft hin und her, um die Aufmerksamkeit des herannahenden Gefährts zu erregen.

»Ein Sechsspänner«, murmelte Langley, als die Kutsche um die Biegung kam und auf der vom Mondlicht erhellten Straße auftauchte.

Daniel nickte erleichtert, als der herannahende Kutscher seinen Kutscher sah und ihm auswich. Die Kutsche wurde allerdings nicht langsamer, sondern raste mit voller Geschwindigkeit weiter.

»War das nicht –?«, fragte Robert.

»Ja«, beantwortete Richard die angefangene Frage, aber das wäre für Daniel nicht nötig gewesen. Auch er hatte die drei Gesichter bemerkt, die sich an die Fenster gedrückt hatten, als die Kutsche vorbeigeschossen war. Er schüttelte den Kopf, als die Radnor-Kutsche hinter der nächsten Biegung außer Sicht geriet. Es waren Suzette, Christiana und Lisa gewesen, und sie alle hatten aus dem Fenster zu ihnen hingestarrt.

»Ich hatte euch gesagt, dass sie nicht einfach still sitzen bleiben würden, wenn sie feststellen, dass wir aufgebrochen sind«, sagte Robert erheitert.

»Aber du hast nicht gesagt, dass sie uns folgen würden«, erwiderte Daniel.

»Warum sollte ich euch die Überraschung verderben?«, fragte Robert lachend und zuckte mit den Schultern.

Daniel schüttelte den Kopf bei diesen Worten, und dann hörte er das Geräusch einer weiteren Kutsche, die diesmal aus der Richtung kam, in die die Radnor-Kutsche verschwunden war. Es überraschte ihn nicht sehr, als er erkannte, dass die Radnor-Kutsche in sehr viel gemäßigterem Tempo zurückkehrte.

»Zeit, die Suppe auszulöffeln«, sagte Langley trocken und ging auf die Tür zu, als klar wurde, dass diese sich nicht gleich öffnen und die Frauen nicht aussteigen würden.

Daniel brummte nur. Er vermutete, dass es kein gutes Zeichen war, dass die Frauen schweigend im Innern der Kutsche blieben, statt herauszukommen und nachzusehen, ob mit ihnen alles in Ordnung war. Seufzend wandte er seine Aufmerksamkeit seinem Kutscher zu und wies ihn an, ihre eigenen Pferde an die Radnor-Kutsche anzubinden und sich dann zum Fahrer auf den Kutschbock zu setzen. Er ging davon aus, dass sie bei der nächsten Schenke würden anhalten müssen, um die Pferde und seinen Kutscher dort abzusetzen. Der Mann würde sich darum kümmern, dass die zerstörte Kutsche abgeholt und darauf untersucht wurde, ob sie noch zu reparieren war.

»Hallo, meine Damen.«

Daniel warf einen Blick zu der Kutsche, als er Langleys fröhliche Begrüßung hörte, und so sah er, wie Langley im Innern des Wagens unter einem höflichen Chor von Hallo-Rufen verschwand. Danach trat Stille ein, und Daniel sah, wie Richard jetzt zur offenen Tür ging. Sein Freund warf einen Blick hinein, seufzte über das, was er sah, und bot ein sehr viel kleinlauteres »Hallo, Ladys«, als er ebenfalls einstieg.

Daniel wölbte eine Braue, als er bemerkte, dass diesmal keine Antwort kam. Er verzog das Gesicht und vermutete, dass auch er mit genauso wenig Freude begrüßt werden würde. Zweifellos würden Suzette und Christiana ihn und Richard dafür verantwortlich machen, dass sie auf Radnor zurückgelassen worden waren. Robert hingegen schien davon ausgenommen zu sein. Mit einem Schulterzucken beschloss Daniel, es hinter sich zu bringen, und bot ihnen ebenfalls ein »Hallo, meine Damen«, als er die Tür erreichte. Er war nicht sehr überrascht, als ihm tatsächlich nur Schweigen antwortete, und so brauchte er nicht lange, um zu bemerken, dass Robert und Richard mit einer wütend dreinblickenden Christiana auf der einen Bank saßen, während eine mürrisch dreinblickende Lisa und Suzette auf der anderen saßen. Er ließ sich zwischen den beiden Frauen nieder.

Die Kutsche setzte sich mit einem Ruck wieder in Bewegung, und sie wurden hin und her geschüttelt. Daniel ächzte, als Suzette ihm unabsichtlich einen Ellbogen in den Magen stieß. Sie murmelte eine Entschuldigung, und er nickte, aber dann bemerkte er, dass Richard Christiana auf seinen Schoß gesetzt hatte, damit sie auf der Bank gegenüber mehr Platz hatten. Er fand die Idee gut und fasste Suzette um die Taille, um sie auf seinen eigenen Schoß zu setzen. Halb hatte er damit gerechnet, dass sie – wie ihre Schwester – Einwände dagegen erheben würde, aber zu seiner Überraschung machte sie es sich dort bequem und verrückte sich nur so weit, dass sie seitlich saß und ihm einen Arm um die Schultern legen konnte.

Zumindest war er zunächst angenehm überrascht. Bis er feststellte, dass er direkt auf ihr Dekolleté starrte, das jetzt genau vor seinem Gesicht war. Die Situation erinnerte ihn sofort an das letzte Mal, als sich ihm dieser Anblick dargeboten hatte, und wie er ihre Brüste entblößt und mit ihnen gespielt hatte, sie liebkost und gesaugt und –

Ein Zwicken am Ohrläppchen rief Daniel wieder ins Bewusstsein, wo er sich befand und dass sein Gesicht anscheinend auf Suzettes Ausschnitt zugewandert war. Zumindest fand er sich plötzlich nur wenige Zoll von den süßen Wölbungen ihrer Brüste wieder. Als er sich dessen bewusst wurde, richtete er sich mehr auf und sah sich um, ob irgendjemand etwas von seinem Ausrutscher mitbekommen hatte, aber alle anderen schienen ihre Aufmerksamkeit auf Richard und Christiana zu konzentrieren, die ihn tadelte, weil sie die Frauen auf Radnor zurückgelassen hatten … Alle bis auf Suzette, wie Daniel begriff, als er das durch und durch teuflische Grinsen in ihrem Gesicht bemerkte, während sie ihn musterte und ihren Hintern leicht in seinem Schoß hin und her schob. Es kam ihm in den Sinn, dass dies der Grund sein könnte, weshalb sie sich nicht gesträubt hatte, auf seinen Schoß gesetzt zu werden. Suzette hatte gewusst, wie sich das auf ihn auswirken würde, und sie benutzte es als Strafe dafür, dass er sich daran beteiligt hatte, die Frauen zurückzulassen.

»Kleines Biest«, flüsterte er.

Ihr Grinsen wurde noch breiter, und dann bewegte sich Suzette und rutschte wieder auf ihm hin und her, brachte ihre Brüste versehentlich kurz näher an sein Gesicht, während sie scheinbar eine bequemere Position einzunehmen versuchte. Er vermutete, dass ihre Bewegungen mehr dazu gedacht waren, ihn zu quälen, als wirklich eine bessere Position zu finden. Seine Annahme bestätigte sich, als sie murmelte: »Dies erinnert mich an das erste Mal, als wir allein in einer Kutsche waren.«

Daniel schloss die Augen, um ihre Brüste nicht mehr ansehen zu müssen, die kaum noch einen Zoll von seinem Gesicht entfernt waren, als sie sich leicht vorbeugte. Verdammt, sie war so nah, dass er im Ausschnitt ihres Kleids mit der Zunge an den weichen Rundungen entlangfahren konnte, wenn er sie herausstreckte. Dann fielen ihm fast die Augen aus dem Kopf, als sie sich noch etwas mehr vorbeugte und murmelte: »Wenn ich mich recht erinnere, haben wir auch damals unser Ziel nicht erreicht.«

Sie waren in dieser Nacht nirgendwo mehr hingefahren, auch wenn sie das erst nicht begriffen hatte. Aber er vermutete, dass Suzette jetzt von einem anderen Ziel sprach als Gretna Green. Zumindest dachte er an etwas anderes, und plötzlich wurde er daran erinnert, wie er zwischen ihren Beinen gekniet hatte und sich an ihr gerieben hatte, als er sich darauf vorbereitet hatte, in sie einzudringen. Bevor ihm wieder George eingefallen war, der in der Kutsche lag, und dies die Sache beendet hatte.

Verdammt, diese kleine Hexe war grausam, dachte Daniel, als er spürte, wie er unter ihrem Gesäß hart wurde. Er wusste, dass das letzte Stück ihrer Reise bis zur Stadt die vollkommene Hölle sein würde.

»Was? George ist vergiftet worden?«, fragte Suzette plötzlich. Sie rückte sich in seinem Schoß neu zurecht und verschränkte die Arme vor der Brust. Die Verärgerung, die ihrer Haltung etwas Rigides gab, zog seine Aufmerksamkeit auf das Gespräch, das die anderen führten.

Offensichtlich hatten sie über George und den Erpresser sowie den Mörder geredet. Christiana erklärte gerade: »Es gibt Anzeichen, die nahelegen, dass George vergiftet worden ist.

Daniel und Richard haben an seinem Mund Bittermandel gerochen.«

»Mandeln sind nicht giftig«, sagte Suzette sofort.

»Bittermandel wird zur Herstellung von Zyankali benutzt«, erklärte Lisa. Als die anderen sie anstarrten, zuckte sie mit den Schultern und sagte: »Ich lese viel.«

»Das tut sie«, sagte Suzette trocken und wandte sich dann an Christiana. »Was wissen wir sonst noch nicht?«

»Du weißt alles, was ich jetzt weiß«, sagte sie entschuldigend. »Und ich habe das mit dem Gift auch erst nach der Hochzeit herausgefunden. Ich hatte noch keine Möglichkeit, euch davon zu erzählen.«

Suzette nickte und wandte sich mit finsterer Miene an Daniel. »Ist da sonst noch was?«

Er seufzte. Es war ihm nur zu klar, dass er sie wieder verärgert hatte. Sie dachte, er hätte noch weitere Informationen vor ihr zurückgehalten, aber er war davon ausgegangen, dass Christiana über Richard von dem Gift wusste und ihrerseits längst Suzette und Lisa in Kenntnis gesetzt hatte. Das sagte er allerdings nicht, sondern versicherte lediglich: »Das ist alles.«

»Und wieso hast du es mir nicht selbst gesagt?«, fragte Suzette.

Daniel zog in Erwägung zu erklären, dass er dachte, sie hätte es gewusst, aber er kam zu dem Schluss, dass er damit die Schuld zu sehr auf Richard schob, weil er es Christiana nicht gesagt hatte, als er ihr alles andere erklärt hatte. Daher sagte er einfach nur: »Es ist nicht mein Geheimnis, und daher war es nicht an mir, es zu erzählen.«

Unerwarteterweise machte es das anscheinend nicht viel besser, denn Suzette fragte lakonisch: »Wo habe ich das wohl schon mal gehört?« Sie drehte sich wieder um und starrte nach vorn. Immerhin bedeutete dies, dass sie so verärgert zu sein schien, dass sie sich nicht mehr die Mühe machen würde, ihn zu quälen. Nicht so gut war allerdings, dass er es vermisste, dass sie sich nicht einmal mehr die Mühe machte, ihn zu quälen … Wer hätte gedacht, dass er einen Hang zum Masochismus hatte?

»Also haben wir einen Mörder und einen Erpresser«, sagte Lisa und zog seine Aufmerksamkeit wieder von dem weg, was Suzette nicht mehr tat. Er sah sie an, als sie fragte: »Oder gehen wir davon aus, dass es ein und dieselbe Person ist?«

Als Richard sofort zu ihm hinsah, zuckte Daniel hilflos mit den Schultern. Es fiel ihm im Moment schwer zu denken. Suzette wackelte zwar nicht mehr auf ihm herum, aber sie saß immer noch auf seinem Schoß, was bedeutete, dass ihr Gesäß auf seine halb erwachte Männlichkeit drückte. Darüber hinaus hatte er seine Hände an ihrer Taille, nur wenige Zoll unterhalb ihrer Brüste und oberhalb ihres Hinterns. Wie sollte ein Mann in einem solchen Moment klar denken können?

»Sie wissen es nicht«, sagte Suzette, als keiner der beiden etwas sagte.

»Nun …« Lisa runzelte die Stirn. »Es dürfte nicht leicht für jemanden sein, Gift ins Stadthaus zu bringen, ohne dabei erwischt zu werden, oder?«

Daniel versuchte, darüber nachzudenken, aber Suzette hatte sich entschieden, sich genau in diesem Moment wieder seitlich auf seinen Schoß zu setzen und – so schien es – zu ihrer Quälerei zurückzukehren. Er spannte den Kiefer an, als er spürte, wie sie sich auf ihm bewegte, und starrte auf die Wölbung an der Stelle, wo sich ihre Brüste aus dem Kleid schoben. Das Gespräch um ihn herum war plötzlich nur noch ein uninteressantes Summen in seinen Ohren, als er zusah, wie Suzettes Brüste sich bei jedem Atemzug hoben und senkten. Zumindest, bis Richard ihn fragte: »Hast du eine Idee, Daniel?«

Sein Blick schoss zu Richard, aber er hatte keine Ahnung, wovon sein Freund sprach, bis Suzette ihren Kopf zu ihm herunterbeugte und flüsterte: »Wem könnte George genug vertraut haben, um zu erzählen, dass er Richard getötet und seinen Platz eingenommen hat?«

Daniel schüttelte sofort den Kopf, und dann räusperte er sich, bevor er sagte: »Seit letztes Jahr Onkel Henry gestorben ist, habe ich auf Woodrow festgesessen und versucht, das Gut wieder auf den neuesten Stand zu bringen. Ich habe es nur verlassen, als ich deinen Brief aus Amerika erhalten habe. Ich wusste nicht einmal, dass du – oder besser George, der so tat, als wäre er du – geheiratet hatte. Ich habe keine Ahnung, was er im letzten Jahr getan hat oder mit wem.«

»Es kann eigentlich nicht so schwierig sein, das herauszufinden«, mischte sich Langley ein. »Nichts mag die gute Gesellschaft mehr als ein gutes Gerücht. Eine Frage hier oder dort müsste uns schon bald verraten, wen George als vertrauten Freund bezeichnet hat.«

»Also müssen wir die Dienstboten befragen und unsere Nase in jedweden Klatsch darüber stecken, was George letztes Jahr getan hat – und mit wem … und ich muss Vorbereitungen für die Geldübergabe treffen.« Richard machte eine Pause und sah die anderen an. »Hat jemand noch eine andere Idee, was wir tun könnten, um diese Angelegenheit aufzulösen?«

Schweigen herrschte, bis Daniel sagte: »Ich vermute, wir werden damit anfangen müssen und hoffen, dass wir ein paar nützliche Informationen ausgraben.«

Als Richard nickte, beugte Christiana sich plötzlich auf seinem Schoß nach vorn und holte einen großen Korb unter der Sitzbank hervor.

»Was ist das?«, fragte Langley neugierig, als sie begann, darin herumzukramen.

»Wir haben uns von der Köchin etwas zu essen für die Fahrt einpacken lassen, während wir darauf gewartet haben, dass die Kutsche reisefertig gemacht wurde«, antwortete Christiana.

»Etwas zu essen?«, fragte Richard hoffnungsvoll.

»Ja.« Sie drehte sich um und sah ihren Gemahl an. »Habt ihr drei etwa nicht daran gedacht, euch einen Korb vorbereiten zu lassen, als ihr euch wie Diebe davongestohlen habt?«

Daniel beobachtete das Paar und war daher überrascht, als sich Suzette plötzlich auf seinem Schoß verlagerte und nach vorn beugte, um ebenfalls etwas unter ihrer Sitzbank hervorzuziehen. Er erholte sich jedoch rasch wieder, und unter dem Schutz der Notwendigkeit, dafür zu sorgen, dass sie nicht von seinem Schoß fiel, hielt er sie an den Hüften fest, schob seine Beine etwas auseinander und verlagerte Suzette ein wenig, sodass sie nur noch auf einem Knie saß. Sie ritt jetzt praktisch darauf. Ein teuflisches Grinsen zog jetzt seine eigenen Mundwinkel nach oben, als er sie aufkeuchen hörte, und er spürte, wie sie nach seiner Wade griff, um das Gleichgewicht zu halten. Während sie sich daran machte, etwas hervorzuholen, das sich als zweiter Korb herausstellte, zog er sie – wieder unter dem Vorwand zu verhindern, dass sie herunterfiel – auf seinem Oberschenkel zu sich heran, und zwar in einer durch und durch beabsichtigten zärtlichen Geste.

Daniel war ziemlich zufrieden, als er ihren atemlosen und geröteten Zustand bemerkte, kaum dass sie sich wieder aufgerichtet hatte. Es freute ihn, dass er gerade klargestellt hatte, dass auch er ihr Quäl-Spiel beherrschte. Unglücklicherweise wich diese Freude einen Moment später dem Schock, als Suzette bewies, dass sie besser darin war als er, indem sie den Korb als Deckung benutzte, um eine Hand unter ihren Hintern zu schieben, sodass sie durch die Hose seine Männlichkeit drücken konnte.

In diesem Moment anerkannte Daniel, dass das Miststück ihn wahnsinnig machen würde, bis er sie endlich heiratete … und wahrscheinlich auch danach und für den Rest seines Lebens. Aber als sie ihn jetzt wieder drückte, gestand er sich ein, dass sein Ritt ins Tollhaus vergnüglich werden würde.

8

»Ich werde im Salon warten.«

Suzette sah Daniel an, als er beim Verlassen des Speisezimmers mit diesen Worten auf Richards Erklärung reagierte, er müsse sich noch umziehen. Sie hatten das Stadthaus kurz nach vier Uhr morgens erreicht und nur noch daran gedacht, möglichst schnell ins Bett zu kommen und zu schlafen. Obwohl Suzette in der Kutsche ein kleines Nickerchen gemacht hatte, war sie ziemlich erschöpft gewesen. Daher hatte sie auch kaum auf den leichten Kuss reagiert, den Daniel ihr vor ihrer Tür gegeben hatte, und dann war er ohnehin Langley in das Zimmer gefolgt, das die beiden Männer sich teilten. Sie hatte sich nicht einmal die Mühe gemacht, sich auszuziehen, sondern war einfach nur auf ihr Bett gesunken und eingeschlafen.

Das war natürlich nicht spurlos an ihrem Kleid vorübergegangen. Als sie an diesem Morgen darin aufgewacht war, hatte sie überall Knitterfalten gefunden. Sie hatte daher etwas überrascht, aber vor allem erleichtert festgestellt, dass auch ihre Zofe Georgina da war, mitsamt ihrer Truhe mit den Kleidern. Ganz offensichtlich war die Kutsche der Zofen ebenfalls gut vorangekommen und hatte das Stadthaus gleich nach ihnen erreicht. Wie Georgina sagte, hatte die Radnor-Kutsche immer noch vor dem Haus gestanden, als sie dort vorgefahren waren. Suzette vermutete, dass die Zofen deshalb so schnell gewesen waren, weil ihre Kutsche nur halb so schwer beladen gewesen war wie die Radnor-Kutsche, die schließlich auch noch die Männer hatte aufnehmen müssen. Dadurch waren sie nicht nur deutlich langsamer vorangekommen, sondern hatten unterwegs auch noch anhalten müssen, damit Daniel sich um den Verbleib seines Fahrers, der Pferde und der zerstörten Kutsche kümmern konnte.

Suzette blickte Daniel hinterher, der sich dem Salon zuwandte, während Richard die Treppe hochlief. Sie trat neben Christiana und berührte sie am Arm, um sich bemerkbar zu machen.

»Wann möchtest du mit der Befragung des Personals beginnen?«, fragte sie, ohne Daniel aus den Augen zu lassen, der sich im Salon auf dem Sofa niederließ. Sie hatten alle gewisse Aufgaben für diesen Tag übernommen. Sie und Christiana würden die Dienstboten befragen und versuchen, in Erfahrung zu bringen, wer Georges Whiskey vergiftet haben könnte. Lisa und Langley hatten vor, sich in der Gesellschaft umzutun und zu versuchen, irgendwelche Klatschgeschichten über Georges Angewohnheiten im letzten Jahr zu ergattern. Daniel und Richard schließlich würden die nötigen Vorbereitungen treffen, um das Geld für den Erpresser bereitzuhaben. Richard hoffte zwar, den Erpresser eher zu fangen, als ihn zu bezahlen, aber er wollte für den Fall der Fälle gerüstet sein.

»Wir warten, bis alle anderen gegangen sind«, entschied Christiana. »Wieso leistest du nicht Daniel Gesellschaft? Ich möchte noch mit Richard darüber sprechen, wie wir genau vorgehen sollen.«

Suzette lächelte. Es war genau das, was sie erhofft hatte. Sie betrat den Salon und zog die Tür dabei hinter sich zu.

Das sanfte Geräusch erregte sofort Daniels Aufmerksamkeit, und er zog die Augen zusammen. »Was hast du vor?«

»Wie meinst du das?«, fragte sie unschuldig, während sie quer durchs Zimmer zu ihm ging. »Ich habe mir einfach gedacht, ich leiste dir ein wenig Gesellschaft, während du auf Richard wartest.«

»Hmm. Dafür brauchst du die Tür nicht zu schließen. Genau genommen weißt du genau, dass du sie gar nicht schließen darfst«, erklärte er. Er stand auf, um sie wieder zu öffnen.

»Warte, ich –« Suzette verstummte mit einem Seufzer, als sich die Tür von allein wieder öffnete. Lisa stand davor, eine Hand ausgestreckt, als hätte sie sie gerade selbst öffnen wollen. Leise gereizt vor sich hin murmelnd ließ sich Suzette auf dem Sofa nieder und sah ihre Schwester und Robert finster an, die sich jetzt zu ihnen setzten. »Ich dachte, ihr beiden würdet euch in der Gesellschaft umsehen?«

»Ja, aber es scheint mir noch etwas zu früh dafür zu sein«, sagte Lisa mit einem Schulterzucken. »Wir dachten deshalb, dass wir noch ein bisschen warten. Abgesehen davon solltet ihr beiden euch nicht allein in einem Raum mit geschlossener Tür aufhalten.«

Suzette machte bei dem sanften Tadel ihrer Schwester ein finsteres Gesicht und dachte, dass es manchmal wirklich ein Ärgernis sein konnte, eine jüngere Schwester zu haben. Als die drei sich darüber zu unterhalten begannen, was sie an diesem Tag alles vorhatten, beteiligte sie sich nicht an dem Gespräch, hörte lediglich schweigend zu. Das allerdings schien niemand zu bemerken; auch ohne ihr Zutun sorgten sie für einen beständigen Strom an Worten … bis sie ein seltsames Klopfen vernahmen. Alle drei verstummten augenblicklich und blickten nach oben zur Decke. Das Geräusch – ein gleichmäßiges *Klopf Klopf Klopf* – schien vom oberen Stockwerk zu kommen.

»Was ist das, um Himmels willen?«, fragte Lisa. Ihre Miene war ein einziges Fragezeichen, während sie weiter zur Decke hochstarrte.

»Äh … vielleicht hämmert jemand irgendwo«, murmelte Langley, aber dem Blick zufolge, den er mit Daniel wechselte, dachte er etwas ganz anderes.

»Oh, das ist kein Hämmern. Es klingt eher so, als würde ein Möbelstück gegen die Wand gestoßen.« Lisa runzelte die Stirn, als das Klopfen schneller wurde, und erhob sich. »Vielleicht sollte ich nachsehen, was es ist. Wenn –«

»Nein, nein. Wir müssen gehen«, sagte Langley. Er wirkte regelrecht panisch, als er jetzt aufsprang. Er packte sie am Arm. »Wir sollten wirklich mit unseren Nachforschungen beginnen.«

»Aber –«

Langley blieb beharrlich. »Sofort«, sagte er und drängte sie zur Salontür.

Suzette sah ihnen nach und wandte sich dann Daniel zu, der ihrem Blick auswich und sich stattdessen darauf konzentrierte, eingebildete Fussel von seiner Hose zu zupfen.

»Vielleicht sollte ich dann einmal nachsehen«, sagte Suzette und stand auf, als das Klopfen sogar noch schneller wurde.

Daniel sah sie scharf an, aber anscheinend war da etwas in ihrer Miene, das ihn dazu brachte, sich zu entspannen und mit den Schultern zu zucken. »Wenn du willst.«

Suzette verzog das Gesicht. Sie hatte damit gerechnet, dass er versuchen würde, sie daran zu hindern, was ihr die Gelegenheit gegeben hätte, ihn zu küssen. Sie war sich sicher, dass ein Kuss genügen würde, um sein förmliches Verhalten zusammenbrechen zu lassen. Sie verstand sowieso nicht, warum es nötig war, schließlich würden sie schon bald heiraten. Abgesehen davon wollte sie sich gern an ihre Hochzeitsnacht erinnern, und deshalb sollte sie nicht das schmerzhafte und blutige Ereignis sein, von dem sie gelesen hatte. Damit das so sein konnte, musste sie sichergehen, dass ihr Jungfernhäutchen aus dem Weg war, bevor sie Gretna Green erreichten.

Natürlich war der Salon nicht der richtige Ort dafür. Suzette hoffte vielmehr, Daniel dazu überreden zu können, sich in der nächsten Nacht aus dem gemeinsamen Zimmer mit Langley zu stehlen und zu ihr zu kommen, sodass sie sich dieser Sache annehmen könnten. Was sie jetzt wollte, waren ein oder zwei Küsse, die ihr den Mut verleihen würden, diesen Vorschlag zu machen. Es schien jedoch, als hätte Daniel nicht vor, ihr diesen Gefallen zu tun. Sie würde es ihm wohl mitten ins Gesicht schreien müssen, begriff Suzette, und fast hätte sie es auch getan. Gerade noch rechtzeitig fiel ihr ein, dass die Tür noch immer offen stand. Sie schloss sie also rasch und kehrte dann zu ihm zurück, setzte sich neben ihn und verdrehte die Augen, als er sich sofort versteifte und ein wenig beiseiterückte, um mehr Abstand zu ihr zu bekommen.

»Wirklich, Daniel, es gibt keinen Grund, dass du dich wie eine verängstigte Jungfrau verhältst. Ich werde dich nicht angreifen«, stöhnte sie genervt.

»Wie verhalte ich mich?«, fragte er verblüfft und machte dann ein finsteres Gesicht. »Ich –«

»Ich möchte, dass unsere Hochzeitsnacht schön wird«, unterbrach Suzette ihn, bevor er allzu wütend werden konnte.

Daniel blinzelte, dann lächelte er schwach. »Nun, das möchte ich auch, und ich verspreche dir, dass ich alles tun werde, um dafür zu sorgen, dass sie schön für dich sein wird.«

»Gut, dann komm heute Nacht in mein Zimmer und –«

»Nein«, unterbrach Daniel sie entschieden.

»Bitte«, bat Suzette. »Ich möchte mich nicht an eine Hochzeitsnacht erinnern müssen, die aus Strömen von Blut und so viel Schmerz bestanden hat, dass ich ohnmächtig geworden bin.«

»Ströme von Blut?«, fragte er bestürzt. »Wer hat dir denn gesagt, dass es Ströme von Blut und so viel Schmerz geben würde, dass du ohnmächtig werden wirst?«

»Ich lese«, erinnerte sie ihn trocken. Diesmal brachte sie ihn damit allerdings nicht zum Schweigen.

»Ja, und ich denke, es ist an der Zeit, dass du mir erklärst, was genau du da eigentlich liest, dass du vom Maibaum und der Entjungferung redest«, sagte er grimmig.

Verärgert verlagerte Suzette ihr Gewicht. »Ich erinnere mich nicht daran, wie das Buch heißt. Es gehört Lisa.«

»Der kleinen süßen Lisa?«, fragte Daniel entsetzt. Dann murmelte er: »Ich muss unbedingt gelegentlich mit Richard über das Mädchen sprechen.«

»Jemand hat es ihr gegeben«, sagte Suzette verzweifelt. »Eigentlich war es eines von mehreren Büchern, die sie von jemandem bekommen hat, die durch unser Dorf gereist ist. Ich habe aber nur dieses eine gelesen. Es handelt von einem jungen Mädchen auf dem Land, das nach London kommt und durch tragische Umstände dazu gebracht wird, als Prostituierte zu arbeiten. Sie erzählt über ihr Leben während der Zeit, bevor sie ihre Liebe – ihren ersten Liebhaber – wiederfindet.« Sie runzelte die Stirn. »Bei ihr war das erste Mal eine richtige Verletzung. Sie ist ohnmächtig geworden, und als sie wieder aufgewacht ist, war sie so wund, dass sie nicht gehen konnte. Ihr Name ist –«

»Fanny«, fauchte Daniel.

»Oh, du hast es also auch gelesen«, sagte Suzette überrascht.

»Nein, das habe ich nicht, aber ich erkenne es an deiner Beschreibung. Jemand, der es gelesen hat, hat mir davon erzählt«, versicherte er ihr mit fester Stimme. »Das Buch ist verboten. Wie zum Teufel ist Lisa daran gekommen?«

»Ich habe doch gesagt, jemand hat es ihr gegeben«, sagte sie ungeduldig.

»Wer?«

Suzette verzog das Gesicht. Sie hatte gewusst, dass das Buch verboten war, aber das hatte sie nur umso neugieriger gemacht. Lisa hatte sich geweigert, ihr zu sagen, von wem sie es hatte, wahrscheinlich, weil sie wusste, dass es verboten war, und sie nicht wollte, dass die Person Probleme bekam. Suzette glaubte zu wissen, wer es war, aber aus dem gleichen Grund wie Lisa zögerte auch sie, Daniel von ihrem Verdacht zu erzählen. Sie sagte daher nur: »Sie wollte es mir nicht sagen.«

Als Daniel sie daraufhin argwöhnisch anstarrte, machte sie ein finsteres Gesicht und sagte: »Hör auf, mich so anzusehen, du bist nicht mein Vater.«

»Da hast du allerdings recht, das bin ich nicht«, sagte er sofort.

»Dann hör auf, dich so zu verhalten, und komm zum Thema zurück. Wirst du nun heute Nacht in mein Zimmer kommen, damit wird dieses blutige Angelegenheit aus dem Weg räumen können, sodass wieder alles verheilt ist, wenn wir in Gretna Green ankommen?«

Daniel runzelte die Stirn, dann nahm er ihre Hand und sagte sanft: »Ich versichere dir, Suzette, das es so nicht sein wird. Es gibt vielleicht ein bisschen Blut, aber ganz sicher keine Ströme, und ich bin mir auch sicher, dass es kaum wehtut.«

Jetzt kniff sie die Augen zusammen. »Heißt das dann, du hast schon mal jemanden entjungfert?«

»Gütiger Herr, nein!«, sagte er sofort. Da war so viel Abscheu in ihm, dass es mehr als überzeugend klang. Suzette verdrehte die Augen.

»Dann weißt du es auch nicht, oder?«, fragte sie trocken.

Während Daniel die Stirn angesichts dieser nicht zu leugnenden Tatsache runzelte, kletterte Suzette auf seinen Schoß und legte ihm die Arme auf die Schultern. Sie versuchte gar nicht erst, ihn zu küssen, sondern ließ ihren Kopf einfach nur neben seinen sinken und flüsterte: »Bitte, Daniel. Ich möchte nicht jeden Hochzeitstag an den Schmerz beim ersten Mal denken, wenn ich weiß, dass es auch schieres Vergnügen sein kann, sobald wir das Hindernis beseitigt haben.«

Seufzend legte er seine Arme um sie. »Es ist schwer, klar zu denken, wenn du so nah bei mir bist«, murmelte er und neigte den Kopf. Er atmete dicht an ihrem Hals tief ein.

»Dann denk einfach nicht«, flüsterte Suzette. Als er sich wieder aufrichtete, drehte sie den Kopf herum und packte sein Ohrläppchen mit den Zähnen, bevor sie mit den Lippen daran saugte.

Daniel stieß zischend die Luft aus und drehte seinerseits den Kopf herum, sodass seine Lippen ihre fanden. Suzette lächelte und erwiderte den fordernden Kuss, dann begann sie, sich anders hinzusetzen, bis sie schließlich rittlings auf seinen Oberschenkeln hockte, die Knie rechts und links davon auf dem Sofa. Als ihre Röcke sie dabei behinderten, half Daniel ihr, sie hochzuziehen und aus dem Weg zu schaffen. Sie spürte die kalte Luft an ihrem nackten Gesäß, und dann hielt Daniel das Kleid nur noch mit einer Hand hoch, während er die andere an eine Gesäßbacke legte und drückte. Er unterbrach den Kuss, unterstützte sie mit der Hand an ihrem Hintern dabei, sich etwas aufzurichten, sodass sein Mund durch ihr Kleid hindurch eine Brustwarze fand und sich darum schloss.

Suzette stöhnte und hielt seinen Kopf mit beiden Händen. Als die Hand an ihrem Hintern zwischen ihre Beine rutschte, biss sie sich auf die Lippe. Und dann versteifte sie sich, als sie hinter sich ein Räuspern hörte.

Daniel ließ augenblicklich von ihrer Brust ab und zog ihr Kleid über ihr Gesäß. Dann lehnte er sich zur Seite, um zu sehen, wer dort stand. In diesem Moment erklang Richards Stimme. »Nun, scheint so, als wäre ich gerade rechtzeitig gekommen.«

Suzette stöhnte und ließ sich wieder herabsinken, bis sie auf Daniels Schoß saß, und drückte ihr erhitztes Gesicht an seinen Hals. Sie hörte ihn seufzen und spürte, wie er ihr beschwichtigend den Rücken tätschelte, aber dann stand er auf, nahm sie dabei mit hoch und stellte sie auf die Beine. Er drückte ihr einen flüchtigen Kuss auf die Stirn und ging weg. Sie selbst blieb, wo sie war. Sie war normalerweise nicht leicht in Verlegenheit zu bringen, aber Richard hatte gerade einen guten Blick auf ihren nackten Hintern werfen können, und in diesem Moment wollte sie ihm lieber nicht in die Augen sehen müssen. Also blieb sie, wo sie war, kehrte der Tür den Rücken zu, bis sie hörte, wie sie sich schloss und die Männerstimmen leiser wurden. Sobald sie vernahm, wie die Haustür zugezogen wurde, sank sie auf das Sofa und vergrub ihr Gesicht in der Polsterung, gleichermaßen beschämt wie frustriert.

»Na … das ging aber schnell«, sagte Daniel, als sie das Geschäft des Schneiders einige Stunden später verließen und in die Richtung gingen, wo ihre Kutsche wartete. Es war die zweite Station gewesen, bei der sie haltgemacht hatten, und sie waren auch hier sehr erfolgreich gewesen. Eigentlich hatten er und Richard das Stadthaus nur verlassen, um das Geld für den Erpresser zu besorgen, was auch kein Problem gewesen war. Allerdings hatte Daniel während der Transaktion gemerkt, dass Richard sich in der Kleidung seines Bruders ziemlich unwohl gefühlt hatte und vorgeschlagen, noch schnell bei einem Herrenschneider vorbeizuschauen, bevor sie nach Hause zurückkehrten. Es war nicht schwer gewesen, Richard davon zu überzeugen. Als sein Freund nach England zurückgekehrt war, hatte er nur wenig Kleidung gehabt, die einem Earl angemessen gewesen wäre, weshalb er gezwungen gewesen war, sich aus Georges Kleiderschrank zu bedienen. George hatte jedoch schon immer einen schlechten Geschmack gehabt und grelle Farben bevorzugt, die mehr zu einem eitlen Geck gepasst hätten.

Glücklicherweise war der Schneider schnell und geschickt gewesen, und die Angelegenheit hatte genauso erfolgreich geendet wie die auf der Bank. Daniel, der Richards zufriedenes Gesicht beim besten Willen nicht übersehen konnte, lächelte und meinte optimistisch: »Vielleicht haben wir Glück, kommen ins Stadthaus zurück und stellen fest, dass die anderen auch alle so viel Erfolg gehabt und die Identität des Erpressers und des Giftmörders bereits herausgefunden haben, sodass wir sie nur noch fassen müssen.«

»Schön wär's«, sagte Richard trocken.

»Warst du nicht derjenige, der eben noch gesagt hat, dass wir beide die reinsten Glückspilze sind?«, erinnerte Daniel ihn fröhlich. Eine Weile zuvor hatten sie sich über die beiden Madison-Schwestern unterhalten.

Richard sah sich bei dieser Bemerkung um und öffnete schon den Mund, um etwas zu sagen, aber es kamen keine Worte heraus. Er stand einfach nur erstarrt da, packte im nächsten Moment Daniel am Arm und riss ihn mit sich zur Seite. Das Ganze kam so unerwartet, dass Daniel nicht den Hauch einer Chance hatte, seinen Sturz abzumildern; unter einer Kakofonie aus Schreien und Rufen knallte er auf den Boden, während andere Leute ebenfalls versuchten, aus dem Weg zu kommen.

Erst als Daniel das laute Hufgetrappel und Rumpeln einer vorbeirasenden Kutsche hörte, begriff er, dass Richard versucht hatte, sie aus dem Weg eines herandonnernden Gefährts zu schaffen und so zu verhindern, dass sie zu Tode getrampelt wurden. Ein schwacher Luftzug strich über ihn hinweg und verriet ihm, dass sie nur knapp davongekommen waren. Einen Moment lag Daniel still da und schloss die Augen, während er darauf wartete, dass sich sein Herz wieder beruhigte.

»Alles in Ordnung, Mylord?«, fragte jemand neben ihm. Der Fahrer der Radnor-Kutsche, wie Daniel wusste, aber er rührte sich immer noch nicht, bis Richard ihn besorgt ansprach. Jetzt stöhnte er und rappelte sich auf. »Ja«, murmelte er. »Dass ich noch lebe, habe ich nur dir zu verdanken.«

»Das war ein gelber Lump, Mylord«, sagte der Radnor-Kutscher grimmig und starrte finster in die Richtung, in die die Postkutsche verschwunden war. »Wahrscheinlich gemietet. Der Postillion hat noch nicht einmal versucht, auszuweichen. Eigentlich hatte es sogar fast den Anschein, als hätte er es direkt auf Sie beide abgesehen.«

Richards Antwort bestand in einem Brummen, während Daniel aufstand und sich rasch die Kleidung glatt strich. Dann folgte sein Freund seinem Beispiel. Als Daniel fertig war und Richard ansah, bemerkte er ein Rinnsal aus Blut an dessen Stirn.

»Du blutest«, sagte Daniel besorgt. »Du musst dir den Kopf angeschlagen haben, als wir gestürzt sind.«

Richard hob eine Hand an die Stirn und verzog das Gesicht, als er die aufgeschürfte Stelle ertastete. Seufzend wischte er sich das Blut ab. Als er sich wieder in Richtung seiner Kutsche in Bewegung setzte, folgte Daniel ihm.

»Hat Vater sich Vorwürfe wegen der Sache gemacht? Dass ich Dicky heiraten musste?«

Suzette blinzelte Christiana bei der Frage an; sie war etwas verwirrt darüber, wo sie hergekommen war. Sie hatten den ganzen Morgen damit verbracht, ziemlich nutzlose und wenig hilfreiche Befragungen des Dienstpersonals durchzuführen. Ihre Hoffnung, etwas Brauchbares darüber herauszufinden, wer der Erpresser war und wer George vergiftet hatte, hatte sich jedoch nicht erfüllt. Das Ganze war bisher reine Zeitverschwendung gewesen, und nach dem letzten Gespräch mit dem Dienstmädchen, das für das obere Stockwerk zuständig war, hatten Suzette und Christiana sich nach unten ins Arbeitszimmer begeben. Schließlich waren sie irgendwie auf das Thema Männer gekommen und dann auf Lisa und die Bücher, die sie las.

Christiana war bereits schockiert gewesen, dass Suzette das verbotene Buch über die Prostituierte Fanny gelesen hatte, aber noch viel entsetzter war sie, als sie hören musste, dass es eigentlich der jungen Lisa gehörte, die es ebenfalls gelesen hatte. Suzette hatte entnervt darauf hingewiesen, dass Lisa fast zwanzig war, schon lange kein Kind mehr und dass sie längst einen Mann und Kinder hätte haben sollen. Suzette hatte wirklich nicht die geringste Ahnung, wie Christiana darauf kam, dass ihr Vater sich Vorwürfe machte.

»Ja«, sagte sie schließlich. Ihr Mund wurde fester, als sie an ihren Vater dachte, der mit seiner Spielleidenschaft dafür gesorgt hatte, dass nicht nur Christiana in ihrer jämmerlichen Ehe gelandet war, sondern Suzette jetzt ebenfalls gezwungen war zu heiraten. Sie konnte die Wut nicht aus ihrer Stimme heraushalten, als sie fauchte: »Und das ist auch gut so. Fast hat er mir leidgetan, aber dann ist er losgezogen und hat es noch einmal getan.«

»Das stimmt vielleicht nicht«, sagte Christiana ruhig. »Vielleicht hat er überhaupt nicht gespielt.«

»Was?« Suzette starrte sie scharf an.

»Richard sagte, es geht das Gerücht, dass sich Dicky mit einem gewissen Besitzer einer Spielhölle angefreundet haben soll, die den Ruf hat, dass die Gäste dort betäubt und ausgenommen werden sollen. Er meint, es ist durchaus möglich, dass das mit Vater passiert ist.«

Suzette atmete geräuschvoll aus. Plötzlich erinnerte sie sich an den Morgen, als sie und Lisa in London angekommen waren. Sie biss sich auf die Lippe. »Als wir Vater im Stadthaus gefunden haben, hat er immer wieder betont, dass es ihm leidtäte und er nicht wisse, wie es passiert ist, dass seine Erinnerungen ein einziger Wirrwarr wären und er nicht einmal wüsste, wie er überhaupt in der Spielhölle gelandet ist. Er wusste nur, dass er beide Male dort aufgewacht ist und erfahren hat, dass er gespielt und uns in den Ruin getrieben hat.«

Christiana seufzte. »Er hat wahrscheinlich gar nicht gespielt.«

»O Gott«, stöhnte Suzette und ließ sich unglücklich in ihren Sessel sinken. »Und ich war ihm gegenüber so grausam an dem Morgen, als wir in London angekommen sind. Ich habe schreckliche Dinge zu ihm gesagt.«

»Das ist unter diesen Umständen nur zu verständlich«, beschwichtigte Christiana sie. »Wie hättest du wissen sollen, dass Dicky ihn betäubt und seinen Sturz absichtlich herbeigeführt hat?«

»Verfluchter Dicky!« Suzette setzte sich kerzengerade hin, als Wut ihr Rückgrat hochschoss. »Wenn er nicht bereits tot wäre, würde ich ihn selbst töten.«

»Hm.« Christiana schwieg einen Moment und sagte dann: »Andererseits ... wenn Dicky oder das, was er vorgehabt hatte, nicht gewesen wäre, wäre ich jetzt nicht mit Richard verheiratet – und du hättest Daniel vielleicht nie kennengelernt und ihm ein Angebot gemacht.«

»Das stimmt«, begriff Suzette bestürzt. Ohne Dickys Taten wäre sie Daniel wahrscheinlich nie begegnet. Oder vielleicht wäre sie es, aber dann nur im Vorbeigehen, ohne jemals mehr als höfliche Bemerkungen auszutauschen. Sie hätten nie geahnt, welche Leidenschaft zwischen ihnen lodern konnte. Die Vorstellung war ziemlich verblüffend, ja geradezu beängstigend. Sie konnte sich nicht mehr vorstellen, ohne seine Küsse und Zärtlichkeiten zu leben, oder ohne all das andere, das sie in Zukunft erwarten würde. Nun, zumindest zum großen Teil, vermutete Suzette. Sie machte sich immer noch Sorgen im Hinblick auf die Schmerzen und das Blut. Zwar hatte Daniel ihr versichert, dass es nicht so sein würde, aber er hatte noch nie mit einer Jungfrau geschlafen – woher wollte er das also wissen? Andererseits war auch Christiana bis vor Kurzem noch Jungfrau gewesen. Sie musterte ihre Schwester und fragte: »Dann bist du mit Richard zufrieden?«

»Ich denke, wir können eine gute Ehe führen«, antwortete Christiana vorsichtig.

Suzette schnaubte, als sie diese gedrechselten Worte hörte. »Oh, hör auf damit. Eine *gute* Ehe? Ich habe das Stöhnen und Seufzen gehört, das aus deinem Zimmer gekommen ist, sowohl in der Nacht, als Dicky gestorben ist, als auch letzte Nacht. ›Oh, Richard, oh … oh … ja … ooooooh‹.« Sie verdrehte die Augen. »Und dann hast du geschrien, als würdest du jeden Moment sterben.«

»Du konntest uns hören?«, fragte Christiana entsetzt.

»Ich bin sicher, dass das ganze Haus euch hören konnte«, antwortete Suzette trocken. »Er brüllt wie ein Löwe, und du quiekst wie ein angestochenes Schwein.« Sie unterbrach sich und fügte nachdenklich hinzu: »Was vermutlich eine zutreffende Beschreibung dessen ist, was ich in Fannys Buch gelesen habe. Hat es sehr wehgetan, als er das erste Mal seinen Maibaum in deine zarten Teile gesteckt hat?«

»Seinen *Maibaum*?« Christiana schnappte ungläubig nach Luft.

»So hat Fanny ihn genannt. Na ja, es war einer der Namen.« Sie zuckte mit den Schultern und wiederholte dann ihre Frage: »Hat es wehgetan?«

Christiana stöhnte auf und schlug die Hände vors Gesicht. Sie antwortete nicht.

»Nun?«, beharrte Suzette. Guter Herr, wofür waren große Schwestern da, wenn nicht dafür, bei solchen Dingen zu helfen?

»Vielleicht ein bisschen«, gab Christiana schließlich zu. Sie ließ die Hände wieder sinken und setzte sich aufrechter hin, als wäre sie unterwegs zu ihrer eigenen Hinrichtung.

Suzette achtete nicht darauf. »Hm, Fanny ist vor Schmerz in Ohnmacht gefallen … Und es war ziemlich viel Blut da, was ebenfalls von Schmerz zeugt.«

»Wie auch immer, was im Schlafzimmer passiert, ist nur ein Teil der Ehe, Suzette. Ich muss auch außerhalb des Schlafzimmers mit ihm umgehen, und ich fange an zu glauben, dass ich das kann.«

Suzette bemerkte es, wenn jemand versuchte, das Thema zu wechseln, aber sie ließ Christiana damit durchkommen. Ihre älteste Schwester war immer die zimperlichste von ihnen dreien gewesen. Sie musterte Christiana und sagte ruhig: »Er scheint dich freundlicher zu behandeln als Dicky. Und er hat die Ehe aufrechterhalten, um uns alle vor einem Skandal zu bewahren.« Als Christiana nickte, gestand Suzette: »Ich dachte zuerst, dass er auf diese Weise auch einem solchen entgehen würde, aber Lisa hat recht, Männer leiden nicht so unter einem Skandal wie Frauen, und wahrscheinlich hat er alles deinetwegen so belassen, was wirklich davon zeugt, dass er sehr ritterlich ist. Sehr viel ritterlicher als Daniel, der mich des Geldes wegen heiratet.«

Als Christiana die Stirn runzelte, begriff Suzette, wie bitter ihre Worte geklungen hatten. Sie verzog jetzt ebenfalls das Gesicht und sah zur Seite. Sie war wirklich ein bisschen verbittert darüber, was dumm war, schließlich hatte sie genau so jemanden gesucht: einen Mann, der in der Klemme steckte und bereit war, sie wegen ihrer Mitgift zu heiraten und ihr über einen

Teil davon die Verfügungsgewalt zu lassen. Und zuzulassen, dass sie ihr eigenes Leben führen konnte, wenn sie das wollte. Wieso störte es sie plötzlich so, dass Daniel sich zu alldem bereit erklärt hatte?

»Hast du irgendwelche Zweifel daran, dass es eine gute Idee ist, Daniel zu heiraten?«, fragte Christiana ruhig.

Suzette schluckte und dachte über die Frage nach. Hatte sie Zweifel? Nein. Sie wollte ihn heiraten. Sie war zu ihm gegangen und hatte seine Gesellschaft genossen und … sie wünschte sich einfach nur, dass er sie seinerseits ebenfalls heiraten wollte.

»Vielleicht wäre Richard bereit, die Spielschulden von Vater zu begleichen. Wenn wir sie überhaupt bezahlen müssen. Wenn wir beweisen können, dass er betäubt wurde und überhaupt nicht gespielt hat …«

»Nein, es ist in Ordnung. Ich bezweifle, dass so etwas leicht zu beweisen wäre, und wir haben im Augenblick genug Probleme. Wo wir gerade davon sprechen, wir sollten jetzt wirklich weitermachen. Mit wem haben wir uns noch nicht unterhalten?«

9

»Kennst du den Kerl?«

Daniel beugte sich zum Fenster der Kutsche und spähte zu dem Mann hin, auf den Richard deutete. Ein älterer Herr ging auf dem Weg vor Richards Stadthaus auf und ab. Er war gut gekleidet und hatte graue Haare, trug einen Hut und einen Stock. Sein vornehmes Äußeres wurde jedoch durch die Tatsache Lügen gestraft, dass er mit sich selbst zu sprechen schien, während er weiter hin- und herging.

»Er kommt mir irgendwie bekannt vor«, sagte Daniel langsam, während er das Gesicht des Mannes musterte. Allerdings konnte er den Kerl nirgendwo einordnen. »Er scheint sich über etwas Sorgen zu machen.«

»Großartig.« Richard öffnete die Kutschentür und stieg aus. »Noch mehr Ärger vor meiner Haustür.«

»Den scheinst du in der letzten Zeit anzuziehen«, sagte Daniel mit einem ironischen Lachen, als er ihm folgte.

Als sie den Mann erreicht hatten, stand er gerade wieder vor der Tür zum Stadthaus. Er stand einfach da und starrte sie kurz an, dann murmelte er leise und drehte sich plötzlich um. Als er unerwarteterweise Richard vor sich stehen sah, machte er einen heftigen Satz zurück.

Daniel musterte den Mann neugierig, während Richard fragte: »Kann ich Ihnen irgendwie behilflich sein, Sir?«

Aus irgendeinem Grund brachte das den Mann dazu, Richard ungläubig mit großen Augen anzusehen.

»Ich bin Richard Fairgrave, Earl von Radnor.« Er streckte ihm eine Hand entgegen. »Kann ich irgendetwas für Sie tun?«

Daniel konnte sich nicht helfen, aber der Gentleman starrte Richards Hand an, als wäre sie eine Schlange. Dann sah er Richard finster an und sagte grimmig: »Das muss ein Scherz sein, Mylord. Nach allem, was mich Ihre zwielichtigen Machenschaften gekostet haben, erdreisten Sie sich, so zu tun, als würden Sie mich nicht kennen?«

Daniel wölbte die Brauen, als Richard die Hand sinken ließ. Es war offensichtlich, dass dieser Mann im vergangenen Jahr irgendetwas mit Dicky zu tun gehabt hatte und dass er – was nicht verwunderlich war – Richard mit seinem Bruder verwechselte.

»Wieso gehen wir nicht rein und sprechen in Ruhe über alles?«, fragte Richard und ging an dem Mann vorbei.

Der Kerl drehte sich um und sah zu, wie Richard die Tür öffnete, dann wirbelte er plötzlich herum und marschierte zurück. Zuerst dachte Daniel, dass er einfach nur weggehen wollte, und er überlegte einen Moment, ob er ihn aufhalten sollte oder nicht. Es war immerhin möglich, dass sie von ihm ein paar Informationen über Georges Verhalten im vergangenen Jahr bekamen. Aber bevor er sich entschieden hatte, hatte der ältere Mann eine schwarze Pistole aus der Jacke gerissen, und statt an Daniel vorbeizugehen, blieb er stehen und stieß sie ihm in die Seite. »Wieso gehen Sie nicht rein und holen die Mädchen, während Ihr Freund und ich hier draußen warten?«

Daniel war einigermaßen verblüfft über die unerwartete Wendung, aber aus zwei Gründen nicht besonders besorgt. Zum einen standen sie auf der Straße, wo jeder sie sehen konnte. Kein gesunder Mensch würde hier den Abzug betätigen. Natürlich konnte es sein, dass dieser Kerl gar nicht so gesund war, immerhin hatte er mit sich selbst gesprochen. Aber Daniel machte sich auch deshalb keine Sorgen, weil der Mann offenbar ein Mitglied des Adels war, und bei den Mädchen, die er erwähnt hatte, konnte es sich nur um die Madison-Schwestern handeln. Daniel begann zu ahnen, wer der Mann war und warum er ihm vertraut vorkam. Und wenn er recht hatte, war die Wahrscheinlichkeit, erschossen zu werden, ziemlich sicher nicht sehr hoch. Zumindest würde er wohl kaum absichtlich erschossen werden, berichtigte er sich, als ihm klar wurde, wie sehr die Hand des Mannes zitterte.

Richard drehte sich jetzt um und verharrte einen Moment, als er die Situation erkannte.

»Ha! Jetzt sind Sie wohl mit Ihrem Latein am Ende, was, Dicky?«, fragte der Mann grimmig. »Und jetzt geben Sie mir meine Töchter zurück. Alle. Ich lasse nicht eine von ihnen hier zurück, damit Sie sie weiter malträtieren können.«

»Ihre Töchter?«, fragte Daniel interessiert. Sein Verdacht war also richtig gewesen. Der Mann war Cedrick Madison, Suzettes Vater. Und er kam ihm deshalb vertraut vor, weil er ähnliche Gesichtszüge hatte wie seine hübsche Tochter, auch wenn sie bei ihr etwas weicher waren.

»Lord Madison?«, fragte Richard praktisch im gleichen Moment. Er klang aufrichtig verwundert. Offenbar hatte er die Ähnlichkeit nicht bemerkt.

Madison schien mehr an Richard als an allem anderen interessiert zu sein, auch wenn er Daniel nach wie vor die Pistole in die Seite drückte, während er voller Abscheu sagte: »Sparen Sie sich Ihre Spielchen, Mylord. Sie haben mich einmal zu oft hereingelegt. Ich weiß, dass Sie meine Chrissy schlecht behandelt haben. Robert hat mir nach dem Ball bei den Landons alles erzählt. Er hat gesagt, dass er von den Mädchen weiß, dass Sie sie schrecklich behandeln, und davon ausgehend habe ich angefangen, alles in einem neuen Licht zu betrachten. Sie haben mein Mädchen nie geliebt, es ist Ihnen nur darum gegangen, ihre Mitgift in die Finger zu kriegen, und jetzt haben Sie mich wieder betrogen, in der Hoffnung, dass Sie mit meiner Suzette etwas Ähnliches machen können. Aber das werde ich nicht zulassen, und ich lasse auch meine Chrissy nicht mehr bei Ihnen, ganz egal, ob sie verheiratet ist oder nicht. Ich werde die Ehe annullieren lassen. Ich werde die Sache vor den König persönlich bringen, wenn es sein muss. Und jetzt holen Sie die drei Mädchen, bevor ich die Geduld verliere.«

»Vater?«

Bei diesem Wort drehten sich alle drei zu der Frau um, die den Weg entlang eilig auf sie zugeschritten kam: Lisa Madison, gefolgt von Robert Langley.

»Vater, was tust du da? Warum bedrohst du Suzettes Verlobten mit der Pistole? Leg sie weg, bevor du noch jemandem Schaden zufügst.«

»Nein«, sagte Lord Madison mit fester Stimme und griff mit seiner freien Hand nach ihrem Arm, um sie zur Seite und aus der Schusslinie zu ziehen. Gleichzeitig stieß er die Pistolenmündung fester in Daniels Seite. »Ich lasse nicht zu, dass Suzette diesen Unhold heiratet. Zweifellos ist er ein Freund von dem Teufel da, was bedeutet, dass er genauso schlecht ist wie Dicky. Und jetzt sei so gut und hol deine Schwestern her. Wir brechen sofort von hier auf und kehren nach Madison zurück. Ich habe das Stadthaus verkauft, um die Schulden zu begleichen. Es gibt keinen Grund, dass Suzette irgendwen heiratet.«

»Sie haben Ihr Stadthaus verkauft?«, fragte Daniel, der plötzlich zum ersten Mal, seit der Mann die Pistole gezogen hatte, ernsthaft beunruhigt war.

»Ja.« Lord Madison lächelte fies, und sein Blick schoss von Daniel zu Richard. »Das hätten Sie nicht gedacht, was? Aber eher würde ich mein eigenes Landgut verkaufen, als zuzulassen, dass Sie noch einmal eine von meinen Töchtern in eine erbärmliche Ehe locken.« Er richtete sich ein bisschen höher auf. »Und ich werde dafür sorgen, dass Chrissy aus ihrer Ehe befreit wird.«

»Oh, Vater«, sagte Lisa mit einem Seufzer. »Das war absolut nicht notwendig. Daniel ist bereit, Suzette die Hälfte ihrer Mitgift zu überlassen, damit sie die Schulden bezahlen und über den Rest nach eigenem Gutdünken verfügen kann. Er ist nicht so ein Teufel wie Dicky.«

»Und in Wirklichkeit ist auch Richard nicht der Schurke, für den du ihn hältst«, fügte Robert hinzu und trat an Cedrick Madisons Seite. Er machte eine Pause, beugte sich ein wenig vor und flüsterte dem alten Mann etwas ins Ohr. Daniel hörte genug, um zu wissen, dass er ihm die Situation erklärte, und wartete einfach nur, dass er zum Ende kam. Es dauerte allerdings ziemlich lange, bis Madison schließlich seine Pistole wegnahm und krächzte: »Was?«

Robert nickte ernst. »Chrissy ist sehr glücklich mit dem Earl von Radnor. Mit dem hier«, fügte er fest hinzu. »Und Daniel ist ein guter und ehrenhafter Mann. Er wird ein guter Gemahl für Suzette sein.«

Daniel schnaubte bei den Worten und murmelte dann empört: »Sofern er ihr nicht sagt, dass er das verdammte Stadthaus verkauft hat, um seine Schulden zu begleichen. Wenn sie davon erfährt, ist es gut möglich, dass sie widerspenstig genug ist, mich nicht mehr heiraten zu wollen.«

»Ich bin sicher, dass Lord Madison diese Information für sich behalten wird«, sagte Richard, was den älteren Mann sofort überrascht dreinblicken ließ.

»Wieso sollte ich das tun?«, fragte Lord Madison verwundert. »Ich lasse nicht zu, dass Suzette dazu gezwungen wird, ihn zu heiraten, wenn sie das nicht will.«

Richard sah ihn mit einem gequälten Lächeln an. »Unter normalen Umständen würde ich Ihnen zustimmen. Aber nachdem ich die beiden heute Morgen im Salon überrascht habe, verlangt es die Ehre, dass er sie heiratet. Als ihr Schwager erachte ich es als meine Pflicht, dafür zu sorgen.«

»Was?« Madisons Blick schoss zu Daniel, der plötzlich grinste, als er sich daran erinnerte, wie Richard an diesem Morgen in den Salon gekommen war. Suzette war gerade auf seinen Schoß geklettert, und er hatte ihre Röcke gehoben, die sie behindert hatten, als sie sich rittlings auf seine Oberschenkel gesetzt hatte. Danach hatte er sie jedoch absichtlich noch höher geschoben, um ihren Hintern zu entblößen, hatte das zarte Fleisch geknetet und in Erwägung gezogen, noch viel mehr zu tun, als Richard gekommen war. Wie skandalös. Das Mädchen war so gut wie ruiniert, wenn das herauskam, und er selbst würde es überall in der Stadt hinausposaunen, sollte dies nötig sein, um sie zur Heirat zu bewegen. Suzette würde ihm jetzt nicht mehr entkommen, seit er sich endlich entschlossen hatte, sie zu heiraten.

Als er begriff, dass alle anderen ihn anstarrten, nickte er vergnügt. »Das hatte ich ganz vergessen. Ja, sie muss mich heiraten, um ihren Ruin zu vermeiden.«

»Bist du dir sicher, dass er ein guter und ehrenhafter Mann ist?«, fragte Lord Madison zweifelnd an Robert gewandt.

»Hundertprozentig«, versicherte Robert ihm und unterdrückte ganz offensichtlich ein Grinsen. »Sieh doch nur, wie erpicht er darauf ist, zu tun, was richtig ist.«

Daniel strahlte den alten Mann an, als der in seine Richtung blickte, und versuchte, so glücklich darüber zu wirken, wie er bei der Vorstellung, Suzette zu heiraten und endlich mit dem wunderschönen, leidenschaftlichen Heißsporn zu schlafen, wirklich war.

»Und dass Suzie ihm erlaubt hat, sich Freiheiten herauszunehmen«, sprach Robert weiter, »beweist nur, dass sie einer Heirat nicht abgeneigt ist. Allerdings kann sie sehr widerborstig sein. Es wäre am besten, wenn sie weiter glaubt, dass die Hochzeit nötig ist.«

»Hm.« Madison verzog das Gesicht. »Von den dreien ist sie immer die Störrischste und Schwierigste gewesen.« Er warf Daniel einen Blick zu. »Sind Sie sicher, dass Sie wissen, was Sie sich da aufladen? Sie wird Ihnen das Leben nicht leicht machen.«

»Vielleicht nicht«, sagte Daniel und dachte, dass es eine Untertreibung war. Suzette würde niemandem das Leben leicht machen, aber nichts, das leicht war, war es wert, es zu besitzen. Er fügte also hinzu: »Aber dafür wird das Leben mit ihr ganz sicher nie langweilig werden.«

Madison entspannte sich und nickte ernst. »Das ist nur zu wahr. Sie ist wie ihre Mutter; vom ersten Tag unserer Hochzeit an musste ich herumhüpfen, um mit ihr Schritt zu halten. Ich habe nicht einen Moment bedauert, sie geheiratet zu haben.«

»Dann werden Sie ihr nicht sagen, dass eine Heirat nicht mehr nötig ist?«, fragte Daniel hoffnungsvoll.

Madison schürzte die Lippen; sein Blick wanderte zuerst zu Lisa, die ernst nickte, dann zu den beiden Männern. Schließlich seufzte er. »Ich werde mit Suzie sprechen, und wenn sie wirklich nichts gegen eine Heirat mit Ihnen hat, sage ich ihr erst einmal nichts vom Verkauf des Stadthauses.«

Daniel entspannte sich und nickte. »Danke.«

Madison wandte sich jetzt Richard zu. Sein Blick wanderte langsam über sein Gesicht, dann schüttelte er den Kopf. »Sie sehen ihm bemerkenswert ähnlich.«

»Wir waren Zwillinge.«

»Oh, nun, da ist ein Unterschied in den Augen. Wenn man in seine gesehen hat, waren sie gewöhnlich leer oder berechnend. Ihre dagegen …« Er schüttelte den Kopf; anscheinend fiel ihm keine Möglichkeit ein, den Unterschied zu beschreiben.

»Vielleicht sollten wir jetzt besser reingehen«, schlug Richard vor. Sein Blick glitt zur Straße, als eine Kutsche vorbeikam.

»Ja, gehen wir hinein. Ich könnte jetzt eine Tasse guten Tee und etwas Süßes gebrauchen. Ich habe mich auf dem Weg hierher einigermaßen verausgabt und fühle mich ziemlich mitgenommen.«

»Dann also Tee.« Richard schob die bereits geöffnete Tür noch weiter auf und ging voran ins Haus.

Daniel bedeutete Lord Madison, Lisa und Langley, vor ihm hineinzugehen. Er war gerade selbst eingetreten, als sich eine Tür in der Eingangshalle öffnete. Als er die Haustür schloss, trat Suzette aus dem Arbeitszimmer und sah sie mit einem Lächeln an. »Ich dachte, ich hätte da draußen Stimmen gehört.«

Daniel verzog das Gesicht und hoffte, dass niemand von der Belegschaft in der Eingangshalle gewesen war, während sie sich draußen unterhalten hatten. Da die Tür die ganze Zeit offen gewesen war, hätten sie dann vermutlich so ziemlich alles mitbekommen.

Suzette musterte die anderen, und als ihr Blick auf ihren Vater fiel, weiteten sich ihre Augen. Sie ging sofort zu ihm und fragte: »Vater, was tust du hier?«

»Er ist hergekommen, um uns zu retten«, erklärte Lisa mit einem Lächeln. »Er hat sogar Richard und Daniel mit der Pistole bedroht, bis Robert und ich ihm erklären konnten, dass sich alles geändert hat.«

»Oh, wie süß.« Suzette blieb vor ihrem Vater stehen und umarmte ihn, was den Mann einigermaßen zu verblüffen schien. Offensichtlich hatte er nicht mit einer so warmherzigen Begrüßung von ihr gerechnet. Daniel verstand auch, warum, als sie sagte: »Tut mir leid, dass ich so wütend war, als wir in London angekommen sind, Vater.« Sie löste sich von ihm und zog sich ein Stück zurück. »Chrissy hat gesagt, dass die Männer glauben, du wärst von Dicky betäubt worden, damit er dir einreden konnte, du hättest das ganze Geld verspielt. Es war alles nur ein Trick, um an unsere Mitgift heranzukommen.«

Lord Madison sah Richard fragend an, der nickte. »Es gibt Gerüchte, dass ich … oder in diesem Falle George ziemlich gut mit dem Besitzer einer Spielhölle befreundet gewesen ist, die für diesen Trick bekannt ist.«

»Ich hatte so etwas auch schon vermutet«, sagte Lord Madison und sackte erleichtert ein wenig in sich zusammen. »Ich kann mich nämlich überhaupt nicht daran erinnern, gespielt zu haben, und die wenigen Erinnerungen, die ich überhaupt habe, bestehen aus ziemlich verschwommenen kleinen Szenen. Dass ich reingeführt worden bin, dass Leute geredet und gelacht haben und dass man mir gesagt hat, ich soll etwas unterschreiben …« Er zog eine Grimasse und schüttelte den Kopf. »Ich habe mir nie etwas aus Glücksspielen gemacht. Ich weiß nicht einmal genau, wie man diese Spiele überhaupt spielt. Und trotzdem war da der Schuldschein mit meiner Unterschrift.«

Suzette tätschelte ihm den Rücken und umarmte ihn erneut.

»Nun, da dies jetzt geklärt ist, können wir uns vielleicht anhören, was alle herausgefunden haben?«, schlug Daniel vor. Er wollte das Gespräch unbedingt auf ein anderes Thema lenken und von allem wegbringen, das mit den Schuldscheinen und der Notwendigkeit zu tun hatte, dass Suzette heiraten musste. Er rückte an Suzettes Seite, sodass sie zwischen ihm und ihrem Vater stand, und unterdrückte dabei den Drang, ihren Arm zu nehmen. Er wollte vorbereitet sein und sie wegreißen können, sollte Lord Madison plötzlich seine Meinung ändern und herausposaunen, dass er das Stadthaus verkauft hatte und die Schulden selbst bezahlen konnte. Er spürte, dass diese Vorstellung ihn angespannt und besorgt werden ließ, und er war ganz und gar nicht glücklich darüber, dass er wahrscheinlich in diesem Zustand bleiben würde, bis er Suzette geheiratet und mit ihr geschlafen hatte, sodass ihre Ehe vollzogen und unwiderruflich war. Aber genau das konnte er nicht tun, solange diese Erpresser-Geschichte nicht aus der Welt geschafft war. Glücklicherweise war Richard genauso darauf erpicht wie er, die Angelegenheit hinter sich zu bringen.

»Ja, gehen wir in den Salon«, schlug sein Freund vor, und als sich alle in Bewegung setzten, fragte er: »Wo ist Christiana?«

»Oh.« Suzette sah sich plötzlich um und blickte stirnrunzelnd zur Eingangshalle. »Ich war gerade auf der Suche nach ihr. Sie wollte zu Haversham, damit er Freddy zur Befragung holt. Sie ist schon ziemlich lange weg, und ich wollte nachsehen.«

»Freddy? Georges Kammerdiener?«, fragte Richard, der den Namen offenbar sofort erkannte.

»Ja. Georges Kammerdiener«, bestätigte Suzette. »Uns ist klar geworden, dass er sich möglicherweise nicht hat täuschen lassen, als George zu Richard wurde. Falls er dich während der letzten ein oder zwei Tage irgendwann gesehen hat, ist ihm vielleicht aufgegangen, dass du nicht George bist. Wenn das stimmt, könnte er der Erpresser sein.«

»Natürlich«, knurrte Richard.

Daniel dachte gerade, dass sie wahrscheinlich zumindest eines ihrer Probleme gelöst hatten, als der Butler aus der Küche geeilt kam.

»Haversham, haben Sie meine Frau gesehen?«, fragte Richard abrupt. »Sie hat Sie anscheinend gesucht, damit Sie Freddy zu ihr und Suzette schicken.«

»Genau deshalb komme ich zu Ihnen, Mylord. Es scheint, als hätte Lady Christiana mich nicht finden können und hat den Kammerdiener selbst aufgesucht. Jetzt steckt sie in der Klemme.«

»In was für einer Klemme?«, fragte Richard alarmiert.

»Nun, ich bin zufällig an Freddys Zimmer vorbeigekommen und habe gehört, wie er ihr sagte, dass er sie als Geisel nehmen und Sie dazu zwingen würde, dafür zu bezahlen, dass sie heil und unversehrt zu Ihnen zurückkehrt«, gestand er düster. »Ich vermute, er geht mit ihr zum Arbeitszimmer, wo er vorher nach etwas suchen will. Wenn wir uns allerdings dort verstecken und auf ihn warten, könnten wir ihn überraschen und ihm Lady Christiana wegnehmen, ohne dass sie Schaden nimmt.«

»Das ist tatsächlich ein guter Plan«, sagte Daniel und musterte den Butler mit neuem Respekt. Dann sah er Richard an. »Wir sollten allerdings schnell machen. Meine Erinnerung sagt mir, dass es in dem Büro nicht viele Möglichkeiten gibt, sich zu verstecken.«

Richard nickte und drehte sich schon um, hielt aber inne, als Langley sagte: »Ich komme mit.«

»Ich auch«, sagte Lord Madison entschieden.

»Und ich auch«, verkündete Suzette.

Daniel runzelte die Stirn und wollte schon sagen, dass sie und die anderen im Salon warten sollten, als Richard stehen blieb und es an seiner Stelle tat.

»Da drin ist nicht so viel Platz, dass sich alle verstecken können. Nur Robert und Daniel werden mitkommen. Alle anderen gehen in den Salon; zieht euch aus dem Eingangsbereich zurück, damit ihr Freddy nicht verscheucht.« Sein Blick fiel auf Lord Madison, der schon den Mund öffnete, um Einwände zu erheben. »Ich gehe davon aus, dass Sie der einzige Mensch sind, der in der Lage ist, Suzette und Lisa im Salon festzuhalten.«

Zu Daniels großer Erleichterung schluckte Lord Madison seine möglichen Einwände hinunter und fügte sich mit einem Nicken in das Unvermeidliche.

»Glaubst du, dass es Christiana gut geht?«, fragte Lisa und zog Suzettes Aufmerksamkeit auf sich. Suzette blickte unglücklich drein.

»Natürlich nicht. Freddy hat sie in seiner Gewalt und wird sie festhalten, um ein Lösegeld für sie zu bekommen«, erklärte Suzette entnervt. Dann runzelte sie die Stirn, dachte, dass sich vielleicht alles anders entwickelt hätte, wenn sie Christiana begleitet hätte. Das schlechte Gewissen brachte sie dazu, sich zu wünschen, dass sie jetzt auch da draußen wäre und helfen könnte, die Angelegenheit zu regeln. Stattdessen steckte sie in diesem Salon fest, bewacht von ihrem Vater und Haversham.

Sie machte ein finsteres Gesicht. Wieso wurde von den Frauen bei irgendwelchen Schwierigkeiten eigentlich immer erwartet, dass sie einfach nur dasaßen und warteten, während die Männer die Rettungsaktionen leiteten?

»Ich glaube, ich werde uns aus der Küche etwas Tee besorgen«, verkündete Haversham plötzlich. Er machte Anstalten, zur Tür zu gehen.

»Richard hat gesagt, dass wir hier warten sollen«, erinnerte Lord Madison ihn scharf. Er sprang auf, als wäre er bereit, den Mann festzuhalten, wenn er nicht stehen blieb.

Suzettes Augenbrauen hoben sich leicht, als sie die aggressive Haltung ihres Vaters bemerkte. Allerdings sollten sie nie erfahren, ob er Haversham wirklich aufgehalten hätte, denn der Butler blieb bei der Tür stehen und drehte sich um.

»Ja, das hat er gesagt, Mylord«, räumte er höflich ein. »Allerdings scheint mir, dass Lady Christianas Entführer argwöhnisch werden wird, wenn wir nicht versuchen, den Anschein von Normalität zu erwecken. Und wenn es auch vollkommen natürlich aussehen mag, dass Sie drei sich hier versammeln, ist meine Anwesenheit weit davon entfernt, natürlicher Natur zu sein.«

Suzette sah ihren Vater an und bemerkte, dass er unsicher dreinblickte. »Er hat recht, Vater. Es ist nicht normal, und das allein könnte den Argwohn von Christianas Entführer erregen und dazu führen, dass er lieber mit ihr wegläuft als es riskiert, ins Arbeitszimmer zu gehen. Haversham sollte wirklich besser seinen üblichen Aufgaben nachgehen.«

»Vermutlich, ja«, murmelte Cedrick Madison. Er seufzte und nickte. »Also gut, machen Sie weiter, aber halten Sie sich vom Arbeitszimmer fern und tun Sie nichts, das ihn erschrecken könnte.«

»In Ordnung, Mylord.«

Suzette sah neidisch zu, wie Haversham aus dem Zimmer verschwand. Sie stand auf und eilte zur Tür. »Ich werde ihm nur schnell sagen, dass wir auch ein bisschen Gebäck benötigen. Irgendetwas Süßes wird meine Nerven beruhigen.«

»Suzette«, sagte ihr Vater scharf.

»Ich bin gleich wieder da«, versicherte sie ihm und beeilte sich, das Zimmer zu verlassen, bevor er weitere Einwände erheben konnte.

Wie sie gehofft hatte, hatte Haversham die Eingangshalle bereits verlassen. Suzette blieb einen Moment vor der Tür stehen und drehte sich zum Arbeitszimmer um, überlegte, ob sie an der Tür lauschen sollte, um zu erfahren, was dort vor sich ging. Doch dann hörte sie die Stimme ihres Vaters durch die Salontür, gedämpft zwar, aber näher kommend. Sie eilte zur Küchentür, als hätte sie wirklich vorgehabt, dorthin zu gehen, und schob sie gerade in dem Moment auf, als sich die Tür des Salons öffnete.

Sie hörte, wie ihr Vater ihren Namen zischte, aber dann schloss sich die Küchentür hinter ihr. Abgesehen davon achtete Suzette sowieso nicht mehr darauf. Sie sah sich in dem Raum um, suchte nach Haversham. Als sie ihn fand, weiteten sich ihre Augen. Der Butler war gerade im Begriff, die Küche mit einem ziemlich großen, übel aussehenden Fleischermesser in der Hand durch die Hintertür zu verlassen.

»Ich vermute, auf diesen Tee werden wir sehr lange warten müssen«, bemerkte sie trocken.

Haversham erstarrte und drehte sich schuldbewusst um. Dann trat er wieder herein und schloss die Tür, bevor er sagte: »Ich wollte gerade … äh …«

Als er offenbar nicht weiterwusste, lächelte Suzette ironisch und schlug vor: »Nach draußen gehen, um die Büsche zurückzuschneiden?«

Ein verwirrter Ausdruck huschte über sein Gesicht, bis er bemerkte, dass sie das Fleischermesser in seiner Hand anstarrte. Er verzog das Gesicht und ließ die Waffe sinken. »Ich habe die Köchin bereits gebeten, ein Tablett vorzubereiten«, sagte er mit großer Würde.

»Das hat er getan, Mylady, und der Kessel ist bereits aufgestellt«, versicherte die Köchin ihr, während sie auf dem Tisch einen Teighaufen mit einer Teigrolle ausrollte. »Dann hat er gesehen, wie einer der Jungen mit einem Sack über der Schulter am Fenster vorbeigehuscht ist, und wollte ihm nachgehen.«

»Einem Sack?« Die Frage kam von irgendwo hinter Suzette, und sie warf einen Blick über die Schulter. Sie war ganz und gar nicht überrascht, als sie ihren Vater dort sah. Lisa stand hinter ihm, wrang besorgt die Hände.

»Nun, ich denke, es war ein Sack«, sagte die Frau. Sie legte die Teigrolle beiseite und ging zum Herd, um in einem Topf herumzurühren, in dem etwas kochte. »Aber ich habe nicht wirklich mehr gesehen als nur einen Hauch.« Sie warf Haversham einen fragenden Blick über die Schulter zu, anscheinend wartete sie darauf, dass er die Sache klarstellte.

Der Butler verzog das Gesicht und sagte: »Es war ein gewisser Sack, auf den Lord Richard im Arbeitszimmer wartet.« Er sah die Köchin an und dann wieder zu Suzette, bevor er weitersprach. »Ich wollte ihm gerade folgen und dafür sorgen, dass er auch wie erwartet zum Arbeitszimmer geht.«

Suzette runzelte die Stirn. Es war möglich, dass der Mann, der Christiana in seiner Gewalt hatte, es vorgezogen hatte, außen herum zum Arbeitszimmer zu gehen, statt durch das Haus, wo er das Risiko einging, von irgendwelchen Dienern bemerkt zu werden. Allerdings war es kein gutes Zeichen, wenn Chrissy in dem Sack war, den er über der Schulter trug. Und die Männer rechneten ganz sicher nicht damit, dass er durch die Tür von der Eingangshalle aus zu ihnen kam. Sie würden nicht darauf vorbereitet sein, dass Freddy durch die Terrassentür kam. Wenn er durch die Fensterscheiben etwas sehen sollte, das ihn warnte, war es möglich, dass er mit Christiana einfach weglief, ohne bemerkt zu werden.

»Gute Idee, ich werde mich Ihnen anschließen«, sagte Lord Madison plötzlich. Er griff nach dem größten Messer, das noch in dem Holzblock auf dem Tisch steckte. »Ihr Mädchen geht wieder in den Salon. Wir kommen zurück, sobald alles vorbei ist.«

Und damit ging er zur Tür und folgte Haversham nach draußen.

»Gehen wir in den Salon zurück?«, fragte Lisa.

»Was denkst du?«, fragte Suzette trocken. Sie griff nach der Teigrolle, die die Köchin benutzt hatte, und schlich zur Tür.

»Warte auf mich«, keuchte Lisa.

Suzette warf einen Blick über die Schulter und sah, wie Lisa mehrere Küchengegenstände aufnahm und wieder hinlegte, bis sie sich für eine lange Kochgabel mit zwei übel aussehenden Zinken entschied. Offensichtlich zufrieden damit, dass sie ihren Zweck erfüllen würde, eilte sie hinter Suzette her, die sich bereits durch die Tür nach draußen schob.

Suzette schlich am hinteren Teil des Hauses entlang, blieb so dicht an der Mauer, wie es nur möglich war. Sie musste sich nicht umsehen, um sich zu vergewissern, dass Lisa immer noch hinter ihr war. Ihre jüngere Schwester hatte ihr eine Hand auf den Rücken gelegt, während sie einige Schritte hinter ihrem Vater und Haversham herschlichen.

Der Butler ging voraus; ihr Vater folgte ihm. Noch ein Stück vor ihnen konnte Suzette ihre Beute sehen. Der Mann stand vor der Terrassentür zum Arbeitszimmer und blinzelte durch die Fensterscheibe hinein. Er hatte sich Christiana über die Schulter gelegt wie einen Sack, hielt sie mit einem Arm um ihre Beine an Ort und Stelle. Zuerst dachte Suzette, ihre Schwester wäre bewusstlos, aber als ihr Entführer eine der Terrassentüren aufstieß und hineinschlüpfte, konnte sie sehen, dass Christianas Augen weit geöffnet waren und sie sich umsah, um so viel wie möglich erkennen zu können.

»Sie lebt«, flüsterte Lisa erleichtert hinter ihr.

Suzette nickte, aber sie sagte nichts und ging nur weiter, hob die Teigrolle für den Fall, dass der Kerl aus dem Arbeitszimmer gerannt kommen und es an Haversham und ihrem Vater vorbeischaffen würde. Sie würde keinerlei Gewissensbisse haben, ihm mit dem Gegenstand einen überzubraten, wenn es nötig war, um zu verhindern, dass er mit Christiana entkam.

Haversham hatte jetzt die Terrassentür erreicht, und Suzette sah, wie er zögerte. Christianas Entführer hatte die Tür nur einen kleinen Spalt offen gelassen, und der Butler spähte kurz durch das Fenster, bevor er die Tür leise öffnete und in den Raum glitt. Ein paar Fuß hinter dem Butler blieb Lord Madison ebenfalls an der Tür stehen, verschaffte sich einen Überblick über die Situation und glitt hinein.

Suzette ging jetzt etwas schneller, sie eilte auf Zehenspitzen weiter, da sie wissen wollte, was in dem Zimmer vor sich ging. Als sie näher kam, hörte sie Richard sagen: »Aber ich werde ganz sicher dafür sorgen, dass du nur in Ketten hier rauskommst.« Sie wusste, dass sie den Entführer zur Rede stellten, aber sie ging trotzdem so lautlos wie möglich weiter, bis sie die Tür erreichte. Auf der Schwelle blieb sie stehen und versuchte, so viel wie möglich von dem zu sehen, was sich im Zimmer abspielte, obwohl ihr Vater vor ihr im Zimmer stand. Der Butler stand noch vor ihm, kaum mehr als einen Schritt von dem offenbar ahnungslosen Entführer entfernt, der Christiana immer noch über der Schulter trug. Suzette konnte sehen, dass Richard sich vom Schreibtisch auf der anderen Seite des Zimmers näherte, während Daniel um ein Sofa herumkam. Nur Robert konnte sie nirgends entdecken.

»Wo ist Robert?«, flüsterte Lisa besorgt, und Suzette schüttelte den Kopf und hob eine Hand, um sie zum Schweigen zu bringen. Dann rief der Entführer: »Zurück, oder ich steche zu!«

Bei dem kurzen Blick, den Suzette auf den Entführer erhascht hatte, war ihr nicht aufgefallen, dass er eine Waffe trug. Allerdings konnte es gar nicht anders sein, denn plötzlich krächzte Christiana: »Au! Das ist mein Hintern.«

»Stell sie auf den Boden«, befahl Richard.

»Zur Hölle mit Ihnen!«, fauchte der Entführer und wirbelte zur Terrassentür herum, wobei er gegen Haversham prallte.

Suzette sah den verblüfften Blick im Gesicht des Mannes, und dann sah sie, wie er Haversham verwirrt ansah. Auch so begriff sie erst, was passiert war, als der Entführer zurückzutaumeln begann und sie einen Blick auf das Messer werfen konnte, das aus seiner Brust ragte. Ein Blutfleck breitete sich um die Wunde herum aus. Er hatte sich auf der Waffe des Butlers selbst aufgespießt.

»O je«, sagte Lisa mit schwacher Stimme hinter ihr, und Suzette drehte sich rasch zu ihr um. Sie wusste, dass ihre Schwester kein Blut sehen konnte, und sie war jetzt tatsächlich kreidebleich geworden und schwankte bereits.

»Es ist alles in Ordnung«, sagte Suzette, griff nach ihrem Arm und schob sie einen Schritt von der geöffneten Tür weg. »Atme tief ein.«

Lisa atmete ein paar Mal tief ein und aus, und nach ein paar Momenten hatte sie sich ein wenig erholt. Zumindest kehrte etwas Farbe in ihr Gesicht zurück.

»Alles in Ordnung?«, fragte Suzette besorgt. Sie wusste, dass Lisa dazu neigte, beim Anblick von Blut in Ohnmacht zu fallen. Aber jetzt schien sie einigermaßen sicher auf den Beinen zu stehen, vielleicht, weil es nicht richtig viel Blut gewesen war, nur ein bisschen auf seiner Livree. Warum auch immer, Lisa erholte sich gut und nickte, brachte sogar ein Lächeln zustande.

Suzette lächelte zurück und warf dann einen Blick zur Tür. Ihr Vater führte gerade die etwas zittrige Christiana nach draußen.

»Ich muss mit eurer Schwester reden«, murmelte Lord Madison, als sie näher kamen.

Suzette nickte. Sie sah zu, wie sie in den hinteren Teil des Gartens gingen, und wandte sich dann wieder Lisa zu. »Wir sollten jetzt reingehen. Meinst du, du schaffst das?«

Lisa nickte. »Ich werde ihn einfach nicht mehr ansehen.«

Suzette drückte ihren Arm und führte sie zur Tür. Haversham war weg, aber Robert hatte sich zu den anderen beiden

Männern gesellt. Alle drei standen um die Leiche herum und verstellten ihnen den Zugang zum Zimmer, daher blieben Suzette und Lisa stehen, als Robert gerade sagte: »Nun, das eine Problem sind wir damit los. Die Bedrohung durch den Erpresser ist vorbei.«

»Jetzt müssen wir nur noch herausfinden, wer George vergiftet hat und nach wie vor versucht, Richard zu töten«, bemerkte Daniel trocken.

»Nun, ich fürchte, Lisa und ich haben nichts Brauchbares herausgefunden«, sagte Robert entschuldigend zu Richard. »Ich hatte das Gefühl, als würden sich die Leute mit Klatsch über dich zurückhalten, weil Lisa dabei war. Sie ist immerhin deine Schwägerin. Vielleicht ist es ja Christiana und Suzette gelungen, bei den Befragungen der Dienstboten etwas darüber zu erfahren, wer von ihnen George das Gift verabreicht haben könnte.«

»Wir sollten sie fragen«, murmelte Richard und drehte sich zur Terrassentür um. Seine Brauen hoben sich, als er Suzette und Lisa dort stehen sah, aber nicht seine Frau. »Wo –?«

»Vater wollte gern mit Christiana sprechen. Sie sind in den Garten gegangen«, erklärte Suzette.

Richard warf einen Blick in den Garten, dann drehte er sich wieder ins Zimmer um, als die Tür zur Eingangshalle sich öffnete.

Suzette lehnte sich zur Seite und sah, dass Haversham zurückgekehrt war. Der Butler trat steif ein und führte zwei Männer in das Zimmer. Die roten Westen verrieten, dass sie zu den Bow Street Runners gehörten.

»Oh je«, sagte Lisa plötzlich. »Ich glaube nicht, dass ich hierbleiben kann.«

Suzette sah ihre Schwester überrascht an, aber dann begriff sie, dass nicht die Ankunft der Obrigkeit sie überwältigte. Obwohl sie versichert hatte, dass sie den Toten auf dem Boden nicht mehr ansehen würde, starrte sie ihn jetzt wie versteinert an, und ihr Gesicht wurde mit jedem Moment bleicher.

»Komm«, sagte Suzette seufzend. »Wir können auch im Salon warten, während die Runners das hier aussortieren.«

»Danke«, flüsterte Lisa dankbar, als Suzette sie rasch um die Männer herum zur Tür schob.

10

»Du musst nicht bei mir bleiben. Ich komme allein zurecht, also, wenn du gern zu den anderen gehen möchtest …«

Suzette sah Lisa an und schüttelte den Kopf. »Nein, es ist in Ordnung. Die Bow Street Runners stellen jetzt vermutlich tausend dumme Fragen und tun … was immer sie tun müssen«, sagte sie und wedelte vage mit der Hand.

»Hoffentlich gehört dazu auch, dass sie die Leiche wegschaffen«, sagte Lisa trocken.

»Da bin ich mir ganz sicher«, versicherte Suzette ihr. »Oder sie lassen jemanden kommen, der es tun wird. Oder sie sagen Richard, dass er ihn wegbringen kann. Sie werden die Leiche ganz sicher nicht ewig da liegen lassen.«

Lisa verzog bei dieser Vorstellung das Gesicht und seufzte. »Ich wünschte, ich wäre nicht so zimperlich bei so was.«

Suzette zuckte gelassen mit den Schultern, während sie zum Fenster trat und nach draußen sah. »Jeder Mensch hat irgendwelche Schwachstellen, und wenn man das bedenkt, ist deine gar nicht so schlimm. Es kommt schließlich nicht oft vor, dass du mit Blut zu tun hast. Stell dir vor, du würdest jedes Mal ohnmächtig, wenn du Gebäck siehst.«

Lisa kicherte bei der lächerlichen Vorstellung, was Suzette auch beabsichtigt hatte, aber dann schwiegen beide. Kurz darauf sahen sie abrupt zur Tür, als diese aufgerissen wurde und Daniel hereinplatzte. Robert war ihm dicht auf den Fersen, aber Suzette starrte nur Daniel an, der geradewegs zu ihr trat. Er wirkte sehr zufrieden.

»Es ist vorbei, sie sind weg«, verkündete er, als er vor ihr stehen blieb und sie in seine Arme zog.

»Das ist gut«, sagte Suzette und blickte unsicher zu ihm hoch. Wenn sie gemeinsam in der Öffentlichkeit waren, hatte sie immer noch hin und wieder das Gefühl, als erwartete er von ihr, dass sie sich benahm. Umso überraschter war sie, als sie sich in seinen Armen wiederfand und feststellte, dass er den Kopf senkte, als wollte er sie küssen. Und das vor Robert und Lisa.

Aber er küsste sie nicht, zumindest nicht auf den Mund. Stattdessen wanderte sein Kopf im letzten Moment seitlich zum Hals, und er drückte ihr einen Kuss auf die Stelle gleich unterhalb des Ohrs. »Die Erpressung und der Mord sind geklärt«, murmelte er. »Du weißt, was das bedeutet.«

»Gretna Green«, seufzte sie und neigte den Kopf etwas zur Seite, als er kleine Schmetterlingsküsse an ihrem Hals verteilte. Die sanften Liebkosungen schickten kleine Schauer über ihren Rücken und erzeugten ein Verlangen in ihr, das ihren Geist benebelte. Es dauerte daher eine Minute, ehe ihr seine Worte so recht ins Bewusstsein drangen. Doch dann versteifte sie sich und fragte: »Der Mord ist auch geklärt? War Freddy dann auch der Mörder, nicht nur der Erpresser?«

»Nein«, murmelte er gegen ihre Haut am Schlüsselbein.

»Wer war es dann?«, fragte sie mit einem Stirnrunzeln.

Daniel richtete sich auf. Ein Lächeln spielte um seine Lippen, als er ihre Miene sah. »Gott, ich liebe diesen verärgerten Blick bei dir. Er bringt mich dazu, dich küssen zu wollen.«

»Daniel«, knurrte sie, aber seine Antwort bestand in einem Kuss, direkt vor Robert und Lisa … und ihrem Vater, wie sie begriff, als er sich laut und aufdringlich räusperte und dadurch bemerkbar machte.

Daniel ließ sie los und sah sich um. Er schenkte ihrem Vater ein vollkommen reueloses Lächeln. »Begleiten Sie uns nach Gretna Green?«

»Natürlich«, sagte er, und obwohl seine Stimme ernst klang, war da ein Zwinkern in seinen Augen, das darauf hindeutete, dass er überhaupt nicht verstimmt war.

Daniel drehte sich daraufhin fragend zu Lisa und Robert um, die beide sofort nickten.

»Daniel«, sagte Suzette und stieß ihm einen Finger in die Brust, um seine Aufmerksamkeit auf sich zu ziehen. »Wer hat George vergiftet?«

»Das erzähle ich dir, wenn wir unterwegs sind«, versprach er, nahm ihre Hand und machte sich fast im Laufschritt zur Tür auf.

Suzette lachte atemlos über seinen Eifer, aber sie erhob keine Einwände und versuchte auch nicht, sich loszureißen, als er sie in die Eingangshalle zog. Als sie allerdings dort waren, ließ er ihre Hand los und trat zu Richard und Christiana, die an der Treppe standen.

»Richard, da der Erpresser erwischt wurde und die Identität des Mörders geklärt ist, gibt es keinen Grund mehr, noch länger zu warten. Wir fahren sofort nach Gretna Green.«

Richard stöhnte, aber dann richtete er sich auf und sagte: »Natürlich, wir brechen gleich morgen früh auf.«

»Morgen früh?«, fragte Daniel, und Suzette war nicht sehr überrascht über das Missfallen in seiner Stimme.

Richard nickte. »Nun, die Frauen werden packen müssen, und –«

»Die Truhen sind noch von heute Morgen gepackt. Zumindest meine«, unterbrach Suzette ihn und warf dann einen Blick über die Schulter zu Lisa, die jetzt mit Robert und ihrem Vater ebenfalls in die Halle gekommen war.

»Meine auch«, versicherte Lisa ihr.

Suzette sah daraufhin Christiana. Ihre ältere Schwester zögerte zwar etwas, aber dann nickte sie und gestand: »Meine ebenfalls.«

Richard zog den Kopf ein und flüsterte ihr etwas zu. Christiana flüsterte etwas zurück, aber das Paar blieb stehen und drehte sich zu Daniel um, als der fragte: »Richard, steht deine Kutsche noch vorn? Ich kann mich nicht daran erinnern, dass du sie zu den Ställen geschickt hast.«

»Das habe ich auch nicht«, gab Richard zu. »Ich war mir nicht sicher, ob wir sie nicht vielleicht noch brauchen würden.«

»Meine steht auch noch vorn«, verkündete Robert. »Sie muss nur beladen werden.«

»Exzellent.« Daniel klatschte zufrieden in die Hände. »Dann müssen wir nur noch meine vorbereiten und nach vorn bringen lassen, damit sie ebenfalls beladen werden kann und wir … verdammt.« Er schwieg einen Moment. »Ich habe ganz vergessen, dass meine Kutsche gerade fahruntüchtig ist. Ich werde eine mieten müssen.«

Suzette biss sich frustriert auf die Lippe. Immer schien irgendetwas zu passieren, das ihre Fahrt nach Gretna Green behinderte. Sie fing schon an zu überlegen, ob sie irgendwie verflucht waren.

»Wir können meine nehmen«, verkündete Lord Madison. »Sie steht vorne.«

Suzette strahlte ihren Vater an. Alles würde gut werden. Diesmal würde sicherlich nichts mehr dazwischenkommen, sie würden einfach nach Gretna Green fahren und heiraten.

Eigentlich hätte Suzette gar nicht so verwirrt sein dürfen, als sie am Morgen die Augen öffnete und sich wieder einmal in einem fremden Bett wiederfand. Immerhin waren sie bereits drei Tage unterwegs. Dennoch brauchte sie einige Zeit, ehe ihr einfiel, dass sie unterwegs nach Gretna Green waren und sie sich ein Zimmer mit Lisa teilte. Kaum allerdings wurde ihr das klar, war sie hellwach. Dieser Tag war der vierte und letzte ihrer Reise. Gegen Mittag würden sie Gretna Green erreichen und kurz danach verheiratet werden. Danach würde es zusammen mit den anderen ein Festessen zu Ehren ihrer Hochzeit geben, und dann würden Daniel und sie die Ehe vollziehen und endlich Mann und Frau sein.

Der letzte Gedanke trübte das Lächeln ein bisschen, das ihre Lippen umspielt hatte. Dabei machte ihr nicht die Tatsache zu schaffen, dass sie endlich Mann und Frau sein würden. Es war der Vollzug der Ehe selbst, dem Suzette höchst unfroh entgegensah. Die Vorstellung, dass ihre Hochzeitsnacht dadurch beeinträchtigt werden würde, dass es das erste Mal sein würde, bedrückte sie. Sicher, Christiana hatte auf ihre Frage, ob es beim ersten Mal wehgetan hatte, mit schwacher Stimme geantwortet: »Ein bisschen vielleicht«, aber Suzette war dennoch nicht überzeugt. Es war unübersehbar gewesen, dass Chrissy es als unangenehm empfunden hatte, überhaupt darüber zu sprechen. Aber lag das daran, dass die Angelegenheit zu persönlich war … oder hatte sie Suzette keine Angst einjagen wollen und deshalb nicht die Wahrheit gesagt? Ganz offensichtlich hatte Christiana ziemlich schnell das Thema gewechselt, aber Suzette bekam das, was sie über die Ströme von Blut und den ohnmächtig machenden Schmerz gelesen hatte, nicht mehr aus dem Kopf.

Ihr wäre es wirklich am liebsten gewesen, sie und Daniel hätten die Sache mit dem Vollzug zum Zeitpunkt der Hochzeit bereits hinter sich gebracht. Unglücklicherweise waren sie seit ihrer Abreise aus London nicht mehr allein gewesen. Ihr Vater nahm seine Pflicht sehr ernst, dafür zu sorgen, dass ihre Unschuld bis zur Eheschließung bewahrt blieb, und er hatte auch ihre Schwestern sowie Robert und Richard in diese Aufgabe einbezogen. Weder sie noch Daniel waren jemals allein. Nicht einmal beim Schlafen. Sie hatten immer drei Zimmer in den Schenken gemietet, in denen sie angehalten hatten: eines für Richard und Christiana, eines für Lisa und Suzette und eines für ihren Vater, Robert und Daniel. Suzette hatte nichts dagegen, mit Lisa in einem Raum zu schlafen, aber sie wusste, dass es für Daniel eine echte Herausforderung war, ein Zimmer mit Robert und ihrem Vater zu teilen. Anscheinend schnarchten beide Männer und machten sich in dem Bett breit, in dem sie zu dritt schliefen.

Suzette lächelte bei der Vorstellung, dass er jede Nacht zwischen den beiden Männern lag. Vermutlich war auch das ein Versuch ihres Vaters, dafür zu sorgen, dass er sich nicht rausschleichen konnte, um sich heimlich mit ihr zu treffen. Aber am Abend dieses Tages würde Daniel sein Bett nicht mit ihnen teilen müssen. Er würde es vielmehr mit *ihr* teilen … und es würde Ströme von Blut und Schmerz geben.

Seufzend schob Suzette die Decken zur Seite und glitt aus dem Bett, um sich rasch anzuziehen. Als sie damit fertig war und sich gerade die Haare bürstete, rührte sich Lisa, setzte sich auf und sah sich um.

»Was tust du da?«, fragte sie und gähnte.

»Ich mache mich fertig«, sagte Suzette lachend. »Du solltest aufstehen und dich anziehen. Christiana wird –«

»Lieber Gott«, murmelte Lisa und sank wieder ins Bett zurück. »Wir fahren heute nicht so früh ab. Hast du das vergessen? Wir brechen erst später auf, im Laufe des Vormittags. Wir können heute ausschlafen.«

Suzette hörte auf, sich zu bürsten. »Was? Aber wieso?«

»Das weiß ich nicht«, murmelte Lisa und drehte sich auf die Seite. »Vater hat nur gesagt, dass wir heute ausschlafen können, weil wir erst im Laufe des Vormittags oder gegen Mittag aufbrechen werden.« Sie warf einen Blick über die Schulter zu Suzette. »Hat er dir davon nichts gesagt?«

»Nein.« Suzette runzelte die Stirn.

»Er hat es wahrscheinlich vergessen«, sagte Lisa mit einem Seufzen und drehte sich wieder um. »Komm zurück ins Bett und schlaf noch etwas.«

Suzette starrte sie schweigend an. Jetzt wunderte sie sich noch mehr. Wieso würden sie erst im Laufe des Vormittags aufbrechen? Bisher hatten sie sich immer gleich frühmorgens auf den Weg gemacht, und dies war die letzte Etappe ihrer Reise. Sie hatte vermutet, dass sie gerade an diesem Tag gleich bei Sonnenaufgang unterwegs sein würden.

Seufzend legte sie die Bürste auf ihre Truhe und zog kurz in Erwägung, sich tatsächlich wieder auszuziehen und ins Bett zurückzukehren. Sie wusste jedoch, dass sie nicht würde schlafen können. Allerdings wollte sie auch nicht im Zimmer auf und ab gehen, bis alle anderen auf den Beinen waren. Und sie hatte Durst. Sie verzog das Gesicht, ging leise zur Tür und schlich sich in den Flur.

Von dem großen Raum im Erdgeschoss trieb sanftes Stimmengemurmel zu ihr herauf, als sie die Tür leise hinter sich zuzog. Suzette trat ans Geländer und spähte nach unten auf die leeren Tische. Als ihr Blick zur Küchentür glitt, sah sie auch diejenigen, die sich unterhielten. Daniel besprach sich leise mit dem Wirt.

Suzette lächelte, während sie ihn betrachtete, sein ernstes Gesicht und das leicht zerzauste Haar. Er sah aus, als wäre er gerade erst aufgestanden und hätte sich noch nicht einmal die Zeit genommen, sich rasch die Haare zu kämmen. An seiner Wange waren auch noch Falten vom Schlafen zu sehen, was ihr ein breites Grinsen entlockte. Er sah einfach hinreißend aus, und allein sein Anblick erzeugte einen leichten Schmerz in ihrer Brust. Unsicher, was das zu bedeuten hatte, aber noch nicht bereit, es zu akzeptieren, ging sie auf die Treppe zu, um sich nach unten zu den beiden Männern zu begeben. Sie hatte jedoch kaum einen Schritt getan, als der Wirt nickte und wieder in der Küche verschwand. Daniel drehte sich sofort um und ging an den leeren Tischen vorbei zur Vordertür und nach draußen.

Suzette beeilte sich, ihn einzuholen, hastete die Treppe hinunter und nach draußen, erreichte den Hof genau in dem Moment, als Daniel den Stall betrat. Sie ging ihm nach, während sich ein Teil von ihr fragte, was er dort so früh zu suchen hatte; schließlich wollten sie doch erst im Laufe des Vormittags aufbrechen. Ein anderer Teil wies sie stattdessen darauf hin, dass sie endlich einen Moment allein sein würden.

Suzette machte langsamer, als sie den Stall erreichte. Sie fand Daniel nicht gleich, aber als sie sich genauer umschaute, entdeckte sie ihn in einer der Boxen im hinteren Bereich. Sie sah, dass er gerade ein Pferd sattelte, und ging rasch zu ihm.

»Was hast du vor?«, fragte sie ihn, als sie die Box erreichte. Daniel fuhr bei ihrer Frage verblüfft herum. Sie hatte ihn offenbar erschreckt, aber als er sah, dass sie es war, breitete sich ein Lächeln auf seinem Gesicht aus.

»Guten Morgen«, sagte er, ließ den Sattel einfach ohne ihn festzuzurren auf dem Rücken des Pferdes liegen und trat zum Rand der Box, um sie zu begrüßen.

»Guten Morgen«, antwortete Suzette automatisch. »Wieso sattelst du das Pferd?«

»Weil ich es reiten werde«, sagte er einfach nur. »So komme ich schneller voran als mit einer Kutsche. Allerdings schätze ich, dass wir für den Weg zurück sehr wohl eine nehmen werden. Meine Mutter reitet zwar eigentlich gern, aber sie wird älter und ist dieses Jahr krank gewesen. Ich möchte nicht, dass sie sich übernimmt.«

»Deine Mutter?«, wiederholte Suzette verdutzt.

Daniel kicherte, als er ihre Miene sah, und trat jetzt aus der Box. Er blieb vor Suzette stehen, umfasste ihre Taille und sagte: »Ja, meine Mutter. Ich möchte, dass ihr beide euch kennenlernt, und ich möchte, dass sie bei der Hochzeit dabei ist, deshalb werde ich sie holen. Das war auch der Grund, weshalb wir gestern noch eine Stunde länger gefahren sind als sonst. Von dieser Schenke aus ist es nur eine Stunde bis nach Woodrow.«

»Oh«, hauchte Suzette. Lieber Gott, sie würde seine Mutter kennenlernen! Was, wenn Lady Woodrow sie nicht mochte? Was, wenn sie sie hasste und sich weigerte, die Ehe anzuerkennen? Was, wenn –?

»Was geht gerade in deinem Kopf vor?«, fragte Daniel stirnrunzelnd. »Du wirkst ziemlich erschreckt. Willst du nicht, dass meine Mutter bei der Hochzeit dabei ist?«

»Ich – doch, ja, natürlich. Es ist nur – was ist, wenn sie mich hasst?«, fragte Suzette geradeheraus.

Daniel kicherte wieder, dann zog er sie zu sich heran. »Sie wird dich nicht hassen. Niemand könnte dich hassen«, versicherte er ihr. Er löste sich wieder von ihr und sagte: »Nun, dies ist das erste Mal seit Tagen, dass wir einmal allein sind. Denkst du, ich könnte einen Guten-Morgen-Kuss bekommen, bevor ich aufbreche?«

Suzette blinzelte. Ihre Besorgnis darüber, ob seine Mutter sie mögen würde oder nicht, löste sich bei dieser Vorstellung plötzlich auf, wenn auch nur vorübergehend.

»Hmm?«, fragte er und senkte den Kopf.

»O ja«, hauchte sie, und dann war sein Mund auf ihrem.

Es war kein Guten-Morgen-Kuss, dachte Suzette, als seine Zunge ihre Lippen teilte. Zumindest nicht für sie. Ein Guten-

Morgen-Kuss war ein flüchtiges Küsschen. Das hier war ein Guten-Morgen-, Guten-Nachmittag- und Gute-Nacht-Kuss in einem, fand sie, während er sie mit seinem Mund nahezu verschlang. Oder vielleicht, kam ihr der Gedanke, als seine Hände sich über ihren Körper bewegten, war es auch eher ein Kuss, der besagte: »Ich will dich ins Stroh werfen, dir die Kleider vom Leib reißen und verruchte Dinge mit dir tun.«

Verdammt, der Mann konnte wirklich küssen, dachte Suzette schwach. Sie schlang ihm die Arme um den Hals und schmiegte sich an ihn, während sein Mund über ihren wanderte. Sie stöhnte jetzt, als eine seiner Hände nach unten glitt und ihren Hintern packte, sodass er ihr Becken gegen sich drücken konnte. Sie spürte seinen Maibaum durch die Kleidung hindurch, als wäre er ein ganz eigener Morgengruß. Suzette seufzte und erwiderte die Begrüßung, rieb sich ihrerseits an ihm, und sie stöhnten beide.

Daniel riss seinen Mund von ihr weg. »Ich muss gehen«, keuchte er, während seine Hände ihre Brüste fanden und er anfing, sie durch das Kleid hindurch zu drücken.

»Ja«, pflichtete Suzette ihm bei und griff durch die Hose hindurch nach seiner harten Männlichkeit.

Daniel stöhnte, küsste sie wieder begierig, während er ihre Brüste in einem beinahe schmerzhaften Rhythmus knetete, der dem entsprach, in dem sie seine Männlichkeit rieb. Schließlich riss er seinen Mund erneut von ihr los und murmelte: »Verdammt, Suzette, wenn du nicht sofort aufhörst –«

Er verzichtete auf den Rest der Drohung, sog vielmehr zischend Luft zwischen den Zähnen ein, als ihre andere Hand hinter das Taillenband seiner Hose glitt. Ohne von störendem Stoff behindert zu sein, fand sie seine Männlichkeit und drückte sie. Daniel fluchte, küsste sie erneut und schob ihren Oberkörper dabei etwas nach hinten, während sie ihn weiter liebkoste.

Suzette spürte etwas Raues und Kratziges in ihrem Rücken und vermutete, dass es Heu war. Sie war jedoch zu abgelenkt durch seine Küsse und die Art, wie er jetzt abwechselnd ihre Brüste knetete und die Brustwarzen leicht zwickte, und sie war auch selbst viel zu sehr damit beschäftigt, seine Hose zu öffnen, als dass sie darüber hätte nachdenken können.

Genauso merkte sie erst, dass er das Mieder ihres Kleids geöffnet hatte, als kühle Luft über ihre Haut strich. Er versuchte, die Ärmel ihres Kleids nach unten zu schieben, was aber nur gegangen wäre, wenn sie von ihren Bemühungen abgelassen hätte, seine Hose zu öffnen, und dazu war sie nicht bereit. Also gab er auf und zog stattdessen nur den jetzt lockeren Ausschnitt so weit nach unten, wie es ging und nötig war, um an ihre Brüste zu kommen. Dann ließ er von ihrem Mund ab und senkte den Kopf, widmete sich einer von ihnen mit den Lippen.

»Ah«, stöhnte Suzette und stieß kurz danach ein »Ha!« aus, als sie es endlich geschafft hatte, so viele Knöpfe zu öffnen, dass sie seinen Maibaum herausholen und besser liebkosen konnte. Daniel, der noch an einer Brust knabberte, erstarrte augenblicklich; dann stieß er sich mit seinem Becken in ihre Berührung, während sie ihn fester anfasste. Seine eigenen Hände wurden jetzt ebenfalls umtriebiger, wanderten nach unten und zogen ihren Rock hoch, wühlten sich unter den Stoff und dann an den Oberschenkeln entlang nach oben.

Suzette schnappte nach Luft, als seine Finger zwischen ihren Beinen sie aufforderten, sie zu spreizen, damit seine Hand zwischen sie gleiten und sie berühren konnte. Sie schloss kurz die Augen, als eine Woge von Lust in ihr explodierte, dann ließ sie seine Männlichkeit los und wand sich in seinem Griff, um ihn an den Schultern von sich wegzuschieben. Wenn sie ihn weitermachen ließ, würden seine Zärtlichkeiten dazu führen, dass sie schon bald nicht mehr klar denken konnte. Was nicht gut war, denn in Fannys Buch wurde etwas beschrieben, das sie fasziniert hatte. Ein Weg, wie man einen Mann nur mit dem Mund befriedigen konnte. Genau das wollte sie ausprobieren.

Daniel, der anscheinend dachte, dass sie vorhatte, ihr kleines Zwischenspiel zu beenden, ließ sofort von ihr ab. »Tut mir leid, ich hätte nicht –«

Und wieder hörte Suzette ihn überrascht zischen, als sie plötzlich vor ihm auf die Knie sank und seine Männlichkeit in den Mund nahm.

In diesem Moment erstarrten sie beide. Daniel zweifellos vor Schock, aber Suzette, weil sie nicht sicher war, was sie als Nächstes tun sollte. Was die genauen Einzelheiten betraf, wie sie ihn auf diese Weise befriedigen konnte, war das Buch ziemlich unklar gewesen und stattdessen in seltsame, ungenaue Metaphern und allerhand Unsinn abgedriftet. Sie zuckte innerlich mit den Schultern und tat, was sie für das Richtige hielt, kostete ihn mit ihrer Zunge und maß ihn mit ihrem Mund, fuhr an dem Schaft auf und ab und packte seinen Maibaum schließlich mit der einen Hand, um ihn nach unten schieben und seine Spitze küssen zu können.

Suzette wusste nicht, ob er ihre Aufmerksamkeiten genoss, aber sie selbst empfand es als sehr lustvoll, ihn so zu erforschen, bis er sie plötzlich an den Armen packte und hochhob. Er stellte sie jedoch nicht gleich auf den Boden, sondern setzte sie auf den Heuballen, den sie vorher in ihrem Rücken gespürt hatte.

»Habe ich –?«, begann sie, weil sie wissen wollte, ob sie es richtig gemacht hatte. Aber Daniel unterbrach die Frage, indem er sie küsste. Suzette gab mit einem kleinen Seufzer nach und schlang ihm die Arme um den Hals, während er ihre Beine auseinanderschob, sodass er sich zwischen ihnen bewegen und näher rücken konnte. Seine Hände griffen jetzt wieder nach ihren Brüsten, zumindest für einen Moment, denn dann nahm er die eine Hand wieder weg. Sie verschwand unter ihrem Rocksaum.

Er schob den Stoff den Oberschenkel mit einer Zärtlichkeit hoch, die Suzette dazu brachte, sich auf dem Heuballen zu winden. Ohne dass sie es richtig merkte, rutschte ihr Gesäß näher zum Rand hin. Als er ihr Zentrum fand, erstarrte sie und stöhnte, dann ließ sie von dem Kuss ab, sodass sie den Kopf zurücklegen konnte, während seine Finger über ihre erregte Knospe glitten. Mit dem Mund wandte Daniel sich sofort anderen Genüssen zu, knabberte an ihrem Ohr, an ihrem Hals, an ihrem Schlüsselbein, bis er seine Lippen wieder über einer ihrer Brustwarzen schloss.

Diesmal versuchte Suzette nicht, sich loszureißen, sondern sie keuchte und reckte sich seinen Zärtlichkeiten entgegen. Sie wühlte mit den Fingern in seinen Haaren, hielt sich daran fest, während sie die Beine um seine Hüfte schlang und ihn so näher zu sich heranzog. Daniel knabberte leicht an ihrer Brustwarze, seine Finger tanzten über ihr geschwollenes Zentrum, verlangten eine Reaktion ihres Körpers, die dieser nur zu bereitwillig gab. Als sie spürte, dass etwas sanft in sie hineinglitt, dachte Suzette zunächst, es wäre sein Maibaum. Sie schrie, ihre Beine klammerten sich noch fester um seine Hüfte, was ihr Gesäß noch mehr an den Rand des Heuballens brachte, während er sie weiter streichelte und sich ein Druck in ihr aufbaute, der unerträglich wurde.

»Daniel«, flehte sie keuchend in dem Wunsch, dass er diese Qual beenden möge.

Er hob den Kopf und küsste sie ausgiebig auf den Mund, während er mit seinen Liebkosungen fortfuhr. Suzette packte seine Schultern, ihr Gesäß schob sich seinen Zärtlichkeiten noch mehr entgegen, ihre Beine klammerten sich noch fester um seine Hüfte. Als er seine wundervollen Finger plötzlich wegnahm, hätte Suzette vor Enttäuschung weinen können, aber dann spürte sie, wie er erneut an ihrem hungrigen Fleisch entlangstrich. Sie knabberte an seiner Unterlippe und griff nach seinem Gesäß, drückte es fester, um ihn zum Weitermachen zu bewegen. Dennoch war sie vollkommen unvorbereitet, als er der stummen Aufforderung nachkam, ihr Becken packte und sich in sie hineinstieß. Offenbar war es beim ersten Mal gar nicht sein Maibaum gewesen, denn was jetzt in sie eindrang, war sehr viel größer und entlockte ihr ein verblüfftes Quieken vor Schmerz ... oder jedenfalls wäre es fast ein Quieken gewesen. Da er noch immer seinen Mund auf ihren presste, kam nur ein unterdrückter Ton heraus.

Daniel erstarrte. Er unterbrach den Kuss und sah sie besorgt an. »Alles in Ordnung?«

Suzette errötete verlegen und nickte. Es hatte wirklich nicht weh genug getan, um das Geräusch zu erzeugen, dass sie von sich gegeben hatte. Sie hatte sich einfach nur erschreckt. Nicht dass das wirklich nötig gewesen wäre. Es war wirklich nicht mehr als ein leichtes Kneifen gewesen, ganz sicher nicht genug, um in Ohnmacht zu fallen, nicht einmal, wenn man sehr zart besaitet war. Vielleicht hatte Fannys Liebhaber etwas falsch gemacht, dachte sie. Allerdings fühlte es sich seltsam an, als er so in ihr war, wie er ihren Körper dehnte und ausfüllte. Zuerst war es nicht einmal richtig angenehm, aber dann glitt Daniels Hand wieder zwischen sie, und er begann sie wieder zu streicheln, während er immer noch in ihr war.

Suzette stöhnte, als ihr Körper unverzüglich auf seine Zärtlichkeiten reagierte. All die Hitze und Leidenschaft, die einen Moment zuvor verschwunden gewesen waren, strömten jetzt in sie zurück. Sie hob ihren Mund zu seinem, erleichtert, dass

Daniel sie sofort wieder zu küssen begann. Als sie ihre Beine noch fester um ihn schlang und ihn ermutigte, fing er an, sich aus ihr herauszuziehen und wieder hineinzugleiten, während er sie immer noch streichelte. Der Rhythmus seiner Stöße entsprach dem seiner Zunge in ihrem Mund. Er begann langsam, aber als ihre Leidenschaft zunahm, bewegte er sich schneller und nahm dann seine Hand weg, um ihr Becken fest- und an Ort und Stelle halten zu können, während er sich in sie hineinstieß.

Suzette stöhnte und vergrub ihre Nägel in seinen Schultern, ihr ganzer Körper reckte sich der Lusterfüllung entgegen, von der sie wusste, dass sie auf sie wartete, und dann plötzlich war sie da. Sie schrie in seinen Mund, ihre Nägel und Fersen gruben sich in ihn hinein, als die ansteigende Lust plötzlich in ihr explodierte. Die Explosion ließ sie erbeben, und sie hielt sich verzweifelt an ihm fest und ritt auf den Wogen, die über sie hinwegspülten. Daniel stieß sich weiter in sie hinein, einmal, zweimal, dreimal, bevor er sich plötzlich tief in ihr versenkte. Ein tiefes Knurren kam aus seiner Kehle.

Sie konnte genau spüren, wann es für Daniel schließlich zu Ende war, denn er sackte sofort gegen sie, als hätte ihn sämtliche Kraft verlassen.

»Verdammt«, flüsterte er einen Moment später. Er richtete sich langsam auf, sah auf sie herunter und meinte ernst: »Tut mir leid.«

Suzette starrte ihn überrascht an. »Was tut dir leid?«

»Ich hätte nicht … der Stall ist nicht gerade der beste Ort für eine Lady, um – jemand hätte reinkommen können und … ich hätte niemals –«

Suzette brachte ihn mit einem Kuss zum Schweigen und umarmte ihn fest, während sie flüsterte: »Können wir das noch einmal machen?«

Daniels Brust vibrierte, als er stumm lachte. Aber dann löste er sich sanft von ihr und sagte trocken: »So verführerisch die Idee auch ist, so schnell könnte ich nicht schon wieder. Und abgesehen davon muss ich jetzt wirklich gehen.« Er drückte ihr einen Kuss auf die Nase. »Tut mir leid, aber ich muss jetzt wirklich los.«

Suzette seufzte enttäuscht und ließ ihn zögernd los, als er sich von ihr zurückzog. Sie sah, wie er seine Kleidung ordnete, die Hose wieder richtig befestigte, bevor sie sich daranmachte, ihre eigene Kleidung glatt zu streichen.

Als er wieder in die Box zurückging, in der sie ihn gefunden hatte, rutschte sie von dem Heuballen herunter. Sie verzog das Gesicht, als sie eine gewisse Empfindlichkeit zwischen den Beinen spürte. Sie ignorierte das Gefühl jedoch erst einmal und folgte Daniel in die Box. »Wie lange wirst du wegbleiben?«

»Mit der Kutsche ist Woodrow etwa eine Stunde von hier entfernt, aber sie wird vermutlich ein paar Dinge einpacken wollen. Da ich auf dem Hinweg mit dem Pferd schneller bin, glaube ich nicht, dass wir länger als zwei Stunden brauchen werden«, antwortete er geistesabwesend, während er sein Pferd weiter sattelte.

»Kann ich dich begleiten?«, fragte sie. Nach dem, was sie gerade getan hatten, wollte sie sich nur ungern so schnell wieder von ihm trennen.

Daniel sah sie überrascht an. Er zögerte, dann schüttelte er den Kopf und widmete sich wieder seiner Arbeit. »Nein. Es ist besser, wenn ich allein gehe.«

»Warum?«, fragte Suzette mit einem Stirnrunzeln. Dann spürte sie Besorgnis in sich aufsteigen. »Du hast Angst, dass deine Mutter mich nicht mögen wird, oder?«

Bei der Frage warf er ihr wieder einen Blick zu. Er runzelte die Stirn, sagte aber mit fester Stimme: »Nein, natürlich nicht.«

»Warum kann ich dann nicht mitkommen?«, frage sie. Dann zog sie die Augen argwöhnisch zusammen, als ihr ein anderer Gedanke kam. »Aber du *kommst* doch wieder zurück?«

»Natürlich komme ich zurück«, sagte er mit einem Lachen. Diesmal machte er sich nicht einmal die Mühe, sie anzusehen. Er packte die Zügel des jetzt gesattelten Pferdes und führte es aus der Box, blieb kurz vor ihr stehen und gab ihr einen raschen Kuss. Dann nahm er ihren Arm und drehte sie so, dass sie in Richtung Ausgang blickte. »Und jetzt geh wieder ins Haus.«

Suzette versuchte, sich wieder zu ihm umzudrehen, aber er schob sie einfach weiter, zur Stalltür und hinaus in den Hof, während er gleichzeitig das Pferd an den Zügeln führte.

»Rasch jetzt, ins Haus«, sagte Daniel mit fester Stimme, dann ließ er ihren Arm los und versetzte ihr einen sanften Schubser in Richtung Schenke.

Suzette seufzte, aber sie ging weiter. Als sie die Tür der Schenke erreicht hatte, drehte sie sich um und warf einen Blick zurück. Daniel war inzwischen aufgestiegen. Er lächelte sie an und winkte zum Abschied, dann ritt er los. Plötzlich überfiel Suzette der abergläubische Gedanke, dass sie ihn niemals wiedersehen würde, wenn sie jetzt zusah, wie er verschwand. Sie drehte sich abrupt um und betrat die Schenke.

Der Schankraum war noch genauso still und leer, wie er es gewesen war, als sie ihn vorhin durchquert hatte. Suzette war dankbar dafür. Es mochte dumm von ihr sein, aber sie war davon überzeugt, dass jeder ihr ansehen würde, dass sie keine Jungfrau mehr war. Als hätte das, was gerade geschehen war, irgendwelche Spuren an ihr hinterlassen.

Sie schüttelte den Kopf über ihre Fantastereien und beschloss, in das Zimmer zurückzukehren, das sie sich mit Lisa teilte. Jetzt würde sie vermutlich etwas schlafen können, und sie war sicher, dass ihr die Ruhe guttun würde. Ihr Körper fühlte sich im Moment wirklich etwas empfindlich an. Vielleicht würde er besser heilen, wenn sie ein Nickerchen machte.

Auf dem Weg nach Woodrow konnte Daniel ziemlich lange das Grinsen nicht aus dem Gesicht bekommen. Sein Körper lenkte das Pferd beinahe von allein, während er in Erinnerungen an Suzette schwelgte – an ihre Brüste über dem nach unten geschobenen Ausschnitt, an die hochgeschobenen Röcke, ihre von Leidenschaft brennenden Augen, als er in sie eingedrungen war. Es hatte sich angefühlt, als wäre er nach Hause gekommen. Ihre Arme und Beine, ja, ihr ganzer Körper hatten ihn bei jedem Stoß umarmt, und ihr Seufzen, Keuchen und lustvolles Wimmern war Musik in seinen Ohren gewesen. Diese Frau war all das, was er sich erhofft hatte, und noch vieles mehr. Sie ging mit ihrem Körper genauso frei und unverstellt um wie mit Worten. Er würde ein ganzes Leben lang Zeit haben, beides zu genießen, und er freute sich wirklich darauf.

Dann wurde sein Grinsen weicher und verwandelte sich in ein sanftes Lächeln. Er war nie besonders versessen aufs Heiraten gewesen. Bislang hatte er sich gegen die Vorstellung gesträubt, eine Frau zu haben. Er wusste, wie ungewöhnlich seine Mutter für die Gesellschaft war, eine Frau, die die Ärmel hochkrempelte und bereit war zu tun, was getan werden musste. Nach dem, was er von den meisten Frauen der Gesellschaft miterlebt hatte, war dies eine seltene und wunderbare Eigenschaft. Die meisten Frauen, denen er im Laufe der Jahre begegnet war, waren verzärtelt gewesen und so anspruchsvoll wie Prinzessinnen, die darauf bestanden, eine Fülle von Kleidern zu besitzen, weil sie sich unmöglich zweimal in dem gleichen Kleid präsentieren konnten, Kisten mit Juwelen, um ihren Status zu zeigen, und darüber hinaus hätten sie – da war er sich sicher – bei jedem Ball, jedem Theaterstück und jeder sich ergebenden Unterhaltung seine Aufmerksamkeit und Anwesenheit verlangt, während er doch eigentlich arbeiten musste, um dafür zu sorgen, dass ihnen ihr Wohlstand auch erhalten blieb.

Aber Suzette war anders. Daniel zweifelte nicht im Geringsten daran, dass auch sie die Ärmel hochkrempeln und mit anpacken würde, wenn es nötig werden sollte. Dies verriet allein die Tatsache, dass sie bereit gewesen war, sich zu opfern, um den Skandal von ihrer Familie abzuwenden. Sie war vorgetreten und hatte die Aufgabe selbst übernommen, ohne in Erwägung zu ziehen, dass auch Lisa heiraten und ihre Mitgift beanspruchen konnte.

Daniel war sich ziemlich sicher, dass er nicht befürchten musste, von ihr zu jedem gesellschaftlichen Ereignis der Saison geschleppt zu werden. Suzette hatte ihm bereits gesagt, dass sie das ruhige Landleben und die Schönheit der Natur der überfüllten, schmutzigen Stadt vorzog. Und was Mode und Juwelen anging, waren ihre Kleider zwar allesamt gut und ließen sie hübsch erscheinen, aber sie entsprachen nicht gerade dem, was in der Londoner Gesellschaft angesagt war. Sie schien sich daraus ebenso wenig zu machen wie daraus, was die Leute von ihrer unverblümten Art hielten. Eigenartigerweise erzeugte gerade die Tatsache, dass sie sich aus materiellen Dingen nichts zu machen schien, den Wunsch in ihm, sie damit zu überschütten.

Bei dem Gedanken lächelte Daniel schief; dann sah er sich abrupt um, als ein scharfes Krachen erklang. Es schien irgendwo vom Wald rechter Hand von ihm gekommen zu sein, und er ließ sein Pferd langsamer laufen, während er die Blicke über die Bäume schweifen ließ. Er wusste, dass er sich am Rand seines Besitzes befand, und man hatte ihm gesagt, dass es dort Ärger mit Wilddieben gab. Allerdings hatte er während der sechs

Monate, die er bis zum Aufbruch nach London und dann nach Amerika hier verbracht hatte, keinerlei Hinweise darauf gefunden. Jetzt allerdings fragte er sich, ob er gerade Zeuge davon wurde, dass Wilddiebe hier ihr Unwesen trieben. Er würde es auf jeden Fall seinem …

Der Gedanke erstarb, als ein weiteres Krachen erfolgte und etwas von hinten gegen seine rechte Seite prallte. Was sich anfühlte, als hätte ihn jemand getreten, raubte ihm regelrecht den Atem, und er wäre fast vom Pferd gefallen. Er beugte sich nach vorn, legte sich flach auf den Pferderücken und stieß dem Tier die Fersen in die Seite, damit es schneller lief. Noch ein Krachen, aber diesmal spürte Daniel nichts, er konzentrierte sich einfach nur darauf, sich an den Zügeln festzuhalten. Dann merkte er, dass seine Finger schwächer zu werden schienen und er nur mühsam Luft bekam. Einen Moment lang fürchtete er, dass seine Lunge durchschossen worden war, aber nach einem tiefen Atemzug begriff er, dass dies nicht der Fall war. Es war also der Schock, dachte er.

Und vielleicht der Blutverlust, fügte er im Stillen hinzu, als er spürte, wie ihm warme Flüssigkeit an der Seite herunterlief. Es war verdammt gut, dass er so nah an zu Hause war, sonst würde er es nicht mehr dorthin schaffen, dachte er grimmig, doch als ihn die Benommenheit einen Moment später übermannte, fragte er sich, ob er es denn wirklich schaffen würde.

11

»Sollten wir nicht auf Daniel warten?«, fragte Suzette, als ihr Vater sie zu dem Tisch schob, an dem die anderen sich bereits zum Frühstück versammelt hatten. Ihr Blick glitt zur Tür, aber es gelang ihr, den Drang zu unterdrücken, einfach hinauszulaufen und nachzusehen, ob Daniel in den Hof geritten kam. Mehrmals schon hatte sie es während der letzten halben Stunde getan, seit die zwei Stunden vorbei gewesen waren, nach denen er – wie er gesagt hatte – wieder hatte zurück sein wollen. Als sie sich von ihrem Vater neben Lisa auf die Bank drücken ließ, zog sie ein finsteres Gesicht. »Warum braucht er so lange?«, murmelte sie.

»Lady Woodrow wird ein paar Dinge zum Anziehen einpacken wollen«, sagte Richard unbekümmert und nahm ihr gegenüber neben Christiana Platz.

»Ja, natürlich.« Sie erzählte ihnen nicht, dass Daniel davon ausgegangen war, sogar mit Packen nach zwei Stunden wieder zurück zu sein.

Während des Frühstücks wurde geplaudert und gelacht, aber Suzette fiel es schwer, sich darauf einzulassen, da sie immer wieder zur Tür blickte und ungeduldig auf Daniels Rückkehr wartete. Sie war erleichtert, als das Frühstück vorbei war, und lief sofort zur Tür, um erneut zu den Ställen zu gehen. Als sie die Tür aufriss, kehrte der Wirt allerdings gerade von dort zurück. Er schüttelte den Kopf und lächelte mitfühlend.

»Immer noch nichts von ihm zu sehen, Miss. Ich bin sicher, dass er schon bald hier sein wird.«

»Ja«, murmelte Suzette, dann brachte sie ein Lächeln zustande. »Danke«. Sie machte Platz, damit er eintreten konnte. Dann wandte sie sich zur Treppe um; sie wollte nach oben gehen und noch einmal nachsehen, ob sie auch wirklich alles eingepackt hatte und nicht doch einen Strumpf unter dem Bett oder woanders vergessen hatte. Zwar hatte sie schon einmal eingehend nachgesehen, aber ein zweiter Blick konnte nicht schaden. Abgesehen davon hatte sie auf diese Weise etwas zu tun. Das Warten machte sie wahnsinnig.

Sie verdrehte die Augen angesichts ihrer Ungeduld, stieg die Treppe hoch und ging gemächlich zu dem Zimmer, in dem sie und Lisa geschlafen hatten. Sie stieß die Tür auf und wollte schon eintreten, als sie im Eingang einen Brief auf dem Boden liegen sah und abrupt stehen blieb. Stirnrunzelnd bückte sie sich und hob ihn auf. Ihr Stirnrunzeln vertiefte sich, als sie ihren Namen in einer ordentlichen Handschrift darauf fand.

Sie schob die Tür zu und öffnete den Brief, während sie zum Bett ging. Dann blieb sie stehen und las.

Liebe Suzette,
ich entschuldige mich für den ungelegenen Zeitpunkt. Allerdings kann ich Dich einfach nicht heiraten. Dein Verhalten in den Ställen heute Morgen war, offen gesagt, nicht das, was man von einer Lady der Gesellschaft erwarten würde. Es war ein unehrenhafter und erbärmlicher kleiner Vorfall. Du hast umgeben von Mist und Gestank im Stall Deine Röcke für mich gehoben und Dich dadurch nicht besser verhalten als irgendein Milchmädchen. Mir ist klar geworden, dass dies Fragen in mir aufwirft, die Deine Fähigkeit betreffen, mir als Gemahlin treu zu sein. Ich mache mir Sorgen, dass derart heftige Leidenschaf-

ten verbunden mit Deinem ungebärdigen Wesen und Deinem offensichtlich völligen Mangel an Selbstbeherrschung dazu führen werden, dass ich mir ewig Gedanken darüber machen muss, was Du mit Deinem lüsternen Verhalten mit anderen Männern anstellst, die zufällig in Deinen Einflussbereich gelangen. Ich würde mich bei allen unseren Kindern fragen, ob sie wirklich meine Nachkommen sind oder nicht vielleicht die des Dieners oder des Stallburschen oder irgendeines männlichen Gastes, der gerade zu Besuch war. Ich will so nicht leben; deshalb entschuldige ich mich erneut. Allerdings werde ich nicht zur Schenke zurückkehren, um mit Dir nach Gretna Green zu fahren. Für Deine Zukunft wünsche Dir viel Glück, aber ich werde kein Teil davon sein.
Hochachtungsvoll
Daniel

Suzette las den Brief gerade zum zweiten Mal, als sich hinter ihr die Tür öffnete. Sie hörte kaum zu, als ihre Schwester sagte: »Oh, hier bist du. Lisa und ich dachten, wir könnten uns die Zeit mit einem kleinen Spaziergang vertreiben. Der Wirt hat uns erklärt, dass es einen hübschen Weg zu einem Wasser … Suzette?«

Suzette drehte sich zu Christiana um, die neben sie getreten war, und sah sie mit einem benommenen und verwundeten Blick an. Ihre Stimme war kaum mehr als ein Flüstern, als sie herausbrachte: »Daniel kommt nicht mehr zurück.«

»Was?« Christiana runzelte die Stirn und sah dann den Brief in ihren zittrigen Händen. Als sie versuchte, ihn zu nehmen, drückte Suzette ihn jedoch an ihre Brust und rückte von ihr weg. Sie schämte sich zu sehr, sie konnte ihn niemanden lesen lassen.

»Er will mich nicht heiraten«, sagte sie, und plötzlich fiel es ihr schwer zu atmen. Sie atmete schneller, keuchender, aber es schien, als würde nur wenig Luft in ihre gequälte Lunge gelangen. »Meine Brust tut weh«, keuchte sie.

»Setz dich hin.« Christiana war sofort wieder neben ihr und drängte sie, sich hinzusetzen. Als Suzette auf das Bett gesunken war, ging Christiana zum Fenster und öffnete die Läden, um ein bisschen frische Luft hereinzulassen. Dann drehte sie sich wieder zu ihr um und befahl: »Atme. Atme tief durch.«

Suzette atmete ein, versuchte, ihre Atemzüge zu beruhigen. Nach ein paar Versuchen schien es zu funktionieren, und sie atmete wieder gleichmäßiger.

»Zeig mir den Brief, Suzette«, sagte ihre Schwester ruhig, als sie fast wieder normal atmete.

»Nein«, sagte sie mit leiser Stimme, drückte sich den Brief sogar noch fester an die Brust.

»Nun gut, dann sag mir, was darin steht. Ich bin mir sicher, dass es nur ein Missverständnis ist«, sagte Christiana sanft.

»Liebe Suzette, ich entschuldige mich für die Unannehmlichkeit aufgrund des Zeitpunkts. Allerdings kann ich Dich einfach nicht heiraten«, gab Suzette aus dem Kopf zurück. Obwohl sie den Brief nur zweimal gelesen hatte, hatten sich ihr diese Worte ins Gedächtnis eingebrannt.

»Dann ist es also kein Missverständnis«, sagte Christiana finster. »Hat er geschrieben, warum?«

»Ich bin ungebärdig, meine Leidenschaften sind zu heftig, ich habe keine Selbstbeherrschung, und er zweifelt an meiner Fähigkeit, ihm nach der Hochzeit treu zu sein«, gestand Suzette und brach in Tränen aus, kaum dass sie das gesagt hatte.

»Oh, Suzie«, murmelte Christiana und umarmte sie. Sie hielt sie einfach nur fest und wiegte sie sanft hin und her, damit sie sich ausweinen konnte. Dann klopfte es an der Tür.

»Wer ist da?«, fragte Christiana in leicht ungehaltenem Ton.

»Dein Gemahl«, kam Richards heitere Antwort.

Christiana zögerte, dann schnappte sie: »Komm rein.«

Suzette hörte sofort zu weinen auf und entzog sich ihrer Schwester. Sie strich sich rasch über das Gesicht, während sich die Tür öffnete.

»Ich bin nur gekommen, weil ich wissen wollte – was ist los?« Richard hatte erst nur den Kopf in die Tür gesteckt, aber dann sah er, dass seine Frau wütend dreinblickte und Suzettes Gesicht verheult war, und er trat vollends ein. Er schloss die Tür hinter sich und trat besorgt zu ihnen. »Was ist passiert?«

»Daniel kommt nicht zurück«, verkündete Christiana. Sie erhob sich vom Bett und ging zu ihm. »Er hat sich entschieden, dass er Suzette nicht heiraten will, weil sie zu ungebärdig ist, ihre Leidenschaften zu heftig sind und sie sich nicht beherrschen kann.«

Eine Weile herrschte nichts als Stille. Als Suzette sich umsah, bemerkte sie, dass Richard nachdenklich die Stirn runzelte, während Christiana ihn finster anstarrte und auf eine Antwort wartete. »Richard? Warum wirkst du gar nicht überrascht? Das kann doch nur ein Irrtum sein, oder –?«

»Ich weiß es nicht«, gestand Richard und zögerte einen Moment, ehe er weitersprach. »Ich weiß, dass Daniel sich anfangs nicht sicher war, ob er sie heiraten will. Aber er wusste, wenn er das sagen würde, würde sie ihm nicht die Möglichkeit geben, Zeit mit ihr zu verbringen, um sie besser kennenzulernen und sich dann zu entscheiden. Deshalb hat er es ihr nicht gesagt.« Er runzelte die Stirn. »Ich war mir allerdings ganz sicher, dass er sich längst entschieden hatte, sie zu heiraten, daher –«

»Willst du damit sagen, dass er gelogen hat?«, fragte Christiana bestürzt. »Dass er Suzette hat glauben lassen, er hätte ehrenhafte Absichten, während er in Wirklichkeit –«

»Er hat nicht direkt gelogen«, sagte Richard lahm. Dann seufzte er. »In der Nacht, als wir gerade damit beschäftigt waren, Georges Leiche wegzuschaffen, und sie Daniel in ihrem Zimmer vorgefunden hat, ist sie irrtümlicherweise davon ausgegangen, dass er gekommen wäre, um ihr seine Zustimmung mitzuteilen. Er hat es einfach unterlassen, sie zu berichtigen.«

»Und was ist der Unterschied zwischen dem und einer Lüge?«, fragte Christiana scharf. »Er hat zugelassen, dass sie zu einer falschen Schlussfolgerung gekommen ist und sie nicht berichtigt.«

Suzette runzelte die Stirn und fragte: »Wenn er nicht da war, um mir seine Zustimmung zu überbringen, warum –«

»Wir waren oben, um Georges Leiche zu holen«, unterbrach Richard sie ruhig. »Wir hatten ihn gerade aus dem Zimmer geschafft, als ihr beiden angekommen seid. Daraufhin sind wir ins nächste Zimmer geflüchtet, ohne zu bemerken, dass dort jemand untergebracht war. Daniel ist dann mit George in dem Raum zurückgeblieben, während ich dich und Lisa mit ins Arbeitszimmer genommen habe. Meine Aufgabe war, euch so lange wie möglich aufzuhalten, damit er Zeit hatte, mit George zu verschwinden, aber du wolltest unbedingt von dem Whisky trinken, von dem ich dachte, dass George damit vergiftet worden war. Ich habe ihn dir deshalb aus der Hand geschlagen, und du bist weggerannt.«

»Oh.« Suzette erinnerte sich daran, wie wütend sie gewesen war, weil sie gedacht hatte, er würde den Whisky einfach nur niemand anderem gönnen. Richard hatte also lediglich versucht, sie davon abzuhalten, etwas zu trinken, das er für vergiftet hielt. Sie schüttelte den Kopf. Das war jetzt nicht wichtig. Mit angespanntem Mund sagte sie: »Als ich in mein Zimmer gekommen bin, war Daniel allein. George war nicht bei ihm.«

»Er hat George aus dem Fenster geworfen und wollte gerade hinterherklettern, als du gekommen bist«, erklärte Richard. Er fühlte sich jetzt eindeutig unbehaglich.

Suzette schloss die Augen und wandte den Kopf ab. »Also hatte er nie vor, mich zu heiraten.«

»Das ist nicht – ich weiß es nicht«, sagte Richard müde. »Du hast ihn fasziniert, und er mochte dich und wollte dich besser kennenlernen.«

»Nun, das hat er in der Tat getan«, fauchte Christiana. »Ich weiß, dass er sie geküsst hat, und nicht nur das.«

Suzette verzog das Gesicht. »Aber was ist mit der Mitgift? Ich dachte, er wollte die Mitgift. Wieso sollte er sie aufgeben, wenn er sie so dringend braucht?« Die Frage hatte kaum ihre Lippen verlassen, als sie beschämt errötete. Die Antwort stand in dem Brief. Offenbar genügte noch nicht einmal die Aussicht, die Mitgift zu erhalten und seinen Besitz zu retten, um jemanden zu heiraten, die er als so lüstern und verachtenswert empfand wie sie. Sie schüttelte den Kopf und stöhnte leise. »Mein Gott, er findet mich so widerwärtig, dass er lieber auf die Mitgift verzichtet, die er so dringend braucht, als dass er mich heiratet.«

»Er braucht sie nicht«, gestand Richard und nickte entschuldigend. »Das war tatsächlich eine Lüge.«

»Und du hast das *gewusst*?«, fragte Christiana bestürzt.

»Natürlich braucht er die Mitgift«, wandte Suzette ein. Sie rief sich die Geschichten in Erinnerung, die Daniel ihr über seine Kindheit erzählt hatte. Das konnten doch unmöglich alles Lügen sein? Oder doch? Lieber Gott, sie hatte jedes Wort geglaubt. Sie spannte den Mund an, sagte dann: »Er hat mir erzählt, dass seine Mutter das ganze Mobiliar verkauft hat, damit sie überleben konnten. Sogar ihren Schmuck und ihren Ehering. Er hat gesagt, dass sie keine Dienstboten gehabt haben, und –«

»Das ist auch alles richtig«, versicherte Richard ihr. Er wirkte regelrecht erleichtert, dass er das sagen konnte. »Und es stimmt auch, dass seine Mutter ihn gedrängt hat, sich eine reiche Braut zu suchen, als er älter wurde. Sie hat schwer gearbeitet, um zu verbergen, dass sie arm war und Not litt, und die Gesellschaft davon zu überzeugen, dass sie nur ein schrecklicher Snob war. Und alle haben es geglaubt. Ihre Familie ist ja auch außerordentlich reich. Allerdings hat sie ihr den Rücken gekehrt, als sie Daniels Vater geheiratet hat, und so waren sie und Daniel nach dessen Tod mittellos.«

Suzette war erleichtert, dass Richard die Geschichte bestätigte, die Daniel ihr erzählt hatte. Dennoch runzelte sie die Stirn und erklärte: »Aber du hast gerade gesagt, dass er meine Mitgift nicht benötigt.«

»Das tut er auch nicht.« Müde fuhr sich Richard durch die Haare. »Daniel hat mir eines Nachts alles erzählt. Wie arm sie waren und was seine Mutter alles geopfert hat und dass sie jetzt von ihm verlangen würde, möglichst schnell ein reiches Mädchen zu heiraten.« Er zuckte mit den Schultern. »Natürlich hatte ich so etwas längst vermutet. Wir waren immerhin eng befreundet, und ich hatte hier und da Hinweise darauf gesehen. Ich hatte nur warten wollen, bis er von sich aus darüber spricht, und als er mir alles erzählt hat, habe ich ihm bei Investitionen geholfen, und –« Richard verzog das Gesicht und gestand: »Er hat jetzt fast so viel Geld wie ich. Er ist reich. Er braucht deine Mitgift nicht.«

»Dann hat er mich wirklich nie gewollt oder gebraucht«, sagte Suzette. Sie fühlte sich erbärmlich.

»Er hat nur mit ihr gespielt.« Christiana klang wütend. Sie trat näher zum Bett, setzte sich auf die Kante und nahm Suzette in den Arm.

»Das glaube ich nicht«, sagte Richard grimmig. »Daniel ist

ein ehrenhafter Mann. Ich wäre nicht mit ihm befreundet, wenn ich ihn nicht dafür halten würde. Es muss irgendeine Erklärung geben.«

»Was für eine?«, fragte Christiana finster.

»Ich weiß es nicht«, gab er frustriert zu. Er streckte seine Hand aus. »Ich möchte den Brief sehen.«

»Nein!« Suzette zerknitterte ihn in der Hand und drückte ihn an die Brust. Er durfte auf gar keinen Fall lesen, was im Stall passiert war. Während es geschehen war, hatte sie es für die wundervollste Erfahrung auf der Welt gehalten, aber jetzt kam es ihr irgendwie billig und schmutzig vor. Sie hatte ihre Röcke so leichtfertig gehoben wie ein Milchmädchen, und Daniel verabscheute sie deswegen. Sie schämte sich, und sie wollte nicht, dass alle von ihrer Schande erfuhren.

Richard und Christiana schwiegen einen Moment, dann bat Richard seine Frau darum, einen Moment mit ihr allein zu sprechen. Die beiden gingen zur Tür und flüsterten miteinander. Währenddessen rollte sich Suzette wie ein Embryo auf dem Bett zusammen und presste den Brief an ihre Brust. Sie sollte ihn verbrennen oder zerreißen, aber dafür konnte sie im Augenblick nicht die nötige Kraft aufbringen.

Dann hörte Suzette, wie sich die Zimmertür öffnete und schloss, und sie starrte die Wand an, innerlich leer und betäubt. Sie wusste nicht, wie lange sie so dagelegen hatte, als sich die Tür erneut öffnete und schloss. Sie unterließ es, die Augen aufzumachen, sondern lauschte nur den sanften Schritten auf den harten Dielen. Jemand ließ sich auf dem Bettrand nieder und begann, ihr beschwichtigend über den Rücken zu streichen. Dass es Christiana war, merkte sie erst, als diese flüsterte: »Es wird alles gut werden, Suzie. Richard und Robert reiten hinter Daniel her und finden heraus, was los ist.«

Suzette versteifte sich. Wenn Richard und Robert das taten, würden sie herausfinden, dass Daniel sie wegen ihres lockeren Verhaltens verabscheute. Alle würden von ihrer Schande erfahren. Bei dem Gedanken drehte sie sich abrupt zu Christiana um. »Du musst sie aufhalten.«

Christiana wölbte die Brauen. »Weshalb?«

»Deshalb«, zischte sie und setzte sich auf. »Du musst es einfach tun. Ich will nicht, dass sie mit ihm reden.«

»Wieso nicht?«, wiederholte Christiana beharrlich.

Suzette fluchte und stand vom Bett auf, um selbst hinter Richard herzulaufen. Sie lief, so schnell sie konnte, die Treppe hinunter, aber als sie aus der Schenke schoss, ritten Robert und Richard gerade los. Ihre Schultern sackten jämmerlich nach unten. Sie würden längst weg sein, wenn sie es geschafft hatte, im Stall ein Pferd zu satteln, um ihnen zu folgen, und Suzette hatte keine Ahnung, wo Woodrow lag oder wie sie dahin kam. Was bedeutete, dass sie sie auch nicht würde einholen können.

»Sie sind Suzette, oder?«

Desinteressiert sah sie sich um, erkannte den Mann vage, der neben ihr stand. Sie schüttelte jedoch den Kopf, um wieder in die Schenke zurückzukehren. Als sie eintrat, hörte sie, dass er ihr gefolgt war und erneut versuchte, mit ihr zu sprechen, aber sie ignorierte ihn einfach und schleppte sich die Treppe hoch und zurück in ihr Zimmer.

Christiana war noch da. Sie saß auf dem Bett und las ein zerknittertes Stück Papier. Im ersten Moment wusste Suzette nicht, was es war, aber dann erinnerte sie sich an den zerknüllten Brief und begriff, dass sie ihn liegen gelassen hatte. Sie schloss die Tür und lehnte sich müde dagegen, während sie wartete.

Christiana hob den Kopf. Ihr Blick war voller Kummer, als sie flüsterte: »Oh, Suzie.«

Suzette neigte den Kopf. Scham überströmte sie, und sie war nicht in der Lage, dem Blick ihrer Schwester zu begegnen.

Als Daniel aufwachte, hatte er das Gefühl, als würde seine Brust aufgerissen werden, so weh tat sie. Einen Moment lang dachte er, er wäre vom Pferd gefallen und irgendein wildes Tier würde sich an seinem verletzten Fleisch laben. Aber dann öffnete er die Augen und sah vor sich eine silberhaarige Frau, der immer noch anzusehen war, wie schön sie einst gewesen war. Catharine, Lady Woodrow.

»Mutter?«, krächzte er verwirrt. Er sah sich um und stellte fest, dass er in seinem Schlafzimmer auf Woodrow war. »Wie – ?«

»Hier.« Sie half ihm, sich aufrecht hinzusetzen und hielt ihm einen Becher mit Flüssigkeit an den Mund. Während er trank, sagte sie: »Mr Lawrence war gerade auf dem Rückweg von einem der Pachthöfe, die er überprüft hat. Er hat dein Pferd gefunden, das mit dir vornübergesunken im Sattel einfach dahintrottete. Er hat dich sofort nach Hause gebracht, damit ich mich um dich kümmern kann.«

Daniel nickte bei der Erwähnung seines Assistenten und schluckte die Flüssigkeit, während sie den Becher wieder wegnahm. John Lawrence war sehr kompetent, und er hatte nicht die geringsten Zweifel gehabt, dass sich das Gut bei ihm in guten Händen befinden würde, während er in Amerika gewesen war.

»Was ist passiert?«, fragte sie ernst.

»Ich bin angeschossen worden.«

»Ja, das habe ich bemerkt«, erwiderte sie trocken. »Immerhin war ich es, die deine Wunde verbunden hat. Aber von wem bist du angeschossen worden?«

Daniel schüttelte müde den Kopf. »Ich habe es nicht gesehen. Ich war auf dem Weg hierher, um dich abzuholen, und bin dabei durch den Wald geritten.« Er runzelte die Stirn, als er an den Unfall mit der Kutsche dachte, bei dem es so ausgesehen hatte, als wären die Speichen halb durchgesägt worden. Und dann dachte er an die Postkutsche, die ihn und Richard fast umgefahren hatte. Sie hatten gedacht, dass diese Angriffe Richard galten und Georges Mörder dahinterstecken würde, der sein Werk vollenden wollte. Aber Georges Mörder war fest davon überzeugt gewesen, dass er George erfolgreich getötet hatte. Mehr noch, hatte er nicht das geringste Interesse daran gehabt, Richard zu töten. Daniel glaubte ihm. Und hatte so ganz allmählich in Betracht gezogen, dass die anderen beiden Vorfälle gar nichts mit Richard zu tun gehabt hatten. Die Tatsache, dass er jetzt angeschossen worden war, schien diesen Verdacht zu bestätigen. Das sagte er allerdings nicht. Er wollte seine Mutter nicht aufregen, deshalb murmelte er nur: »Vielleicht hat ein Jäger mich mit irgendeinem Wildtier verwechselt und deshalb geschossen.«

Lady Woodrow runzelte bei dieser Idee die Stirn, aber sie ließ das Thema fallen und fragte stattdessen: »Wieso wolltest du mich abholen? Zu was?«

»Oh.« Daniel blinzelte, als er sich erinnerte, weshalb er hergekommen war. Und ihm fiel ein, dass Suzette sich furchtbare Sorgen machen und einen Suchtrupp nach ihm ausschicken würde, wenn er nicht zurückkehrte. Himmel, wie er Suzette kannte, würde sie ihm wahrscheinlich selbst nachreiten, und dann würde sie Woodrow sehen und wissen, dass –

»Wie spät ist es? Seit wann bin ich schon hier?«, fragte er und setzte sich auf. Als die Schmerzen in seinem Rücken und Bauch wieder aufflackerten, zuckte er zusammen.

»Leg dich wieder hin«, wies ihn seine Mutter scharf an. »Und beantworte meine Frage. Zu was wolltest du mich abholen?«

»Zu meiner Hochzeit«, antwortete er, kam aber zu dem Schluss, sich angesichts ihrer Beharrlichkeit tatsächlich ein kleines bisschen hinzulegen. Nur ein oder zwei Minuten, dann musste er –

»Zu deiner Hochzeit?«, fragte Lady Woodrow eisig.

Daniel sah seine Mutter argwöhnisch an. Sie sprach in diesem besonderen Ton nur, wenn sie sehr aufgeregt war. Und jetzt wirkte sie tatsächlich sehr aufgeregt. Aufgeregt, schockiert, entsetzt, verwirrt, vielleicht sogar eine Spur erleichtert und glücklich, aber hauptsächlich aufgeregt.

»Wen heiratest du? Und wie ist es dir gelungen, eine Hochzeit zu planen, ohne mir davon zu erzählen und zu verhindern, dass ich sonst irgendwie Wind davon bekomme?«, fragte sie grimmig.

»Oh, nun, es gibt eigentlich keine großartige Planung«, sagte er unbehaglich. »Ich meine, irgendwie schon, aber es ist keine sehr große. Wir fahren nach Gretna Green, und –«

»Gretna Green!«, kreischte sie, dann legte sie eine Hand an ihre Brust und schnappte nach Luft. »Sie bekommt ein Kind.«

»Nein, natürlich nicht«, sagte Daniel gereizt.

»Warum dann diese Eile mit Gretna Green?«, fragte Lady Woodrow sofort.

Hilflos schüttelte Daniel den Kopf. »Es ist alles etwas kompliziert, Mutter.«

Sie beäugte ihn genauer. »Dann solltest du dir die Zeit nehmen, es mir zu erklären.«

Daniel sah zur Seite und sagte dann: »Ihr Name ist Suzette, und sie – nun, du wirst sie mögen. Sie ist dir sehr ähnlich, stark und klug und süß, aber sie kann auch mal aufbrausend sein. Suzette ist völlig anders als alle anderen Frauen der Gesellschaft.« Er lächelte. »Sie beißt sich nie aus reiner Höflichkeit auf die Zunge. Sie sagt einfach direkt, was sie empfindet, und man weiß bei ihr immer, woran man ist. Sie lächelt dir nicht ins Gesicht und klatscht dann hinter ihrem Fächer und kritisiert dich.«

»Verstehe«, sagte sie sanft. »Diese Suzette scheint etwas Besonderes zu sein.«

»Das ist sie«, versicherte er ihr ernst. »Und ich hoffe, dass ihr beiden Freundinnen werdet. Sie ist auf dem Land aufgewachsen, nur mit ihren Schwestern und ihrem Vater. Ihre Mutter ist gestorben, als sie noch sehr jung war, und sie ist nie von einer Mutter angeleitet worden, daher ist sie vielleicht in Fragen der Haushaltsführung nicht so gut ausgebildet wie die meisten Ladys. Aber das spielt keine Rolle. Es wäre nett, wenn du sie um meinetwillen mögen könntest.«

»Ich bin sicher, dass wir Freundinnen werden«, sage Lady Woodrow beruhigend.

Daniel nickte, dann versuchte er, sich aufzusetzen. Sie drückte ihn jedoch an den Schultern wieder nach unten.

»Bleib liegen, Sohn. Du bist angeschossen worden«, sagte sie ernst.

Daniel schüttelte den Kopf. »Ich muss zurückkehren. Sie warten alle in der Schenke auf mich.«

»Alle?«

»Suzette, ihre Schwestern, ihr Vater, Richard und ein Kerl namens Robert Langley. Sie warten darauf, dass ich dich dorthin bringe. Sie werden sich Sorgen machen.« Er runzelte die Stirn und sah sich um. »Wie spät ist es? Ich weiß nicht einmal, wie lange ich bewusstlos war. Vielleicht suchen sie schon nach mir.«

»Wieso hast du sie nicht alle mitgebracht?«, fragte sie und versuchte immer noch, ihn daran zu hindern, sich aufzusetzen.

»Oh, äh … nun«, seufzte Daniel und sank wieder ganz aufs Bett zurück. »Suzette denkt, dass ich sie ihrer Mitgift wegen heirate.«

Lady Woodrow blinzelte. »Ich verstehe nicht.«

»Ich sagte –«

»Ich habe gehört, was du gesagt hast«, unterbrach sie ihn grimmig. »Und jetzt erkläre mir bitte genau, warum das arme junge Mädchen denkt, dass du sie wegen ihrer Mitgift heiratest.«

Ihr Ton ließ Daniel zusammenzucken. Jedes Wort war rasiermesserscharf und präzise. Sie war wütend. Er verzog das Gesicht und sagte: »Nun, Suzette hat eine ziemlich große Mitgift, riesig, um genau zu sein, und sie wollte einen Gemahl, der Geld braucht, und –« Er hielt abrupt inne, als er sah, dass sie ihn völlig konfus ansah. Er seufzte. »Es ist eine lange Geschichte, Mutter. Es genügt jetzt zu sagen, dass ich sie nicht wissen lassen durfte, dass es uns finanziell gut geht, sonst hätte sie sich nicht einverstanden erklärt, mich zu heiraten.«

»Das ergibt alles überhaupt keinen Sinn, Daniel«, sagte Lady Woodrow ungeduldig. »Frauen suchen einen guten Versorger. Sie wollen einen reichen Gemahl.«

»Du nicht«, erklärte er amüsiert.

»Ja, nun, ich bin nicht wie die meisten anderen Frauen der Gesellschaft«, sagte sie mit einem trockenen Lächeln.

»Und das ist Suzette auch nicht«, versicherte Daniel ihr ernst.

»Das hast du schon erwähnt. Trotzdem – leg dich wieder hin«, schnappte sie, als er erneut versuchte, sich aufzusetzen. »Du wirst da liegen bleiben und mir alles erklären.«

»Dafür ist jetzt keine Zeit. Ich muss –«

»Du musst dich ausruhen und erholen. Ich werde eine Nachricht zur Schenke schicken, und –«

»Nein!«, rief er und packte ihre Hand, als sie schon aufstehen wollte. »Sie wird herkommen. Du darfst nichts tun, was sie dazu bringt, herzukommen.«

Catharine Woodrow hob die Brauen, aber dann setzte sie sich wieder. »Dann solltest du mir erklären, warum. Oder ich werde nach ihr schicken und der Sache selbst auf den Grund gehen.«

Stöhnend schloss Daniel kurz die Augen, aber dann öffnete er sie wieder und sah zur Tür, als ein Klopfen erklang.

»Herein«, rief seine Mutter, und der Butler öffnete die Tür und warf einen Blick ins Zimmer.

»Mylady, die Lords Radnor und Langley verlangen, Lord Woodrow zu sehen. Sie betonen, dass sie nicht mehr länger warten werden.« Er verzog das Gesicht und holte weiter aus. »Immerhin warten sie bereits seit zwei Stunden. Ich fürchte, ich werde nicht in der Lage sein, sie noch viel länger unten festzuhalten.«

»Wieso hast du mir nicht gesagt, dass sie da sind?«, fragte Daniel seine Mutter gereizt und sah dann wieder zur Tür hin, wo der Butler stand und sich räusperte.

Als er sah, dass Daniel ihn ansah, zog er die Mundwinkel ein kleines bisschen nach oben, bevor er sein Gesicht wieder unter Kontrolle hatte und die ausdruckslose Miene zeigte, die einem richtigen Butler angemessen war. »Es ist gut zu sehen, dass Sie wieder wach sind und sich erholen, Mylord. Wir haben uns alle große Sorgen gemacht, seit Mr Lawrence Sie hergebracht hat.«

»Danke, Watkins«, murmelte Daniel, dann räusperte er sich und fragte: »Sind Richard und Langley allein?«

»Ja, Mylord.«

»Gott sei Dank«, murmelte er und setzte sich wieder auf. Diesmal versuchte seine Mutter nicht, ihn daran zu hindern. »Bitte, schicken Sie sie hoch.«

»Daniel. Bitte erklär mir, was los ist und wieso diese junge Lady, die du heiraten willst, dich für arm hält. Schließlich hast du in den letzten zehn Jahren hart dafür gearbeitet, dass wir es nicht sind. Das ergibt alles keinen Sinn.«

Er verzog das Gesicht. »Es ist wirklich eine sehr verwickelte Geschichte, Mutter.«

»Das kümmert mich nicht. Ich habe Zeit.«

»Ja, aber –« Glücklicherweise blieb es Daniel erspart, sie noch einmal zu vertrösten, als Richard und Robert eintraten. Die beiden Männer mussten die Treppe im Laufschritt genommen haben, dass sie so schnell da waren. Sie machten sich nicht die Mühe, anzuklopfen, sondern platzten geradewegs ins Zimmer. Beide blickten grimmig drein, ja geradezu verärgert. Ihre Mienen änderten sich ein wenig, als sie ihn sahen.

»Was zum Teufel ist mit dir passiert?«, fragte Richard verblüfft, als er mit Robert zum Bett trat.

»Ich bin angeschossen worden«, sagte Daniel.

Richard runzelte die Stirn, aber Robert fauchte: »Das war wahrscheinlich die gerechte Strafe.«

»Die gerechte Strafe wofür?«, fragte Daniel überrascht.

»Dafür, dass du Suzette das Herz gebrochen hast«, knurrte er. »Sie ist am Boden zerstört, seit sie deinen Brief bekommen hat.«

»Was für einen Brief?«, fragte Daniel und sah fragend und verwirrt von einem zum anderen.

»Der Brief, in dem du ihr mitteilst, dass du deine Meinung geändert hast«, antwortete Robert. Jetzt klang er aber nicht mehr ganz so verärgert. Seine Miene wurde sogar unsicher, als er fragte: »Du hast ihr doch einen Brief in die Schenke geschickt, in dem du ihr mitteilst, dass du eure Beziehung abbrichst und sie nicht heiraten wirst?«

Daniel schüttelte entschieden den Kopf. »Nein, so einen Brief habe ich ihr nicht geschickt.«

Als Robert und Richard ihn einfach nur verständnislos ansahen, sagte Daniels Mutter: »Ich versichere euch, dass er keinen solchen Brief weggeschickt hat. Er hat mir gerade gesagt, dass er hergekommen ist, um mich zu seiner Hochzeit zu holen, und seit er wach ist, versucht er, zur Schenke zurückzukehren. Er scheint ziemlich erpicht darauf zu sein, diese junge Frau zu heiraten.«

»Hmmm«, murmelte Richard und sah Robert besorgt an.

»Ich denke, es ist an der Zeit, dass jemand erklärt, was hier eigentlich los ist«, sagte Lady Woodrow bestimmt. »Ich halte es nicht gerade für einen Zufall, dass diese junge Lady einen Brief erhält, in dem die Verlobung gelöst wird, während gleichzeitig mein Sohn angeschossen wird. Es muss da eine Verbindung geben.«

12

Einen gesegneten Moment lang dachte Suzette an gar nichts, als sie aufwachte. Dann allerdings spürte sie ihre wunde Kehle und die brennenden Augen, und ihr fiel wieder ein, dass – und warum – sie sich in den Schlaf geweint hatte. Sie seufzte einen Augenblick kläglich, als die Erinnerung sie überwältigte. Sie war eine gefallene Frau, die am Morgen ihrer Hochzeit befleckt sitzen gelassen worden und darum nicht mehr heiratsfähig war. Zumindest würden das die meisten Männer denken.

»Du bist wach.«

Suzette rührte sich nicht, starrte ihre Schwester einfach nur an, die sich offenbar an den Kamin gesetzt hatte. Jetzt erhob sie sich und trat zu ihr.

»Wie fühlst du dich?«

Suzette zuckte mit den Schultern und setzte sich auf. Sie versuchte, Lisas Blick auszuweichen, während sie fragte: »Ich vermute, du hasst mich jetzt auch?«

»Nein, natürlich nicht, und auch Christiana tut das nicht«, antwortete Lisa sofort und setzte sich neben ihr auf die Bettkante. »Du hast sie aus dem Zimmer geschickt, bevor sie etwas sagen konnte. Sie ist nicht wütend auf dich. Sie versteht dich. Du liebst Daniel und wolltest das körperlich ausdrücken. Das ist nur natürlich.«

»Ich liebe ihn nicht«, murmelte Suzette.

Lisa sah sie ungläubig an. »Suzette, du folgst diesem Mann jetzt seit Tagen wie ein Hündchen überallhin. Und wenn du ihn nicht liebst, gibst du dir zumindest große Mühe, den Eindruck eines gebrochenen Herzens zu erwecken.«

Stirnrunzelnd ließ Suzette die Hand sinken. Sie war sich sicher, dass sie ihn nicht liebte. Es war unmöglich. Und doch war da der Schmerz gewesen, als sie den Brief gelesen hatte, dieser Schmerz in ihrer Brust bei dem Gedanken daran, dass sie ihn nie wieder sehen würde, die Qual, als sie geweint hatte …

»Du liebst ihn«, sagte Lisa ruhig. »Ich weiß es. Du redest dir wahrscheinlich ein, dass es nur zweckmäßig und praktisch war, weil eure Bedürfnisse sich ergänzt haben. Er auf der Suche nach einer Braut mit einer Mitgift und du nach einem Ehemann, der eine Mitgift braucht …« Sie schüttelte den Kopf. »Aber deine Augen leuchten, wenn er den Raum betritt, und du hängst an seinen Lippen, wenn er spricht. Und die Leidenschaft, die du für ihn empfindest und die du mit ihm geteilt hast …« Sie zuckte mit den Schultern. »Das ist Liebe. Du liebst ihn.«

»Was immer mir das auch nützt«, murmelte Suzette angewidert.

»Oh.« Lisa umarmte sie fest. »Ich bin sicher, dass er dich auch geliebt hat, Suzette. Vielleicht hat er nur Angst oder so. Vielleicht –«

»Vielleicht hat mein lockeres Verhalten ihn angewidert«, sagte sie trocken. »Vielleicht hat er Angst, dass ich mich jedem Mann gegenüber so verhalte.«

»Oh, ich bin sicher, dass er das nicht denkt«, sagte Lisa mit besorgter Miene. »Er wird wissen, dass es dein erstes Mal war. Die Ströme aus Blut und der schreckliche Schmerz müssen –«

»Es hat keine Ströme aus Blut und keinen schrecklichen Schmerz gegeben«, sagte Suzette unglücklich. »Im Grunde war da fast gar kein Schmerz. Ein kleines Zwicken vielleicht und ein unangenehmes Gefühl von Dehnung, aber das war es. Und was die Ströme aus Blut betrifft …« Sie schüttelte den Kopf. Eigentlich war sie sich sicher, dass sie es gesehen hätte, wenn es welche gegeben hätte. Es war im Stall zwar dunkel gewesen, aber Ströme hatte es ganz sicher nicht gegeben. Es wäre ihr aufgefallen.

»Oh.« Lisa biss sich auf die Lippe. »Aber es war doch dein erstes Mal?«

Suzette wirbelte herum, ihre Blicke waren fast wie zwei Dolche, mit denen sie ihre Schwester tötete.

»Natürlich war es das«, machte Lisa gleich wieder einen Rückzieher. »Nun, dann hat Fanny sich eben geirrt, was das betrifft. Oder vielleicht ist es ja auch bei jeder Frau anders.«

Suzette schüttete erneut den Kopf. »Wenn du schon an mir zweifelst, wo du mich mein ganzes Leben lang kennst und *weißt*, dass ich mich vorher nicht mit Männern eingelassen habe, wie sollte er es dann nicht tun? Vielleicht denkt er, ich wäre mit der halben britischen Marine zusammen gewesen.«

»Wieso sollte er das denken? Wir leben weit weg von der Küste«, sagte Lisa verwirrt.

Suzette starrte sie finster an und machte sich dann daran, das Bett zu verlassen, krabbelte dabei um Lisa herum.

»Wohin gehst du?«, fragte Lisa und stand ebenfalls auf.

»Spazieren.«

»Aber ich wollte dir etwas vorlesen, um dich aufzuheitern«, wandte Lisa ein.

»Ich möchte nicht, dass du mir etwas vorliest«, entgegnete Suzette grimmig, während sie ihre Schuhe anzog.

»Ich könnte dir eine Geschichte erzählen«, bot Lisa an.

»Nein.«

»Ich könnte singen, oder –«

»Ich möchte allein sein«, sagte Suzette ungeduldig und ging zur Tür. Sie wollte nur weg von hier. Sie wollte Lisas mitleidige Blicke nicht sehen, wollte ihre Versuche, sie aufzumuntern, nicht ertragen müssen. Sie wollte in Ruhe und allein darüber nachdenken, was sie tun sollte. Ob sie überhaupt etwas tun konnte. Natürlich war da einiges, was sie tun *musste*. Sie musste immer noch heiraten, um alle vor einem Skandal zu bewahren. Sie waren nur eine Tagesreise von Gretna Green entfernt, wo sie heiraten musste, auch wenn sie keinen zukünftigen Gemahl hatte, den sie heiraten konnte. Wenn Daniel sie nicht heiraten wollte, hätte er ihr das wenigstens noch in London sagen können, wo sie jemand anderen hätte finden können. Jetzt steckte sie irgendwo weit weg von den Junggesellen, von denen sie einen auswählen musste. Was für eine verfluchte Situation.

Daniel war ein Arsch, und sie war eine Idiotin. Richard und Robert würden schon bald zurückkehren, und dann würden alle wissen, *wie* dumm sie gewesen war, dachte Suzette, als sie das Zimmer verließ und die Treppe hinunterging.

Vermutlich wussten schon jetzt alle Bescheid. Christiana und Lisa auf jeden Fall. Zweifellos hatten Richard und Robert inzwischen Daniel eingeholt und eine Erklärung von ihm verlangt, die er ihnen wahrscheinlich gegeben hatte, und daher würden auch sie es wissen. Also blieb nur noch ihr Vater, und der würde es nur zu bald erfahren, dessen war sie sich sicher. Es war schlimm genug, dass sie einen solchen Fehler gemacht hatte, aber dass auch noch alle davon wussten, machte es unerträglich. Nicht dass es eine Rolle spielte, dachte Suzette. Die Wertschätzung der anderen zu verlieren, schmerzte längst nicht so sehr, wie die von Daniel zu verlieren. Sie hatte gedacht …. Nun, es spielte keine Rolle, was sie gedacht hatte. Sie hatte sich offenbar geirrt. Und jetzt hatte sie ein gebrochenes Herz, wie Suzette sich eingestand, während sie durch den Schankraum ging und die Schenke verließ.

Auch wenn sie es Lisa gegenüber geleugnet hatte, wusste Suzette nur zu gut, dass ihre Gefühle für Daniel wirklich sehr tief waren. Sie hatte sich nach ihm gesehnt wie nach der Luft, die sie atmete, und tat es immer noch. Sie hatte ihn von oben bis unten anfassen wollen, hatte alles über ihn erfahren wollen, was er bis zu ihrer Begegnung erlebt hatte, hatte jeden zukünftigen Moment mit ihm teilen wollen. Seit sie ihn kannte, hatte sie sich morgens auf den Tag gefreut, war in der fröhlichen Erwartung, ihn zu sehen, aus dem Bett gesprungen. Sie hatte nicht einen Augenblick ohne ihn sein wollen. Und er hatte seinerseits ebenfalls den Eindruck erweckt, als hätte er mit ihr Zeit verbringen wollen. Genau deshalb war sie ja so zerstört, seit sie wusste, dass er nie vorgehabt hatte, sie zu heiraten. Er hatte gewollt, dass sie es glaubte, damit er sie noch besser kennenlernen konnte.

Vielleicht war alles nur ein Plan gewesen, um sie zu verführen, dachte Suzette. Keine schöne Vorstellung. Sie bedeutete, dass sie Daniel durch und durch falsch eingeschätzt und überhaupt nicht gekannt hatte.

Sie vermied es, auch nur zum Stall hinzusehen, dem Schauplatz ihrer Dummheit, und ging um die Schenke herum, bis sie den kleinen Weg fand, der in den Wald führte. Sie überlegte, ob Daniel vielleicht einer dieser Schurken war, die unachtsame junge Debütantinnen entjungferten, die naiv genug waren, um …

Suzette schüttelte den Kopf. Nein. So etwas konnte sie nicht glauben. Sicherlich hätte sie einen solchen Schurken nicht lieben können, oder? Allerdings spielte es am Ende wohl keine Rolle. Was geschehen war, war geschehen. Sie hatte mit ihm geschlafen, er hatte sich im Anschluss daran geweigert, sie zu heiraten, und sie würde die Konsequenzen allein tragen müssen. Von einer Braut wurde Jungfräulichkeit erwartet, und sie würde nie einen Mann anlügen und behaupten, sie wäre noch unschuldig. Dennoch musste sie heiraten, und zwar eher früher als später, da es sein konnte, dass die Ereignisse im Stall weitere Konsequenzen nach sich ziehen würden.

Suzette schluckte und legte eine Hand auf ihren Bauch. Sie fragte sich, ob sein Samen bereits Wurzeln geschlagen hatte. Trug sie sein Kind in sich? Ein Teil von ihr hoffte sehr, dass sie es tat. Dass sie in Gestalt eines kleinen Daniels für den Rest ihrer Tage eine Erinnerung an ihre gemeinsame Zeit haben würde. Ein anderer Teil allerdings reagierte entsetzt auf diese Vorstellung, denn sie wusste, dass der Schmerz jedes Mal, wenn sie dieses Kind ansähe, neu aufflackern würde.

Seufzend lehnte sie sich an einen Baum und schloss die Augen, wünschte sich, dass alles anders wäre. Wünschte sich, dass er sie lieben würde. Wünschte sich, dass sie ihm nie begegnet wäre. Nur zu gern hätte sie ihr ganzes Leben lang auf diesen Schmerz verzichtet … auch wenn das bedeutet hätte, auf die glücklichen Momente und die Lust zu verzichten, die dem vorausgegangen waren.

»Oh, tut mir leid.«

Suzette sah sich um. Ein Mann stand da, ein paar Fuß von ihr entfernt. Er zögerte, schien unsicher zu sein, ob er weitergehen oder stehen bleiben sollte. Er war es, der zu ihr getreten war, als sie Richard und Robert hatte wegreiten sehen. Der gefragt hatte: »Sie sind Suzette, oder?« Sie hatte schon vorher das Gefühl gehabt, ihn von irgendwoher zu kennen. Jetzt war sie sich ganz sicher, allerdings gelang es ihr auch diesmal nicht, die Energie aufzubringen, um der Sache nachzugehen.

»Sie haben geweint«, sagte er; Anteilnahme zeichnete sich auf seinem Gesicht ab, als er näher kam.

Suzette hob eine Hand zum Gesicht und stellte überrascht fest, dass es nass war. Sie hatte gar nicht gemerkt, dass sie wieder geweint hatte, aber sie vermutete, dass so etwas in den kommenden Wochen noch öfter passieren würde, wenn sie ihren Verlust betrauerte. Als sie begriff, dass der Mann näher zu ihr trat, wandte sie sich ab, doch er hielt sie am Arm fest.

»Stimmt etwas nicht? Vielleicht kann ich Ihnen helfen«, sagte er weich und veranlasste sie, stehen zu bleiben.

»Es ist nichts«, murmelte Suzette, schaute dabei weiter weg. »Bitte, machen Sie sich keine Mühe. Es geht mir gut.«

»Nun, was für ein Gentleman wäre ich, wenn ich eine Lady mitten im Wald allein weinen lassen würde?«, tadelte er sie und holte ein Taschentuch heraus. Er drehte sie so herum, dass er ihr das Gesicht abtupfen und die Tränen trocknen konnte. »So ist es besser.«

»Danke«, murmelte Suzette, als er das Taschentuch wieder einsteckte.

Er nickte, dann sah er sich um, bevor er zurückblickte und ernst sagte: »Sie sollten hier wirklich nicht allein spazieren gehen, wissen Sie. Wir sind hier sehr nah an der Grenze nach Schottland, und es gibt hier mehr Verbrechen als sonst wo. Eine junge Dame sollte sich hier nicht ohne Begleitung aufhalten.«

Suzette spähte zu den Bäumen um sie herum. Alles wirkte friedlich. Andererseits konnten sich hinter den Bäumen ein Dutzend Banditen und Wegelagerer verstecken, und sie würde es erst merken, wenn es schon zu spät wäre.

»Kommen Sie, ich gehe mit Ihnen«, entschied er, nahm ihren Arm und drängte sie sanft den Pfad entlang. »Ein Stück weiter vorn ist ein hübscher kleiner Wasserfall. Vielleicht können wir uns da hinsetzen. Bei mir ist es immer so, dass rauschendes Wasser meine Sorgen lindert, auch wenn ich nicht genau weiß, warum. Aber so war es schon, als ich ein kleiner Junge war. Mögen Sie Wasser?«

Suzette murmelte etwas Unverbindliches. Im Augenblick war sie sich nicht sicher, was sie mochte oder nicht mochte oder ob sie überhaupt irgendetwas mochte. Am liebsten wäre sie einfach wieder zurück in ihr Zimmer in der Schenke gegangen, hätte sich dort zusammengerollt und wieder in den Schlaf geweint. Sie wusste nicht, warum sie Lisa nicht einfach aus dem Zimmer geschickt hatte, sondern nach draußen gegangen war.

»London und seine Vergnügungen sind ja nett, aber sie sind kein Vergleich zu dem, was Mutter Natur auf dem Land erschafft, finden Sie nicht?«, plauderte der Mann beschwichtigend weiter. »Die frische Luft, das Vogelgezwitscher, das Rascheln der Brise in den Bäumen … nach einem Besuch auf dem Land fühle ich mich immer erfrischt. Ah, da ist es. Ist es nicht hübsch?«

Suzette sah, dass sie den Pfad verlassen hatten und an einen Teich getreten waren, dem ein Wasserfall frisches Wasser zuführte. Es war wirklich ziemlich hübsch, dachte sie gleichgültig und fragte sich, ob es Daniel gefallen hätte.

»Wenn ich gewusst hätte, dass ich auf meinem Spaziergang einer hübschen jungen Dame begegnen würde, hätte ich mir von der Frau des Wirts ein Picknick für uns einpacken lassen«, bemerkte ihr Begleiter, während er sie drängte, auf einem der Steine beim Wasser Platz zu nehmen. »Wie auch immer, ich schätze, wir werden mit dem vorliebnehmen müssen, was ich mitgenommen habe. Sie haben die Wahl zwischen einem Pfirsich und einer Birne.«

Suzette musterte die beiden Früchte, die er aus seiner Tasche geholt hatte. Sie war nicht hungrig, aber aus Höflichkeit nahm sie den Pfirsich. Der Fremde setzte sich zu ihr auf den Stein, ließ aber genug Platz zwischen ihnen, dass man es nicht als ungebührlich bezeichnen konnte.

Sie schwiegen und sahen zu, wie das Wasser in den Teich plätscherte. Suzette ließ ihre Gedanken umherwandern. Natürlich kehrten sie zu Daniel zurück, zu seinem Lächeln, seinen freundlichen Augen, seinem Lachen, seinen Küssen –

»Soll ich den Stein für Sie wegwerfen?«

Überrascht sah Suzette auf ihre Hände und stellte fest, dass sie – hungrig oder nicht – den ganzen Pfirsich gegessen hatte. Und sie hatte kein bisschen davon geschmeckt. Sie gab ihm den Stein und sah schweigend zu, wie er ihn in den Teich warf.

»So.« Er entspannte sich und sagte: »Es geht mich ja nichts an, aber Sie wirken sehr trübsinnig, ganz und gar nicht wie die lebhafte junge Frau, der ich auf dem Ball der Landons begegnet bin.«

Suzette versteifte sich und sah ihn an. Sah ihn zum ersten Mal *richtig* an. Er kam ihr eindeutig vertraut vor, aber sie konnte ihn immer noch nicht einordnen.

»Tut mir leid«, sagte sie schließlich. »Ich habe auf diesem Ball mit so vielen getanzt, und es scheint ein ganzes Leben zurückzuliegen. Ich fürchte, ich erinnere mich nicht –«

»Ich bin der Mann, mit dem Sie *nicht* getanzt haben«, sagte er und lächelte leicht schief, dann stellte er sich vor. »Ich bin Lord Danvers. Jeremy Danvers. Mein Name hat an dem Abend auf Ihrer Tanzkarte gestanden, aber als ich dann zu Ihnen gekommen bin, haben sie ziemlich erschüttert gewirkt und sind weggelaufen.«

»Oh.« Suzette verzog das Gesicht, als sie sich erinnerte. Er war genau in dem Moment gekommen, als sie Richard gesehen hatte, den sie damals noch für Dicky gehalten hatte. Unhöflicherweise war sie einfach weggelaufen, hatte sich Lisa geschnappt und sich dann beeilt, zu Christiana zu gehen, um ihr zu helfen.

»Ah, ich sehe an Ihrem Gesicht, dass Sie sich erinnern«, sagte Danvers erheitert.

»Ich bitte um Entschuldigung, normalerweise bin ich nicht so unhöflich. Aber es hat da so etwas wie eine … Familienkrise gegeben«, sagte sie ruhig. Jetzt erinnerte sie sich, dass Lisa sie alarmiert angesehen hatte, weil sie nicht mit dem Mann tanzte, der ihren Bedürfnissen entsprach und weder alt noch unangenehm war. Und fragte sich, wie anders vielleicht alles gelaufen wäre, wenn Richard nur ein paar Minuten später aufgetaucht wäre. Vielleicht hätte sie Danvers noch auf der Tanzfläche ihr Angebot gemacht und Daniel keines zweiten Blickes gewürdigt.

»Sie müssen sich nicht entschuldigen«, versicherte Danvers ihr, dann lächelte er schief. »Obwohl, ich vermute, ich könnte Sie deswegen voll und ganz für mein gebrochenes Herz verantwortlich machen.«

Suzette blinzelte überrascht. »Tut mir leid, ich –«

Jeremy tätschelte ihr beschwichtigend die Hand und schüttelte den Kopf. »Vergeben Sie mir. Es war nur eine momentane Verbitterung, die mir da rausgerutscht ist.« Er seufzte und sah wieder aufs Wasser, aber dann gestand er: »Als Sie so überstürzt weggelaufen sind und ich plötzlich ohne Tanzpartnerin dastand, habe ich eine hübsche junge blonde Frau gefragt, ob Sie mir die Ehre erweisen würde, mit mir zu tanzen. Wir haben getanzt und geplaudert und gelacht … Ich fürchte, ich war ziemlich von ihr angetan. Ich habe ihr sogar ein Glas Punsch gebracht und sie später am Abend um einen zweiten Tanz gebeten.« Er lächelte sie etwas wehmütig an und erklärte: »Eine ziemlich riskante Sache, zweimal in einer Nacht mit der gleichen Lady zu tanzen.«

»Ja«, murmelte sie und richtete jetzt ihrerseits den Blick aufs Wasser.

»Ich habe sie am nächsten Abend beim Ball der Hammonds wiedergesehen und wieder zweimal mit ihr getanzt und ihr einen Punsch gebracht, und dann ist ihr ziemlich warm geworden, und wir sind auf die Terrasse gegangen, und ich habe ihr einen Kuss geraubt.«

Suzette schluckte. Sie erinnerte sich daran, wie sie und Daniel sich auf dem Ball der Landons geküsst hatten.

»Es war alles ziemlich berauschend«, sagte Jeremy ruhig. »Ich fürchte, ich habe mich mitreißen lassen und habe mich bemüht, ihr in den Tagen danach mehrmals zufällig an anderen Orten zu begegnen … es schien sie nicht zu stören, und dann, nun, dann habe ich sie schließlich gebeten, mich zu heiraten.« Er seufzte. »Ich wollte zu ihrem Vater gehen und ihn um ihre Hand bitten, aber sie hat mich davon überzeugt, es nicht zu tun. Sie hat darauf bestanden, dass wir nach Gretna Green fahren müssen, um zu heiraten, und zwar sofort.«

Jeremy bückte sich und nahm einen Stein in die Hand, den er bisher mit der Fußspitze hin und her geschoben hatte. Er warf ihn ins Wasser, bevor er weitersprach. »Die Wahrheit war natürlich, dass ihre Eltern es nie akzeptiert hätten. Sie ist eine begüterte Erbin, während ich nur eine Baronie habe, eine kleine Burg in Nordengland und wenig Geld, um sie zu unterhalten.« Als er das zugab, machte er ein liebenswürdiges Gesicht, dann zuckte er mit den Schultern. »Ich war einverstanden, und wir haben uns auf den Weg gemacht.«

Suzette wölbte die Brauen. »Ist sie in der Schenke?«

Jeremy schüttelte den Kopf. »Es scheint, als wäre sie doch nicht ganz so angetan von allem gewesen wie ich. Wir sind Tag und Nacht geritten, in Gretna Green angekommen und – « Verwirrt schüttelte er den Kopf. »Sie hat im letzten Moment ihre Meinung geändert. Sie ist in Tränen ausgebrochen und weggelaufen. Sie hat mir noch nicht mal die Möglichkeit gegeben, sie nach Hause zu bringen, sondern darauf bestanden, einen Gaul zu mieten und allein zurückzureiten.« Er grub einen weiteren Stein aus und bückte sich, um ihn ebenfalls aufzunehmen. Er wog ihn kurz in der Hand, dann warf er ihn in den Teich. »Ich kehre also allein zurück, immer noch Junggeselle statt frisch verheiratet, wie ich gedacht hatte.«

»Das tut mir leid«, flüsterte Suzette. Sie hatte Mitleid mit ihm. Seine Geschichte unterschied sich nicht sehr von ihrer.

»Das Schlimme ist, dass ich ziemlich schnell heiraten muss, um meiner Familie gegenüber meine Pflicht zu erfüllen«, sprach er unglücklich weiter. »Ich habe mich geweigert, aus Geldgründen dass erstbeste passende Mädchen zu heiraten und dachte, bei ihr wäre es möglich, eine Liebesheirat mit den Anforderungen meiner Familie zu verbinden, aber –« Er schüttelte den Kopf. »Es scheint, ich werde mich an die erstbeste Frau mit Geld in der Tasche verkaufen müssen, um die Güter meiner Familie vor dem Ruin zu bewahren.«

Suzette starrte ihn einen Moment ausdruckslos an und brach dann plötzlich in Tränen aus.

»Oh, nein«, rief er sofort. »Ich wollte Sie nicht wieder zum Weinen bringen. Es ist in Ordnung, mein Herz ist jetzt ein bisschen verbeult und verwundet, aber es wird sich erholen. Ich hoffe es«, fügte er unglücklich hinzu und sagte dann. »Bitte weinen Sie nicht.«

»Tut mir leid«, murmelte Suzette und zwinkerte gegen die Tränen an. Sie nahm das Taschentuch, dass er ihr hinhielt, und wischte sie rasch weg. »Es ist nur so, dass wir in einer ziemlich ähnlichen Situation sind.«

Seine Augenbrauen wanderten hoch. »Sie müssen wegen des Geldes heiraten?«

»Nein. Nun, ja, aber –« Sie seufzte und erklärte rasch die Situation, warum sie einen Gemahl suchte, der Geld brauchte und bereit war, ihr zuzugestehen, dass sie die Schulden bezahlte und ihr eigenes Leben führte.

»Dann haben Sie eine große Mitgift und brauchen einen Gemahl, der Geld braucht, und ich habe einen Titel und Ländereien und brauche eine Braut mit Geld, und hier sind wir beiden mit gebrochenen Herzen und ohne Aussichten«, sagte er mit einem kurzen Lachen und schüttelte den Kopf. »Das Schicksal hat einen hässlichen Sinn für Humor, finden Sie nicht?«

Suzette nickte ernst und gab ihm das Taschentuch zurück.

Sie schwiegen beide einen Moment, und dann sah er sie an und fragte: »Wäre es zu kühn von mir, wenn ich vorschlage, dass wir beide heiraten?«

Suzette zögerte und sah dann weg. Der Gedanke war ihr gekommen, aber es würde bedeuten, dass sie ihm erzählte, was sie getan hatte.

»Ich würde es nicht vorschlagen, wenn nicht … nun, ich fühle mich wohl bei Ihnen«, gab er zu und fügte dann ironisch hinzu: »Glauben Sie mir, normalerweise laufe ich nicht herum und erzähle hübschen Ladys, die ich gerade erst kennengelernt habe, meine Sorgen. Und doch schien es mir bei Ihnen das Natürlichste auf der Welt zu sein.« Er lächelte schief und fügte hinzu: »Ich fühle mich dadurch sogar etwas besser.«

Suzette brachte ein Lächeln zustande, aber sie hielt die Unterlippe zwischen den Zähnen fest und nagte daran. Sie fragte sich, ob sie den Mut haben würde, ihm zu sagen, was sie getan hatte. Sie fühlte sich bei ihm auch nicht unwohl. Er war angenehm und auf unbedrohliche, weit weniger erregende Weise als Daniel charmant.

»Und es scheint mir, dass man, wenn man schon keine große Leidenschaft bekommen kann, den Partner zumindest mögen und sich bei ihm wohlfühlen sollte«, fügte er hinzu. »Ich denke, dass wir im Laufe der Zeit gute Freunde werden können.«

Suzette seufzte. Sie senkte den Kopf. Wenn sie Daniel nicht haben konnte, könnte sie es vermutlich auch schlimmer treffen als mit Jeremy. Natürlich hatten sie sich gerade erst kennengelernt, aber er wirkte ziemlich anständig, und zumindest hatte er selbst ein gebrochenes Herz und würde daher ihres verstehen. Und es würde ihre Probleme lösen und sie vor der ermüdenden Aufgabe bewahren, nach einem anderen geeigneten Gemahl suchen zu müssen. Sie wünschte sich nur, sie hätte ihm nicht sagen müssen, was sie getan hatte. Aber daran ließ sich nichts ändern. »Ich habe zugelassen, dass mein Verlobter mit seinem Gerät meinen Enge hinaufgefahren ist«, platzte sie also heraus.

Jeremy starrt sie verständnislos an. Dann kam ein verwirrtes »Hä?« von ihm.

»Er hat seinen Nagel bis zum Kopf eingeschlagen«, erklärte sie und benutzte eine andere der Metaphern, die sie aus dem Buch kannte.

»Äh …« Jeremy war immer noch verwirrt und verstand offensichtlich nichts.

Suzette seufzte verzweifelt. »Er hat seinen Knüppel in der Schlucht vergraben.«

»Hä?«, fragte er und kratzte sich am Kopf. »Ich verstehe nicht …«

Suzette errötete vor Verlegenheit. Sie konnte sich an keine weiteren Metaphern aus dem Buch mehr erinnern. Es schien, dass hier etwas Direkteres vonnöten war. »Ich habe ihm meine Unschuld geschenkt, Mylord.«

»Oh.« Das Wort kam mit einem langen Atemzug aus ihm heraus. Dann seufzte er: »Jetzt verstehe ich … Nun, das ist … Oh je.«

Suzette senkte den Kopf. Sie wartete darauf, dass er seiner Empörung Ausdruck verlieh und sie zurückwies, aber nach einem Moment räusperte er sich und sagte: »Nun, ich gebe zu, dass ich den Bastard eines anderen Mannes nicht gerade mögen würde. Allerdings vermute ich, dass wir diese Angelegenheit dadurch lösen könnten, indem wir uns einfach davon fernhalten die … Schlucht zu nageln, bis wir wissen, ob Sie von ihm schwanger sind oder nicht.«

Suzette blinzelte und sah ihn dann überrascht an. »Es stört Sie nicht? Ich meine, ich –«

»Sie haben ihn offenbar geliebt«, sagte er sanft. »Das verraten Ihre Tränen, und ich weiß, was Liebe bedeutet. Dennoch muss ich aufrichtig sagen, dass ich nicht glaube, dass er Ihre Liebe verdient hat, wenn er Ihnen Ihre Unschuld nimmt und sie dann auf diese Weise verlässt. Ich hätte mein Mädchen sicher nicht gehen lassen, wären wir so weit gekommen.«

Suzette fühlte sich erbärmlich und zog beschämt den Kopf ein, aber er tätschelte ihre Hand.

»Der Fehler liegt sicherlich nicht bei Ihnen, sondern bei ihm«, sagte er zuversichtlich. »Und vielleicht hat es nur damit zu tun, dass mein Herz nicht beteiligt ist, aber ich sehe keinen Grund, dass dies unsere Entscheidung beeinflussen sollte, abgesehen davon, dass wir dann besser damit warten, die Ehe zu vollziehen, bis wir sicher sind, dass Sie nicht schwanger sind.«

»Und was ist, wenn ich schwanger bin?«, flüsterte sie.

Einen Moment sagte niemand etwas, dann schlug er vor: »Wieso widmen wir uns dieser Frage nicht erst dann, wenn es tatsächlich so kommen sollte? Sie sind wahrscheinlich nicht schwanger, und wir müssen es hoffen, aber wenn Sie es doch sein sollten, nun, es gibt mehrere Möglichkeiten. Es könnte ein Mädchen sein, das den Titel und das Gut sowieso nicht erben würde. Oder das Kind erlebt nicht einmal den Geburtstermin.« Er zuckte mit den Schultern. »Gehen wir ein Problem nach dem anderen an. Wir müssen beide heiraten und passen diesbezüglich zusammen. Überlassen wir die Zukunft sich selbst.«

Suzette atmete mit einem kleinen Seufzer aus. Sie fühlte sich tatsächlich etwas besser. Ihr Herz schmerzte immer noch, und sie vermutete, sie würde noch viel Zeit mit Weinen verbringen. Sie würde zweifellos auch bei der Heirat weinen, weil Jeremy und nicht Daniel an ihrer Seite war. Aber immerhin waren die anderen Probleme damit gelöst. Ihre Familie würde vor einem Skandal sicher sein, die Schuldscheine würden bezahlt werden, und Jeremy schien von dem, was sie getan hatte, weder entsetzt noch schockiert oder angewidert zu sein.

»Suzette?«

Sie warf einen Blick über die Schulter, als ihr Vater zwischen den Bäumen hervortrat und auf die kleine Lichtung kam.

Lord Madison runzelte die Stirn, als er sah, dass sie nicht allein war. »Ich suche bereits seit einigen Minuten nach dir und wollte schon aufgeben und zur Schenke zurückkehren, als ich Stimmen gehört habe und ihnen gefolgt bin.«

»Lord Madison«, sage Jeremy ruhig und stand auf. »Ich begreife, dass es nicht angemessen von mir ist, Ihrer Tochter hier draußen Gesellschaft zu leisten, aber wir sind uns auf dem Weg begegnet, und ich dachte, es würde sie etwas aufheitern, den Wasserfall zu sehen.«

»Kenne ich Sie?«, fragte Cedrick Madison und sah Jeremy schärfer an.

»Nein. Aber ich kenne Sie. Genau genommen hatte ich nicht gewusst, dass Sie auch hier sind, sonst hätte ich Sie vorher aufgesucht«, gab er mit einem schiefen Lächeln zu.

»Wieso?«, fragte Lord Madison sofort.

»Nun, ich dachte, wir hätten etwas Geschäftliches zu klären«, räumte Jeremy ein, fügte dann aber rasch hinzu: »Aber ich denke, das können wir jetzt vergessen.«

»Etwas Geschäftliches?«, fragte ihr Vater scharf.

»Nichts, das Sie beunruhigen müsste, Mylord. Ich – « Jeremy machte eine Pause und runzelte die Stirn. Sein Blick glitt zu Suzette, dann schüttelte er mit einem Lachen den Kopf. »Ich muss mich entschuldigen, Miss Madison, ich wollte gerade vorschlagen, dass Ihr Vater und ich dies allein besprechen, aber mir ist gerade eingefallen, dass Sie darüber Bescheid wissen.«

»Über was?«, fragte sie unsicher.

»Dass Ihr Vater gespielt hat«, sagte er entschuldigend und wandte sich dann an ihren Vater. »Ich hatte vor ein paar Tagen eine Glückssträhne an den Tischen. Unglücklicherweise hatte Cerberus das Geld nicht bei der Hand, um mir meinen Gewinn auszuzahlen. Stattdessen hat er mir Ihren Schuldschein gegeben und mir nahegelegt, mir das Geld von Ihnen zu holen. Doch jetzt, da Suzette sich bereit erklärt hat, mich zu heiraten, käme ich mir vor wie ein Mistkerl, wenn ich das Geld verlangen würde, und – «

»Heiraten!« Lord Madison schnappte nach Luft. Sein Blick schoss zu Suzette.

Sie dagegen sah unsicher von einem Mann zum anderen. Sie hatte das Gefühl, als würde sich der Boden unter ihren Füßen verschieben. Sie wusste nicht, was sie denken sollte. Sie wandte sich an Jeremy. »Sie spielen?«

»Normalerweise nicht, nein. Aber ein paar Freunde haben mich überredet, sie zu begleiten, und wie ich schon sagte, ich hatte eine Glückssträhne.« Er zuckte mit den Schultern und fügte dann entschuldigend hinzu: »Ich hatte keine Ahnung, dass Ihr Vater Probleme haben würde zu zahlen, bis Sie mir erklärt haben, wieso Sie heiraten müssen. Sonst hätte ich den

Schuldschein gewiss nie als Bezahlung von Cerberus angenommen. Ich hatte den Eindruck, dass Ihre Familie vermögend ist.«

»Es gibt kein Problem mit dem Zahlen«, sagte ihr Vater grimmig. »Und es ist auch nicht nötig, dass Suzette heiraten muss. Ich habe das Geld in der Schenke.«

Suzette sah ihn überrascht an. »Du hast das Geld? Woher – «

»Ich habe das Stadthaus verkauft«, gab er finster zu.

»Oh, Vater«, sagte sie bestürzt.

Er zuckte mit den Schultern. »Wir nutzen es ohnehin nicht oft, und es ist besser so, als wenn noch eine von meinen Töchtern in eine schlechte Ehe gezwungen wird.«

»Gut«, sagte Jeremy trocken. »Dann also Ende gut, alles gut.«

»Ja«, presste ihr Vater hervor. »Kommen Sie mit mir zur Schenke, und ich werde meine Schulden sofort bezahlen und diese verdammte Sache endlich aus der Welt schaffen.«

Als Jeremy nickte, nahm Suzettes Vater sie am Arm und drehte sie um, um sie zum Weg zurückzuführen.

»Ich kann Ihnen gar nicht sagen, wie erleichtert ich bin, dass dies alles so problemlos geschieht«, bemerkte Jeremy, der hinter ihnen herging. »Ich muss zugeben, dass ich ein bisschen besorgt war, dass sie sich weigern könnten, den Schuldschein und die Zinsen zu bezahlen.«

Ihr Vater erstarrte augenblicklich, und seine Finger gruben sich in Suzettes Arm.

Suzette sah ihn besorgt an. »Vater?«

Er drehte sich langsam um und sah Jeremy mit zusammengezogenen Augen an. »Zinsen?«

»Ja.« Lord Danvers wirkte überrascht über seine Reaktion.

»Was für Zinsen?«, fragte ihr Vater grimmig.

»Nun, lassen Sie mich sehen. Als ich den Schuldschein vor zwei Tagen gewonnen habe, war er doppelt so viel wert wie das, was Sie ursprünglich unterzeichnet hatten. Ich schätze, jetzt ist es noch einmal mehr. Allerdings denke ich, dass ich auf die Zinsen verzichten kann, die seither hinzugekommen sind. Sie kommen mir für die Dauer von nur einer Woche lächerlich hoch vor. Also es genügt die Summe, die ich gewonnen habe. Es wird die Gläubiger in Schach halten und mir die Zeit verschaffen, eine andere Braut zu suchen.«

»Doppelt so viel?«, fragte ihr Vater. Seine Stimme klang jetzt schwach.

Jeremys Augenbrauen gingen besorgt nach oben. »Das überrascht Sie doch sicher nicht? Sie haben doch den Schuldschein gelesen, bevor Sie ihn unterschrieben haben?«

Lord Madison ließ Suzettes Arm sinken, und sie starrte ihn besorgt an. Es war offensichtlich, dass ihr Vater ihn nicht gelesen hatte, was allerdings nur natürlich war, wenn man bedachte, dass er betäubt und im Grunde ausgeraubt worden war. Die Summe überraschte ihn jetzt eindeutig, und er wirkte blass und alt. Der Verkauf des Stadthauses hatte nicht so viel Geld eingebracht, um sie bezahlen zu können, begriff Suzette.

»Es ist in Ordnung, Vater«, sagte sie. »Jeremy sagte, dass er den Schuldschein vergessen würde, wenn wir heiraten, und genau das werden wir tun.«

»Ich bin offen dafür, Mylord«, sagte Jeremy ruhig.

»Nein«, sagte ihr Vater schwach, dann packte er ihren Arm wieder und sagte noch kraftvoller: »Nein. Komm jetzt. Wir werden zuerst mit Richard sprechen.« Er war nur zwei Schritte gegangen, als er abrupt stehen blieb und murmelte: »Sie sind nicht hier. Sie sind weggegangen, um Daniel dazu zu bringen … sie müssten bald zurück sein.«

»Sie hätten schon vor zwei Stunden zurück sein müssen«, sagte Suzette grimmig und beendete den Satz stumm in ihrem Kopf. Sie waren weggegangen, um Daniel dazu zu bringen, *sie zu heiraten*? Sein Versprechen einzuhalten? Sie war davon ausgegangen, dass sie ihn fragen wollten, warum er sie zurückgewiesen hatte; jetzt wurde ihr klar, dass sie ihn regelrecht zwingen wollten, sie zu heiraten. Eine tolle Wahlmöglichkeit. Das ganze Leben lang mit einem Mann zusammen zu sein, der ganz nett wirkte und zu dem sie im Laufe der Zeit vielleicht Zuneigung entwickeln könnte, oder mit einem Mann, den sie mit der ganzen Kraft ihres Herzens liebte, der aber gezwungen worden war, sie zu heiraten, und sie deshalb bis ans Ende ihrer Tage ablehnen würde, während ihre Liebe zu ihm tausend Tode starb? Das war kaum eine Wahlmöglichkeit, dachte Suzette bitter und hob das Kinn. »Offensichtlich ist Daniel nicht erpicht darauf, sich zu irgendetwas bringen zu lassen. Und offen gestanden würde ich ihn auch gar nicht mehr wollen, wenn er mich nur heiraten würde, weil er dazu gezwungen wurde. Ich werde Jeremy heiraten. Der Schuldschein wird mit meiner Mitgift bezahlt werden, und wir werden kein Wort mehr darüber verlieren.«

»Suzette«, sagte ihr Vater besorgt, aber sie schüttelte seine Hand ab und wandte sich an Jeremy.

»Sofern Ihr immer noch bereit dazu seid, Mylord«, fügte sie ruhiger hinzu.

»Natürlich«, sagte er sofort.

Sie nickte und ging weiter den Weg entlang.

»Bitte, Suzette«, sagte ihr Vater und folgte ihr. »Tu das nicht. Warte wenigstens, bis Richard und Robert zurückkehren, und hör dir an, was sie zu sagen haben.«

»Soll ich mir noch mal sagen lassen, dass Daniel mich nicht will?«, fragte sie bitter.

»Du denkst nicht klar«, beharrte er, nahm ihren Arm und zwang sie, stehen zu bleiben. »Nimm dir wenigstens die Zeit, über die Dinge nachzudenken.«

»Genau genommen, Vater, denke ich zum ersten Mal wieder klar, seit ich Daniel begegnet bin«, gestand sie ruhig. »Er – ich konnte nicht denken, solange er in der Nähe war. Ich habe etwas getan, von dem ich nur zu gut weiß, dass man es nicht *vor* der Ehe tun sollte.« Sie errötete vor Scham, als sie in seinen Augen sah, wie er begriff, und sich daraufhin Kummer darin ausbreitete. Die Kehle schnürte sich ihr zu, und Tränen verschleierten ihren Blick. Sie brachte nur ein Flüstern zustande, als sie sagte: »Es könnte Folgen haben. Mit dieser Entscheidung ist für alles gesorgt. Für die Schuldscheine und die Folgen, sofern es welche gibt.«

»Oh, Suzette«, sagte er traurig.

Sie war es offen gestanden leid, diese zwei Worte in diesem Ton zu hören, und entgegnete mit vorgespielter Unberührtheit: »Ich war eine Idiotin. Sicher war ich nicht so dumm zu glauben, dass er mich lieben würde, aber ich war davon ausgegangen, dass er mich wenigstens wegen meiner Mitgift heiraten wollte.«

»Das ist genau das, was Danvers will«, sagte er ruhig und sah zu dem anderen Mann hin, der ein paar Schritte entfernt stehen geblieben war, damit sie sich in Ruhe unterhalten konnten.

Suzette zuckte mit den Schultern. »Er kann sie haben. Es kümmert mich nicht mehr. Und da sind diese anderen Folgen, an die ich denken muss. Wenn ich schwanger sein sollte …« Sie seufzte. »Es ist am besten, wenn das Kind einen anderen Namen trägt als nur Bastard.«

»Weiß er es?«, fragte Lord Madison und warf Jeremy wieder einen Blick zu.

»Ja«, sagte sie schlicht und zuckte erneut mit den Schultern. »Es ist im Grunde eine geschäftliche Sache, Vater. Wir haben beide unsere Herzen jemand anderen geschenkt. Diese Hochzeit ist einfach nur praktisch. Es ist gut so. Er wirkt ganz nett, und ich denke, am Ende wird alles gut werden. Ich werde ihn heiraten.«

Seine Schultern sackten besiegt nach unten. »Dann werde ich dich begleiten.«

»Du musst nicht –«

»Ich bin dein Vater, und du bist eine unverheiratete Frau. Du brauchst einen Aufpasser. Ich werde dich begleiten und neben dir stehen, wenn du heiratest«, sagte er bestimmt.

Suzette nickte nur. Sie war seltsam betäubt, regelrecht leer. Die Entscheidung war gefallen, ihre Zukunft festgelegt. Und bei alledem empfand sie nichts.

13

»Ich hätte nie gedacht, dass ich so einen Dummkopf großgezogen habe.«

Daniel versteifte sich bei den Worten seiner Mutter. »Einen Dummkopf?«

»Ja, einen Dummkopf«, sagte Lady Woodrow entschieden. Dann schüttelte sie den Kopf und murmelte: »Das Mädchen in dem Glauben zu lassen, dass du sie nur wegen ihres Geldes wolltest. Was hast du dir nur dabei gedacht?«

»Genau so einen Gemahl hat sie gesucht«, wandte er sofort ein.

Lady Woodrow sah ihn von oben herab an und versicherte ihm trocken: »Keine Frau möchte, dass der Mann, den sie liebt, sie nur wegen ihres Geldes will.«

Daniel blinzelte. Seine Mundwinkel zogen sich in einem Anflug von Lächeln nach oben. »Du denkst, sie liebt mich?«

»Habe ich Dummkopf gesagt?«, fragte sie mit Blick zur Decke. Dann sah sie wieder ihn an. »Ich meinte Idiot«, schnappte sie.

»Mutter«, sagte er gereizt.

»Natürlich liebt sie dich, du Tölpel. Hast du gedacht, dass sie mit jedem Schurken schläft, der hinter ihrer Mitgift her ist?«

»Nun, nein, natürlich nicht, aber –«

»Hör zu, Sohn, wir Frauen bekommen von früh an eingetrichtert, dass unsere Keuschheit ein Muss und unsere Jungfräulichkeit das höchste Gut ist, das wir einem Ehemann geben können. Ihr Männer mögt es mit jeder läufigen Hündin treiben, der ihr begegnet, aber wir tun das nicht«, versicherte sie ihm in beißendem Ton.

Daniel riss ungläubig die Augen auf. Läufige Hündin? War das seine Mutter, die höchst korrekte Witwe Lady Woodrow? Sie hatte noch nie so gesprochen, dachte er und sagte: »Aber es ist zu schnell. Sie kann mich unmöglich schon lieben.«

»Herr im Himmel«, murmelte Lady Woodrow. »Es ist genauso schnell wie bei dir. Und fange nicht an, mir jetzt einreden zu wollen, du würdest sie nicht lieben. Ich kenne dich schließlich sehr gut, und ich kann dir ganz direkt sagen, dass das eine Lüge wäre. Deine Augen leuchten, wenn du von ihr sprichst, und dein Gesicht wird weich. Wenn du denkst, dass du sie nur heiratest, weil du mit ihr schlafen willst, dann belügst du dich. In den letzten zehn Jahren hast du dich jedes Mal gewunden, wenn ich das Gespräch aufs Heiraten und Enkelkinder gebracht habe. Wenn du deine Meinung geändert hast und in Windeseile nach Gretna Green willst, um dieses Mädchen zu ehelichen, dann nicht nur, weil du mit ihr ins Bett willst. Abgesehen davon habt ihr drei eben gesagt, dass du bereits mit ihr geschlafen hast.«

Daniel blinzelte und runzelte die Stirn.

Sie ließ ihn jetzt in Ruhe, damit er über ihre Worte nachdenken und sich über seine Gefühle klar werden konnte, und wandte sich an seinen Freund. »Also schön, Richard.«

»Ja, Lady Woodrow?« Richard setzte sich sofort aufrechter hin.

»Ihr beide, du und euer gemeinsamer Freund, helft meinem Sohn beim Anziehen, während ich ein paar Sachen einpacke und eine Kutsche vorbereiten lasse«, wies sie ihn an. »Sobald alles fertig ist, brechen wir auf.«

»Ja, Mylady«, sagte Richard galant, und Lady Woodrow lächelte und tätschelte ihm die Wange.

»Du warst schon immer ein guter Junge«, sagte sie liebevoll und verließ dann das Zimmer.

»Suzette wird sie lieben«, murmelte Robert, als die Tür sich hinter Lady Woodrow schloss.

Daniel runzelte die Stirn. »Ist das sarkastisch gemeint, oder denkst du wirklich, dass sie miteinander auskommen?«

»Oh, sie werden sich blendend verstehen«, versicherte Robert ihm, während er sich daran machte, Richard zu helfen, Kleidung für ihn auszuwählen. »Genau genommen vermute ich, dass die beiden sich bei jedem Streit gegen dich verbünden werden, also fang schon mal an zu beten, dass ihr beide nur Jungen habt, sonst wirst du bedauerlicherweise immer in der Unterzahl sein.«

Daniel lächelte angesichts dieser Worte schwach, aber dann verzog er das Gesicht, als ihm der Brief einfiel und wie hartherzig er gewirkt haben musste ... erst recht nach dem, was sie im Stall getan hatten. »War Suzette sehr aufgeregt?«

Richard verzog das Gesicht. Robert sagte ernst: »Ich habe nicht selbst mit ihr gesprochen, aber ich konnte sie unten im Schankraum weinen hören. Ich habe in meinem ganzen Leben noch nie jemanden derart herzzerreißend schluchzen gehört. Ich würde sagen, dass deine Mutter recht hat und Suzette dich liebt. Sie scheint wirklich am Boden zerstört zu sein.«

Daniel machte ein finsteres Gesicht bei dem Gedanken. »Denkst du, dass Mutter recht hat und die Schüsse und der Brief zusammenhängen?«

»Es sieht so aus«, sagte Richard. »Es wäre ein merkwürdiger Zufall, wenn das nicht so wäre. Wärst du wie geplant zurückgekehrt, hättest du ihr immerhin einfach sagen können, dass der Brief eine Fälschung ist.«

»Ja, aber wer immer mich angeschossen hat, dachte, ich wäre tot, also warum sich die Mühe mit dem Brief machen?«

»Das stimmt«, gab Daniel zu. »Aber dann ... welchen Zweck könnte der Brief noch haben als den, sie in dem Glauben zu wiegen, die Hochzeit würde abgeblasen werden?«

Richard und Robert blickten genauso verständnislos drein, wie er sich fühlte. Es ergab einfach alles keinen Sinn, oder zumindest konnte er keinen entdecken. Aber er hatte ein höchst ungutes Gefühl bei alledem.

»Kommt, gebt mir die Sachen. Je schneller wir wieder in der Schenke sind und alles klären können, desto besser. Da ist irgendwas im Gange, das wir noch nicht sehen.«

»Ich verstehe nicht, warum diese Eile nötig ist. Wieso können wir nicht in einer Schenke haltmachen und morgen früh weiterreisen?«, beklagte sich Suzettes Vater.

»Mylord, dank Ihrer Säumigkeit sind wir kaum mehr als eine Stunde unterwegs«, antwortete Jeremy mit einer Geduld, die Suzette beachtlich fand. Er hatte ganz sicher mehr Geduld als sie im Augenblick, denn sie war ziemlich wütend auf ihren Vater.

Nachdem Cedrick Madison darauf bestanden hatte, sie zu begleiten, hatte er so viel Zeit herausgeschunden, wie es nur möglich war, um die Abreise zu verzögern. Er hatte eine Ewigkeit zum Packen gebraucht, obwohl sie vermutete, dass er gar nichts ausgepackt hatte. Immerhin hatten sie nur eine Nacht in der Schenke geschlafen und geplant, weiterzufahren, sobald Daniel mit seiner Mutter zurückkehren würde. Sicher hatte sein Vater nichts weiter als frische Kleidung herausgenommen. Er war jedoch schier unendlich lange in seinem Zimmer geblieben, wo er angeblich gepackt hatte, und erst in dem Moment nach unten gekommen, als Jeremy schließlich hochgegangen war und ihm ungeduldig angeboten hatte zu helfen, um die Dinge zu beschleunigen.

Suzette war selbst ziemlich ungeduldig gewesen, als sie im Schankraum gewartet hatte. Christiana und Lisa hatten die ganze Zeit versucht, sie davon zu überzeugen, dass sie warten sollte, bis die Männer zurückkehren würden. Aber genau das hatte sie nicht tun wollen. Sie hatte an diesem Tag schon genug Demütigungen erlitten. Also hatte sie einfach nur dagesessen und gewartet – und war jedes Mal, wenn sich die Tür der Schenke geöffnet hatte, vor Angst, die Männer könnten zurückkehren, zusammengezuckt. Sie war ziemlich erleichtert gewesen, als ihr Vater endlich heruntergekommen war.

Seither allerdings hatte Lord Madison den Aufbruch zusätzlich verzögert, indem er darauf bestanden hatte, dass Suzette unbedingt eine Mahlzeit zu sich nehmen musste, da sie seiner Meinung nach kränklich aussah. Jeremy hatte versucht, ihn davon zu überzeugen, dass er einen Picknickkorb vorbereiten lassen würde und sie in der Kutsche essen könnten. Ihr Vater war allerdings beharrlich geblieben und hatte gefordert, dass Suzette mit Christiana und Lisa eine ordentliche Mahlzeit zu sich nahm, bevor sie aufbrachen. Es war Suzette nicht gelungen, ihn davon abzubringen, und so hatte sie schließlich nachgegeben und gegessen, wodurch sich ihr Aufbruch noch weiter hinausgezögert hatte.

Schließlich waren sie losgefahren, und nach nicht einmal einer Stunde auf der Straße hatte ihr Vater schon wieder anhalten wollen.

»Aber es wird bereits dunkel«, sagte Cedrick Madison jetzt. »Was ist, wenn eines der Pferde in ein Loch tritt oder sich eine Fessel verdreht? Es wäre ganz bestimmt sicherer, ein Zimmer zu mieten und morgen früh weiterzufahren. Es ist schließlich nicht so, als gäbe es Grund zur Eile«, sagte er und klang ziemlich entschieden.

»Mein Fahrer hat mir versichert, dass er uns trotz der späten Stunde sicher nach Gretna Green bringen wird«, sagte Jeremy bestimmt. »Und dort werden wir uns dann Zimmer nehmen.«

Suzette sah zu Jeremy, wollte ihn wegen des Verhaltens ihres Vaters entschuldigend anlächeln. Allerdings blickte er nicht in ihre Richtung. Er saß mit auf dem Schoß gefalteten Händen da und drehte Däumchen, während er aus dem Fenster starrte. Er schien tief in Gedanken versunken zu sein.

»Wie fühlst du dich?«, fragte Lady Woodrow.

Daniel, der gegenüber von seiner Mutter in der Kutsche saß, zwang sich, sie beruhigend anzulächeln. Neben ihr saß Robert, während Daniel sich die Bank mit Richard teilte. »Es geht mir gut, Mutter. Die Wunde ist nicht wieder aufgebrochen. Sie blutet nicht und tut auch schon nicht mehr weh.«

Lady Woodrow nickte ernst, dann sagte sie: »Ich glaube dir nicht.«

Daniel seufzte. Alles in allem fühlte er sich wirklich nicht so schlecht. Der untere Bereich seines Rückens schmerzte auf der Seite, auf er verletzt worden war, und sicherlich war er auch noch nicht wieder ganz bei Kräften. Aber er vermutete, dass es einfach eine Frage der Zeit war, bis alles geheilt und damit auch der Schmerz verklungen sein würde. Gleichzeitig war sich Daniel sicher, dass er nach einer guten Mahlzeit und etwas Bier wieder zu Kräften kommen würde. Eigentlich, fand er, hatte er viel Glück gehabt. Es hätte weitaus schlimmer kommen können. Er hatte zwar ein bisschen Blut verloren, aber die Kugel schien keine lebenswichtigen Organe verletzt zu haben. Das war gut. Und er hatte anscheinend auch kein Fieber. Seine Mutter hatte gründliche Arbeit geleistet, als sie die Wunde gereinigt hatte, sodass er keine Entzündung bekommen würde.

»Wir sind fast da. Ich kann die Schenke schon sehen«, verkündete er. Seine Mutter beugte sich sofort näher zum Fenster, um einen Blick hinauszuwerfen.

»Ich werde vorausgehen und dem Wirt sagen, dass er etwas zu Essen bringen soll, während ihr beiden ihm helft«, verkündete seine Mutter, als die Kutsche angehalten hatte und Richard und Robert dabei waren, Daniel beim Aussteigen zu helfen. Die Wahrheit war, dass er zwar ein bisschen unsicher auf den Beinen war, die beiden aber eigentlich nicht brauchte. Er hatte ihre Hilfe dennoch angenommen, da er hoffte, dank der Unterstützung weniger herumzuwackeln und daher weniger an der Wunde zu zerren. Vermutlich hätte es auch dann noch geschmerzt wie die Hölle, wenn ein Dutzend Männer da gewesen wären, um ihm zu helfen.

Daniel verzog das Gesicht und machte sich sofort auf, seiner Mutter in die Schenke zu folgen. Zu seiner großen Erleichterung gingen Richard und Robert zwar neben ihm her, machten aber kein unnötiges Aufhebens um ihn. Wenn es nötig werden sollte, würden sie bereit sein, ihm zu helfen.

Als Daniel seine Mutter einholte, stand sie in der offenen Tür zum Schankraum und musterte die dort anwesenden Gäste. Er suchte sofort nach Suzette, aber abgesehen vom Wirt und Christiana und Lisa war niemand im Raum. Die beiden Frauen saßen an einem der ansonsten leeren Tische, hatten die Köpfe zusammengesteckt und flüsterten besorgt miteinander. Als sich die Tür schloss, verstummten sie und drehten sich zu ihnen um.

Die Veränderung, die anschließend mit den beiden Frauen vorging, war verblüffend. Binnen eines einzigen Herzschlags zeigten ihre Gesichter erst unruhige Besorgnis, dann Wut und Zorn. Spontan machte Daniel überrascht einen Schritt zurück, als plötzlich beide aufsprangen und wie Harpyien auf ihn losstürmten.

»Was bist du nur für ein schrecklicher Mann!«, brüllte Lisa.

»Wie kannst du es wagen, dich hier noch blicken zu lassen, du Schurke?«, fluchte Christiana.

»Du hast auf übelste Weise eine Unschuldige verführt!«, fügte Lisa hinzu. »Und sie hat dich geliebt, du gemeiner Kerl!«

»Du hast ihr das Herz gebrochen! Man sollte dich dafür abknallen, dass du so mit ihr gespielt hast!« Christiana streckte eine Hand aus und wollte schon mit den Fingern auf Daniels Brust losgehen, als Richard ihre Hand nahm, bevor sie ihn berühren konnte. Er zog sie zurück, während Robert zu Lisa eilte, um auch sie daran zu hindern, Daniel körperlich anzugreifen.

»Also gut!« Lady Woodrows Stimme erklang, und augenblicklich schwiegen die beiden Schwestern und sahen sie an, als sie jetzt zu Daniel trat. Zu seiner großen Überraschung lächelte sie dann und sagte: »Es ist schön, dass Sie sich so für Suzette einsetzen. Mir wird das Herz richtig warm, solch schwesterliche Liebe zu sehen. Leider haben sich meine eigenen Schwestern als weit weniger loyal erwiesen.«

Christiana und Lisa starrten sie verständnislos an, dann wandte Christiana sich an Richard und fragte: »Wer –?«

»Meine Mutter«, unterbrach Daniel sie ruhig. »Wie ihr euch vielleicht erinnert, bin ich weggeritten, um sie zu holen, weil ich wollte, dass sie bei meiner Heirat mit Suzette dabei ist.«

»Ja, aber dann hast du die Verbindung gelöst«, sagte Lisa verärgert. Als er den Kopf schüttelte, sagte sie unsicher: »Hast du sie etwa nicht gelöst?«

»Aber der Brief«, sagte Christiana scharf. »Ich habe ihn gelesen, Daniel, und er war überhaupt nicht misszuverstehen. Du hast geradeheraus gesagt, dass du Suzette nicht heiraten würdest und sie nicht besser wäre als ein leichtes Mädchen.«

Daniel fluchte leise, dann sah er seine Mutter an, die seinen Arm nahm und ihn an den Frauen vorbei zu den Tischen führte.

»Du musst etwas essen«, erinnerte Lady Woodrow ihn entschieden. »Du hast mir versprochen, dass du etwas essen würdest, sobald wir in der Schenke sind. Es war der einzige Grund, weshalb ich nicht darauf bestanden habe, dass du erst noch etwas zu dir nimmst, sondern mich damit einverstanden erklärt habe, dass wir Woodrow sofort verlassen. Du wirst dein Versprechen halten.«

»Aber ich muss mit Suzette sprechen.« Daniel warf einen Blick zur Treppe, überzeugt, dass sie dort oben in ihrem Zimmer sein musste. Wahrscheinlich weinte sie sich gerade das Herz aus dem Leib. Armes Mädchen, dachte er.

»Du kannst mit ihr sprechen, während du isst. Und jetzt setz dich und iss, bevor du zusammenbrichst.«

»Wieso sollte er zusammenbrechen?«, fragte Lisa und trat näher, um ihn genauer anzusehen. »Er ist so blass. Was ist mit ihm?«

»Er ist auf dem Weg nach Woodrow angeschossen worden«, antwortete Richard. »Und er hat den Brief nicht geschrieben.«

»Was?«, fragte Christiana entsetzt.

Daniel wollte sich schon zu ihr umdrehen und darauf bestehen, dass sie ihm sagte, wo Suzette war, aber als er seinen Oberkörper entsprechend herumdrehte, schoss ein scharfer Schmerz durch ihn hindurch, und er erstarrte und schnappte nach Luft.

»Setz dich hin«, sagte seine Mutter bestimmt. Als er auf der Bank saß, wandte sie sich an Richard. »Sag dem Wirt, dass er eine Suppe und etwas Herzhaftes herbringen möchte.«

Daniel stand jetzt auf, ohne den Oberkörper noch einmal zu bewegen, und ging um den Tisch herum auf die andere Seite, sodass er die Mädchen sehen konnte, während Richard zum Wirt eilte. Seine Mutter richtete ihre Aufmerksamkeit auf Suzettes Schwestern.

»Nun, Sie müssen Christiana und Lisa sein«, begrüßte sie die beiden Frauen und reichte ihnen nacheinander die Hand.

»Das stimmt. Woher wussten Sie das?«, fragte Christiana.

Lady Woodrow hätte darauf hinweisen können, dass sie gerade noch Daniel wegen ihrer Schwester angegriffen hatten, aber sie sagte nur: »Weil ich wusste, dass Sie beide nicht Suzette sein können.«

»Und wieso nicht?«, fragte Daniel stirnrunzelnd. Er hatte ihr nicht beschrieben, wie Suzette aussah, sondern nur von ihrer Persönlichkeit und dem erzählt, was sie getan hatte.

Lady Woodrow runzelte die Stirn, als sie sah, dass er sich bewegt hatte, aber sie schüttelte nur den Kopf und sagte ruhig: »Weil Suzette ganz sicher in diesem Moment mit jemandem nach Gretna Green unterwegs ist, den sie für einen Junggesellen hält, der zufällig in der Stunde ihrer Not aufgetaucht ist und ihr Geld braucht.«

»Was?«, fragte Daniel ungläubig. Er fragte sich, wie sie auf so eine lächerliche Idee kam. Suzette war oben, ihr Herz war gebrochen, und sie weinte, weil sie glaubte, ihn verloren zu haben. Zumindest dachte er das und war daher verblüfft, als Lisa mit großen Augen nickte.

»Das stimmt. Lord Danvers ist aufgetaucht und hat ihr angeboten, sie im Tausch für Vaters Schuldscheine zu heiraten. Sie hat zugestimmt. Aber woher wissen Sie das?«, fragte sie Lady Woodrow überrascht.

Daniel war so benommen über diese Neuigkeit, dass er fast die Antwort seiner Mutter verpasste, die jetzt sagte: »Nun, welchen Zweck sollte der Brief sonst gehabt haben, als dafür zu sorgen, dass sie fest davon ausgeht, dass es keinerlei Hoffnung mehr für ihre Liebe zu Daniel gibt und daher einverstanden ist, sofort einen anderen zu heiraten?«

»Verdammt, sie ist klug«, murmelte Robert und setzte sich neben Daniel. »Auf diese Idee bin ich nicht gekommen.«

»Ich auch nicht«, sagte Daniel grimmig und stand auf. So viel dazu, dass sie oben war und ihr angeblich gebrochenes Herz pflegte.

»Setz dich, Daniel«, sagte Lady Woodrow, ohne auch nur einen Blick auf ihn zu werfen.

Seine Mutter schien regelrecht Augen im Hinterkopf zu haben, wenn es um ihn ging, dachte er grimmig und setzte sich wieder. Er wusste sowieso nicht, warum er überhaupt aufgestanden war. Suzette liebte ihn nicht. Sie hatte sich so wenig aus ihm gemacht, dass sie mit dem erstbesten Mann weggelaufen war, der sich angeboten hatte. Sie hatte nicht einmal einen einzigen verfluchten Tag gewartet. Er war wirklich nur der erstbeste Kerl gewesen, der ihren Bedürfnissen entsprochen hatte, und offensichtlich konnte das jeder Mann. Es war verdammt ernüchternd nach dem, was sie im Stall erlebt hatten. Wenn Suzette allerdings dachte, dass sie solch eine Lust mit jedem Mann erleben würde, stand ihr eine herbe Enttäuschung bevor … und es geschah ihr recht, wie er fand.

»Wie lange ist es her, seit sie aufgebrochen sind?«, fragte Robert, als Richard zurückkehrte.

Trotz seiner mürrischen Laune wartete Daniel angespannt auf die Antwort.

»Vor nicht mehr als einer Stunde«, murmelte Christiana. »Vater hat darauf bestanden, dass er sie begleitet und sie sich vorher die Zeit nehmen, noch etwas zu essen. Er hat alles so lange hinausgezögert, wie er konnte, indem er so tat, als würde er noch packen, obwohl ich sicher bin, dass er hier gar nicht richtig ausgepackt hatte. Ich schätze, er hat gehofft, dass ihr noch vor ihrem Aufbruch mit Neuigkeiten zurückkehren würdet.«

»Dem Mann sei Dank«, sagte seine Mutter und sah Richard fragend an. »Wie lange wird es dauern, bis das Essen da ist?«

»Der Wirt hat mir versichert, dass er es sofort bringt. Seine Frau hat einen Eintopf auf dem Herd, und es ist noch etwas Rindfleisch von gestern Abend übrig. Sie wird ihm gleich ein bisschen Flüssigkeit vom Eintopf und Rindfleisch mit einer Beilage bringen.«

»Gut, gut.« Lady Woodrow drängte Christiana und Lisa zum Tisch und schlug vor: »Vielleicht sollten wir alle noch etwas essen.«

Als Richard zögerte und unsicher zu Daniel hinsah, winkte Lady Woodrow abwehrend und sagte: »Kümmere dich nicht um ihn, er ist gerade mürrisch. Er hat das Gefühl, schlecht behandelt worden zu sein, weil Suzette weggelaufen ist, um einen anderen zu heiraten. Auf diese Weise wird es nicht anstrengend sein, ihn dazu zu bringen, sein Versprechen zu halten und zu essen, denn er *muss* etwas essen.«

»Ich bin nicht mürrisch«, sagte Daniel mit zusammengebissenen Zähnen, als Richard wieder wegging und dem Wirt erklärte, dass sie alle etwas essen würden. »Und hör auf, so über mich zu reden. Ich sitze direkt hier.«

»Wie ich bemerke, leugnest du nicht, dass du dich schlecht behandelt fühlst«, sagte Lady Woodrow unbekümmert, während sie sich neben ihm auf der Bank niederließ. Auf der anderen Seite von ihr saßen Christiana und Lisa.

»Ich fühle mich nicht schlecht behandelt«, sagte er jetzt, hob das Kinn und fügte hinzu: »Sie hat mir einen Gefallen getan. Wenn sie sich so wenig aus mir macht, dass sie mit dem erstbesten Mann wegläuft, der ihr über den Weg läuft, erspart sie mir zukünftige Herzschmerzen.«

»Oh, aber –«, begann Lisa, wurde jedoch von seiner Mutter zum Schweigen gebracht.

»Wenn er gegessen hat«, sagte sie sanft und erklärte: »Daniel kann schrecklich dickköpfig sein, wenn er will. Es ist besser, wenn er etwas gegessen hat, bevor er davonstürmt, um sie zu retten.«

»Wen retten?«, fragte Daniel stirnrunzelnd. »Sie ist freiwillig mit ihm mitgegangen, oder nicht?«

»Ich frage mich, warum du jetzt nicht einmal mehr ihren Namen aussprechen kannst«, sagte seine Mutter nachdenklich. Dann sah sie zu Richard, der gerade mit dem Wirt und seiner Frau kam. Beide brachten jeweils eine Platte mit Essen. »Oh, da ist das Essen. Wunderbar.«

Daniel zog immer noch ein finsteres Gesicht, aber er schwieg. Er sprach *ihren* Namen nicht aus, weil er es nicht wollte, und er verspürte nicht die Neigung, zu ihrer Rettung loszustürmen, dachte er, während er grimmig in der Brühe rührte, die vor ihm abgestellt worden war. Schließlich würde sie heiraten und nicht ermordet werden. Wenn er so leicht zu ersetzen war … Er schluckte einen Löffel Suppe, und es gelang ihm, nicht an ihr oder seiner Wut zu ersticken. Sie hatte ihn enttäuscht – erstens, weil sie, ohne auch nur im Geringsten daran zu zweifeln, davon ausgegangen war, dass dieser Brief, den er nie geschrieben hatte, von ihm war, und zweitens, weil sie das Angebot dieses Mannes angenommen hatte. Es passte gar nicht zu Suzette. Er hätte damit gerechnet, dass sie hinter ihm hergejagt wäre und ihn zur Rede gestellt hätte. Ganz besonders nach dem, was sie im Stall getan hatten.

Zumindest hätte sie das getan, wenn sie sich etwas aus ihm machen würde, dachte Daniel, dann schob er die leere Schüssel beiseite und zog den Teller mit dem Rindfleisch und dem Rumbledethumps zu sich heran. Diese Mischung aus Kartoffeln, Zwiebeln und Kohl war entlang der schottischen Grenze sehr verbreitet. Daniel aß so etwas eigentlich gern. Diesmal schmeckte er allerdings kaum etwas, da seine Gedanken bei Suzette und ihrem Verrat weilten. Hatte sie wirklich geglaubt, dass er so hartherzig sein würde, ihr erst die Unschuld zu rauben und dann die Verbindung aufzulösen?

»Also, nach dem, was ihr mir noch auf Woodrow erzählt habt, hat es diese Woche schon ein paar Unfälle gegeben«, wandte seine Mutter sich an Richard und Robert und brach damit das Schweigen, das bis dahin geherrscht hatte, während alle aßen.

Richard nickte. »Es hat so ausgesehen, als wären bei einem der Räder der Kutsche, in der wir Männer gefahren sind, drei Speichen zu drei Vierteln durchgesägt worden, und dann sind Daniel und ich in der Stadt fast überfahren worden.«

»Ihr habt diese Vorkommnisse aber nicht für Unfälle gehalten, sondern für Mordanschläge auf dich, Richard?«, hakte Lady Woodrow nach.

»Ja, aber wir sind zu dem Schluss gekommen, dass es wahrscheinlich doch nur Unfälle gewesen sind, nachdem sich herausgestellt hat, dass dies nicht der Fall war«, sagte er ausweichend.

Sie bedrängte ihn nicht weiter, um zu erfahren, wieso er wusste, dass es keine Mordanschläge gewesen waren, sondern sagte lediglich: »Allerdings war Daniel bei beiden Unfällen dabei?«

»Nun, ja«, sagte Richard langsam. Er konnte ihr offensichtlich nicht folgen.

»Angesichts der Tatsache, dass er heute angeschossen wurde, könnte man vermuten, dass er auch bei den anderen beiden Vorfällen das eigentliche Ziel war, oder nicht?«, erklärte sie sanft.

Richards Augen weiteten sich. Er sah Daniel überrascht an, aber von ihm kam keine Reaktion.

»Und diese Angriffe haben erst angefangen, nachdem Daniel sich einverstanden erklärt oder zumindest den Eindruck erweckt hat, er würde Suzette heiraten?«, fragte Daniels Mutter als Nächstes.

»Es ist mir in den Sinn gekommen, dass dieser Freund von Dicky dahinterstecken könnte, der angeblich geplant hätte, sie zu heiraten«, gestand Daniel ruhig.

»Wieso hast du mir nichts davon gesagt?«, fragte Richard erstaunt.

Daniel zuckte mit den Schultern. »Es war nur ein Verdacht. Wir kennen noch nicht einmal den richtigen Namen von diesem Freund, nur dass er den Spitznamen Däumle trägt. Und dann waren wir ja auch bereits unterwegs nach Gretna Green. Ich hatte vermutet, dass der Kerl aufgeben würde, wenn wir erst verheiratet wären, also warum sollte ich mir deswegen Gedanken machen? Ich war mir sicher, dass uns nichts passieren würde, wenn wir jeden Morgen vor dem Aufbruch die Kutschen überprüfen.«

»Bis du angeschossen worden bist«, gab Robert trocken zu bedenken.

»Das kam unerwartet«, gab er grimmig zu. »Ich hatte mit so einem offenen Angriff nicht gerechnet. Angeschossen zu werden kann man wohl kaum als Unfall zählen.«

»Hat Suzette den Brief mitgenommen?«, fragte Lady Woodrow plötzlich und nahm noch einen Bissen.

»Nein.« Christiana beugte sich nach vorn, um sie an Lisa vorbei anzusehen. »Ich habe ihn.«

»Darf ich ihn sehen?«, fragte sie.

»Natürlich.« Christiana zog ein zerknittertes Stück Papier aus der Tasche ihres Kleids und hielt es ihr hin.

Daniel kaute langsamer, als er sah, wie seine Mutter das Stück Papier auseinanderfaltete und versuchte, es auf dem Tisch zu glätten. Als sie den Kopf neigte, um es zu lesen, beugte er sich näher zu ihr hin, um mitzulesen. Dann schnappte er entsetzt nach Luft, als er die kalten Worte las.

»Wie zum Teufel kann derjenige, der das geschrieben hat, vom Stall wissen?«, fragte er alarmiert.

»Was ist mit dem Stall?«, fragte Richard verwirrt.

Daniels Mutter ignorierte die Frage und murmelte: »Hmm. Offensichtlich hat er euch beobachtet. Wenn ihr beiden geglaubt habt, ihr seid allein, ist es kein Wunder, dass Suzette annehmen musste, dass der Brief nur von dir sein kann.«

»Ja«, begriff er bestürzt.

»Und der Brief sollte ihr auch nicht nur das Herz brechen, sondern auch die Seele«, erklärte seine Mutter grimmig. »Das arme Mädchen muss sich vor Scham gewunden haben.«

»Das stimmt«, sagte Christiana ernst. »Sie dachte, wir würden sie jetzt alle hassen, sogar Lisa und ich.«

»Was zum Teufel steht in dem Brief?«, fragte Robert und kam um den Tisch herum.

Daniel schnappte sich den Brief und schob ihn in die Tasche. Solange er ein Wörtchen mitzureden hatte, würde ihn niemand sonst zu Gesicht bekommen. Er war ein grausames, hässliches Werk, das aus dem wunderschönen Zwischenspiel, dass er und Suzette miteinander erlebt hatten, etwas Unzüchtiges und Schmutziges machte. Eine buchstäbliche Schlange in dem Paradies, das er in ihren Armen gefunden hatte.

Robert zögerte, kehrte aber nach einem Moment resigniert an seinen Platz zurück.

»Und ganz sicher musste sie glauben, dass kein Mann sie jemals noch zur Frau haben wollte, nachdem sie diese grausamen Beleidigungen gelesen hatte«, erklärte Lady Woodrow jetzt. »Dieser Kerl, der da plötzlich aufgetaucht ist, um sie für sich zu fordern, muss ihr in ihrer Not wie ein Ritter in einer glänzenden Rüstung erschienen sein, angesichts der Notwendigkeit, die Schuldscheine zurückzuzahlen und einen Skandal zu vermeiden.«

»Sein Name ist Jeremy Danvers«, erinnerte Lisa die anderen. »Er war beim Ball der Landons auf ihrer Tanzkarte, aber als Richard aufgetaucht ist, hat sie den Tanz ausgeschlagen. Statt mit ihm zu tanzen, ist sie zu mir gekommen und hat mich mit zu Christiana genommen.«

»Danvers?«, wiederholte Robert. »Nun, er erfüllt ganz sicher Suzettes Bedürfnisse. Er hat eine Baronie und Land und kein Geld für den Unterhalt von alledem.«

»Es war nicht nur das«, sagte Christiana unglücklich. »Und es war auch nicht nur die Scham oder die Angst, dass niemand sonst sie heiraten würde. Vater hat gesagt, dass Suzette sich Sorgen gemacht hat, dass der Vorfall im Stall vielleicht andere … Konsequenzen haben könnte, und sie wollte sichergehen, dass am Ende alles gut werden würde.«

»Was für Konsequenzen?«, fragte Richard, und auch Daniel stellte sich die Frage.

Als Lisa lediglich den Kopf schüttelte und errötete, runzelte Daniel die Stirn. Fast hätte er die Frage noch einmal wiederholt, um sie dazu zu bringen, sie zu beantworten, als die Erkenntnis ihn plötzlich so unerwartet und scharf wie die Kugel traf, die er in den Rücken bekommen hatte. Und sie raubte ihm auch genauso wirkungsvoll den Atem. Suzette war möglicherweise schwanger.

Daniel war sofort auf den Beinen und lief zur Tür der Schenke. Ob es die stärkende Kraft des Essens war oder die Art, wie das Blut plötzlich durch seine Adern rauschte, wusste er nicht, aber seine frühere Schwäche war jetzt wie weggeblasen, und sein Geist so scharf wie eine Messerklinge und nur auf eine einzige Sache gerichtet. Er musste zu Suzette. Daniel war so erpicht darauf, dass er kaum den Aufruhr hinter sich hörte. Erst als Robert sprach, begriff er, dass ihm jemand gefolgt war.

»Danvers«, sagte Robert voller Empörung, als sie die Schenke verließen. »Ich wusste, dass er Geld brauchte, aber ich hätte nie gedacht, dass er zu der Sorte Männer gehört, die so tief sinken können.«

»Wir werden ihn aufhalten«, sagte Richard entschieden, und Daniel wurde bewusst, dass er ebenfalls da war.

»Das tun wir«, sagte Lady Woodrow zustimmend und brachte alle zum Stehen. Daniel drehte sich um und sah, dass sie mit Lisa und Christiana ebenfalls herausgekommen war. »Wie die Mädchen sagen, hat Danvers' Kutsche nur zwei Pferde. Wir werden in zwei Kutschen mit vier Pferden fahren und sie in Kürze eingeholt haben. Die Zofen können langsamer folgen.«

Daniel runzelte die Stirn. »Wenn wir Männer ihnen auf Pferden folgen würden, wären wir schneller.«

»Wenn du auf einem Pferd reitest, könnte deine Wunde wieder aufbrechen. Abgesehen davon müsst ihr so oder so auf uns warten oder umkehren, um uns aufzusammeln«, erklärte Lady Woodrow vernünftigerweise, bevor sie hinzufügte: »Und denkst du wirklich, Suzette wird dich noch anhören, wenn der Brief angeblich von dir ist?«

»Richard und Robert können erklären –«

»Bei dieser Sache wird sie einer Frau wesentlich bereitwilliger zuhören«, sagte seine Mutter sanft, während sie die Mädchen zu den Männern führte. »Abgesehen davon bist du verletzt, und die Männer sind vielleicht mit Danvers und seinem Fahrer beschäftigt. Dieser Mann hat bereits bewiesen, dass er bereit ist zu töten, um an die Mitgift zu kommen. Er wird nicht so leicht aufgeben.« Sie schüttelte den Kopf. »Es ist besser, wenn wir alle gehen, denn zusammen können wir jede Situation meistern, die auftaucht.«

Als Daniel zögerte, hob sie eine Hand und berührte zärtlich seine Wange. »Wir werden sie einholen, mein Sohn. Ich verspreche es dir. Ich werde dein Glück und die Chance auf Enkelkinder nicht riskieren. Das solltest du eigentlich wissen.«

Daniel knurrte gereizt über die Verzögerung, aber er wusste, dass es die klügste Entscheidung war. Mit zwei Kutschen und jeweils vier Pferden müssten sie sie ein gutes Stück vor Gretna Green eingeholt haben. Und es war möglich, dass die Frauen gebraucht wurden, wenn es kompliziert wurde. Sicher würde Suzette bereitwilliger auf ihre Schwestern hören. Darüber hinaus konnte seine Mutter gut mit Verletzungen umgehen. Es würde vielleicht praktisch sein, wenn jemand verletzt wurde oder seine Schusswunde wieder aufbrach, was nur zu leicht möglich war. Daniel hatte keine Lust, sich in den Hintergrund zurückzuziehen und Richard und Robert seinen Kampf für ihn ausfechten zu lassen. Er wollte Danvers selbst den Hals umdrehen.

»Also schön«, sagte er schließlich, dann sah er Richard und Robert an. »Wenn ihr beiden bitte dafür sorgen würdet, dass die Kutschen vorbereitet werden. Ich werde inzwischen unsere Rechnung bezahlen und anordnen, dass man die Truhen herunterbringt. Machen wir rasch. Ich möchte sie gern einholen, bevor sie heiraten und ich gezwungen bin, Suzette zur Witwe zu machen.«

14

»Ich bin überrascht, Danvers, dass Sie nicht angehalten haben, um mit Richard zu sprechen, bevor er und Langley aufgebrochen sind.«

Suzette hörte die Bemerkung ihres Vaters, aber sie achtete nicht sehr darauf. Sie richtete ihren Blick weiterhin starr aus dem Fenster, während sie sich mit Erinnerungen an die Zeit mit Daniel quälte. Wenn sie sich doch nur anders verhalten hätte … dann säße er jetzt in dieser Kutsche und nicht Jeremy, dachte sie und verzog dann das Gesicht über ihre eigenen verräterischen Gedanken.

Die waren bisher auf dieser Reise schrecklich unkooperativ gewesen. Die Tatsache, dass die Männer trotz der Versuche ihres Vaters, den Aufbruch hinauszuzögern, nicht schon zurückgekehrt waren, verriet einiges. Sie zeigte ihr, dass Richard und Robert sich bei dem Versuch, Daniel dazu zu bewegen, doch zu heiraten, offensichtlich Zeit genommen hatten, er sich aber nicht hatte überreden lassen. Und offen gestanden wollte sie ihn auch gar nicht mehr, wenn man ihn so sehr überreden musste. Wenn er sie derart zurückwies, war er nicht der Mann, für den sie ihn gehalten hatte.

Zumindest versuchte sie, sich das einzureden, als Danvers' Kutsche sie von der Schenke wegbrachte. Natürlich hatte sie seither mehrmals ihre Meinung geändert. Sie liebte ihn und hätte ihn jederzeit zurückgenommen, wenn es möglich gewesen wäre. Sie hasste ihn, weil er sie zurückgewiesen hatte, und wollte nie wieder die Demütigung erleben, die damit verbunden war, ihn noch einmal zu sehen. Sie hasste sich selbst, weil sie sich nicht schicklicher verhalten und ihn so mit ihrer Leidenschaft vertrieben hatte. Und dann kehrte sie wieder dahin zurück, dass sie ihn liebte und ihn so oder so nehmen würde. Es war ermüdend und führte nur dazu, dass sie sich verloren und müde fühlte, denn die Wirklichkeit war, dass er sie nicht wollte und sie Jeremy heiraten würde.

Allein bei dem Gedanken daran begannen ihre Augen feucht zu werden, und sie blinzelte rasch, um die Tränen zu vertreiben. Vielleicht konnte sie bei der Zeremonie morgen die Augen schließen und so tun, als wäre Jeremy Daniel, um das alles hinter sich zu bringen. Dann runzelte Suzette die Stirn. Zumindest ging sie davon aus, dass es noch bis zum nächsten Tag dauern würde. Es würde doch sicher zu spät sein, wenn sie in Gretna Green eintreffen würden, und sie würden sich in einer Schenke Zimmer nehmen und bis zum Morgen warten müssen?

»Wieso hätte ich mit Richard sprechen sollen?«, fragte Danvers. Obwohl er sich bemühte, gleichgültig und unbekümmert zu wirken, war da etwas in seiner Stimme, das ihre Aufmerksamkeit erregte. Suzette sah ihn an und bemerkte, dass er aufgehört hatte, Däumchen zu drehen, was er getan hatte, seit sie in die Kutsche gestiegen waren. Seine Finger waren jetzt verkrampft, als er dem Blick ihres Vaters begegnete.

»Sie sind doch Freunde, oder?«, fragte Cedrick Madison, als sie wieder aus dem Fenster sah. »Ich meine mich zu erinnern, dass Sie im Club gewesen sind und auch letztes Mal in der Spielhölle, als ich so viel verloren habe.«

»Sie erinnern sich an diese Nacht?« Danvers' Stimme klang jetzt eindeutig ein bisschen argwöhnisch, und Suzette fragte sich träge, wieso das so war, aber eigentlich kümmerte es sie nicht.

»Kleine Stückchen. Genug, um mich zu erinnern, dass Sie und Dicky gute Kumpels zu sein schienen«, sagte Lord Madison grimmig. Seine Hand rieb an dem Griff seines Stocks. Das war ein sicheres Zeichen, dass er aufgewühlt war, aber das war er eigentlich gewesen, seit er herausgefunden hatte, dass sie Jeremy heiraten würde.

»Wir sind nur gute Bekannte«, murmelte Danvers.

Suzette sah jetzt ihn wieder an; sie bemerkte, dass er aus dem Fenster blickte und seine Daumen sich wieder umeinander drehten.

»Wie haben Sie eigentlich von meinen Schuldscheinen erfahren?«, fragte ihr Vater als Nächstes.

»Ich habe Ihnen doch gesagt, dass Cerberus sie mir anstelle einer Bezahlung gegeben hat«, antwortete Jeremy kurz angebunden. Sein charmantes Antlitz löste sich auf.

»Ja, das haben Sie gesagt«, erklärte ihr Vater grimmig. »Aber ich kann mir nur schwer vorstellen, dass irgendjemand sich zu einem Arrangement bereit erklärt, bei dem er die Bezahlung selbst beschaffen muss, oder dass ein respektabler Besitzer eines Glücksspiel-Etablissements so etwas auch nur vorschlägt.«

»Cerberus ist wohl kaum respektabel«, murmelte Jeremy. Seine Däumchendreherei war jetzt schneller geworden, sodass die Daumen einander verwirrend schnell umkreisten.

»Ja. Das habe ich gehört. Ich habe gehört, dass er Drogen einsetzt und Unachtsame wie mich ausnimmt … weshalb ich mir auch nur schwer vorstellen kann, dass Sie irgendetwas gewonnen haben, ganz zu schweigen von einer so hohen Summe.«

Jeremy verlagerte ungeduldig das Gewicht und blaffte: »Nun, habe ich aber, was für Sie ein höchst glücklicher Umstand ist, da ich bereit bin, Ihre Tochter anstelle des Schuldscheins anzunehmen. Können wir jetzt bitte das Thema wechseln?«

Ihr Vater zog die Augen zusammen. »Wir haben erfahren, dass Dicky mich wieder zur Spielhölle gelockt und erneut um mein Geld gebracht hat, weil er einem Freund versprochen hatte, dass er meine Suzette heiraten könnte, wie er es mit Christiana getan hatte«, sagte er grimmig. »Und es ist sehr seltsam, dass Sie zufälligerweise genau in dem Moment aufgetaucht sind, als meinem Mädchen das Herz gebrochen wurde.«

Suzette starrte ihren Vater an. Sie fragte sich, wann er das erfahren hatte. Offensichtlich musste es gewesen sein, als sie sich mit Lisa im Salon aufgehalten hatte. Was hatte sie sonst noch verpasst? Sie runzelte leicht die Stirn und erinnerte sich daran, dass Daniel ihr nie erzählt hatte, wer George vergiftet hatte. Und sie hatte auch nicht daran gedacht, ihn noch einmal zu fragen. Es mochte zwar hart wirken, aber sie war einfach nur froh gewesen, dass der Mann tot war, doppelt jetzt sogar, wenn er wirklich geplant hatte, sie ebenfalls in eine unerwünschte Ehe zu zwingen. Wirklich, das einzige Bedauern, das sie im Zusammenhang mit Dickys Tod empfand, galt der Tatsache, dass er ruhig noch etwas mehr hätte leiden können.

»Ich habe keine Ahnung, welche Motive Dicky hatte«, murmelte Jeremy. »Und es war nur Zufall, dass ich in diesem Moment angekommen bin. Ein glücklicher Zufall, dass ich auf Suzette gestoßen bin und ihre traurige Geschichte gehört habe.«

Er lächelte Suzette an, aber sie lächelte nicht zurück. Die Fragen ihres Vaters hatten sie genug aus ihrem Selbstmitleid gerissen, dass ihr Gehirn wieder zu denken begann. Zum ersten Mal, seit sie Daniels Brief erhalten hatte.

»Das Einzige, was wir über diesen Freund von Dicky wissen, ist, dass er ›Däumle‹ genannt wird«, erklärte ihr Vater jetzt und starrte bedeutungsvoll Jeremys Hände an, die plötzlich mitten in der Bewegung erstarrten. Seine Stimme war fest, als er ihm vorwarf: »Sie sind der Freund von Dicky, der geplant hat, meine Suzette zu heiraten. Sie sind von Anfang an in die Intrige eingeweiht gewesen, und der glückliche Zufall Ihrer gleichzeitigen Ankunft mit dem Brief bringt mich dazu, mich zu fragen, ob Daniel ihn überhaupt geschrieben hat.«

Suzette versteifte sich, als sie diese Vermutung hörte. Ihre Aufmerksamkeit war jetzt voll und ganz bei ihm.

Cedrick Madison stellte seinen Stock beiseite und wandte sich ihr zu. Er nahm ihre Hände, als er weitersprach. »Daniel war verdammt erpicht darauf, dich zu heiraten, Mädchen. Er hat mich sogar gebeten, dir nicht zu sagen, dass ich mein Stadthaus verkauft habe, damit du nicht denkst, dass du nicht mehr heiraten musst.«

»Und du hast dich einverstanden erklärt?«, fragte sie verwundert.

Er zuckte mit den Schultern. »Du kannst manchmal ziemlich störrisch sein, Suzette. Und manchmal bist du dir selbst dein größter Feind. Es ist mir nicht schwergefallen zu glauben, dass du aus Angst einer Heirat aus dem Weg gehen könntest. Aber es war für mich auch offensichtlich, dass ihr beide euch liebt.«

»Du denkst, er liebt mich?«, fragte sie mit dünner Stimme. Sie hatte Angst, die Hoffnung zuzulassen.

»Ich bin mir ganz sicher«, sagte er ernst. Dann fügte er hinzu: »Niemand würde deine Flausen hinnehmen, wenn er dich nicht lieben würde.«

Angesichts des zweischneidigen Kompliments runzelte Suzette leicht die Stirn.

»Aber ob er es tut oder nicht, Woodrow ist zu ehrenhaft, um sich mit dir zu vergnügen und dann wegzulaufen«, sagte ihr Vater grimmig. »Abgesehen davon scheint er mir nicht so ein Feigling zu sein, dass er eine solche Nachricht in einem kalten

Brief mitteilt. Irgendetwas stimmt hier nicht. Ich denke, wir sollten zur Schenke zurückkehren und warten, was Daniel dazu zu sagen hat.«

Suzette zögerte. Ihr Herz war bereits gebrochen, das Schlimmste, was passieren konnte, wenn sie zurückkehrten, war noch mehr Demütigung. Während sie noch wenige Minuten zuvor alles getan hätte, um dies zu vermeiden, schöpfte sie nach dem, was ihr Vater gesagt hatte, wieder Hoffnung. Und wenn es auch nur die leiseste Möglichkeit gab, dass Daniel den Brief nicht geschrieben hatte … Es war sicherlich eine Möglichkeit? Sie hatte seine Schrift bisher noch nie gesehen, und es könnte durchaus jemand im Stall gewesen sein und mitbekommen haben, was dort passiert war.

Sie schluckte und nickte leicht.

»Das ist mein mutiges Mädchen.« Ihr Vater tätschelte ihr die Hand und machte Anstalten, sich an Danvers zu wenden. »Halten Sie –«

Suzette hatte auf ihre Hände gesehen, und als die Worte abrupt abbrachen, sah sie alarmiert auf. Im gleichen Moment sackte Lord Madison gegen sie.

»Vater?« Sie hielt ihn fest, als er langsam nach unten auf den Boden der Kutsche zu rutschen drohte, dann sah sie zu Danvers hin, der den Gehstock ihres Vaters in den Händen hielt; offenbar hatte er ihm das eiserne Griffstück auf den Kopf geschlagen. Als sie Jeremy ansah, lächelte er kalt und zuckte mit den Schultern. Er ließ den Stock bis zum Griff durch die Hand gleiten, legte ihn dann auf die Bank neben sich und zog eine Pistole.

»Wir halten nicht an«, sagte er ernst. »Und du *wirst* mich heiraten.«

»Wohl kaum«, schnappte Suzette sofort. Sie schob ihren Vater in die Ecke der Sitzbank, bis er gegen die Wand sank.

»Du hättest etwas sagen sollen wie, ›Oh, nur über meine Leiche‹«, sagte Jeremy lässig. »Dann hätte ich erwidern können, ›Nein, über *seine* Leiche‹. Denn ich *werde* deinen Vater töten, wenn du mich nicht heiratest.«

Suzette starrte ihn an. Sie fragte sich, wo der sanfte Charme von vor ein paar Stunden geblieben war, wo er hergekommen war. Jetzt hatte sie das Gefühl, einen völlig anderen Menschen vor sich zu haben. War es so leicht, ihr etwas vorzumachen? Es schien so zu sein, dachte sie unglücklich und öffnete den Mund. Bevor sie jedoch etwas sagen konnte, kam Jeremy ihr zuvor. »Bitte sag jetzt nicht irgendwas Lustiges wie ›Das können Sie nicht tun.‹« Er verzog das Gesicht. »Ich habe es bereits getan. Und jetzt nimm seine Krawatte und fessele ihn«, befahl er kalt. »Und zwar fest. Es würde mir leid um ihn tun, wenn er sich befreien könnte und noch vor der Hochzeit erschossen werden würde.«

Daniel hob fragend die Brauen, als Richard über den Hof der Schenke zur Kutsche zurückgelaufen kam. Um nicht unnötigerweise Zeit damit zu verlieren, dass jedes Mal alle ausstiegen, wenn sie an einer Schenke anhielten, tat es nur einer. Richard und Robert wechselten sich dabei ab, um Daniel zu schonen und zu verhindern, dass seine Verletzung schlimmer wurde.

»Keinen Hinweis auf sie?«, fragte er, als Richard näher kam.

Richard schüttelte den Kopf. Er sah grimmig aus, und Daniel blickte zu der Kutsche, die in diesem Moment hinter ihnen anhielt. Seine Mutter, die den Kopf aus der geöffneten Tür gestreckt hatte, zog ihn bereits zurück und schloss sie wieder. Sie hatte Richards Antwort auch gehört und gab die Neuigkeit an Lisa und Christiana weiter.

Während der einen Stunde, die sie jetzt unterwegs waren, hatten sie bei jeder Schenke angehalten, um zu überprüfen, ob Danvers' Kutsche vielleicht dort gewesen war oder immer noch dort stand. Sie hatten damit gerechnet, dass er zum Essen anhalten würde oder einfach nur, damit sie sich etwas die Beine vertreten konnten. Aber selbst wenn er sich entschieden hatte, durchzufahren, würde er irgendwann anhalten müssen, um die Pferde zu wechseln. Allerdings schien er es bisher nicht getan zu haben.

»Ich fange an zu glauben, dass er überhaupt nicht anhalten wird und wir nur Zeit verlieren, indem wir bei jeder Schenke nachsehen«, erklärte Daniel grimmig, als Richard wieder in die Kutsche stieg.

»Hmm«, murmelte Robert angewidert. »Wenn er dich angeschossen und den Brief geschrieben hat, den Suzette bekommen hat, ist er zweifellos erpicht darauf, Gretna Green möglichst schnell zu erreichen und die Sache hinter sich zu bringen, bevor noch irgendetwas dazwischenkommen kann.«

Daniel sank auf seinen Platz zurück und sah Robert und Richard an, die ihm gegenübersaßen. »Vielleicht sollten wir aufhören, an jeder Schenke nachzusehen. Wir verschwenden eine Menge Zeit, und selbst, wenn sie doch anhalten und wir an ihnen vorbeifahren, kann uns das nur nützen, weil wir dann vor ihnen in Gretna Green ankommen. Wir könnten dort auf sie warten.«

Er wartete, bis die beiden ihm ihre Zustimmung gaben, bevor er seinem Kutscher die entsprechende Anweisung gab.

Suzette gab einen erleichterten kleinen Seufzer von sich, als sie sah, dass die Lider ihres Vaters flatterten. Er war so lange bewusstlos gewesen, dass sie schon angefangen hatte, sich Sorgen zu machen, ob Danvers' Schlag vielleicht so hart gewesen war, dass er überhaupt nicht mehr aufwachen würde. Aber jetzt kam er wieder zu sich … und sie konnte den Plan umsetzen, den sie sich ausgedacht hatte, während sie darauf gewartet hatte, dass er wieder zu Bewusstsein kam.

Danvers hatte seine Pistole weggesteckt, nachdem sie ihren Vater gefesselt hatte. Suzette vermutete, dass er sich von ihr nicht genügend bedroht fühlte, um sich die Mühe zu machen, sie die ganze Zeit in der Hand zu halten. Wie auch immer, er drehte wieder Däumchen und starrte aus dem Fenster in die Dunkelheit, die sich über das Land gelegt hatte.

»Wir werden bei der nächsten Schenke anhalten müssen«, verkündete sie kalt. »Ich muss die Toilette aufsuchen.«

Danvers sah sie desinteressiert an, dann blickte er wieder aus dem Fenster. »Nein.«

»Ich muss mich erleichtern«, sagte sie spitz.

Jeremy zuckte lediglich mit den Schultern. »Dann solltest du dich besser daran gewöhnen, dass du ein nasses Kleid hast, denn wir werden nicht anhalten.«

Suzette zog wütend die Augen zusammen. Sie hatte halb mit dieser Antwort gerechnet und bereits einen Plan für diese Möglichkeit ersonnen. Jetzt führte sie ihn aus, was bedeutete, dass sie aufstand.

»Was tust du da?«, bellte Danvers. Er sah überrascht zu ihr hin, als das Rascheln von Stoff ihm verriet, dass sie sich bewegte. Sie trat zu ihm, und während sie das tat, zog er seine Pistole heraus. Suzette ließ sich davon nicht beeindrucken, sondern drehte sich um und wandte ihm den Rücken zu. Sie machte sich keine großen Sorgen, dass er sie erschießen könnte. Immerhin war sie die goldene Gans. Sie war verhältnismäßig sicher – zumindest so lange, bis sie verheiratet waren –, also ließ sie sich auf seinen Schoß fallen.

»Was zum Teufel?«, keuchte Jeremy. Er klang jetzt alarmiert und versuchte, sie von sich wegzuschieben. »Geh runter von mir und setz dich auf deinen eigenen Platz.«

Suzette hielt sich mit den Händen irgendwo fest, damit er sie nicht wegschieben konnte. »Wenn ich schon gezwungen sein werde, mich nass und unwohl zu fühlen, weil Sie ein ungehobelter Schurke sind, dann werden Sie sich auch so fühlen«, sagte sie ruhig und fügte dann hinzu: »Haben Sie ein bisschen Geduld, Mylord, es wird nur eine Minute dauern.«

Sie konnte hören, wie er entsetzt nach Luft schnappte, dann sagte er mit erstickter Stimme: »Du kannst nicht ernsthaft vorhaben –«

»Doch, ich kann«, versicherte sie ihm ruhig. »Es sei denn, natürlich, Sie entscheiden sich anzuhalten, damit ich mich auf eine andere Weise um meine Bedürfnisse kümmern kann … auf eine Weise, bei der wir beide trocken bleiben.«

Suzette fing einen Blick ihres Vaters auf, der jetzt die Augen öffnete, und blinzelte. Dann schloss sie ihre Lider. Lord Madison verstand die Botschaft sofort und folgte ihrem Beispiel, tat so, als wäre er immer noch bewusstlos. Als sie seine geschlossenen Augen sah, fügte sie hinzu: »Bitte entscheidet rasch, Mylord. Ich fürchte, ich kann es nicht mehr lange anhalten.«

»Also gut, verflucht!« Er gab es auf zu versuchen, sie von sich herunterzuschieben, und klopfte stattdessen gegen die Kutschenwand, während er brüllte: »Anhalten, Thompson. Sofort.«

Während die Kutsche langsamer wurde, sagte Danvers: »So, wir halten an. Und jetzt runter von mir, Frau.«

»Mit Vergnügen«, sagte Suzette und setzte sich wieder sittsam auf ihren eigenen Platz.

Danvers sah sie jetzt an, als wäre sie eine Wahnsinnige oder irgendwie unsauber.

Sie lächelte süßlich. »Ich kann es kaum erwarten, bis wir verheiratet sind.«

Als sich seine Augen daraufhin vor Entsetzen weiteten, kicherte sie leise in sich hinein, woraufhin er finster dreinblickte.

Kaum war die Kutsche zum Stehen gekommen, wedelte er mit der Pistole zur Tür hin und schnappte: »Raus jetzt.«

Suzette stieg aus. Als sie einen Blick zurückwarf, sah sie, dass er ihren Vater grimmig anstarrte. Offenbar kam er zu dem Schluss, dass es nicht riskant war, den anscheinend bewusstlosen Mann sich selbst zu überlassen, denn er murmelte leise vor sich hin und folgte ihr nach draußen. Als er sah, dass sie auf ihn wartete, sah er sie finster an. »Worauf wartest du? Mach schon.«

»Hier mitten im Nirgendwo?«, fragte sie mit gespielter Überraschung.

»Ja«, sagte er mit fester Stimme. »Mach schon, oder wir fahren weiter und du kannst dich allein nass machen, so viel du willst. Aber ich werde dann oben mitfahren … von wo ich deinen Vater erschießen kann, wenn ihr versuchen solltet, rauszuspringen.«

Suzette verzog das Gesicht, drehte sich seufzend um und stapfte auf die Bäume zu. »Also schön«, murmelte sie.

»Wo gehst du hin?«, fragte Jeremy.

»Was denken Sie denn?«, fragte sie sarkastisch und ging weiter. »Ich werde mich wohl kaum vor Ihnen und Ihrem Fahrer erleichtern.«

Er knurrte daraufhin frustriert, erhob aber zu Suzettes großer Erleichterung ansonsten keine Einwände. Nicht dass es sie daran gehindert hätte, weiter ihrem Plan zu folgen; es hätte nur alles etwas schwieriger gemacht. Sie ging ein paar Schritte weiter, bis sie einen schönen breiten Busch fand, den sie als Deckung benutzen konnte. Sie betrachtete ihn kurz prüfend und sah sich dann um, um das Gebiet zu mustern, bevor sie sich hinhockte. Als sie sicher war, dass sie nicht zu sehen war, rief sie: »Singen Sie, oder tun Sie was Ähnliches.«

»Was?«, fragte Jeremy verwundert.

»Singen Sie oder sagen Sie ein Gedicht auf oder so was«, befahl Suzette. »Ich kann nicht, wenn ich weiß, dass Sie zuhören.«

»Oh, verflucht.«

»Es wird alles beschleunigen«, versprach sie ihm.

Suzette hörte ihn eine Reihe von Flüchen ausstoßen, dann rief Jeremy: »Sing selbst oder sag irgendwas.«

»Ich kann mich nicht auf das konzentrieren, was ich tun will, wenn ich versuche, dabei zu singen oder Verse aufzusagen. Abgesehen davon könnte es sein, dass ich mittendrin grunze, und das wäre genauso peinlich wie –«

»Oh, also gut«, blaffte Jeremy. Offenbar hatte er nicht die Nerven, sich anzuhören, was sie genau meinte. Einen Moment später begann Danvers, das Vaterunser aufzusagen, was ihrer Meinung nach ziemlich frevlerisch war, angesichts der Tatsache, dass er vermutlich in Flammen aufgehen würde, wenn er es wagte, eine Kirche zu betreten. Allerdings hatte sie nicht vor, sich zu beklagen. Immer in Deckung bleibend, bewegte sie sich im Schutz der Büsche zur Seite, bis sie die Bäume erreicht hatte, dann erhob sie sich halb und ging schneller weiter, arbeitete sich zur Straße vor, benutzte dabei die Bäume und Büsche als Deckung. Sie ging weiter, bis sie fast die Bäume erreicht hatte, die direkt hinter der Kutsche standen. Dort blieb sie einen Moment stehen und sah sich um, wartete darauf, dass er es leid wurde, irgendetwas vor sich hin zu sprechen. Sie musste nicht lange warten.

»Bist du immer noch nicht fertig?«, brüllte Jeremy ungeduldig, nachdem er das Gebet dreimal aufgesagt hatte.

Sie schwieg.

»Suzette?«, rief er. Argwohn kroch jetzt in seine Stimme. Als nichts als Stille antwortete, fluchte er auf ziemlich pietätlose Weise, während er sich in den Wald aufmachte. »Verdammt! Wo bist du?«

Sie sah schweigend zu, wie er dorthin stapfte, wo sie vorher gewesen war, um das Gebiet abzusuchen. Es überraschte sie nicht, dass er sich zum Kutscher umdrehte und brüllte: »Thompson! Komm her und hilf mir, das kleine Miststück zu finden.«

Ein Lächeln breitete sich langsam auf Suzettes Lippen aus, zum ersten Mal, seit sie den Brief erhalten hatte, von dem sie dachte, dass er von Daniel gekommen sei. Jeremy tat genau das, was sie erwartet hatte. Sie sah zu, wie der Fahrer vom Kutschbock stieg und durch das hohe Gras zu den Bäumen stapfte, dann hob sie die Röcke und schlich sich dichter an den Rand der schützenden Bäume heran. Sobald der Mann bei seinem Arbeitgeber angekommen war, glitt Suzette aus dem Wald, eilte um die Kutsche herum und kletterte rasch auf den Fahrersitz. Kaum hatte sie sich hingesetzt, nahm sie die Zügel in die eine Hand und ließ mit der anderen die Peitsche über den Köpfen der Pferde knallen.

Die Pferde stürmten sofort los, sodass sie fast vom Kutschbock geschleudert worden wäre. Es gelang ihr jedoch, oben zu bleiben, und sie schlug jetzt mit den Zügeln. Die Pferde wurden unverzüglich schneller. Suzette sah sich um, nicht überrascht, dass Jeremy und sein Fahrer auf die Straße zuliefen. Sie wusste aber, dass sie sie niemals einholen würden, und war daher nicht besorgt … bis Jeremy plötzlich stehen blieb und mit der Pistole auf sie zielte. Sie duckte sich sofort und versuchte, sich so klein wie möglich zu machen.

Als sie den Schuss hörte und nichts spürte, dachte sie zuerst, Jeremy hätte vorbeigeschossen, aber dann sah sie, dass das Pferd auf der Jeremy zugewandten Seite stolperte und das andere rammte, als es hinfiel. Einen Moment später gingen beide Pferde zu Boden, zogen die Kutsche mit. Suzette hatte keine Zeit nachzudenken, sie stieß sich einfach vom Kutschbock ab, als die Kutsche sich zur Seite neigte, und sprang herunter. Der Aufprall auf dem Boden schüttelte ihre Knochen durch, und sie fürchtete schon, dass sie nicht weit genug gesprungen war und die Kutsche auf sie stürzen würde, daher rollte sie sich noch ein paarmal herum.

Sie hob den Kopf und sah sich um. Sie konnte Jeremy und seinen Fahrer nicht sehen, aber die Kutsche lag ein kleines Stück von ihr entfernt auf der Seite. Ohne auf die Schmerzen zu achten, die sie jetzt spürte, stand sie auf und stolperte zur Kutsche. Ihre einzige Sorge galt ihrem Vater. Er war immer noch gefesselt gewesen und hatte keine Möglichkeit gehabt, sich zu schützen, als das Gefährt sich überschlagen hatte. Angst nagte an ihr, und als sie die Kutsche erreichte, kletterte sie über das Ersatzrad und den Auftritt des Fahrers auf die nach oben gewandte Seite des Gefährts. Als sie dort war, konnte sie sehen, dass Jeremy und sein Fahrer angerannt kamen, aber sie achtete nicht darauf, sondern kroch zur Kutschentür und zog sie auf.

Es war jetzt fast richtig dunkel, aber in der Kutsche selbst war es noch dunkler. Zuerst konnte sie kaum etwas erkennen. Es dauerte einen Moment, bis sie in der Lage war, ihren Vater auszumachen. Er lag auf der Tür, die jetzt den Boden bildete. Als sie bemerkte, wie reglos er war, zog sich ihre Kehle schmerzhaft zusammen, und einen Moment lang fürchtete sie, dass er tot war.

»Vater?«, flüsterte sie. Sie wollte nicht glauben, dass sie ihn mit ihrem Versuch, sie beide zu retten, getötet haben könnte. Zu ihrer großen Erleichterung bewegte er sich in diesem Moment, als würde er versuchen, sich umzudrehen, und sah sie an. Sie atmete erleichtert aus. »Gott sei Dank.«

Im nächsten Moment wurde sie von hinten gepackt und zurückgerissen. Danvers' Stimme erklang; sein Atem strich an ihrer Wange entlang, als er fauchte: »Hol den alten Mann da raus, Thompson.«

Suzette warf einen Blick zurück und sah, dass der Fahrer sich zur Öffnung bewegte und sich hinkniete, um die Lage im Innern der Kutsche zu überprüfen. Dann warf Danvers sie von der umgekippten Kutsche ... und zwar wortwörtlich. Er warf sie auf den Boden, als wäre sie Abfall. Es war nicht weit bis nach unten, vielleicht zwei oder zweieinhalb Meter, aber trotzdem recht schmerzhaft. Suzette wusste, dass die Prellungen und blauen Flecken, die sie ihrer ersten unsanften Landung verdankte, sich noch einmal kräftig vermehrt hatten. Diesmal brauchte sie mehr Zeit, sich zu erheben, und sie musste sich auf die Zunge beißen, um nicht aufzustöhnen, während ihr Körper gegen die grobe Behandlung protestierte. Es kam ihr vor, als seien die Schmerzen jetzt noch schlimmer als beim ersten Mal, aber sie vermutete, dass ihre Sorge um ihren Vater dazu geführt hatte, dass sie sie gar nicht richtig wahrgenommen hatte.

»Steh auf«, befahl Jeremy grimmig, dann packte er ihren Arm und riss sie hoch, ohne abzuwarten, ob sie gehorchte. Er schüttelte sie heftig durch und brüllte: »Ich sollte dich auf der Stelle umbringen!«

»Mylord?«

Jeremy starrte sie noch einen Moment finster an, dann drehte er sich um und musterte seinen Diener. »Was ist?«

»Er ist gefesselt«, sagte der Mann unsicher und nickte in Richtung des Innern der Kutsche.

Jeremys Kinn spannte sich an, und er fragte scharf: »Ist das ein Problem?«

Der Mann dachte über die Frage nach, dann neigte er leicht den Kopf und sagte verschlossen: »Nicht, wenn Sie vorhaben, mir einen Bonus oder so zu geben ... eine dauerhafte Gehaltserhöhung, genau genommen.«

Jeremy zog die Augen grimmig zusammen. »Also gut. Und jetzt schaff ihn raus.«

Der Fahrer nickte und ließ sich dann durch die geöffnete Tür ins Innere der Kutsche hinunter.

»Setz dich hin«, fauchte Jeremy.

Suzette zögerte, dann setzte sie sich neben der Kutsche ins Gras. Es schien ihr im Moment das Klügste. Jeremy wirkte wütend genug, um sie zu erwürgen, und sie konnte ohnehin nicht ohne ihren Vater weglaufen. Abgesehen davon zitterten ihr die Beine. Sich zu setzen schien ihr eine gute Idee zu sein.

Als sie saß, ging Jeremy zur Kutsche und fing an, im Bereich des Kutschbocks herumzusuchen. Kurz darauf kehrte er mit einer zweiten Waffe in der Hand zu ihr zurück. Sie sah aus wie eine Donnerbüchse, und vermutlich war es nicht merkwürdig, dass der Fahrer so etwas hatte. Auf den Straßen tummelten sich Wegelagerer und Banditen. Zweifellos kam die Waffe da sehr gelegen.

Jeremy blieb neben ihr stehen und klemmte sich die Donnerbüchse unter den Arm, während er seine Pistole lud. Das erinnerte Suzette an das Pferd, das er angeschossen hatte, und sie warf einen Blick zu den Tieren. Das verletzte schien jetzt tot zu sein, auch wenn sie das nicht ganz sicher sagen konnte. Es rührte sich zumindest nicht mehr. Das andere lebte noch, hatte sich aber in den Zügeln und dem ganzen anderen Kram verfangen und wurde vom toten Pferd zu Boden gedrückt. Es kämpfte darum, freizukommen, schaffte es aber nicht.

Suzette runzelte die Stirn und wandte sich an Jeremy. »Eines der Pferde ist noch am Leben, aber es ist eingeklemmt. Es kann nicht aufstehen.«

Jeremy sah zu den Pferden hin, während er weiter die Pistole lud; als dann sein Fahrer plötzlich aus dem Innern der Kutsche auftauchte, blickte er dorthin. Thompson ließ sich am Rand der

Öffnung nieder, seine Beine baumelten hinunter. Dann bückte er sich, zog ihren Vater hoch und legte ihn neben sich ab. Er war immer noch gefesselt. Wenige Momente später befanden sich Thompson und ihr Vater auf dem Boden.

Suzette musterte den alten Mann besorgt. Sie war froh, dass er zwar – genau wie sie – etwas zerschunden aussah, es ihm aber ansonsten gut zu gehen schien.

»Gut«, sagte Jeremy, als Thompson ihren Vater zu ihm brachte. »Setz ihn auf den Boden neben seine Tochter.«

Thompson schob ihren Vater neben sie, dann drückte er ihm auf die Schulter, um ihn zum Sitzen zu bewegen. Danach warf er Jeremy einen Blick zu, um weitere Anweisungen zu empfangen.

»Sieh jetzt nach, ob das eine Pferd noch gerettet werden kann.« Jeremy wedelte mit der frisch geladenen Pistole in Richtung des immer noch kämpfenden Tiers.

Der Fahrer sah die Pferde an und runzelte die Stirn. Allein in der kurzen Zeit, die vergangen war, seit Suzette das erste Mal hingeschaut hatte, waren die Bemühungen des Pferds schwächer geworden. Sie vermutete, dass seine Position und das Gewicht des anderen Pferds dazu führten, dass die arme Kreatur erstickte. Anscheinend war der Fahrer zu dem gleichen Schluss gekommen, denn er sagte jetzt: »Das Tier wird nicht lange genug durchhalten, um es zu befreien. Abgesehen davon sind bei dem Sturz zwei Wagenräder zerbrochen, und wir können die Kutsche sowieso nicht mehr benutzen.«

»Kümmer dich einfach nur um das verfluchte Pferd«, fauchte Jeremy.

Thompson sah ihn streitlustig an, dann drehte er sich um und stapfte zu den Pferden. Er hatte gerade drei Schritte gemacht, als Jeremy die Donnerbüchse in die Hand nahm und ihm in den Rücken schoss. Der Fahrer war kaum auf dem Boden aufgekommen, da warf Jeremy die leere Waffe zur Seite und richtete die Pistole auf Suzette und ihren Vater. »Hoch.«

Suzette starrte ihn an, sah dann zu dem reglosen Fahrer auf dem Boden und dann wieder zu Jeremy. »Sie haben ihn gerade erschossen. Sie haben ihn einfach so in den Rücken geschossen. Ohne jeden Grund.«

»Ich lasse mich von niemandem erpressen«, sagte er kalt. »Und jetzt hoch mit euch.«

Sie betrachtete ihn ungläubig, unfähig sich vorzustellen, dass jemand so kaltschnäuzig sein konnte. »Aber –«

»Soll ich deinem Vater auch eine Kugel verpassen? Wärst du dann entgegenkommender?«, fragte er grimmig.

»Wohl kaum«, versetzte sie. Ihr Schock verwandelte sich jetzt in Wut. »Wenn er tot ist, werden Sie mich nicht dazu bringen, irgendetwas zu tun.«

»Ich hatte nicht gesagt, dass ich ihn töten würde, sondern dass ich ihm einen Kugel verpassen würde«, sagte Jeremy ruhig. »Vielleicht einen Warnschuss in den Arm?«

Suzette sprang abrupt auf, drehte sich dann um und half ihrem Vater ebenfalls hoch. Da die Arme auf dem Rücken gefesselt waren, konnte er es nicht allein schaffen.

Als sie beide standen, packte Jeremy sie am Arm und riss sie herum, sodass sie ihm den Rücken zudrehte. »Hände auf den Rücken.«

Suzette zögerte, aber sie vermutete, dass sie keine Wahl hatte. Sie konnte nicht riskieren, dass er ihren Vater anschoss, also streckte sie die Hände nach hinten. Sie biss die Zähne zusammen, als er sie mit irgendeinem Stoffstreifen zusammenband. Er hat seine Krawatte benutzt, begriff sie, als er fertig war und neben sie trat.

»Und jetzt geht los«, befahl er und machte eine Geste mit der Pistole.

Suzette zögerte; ihre Augen wanderten zu den Pferden. »Was ist mit dem Pferd? Es wird ersticken, wenn wir es einfach so liegen lassen.«

»Das ist sein Problem«, sagte Jeremy ungerührt. »Dank deines dummen Fluchtversuchs ist der Gaul jetzt sowieso nutzlos geworden. Für seinen Tod bist du verantwortlich.«

Suzette antwortete nicht darauf, aber sie machte ein finsteres Gesicht und dachte sehr laut *Mistkerl*, als sie sich in Bewegung setzte.

15

»Wieso werden wir langsamer?«, fragte Daniel stirnrunzelnd. Er beugte sich aus dem Fenster, um einen Blick nach draußen zu werfen. Es war jetzt richtig Nacht, und da eine schmale Mondsichel am Himmel stand, war die Landschaft in verschiedene Grautöne getaucht. Trotzdem konnte er auf Anhieb nicht erkennen, warum sie angehalten hatten.

»Sieht aus, als hätte es einen Unfall gegeben«, sagte Richard, der aus dem anderen Fenster blickte.

Daniel rutschte auf seiner Bank zur anderen Seite und sah jetzt auch durch dieses Fenster. Tatsächlich lag eine umgestürzte Kutsche am Straßenrand.

»Denkst du, es ist die von Danvers?«, fragte Robert. Er stand auf und hockte sich neben Richard, um ebenfalls hinauszusehen.

Daniel runzelte die Stirn bei der Vorstellung und klopfte an die Kutschenwand, um seinem Fahrer das Signal zu geben, anzuhalten. Dieses Mal blieb er nicht sitzen, als Richard und Robert ausstiegen. Daniel öffnete die Tür und kletterte nach draußen, sobald die Kutsche stand. Er schaffte es sogar, ohne vor Schmerz zu ächzen, auch wenn er das gern getan hätte. Verdammt, sein Rücken schmerzte wirklich.

»Alles in Ordnung?«, fragte Richard besorgt, als er ihm nach draußen folgte.

Daniel biss die Zähne zusammen, nickte und ging zu der umgestürzten Kutsche.

»Was ist das?«

Die Frage kam von Daniels Mutter, als die Kutsche mit den Frauen ebenfalls ankam, aber er überließ es Richard zu antworten. »Ein Unfall. Wir schauen uns gerade um.«

Die Kutsche lag auf der Seite, zwei Räder waren gebrochen. Daniel ging näher heran und musterte das am rückwärtigen Teil angebrachte Wappen. Im grauen Licht des Monds konnte er es gerade eben ausmachen, aber er erkannte es nicht und ging weiter zum vorderen Teil. In Höhe der Vorderräder sah er jemanden neben der Kutsche liegen und ging darauf zu. Robert und Richard folgten ihm.

»Vermutlich der Fahrer«, sagte Richard, als die drei um den Mann herumstanden.

Daniel betrachtete die Livree des Mannes und nickte grimmig.

Robert kniete sich neben ihn und untersuchte ihn kurz. Dann verkündete er: »Er ist tot.«

»Er muss bei dem Unfall vom Kutschbock geschleudert worden sein«, vermutete Richard.

Robert schüttelte den Kopf. Er kniete immer noch, aber jetzt untersuchte er seine eigenen Hände, rieb Daumen und Zeigefinger aneinander. »Blut«, verkündete er und zog dem Mann den Mantel vom Rücken. Selbst in dem schwachen Licht war die hässliche Verletzung zu sehen. Der Rücken des Fahrers war eine einzige Masse aus kleinen blutigen Löchern.

»Sieht aus wie das Werk einer Donnerbüchse«, sagte Richard und verzog das Gesicht.

Robert ließ den Mantel wieder auf den Leichnam sinken und richtete sich auf. »Wegelagerer?«

»Das ist Danvers' Kutsche.«

Daniel drehte sich scharf um, als er Lisas Worte hörte. Sie stand mit den anderen beiden beim hinteren Teil der Kutsche und musterte das Wappen. Christiana nickte zustimmend. »Ich erkenne das Wappen auch.«

Fluchend drehte Daniel sich um und ging zum vorderen Teil der Kutsche, aber Richard überholte ihn und kletterte rasch auf den oberen Teil der umgestürzten Kutsche, bevor er es tun konnte.

»Leer«, verkündete Richard einen Herzschlag später, nachdem er sich hingekniet hatte, um ins Innere der Kutsche zu spähen.

»Wo sind dann Suzette und ihr Vater?«, frage Lady Woodrow mit einem Stirnrunzeln.

»Sie könnten zu Fuß unterwegs sein«, überlegte Lisa.

Daniel starrte wieder zu dunklen Gestalt des Fahrers hin. Es kam ihm unwahrscheinlich vor, dass Danvers seinen eigenen Fahrer erschossen hatte; wahrscheinlicher war, dass sie von Ausgestoßenen, Wegelagerern oder Banditen angegriffen worden waren. Er schluckte das Unbehagen hinunter, das dieser Gedanke in ihm erzeugte. »Teilt euch auf und durchsucht das Gebiet. Wenn wir nichts finden, fahren wir weiter und hoffen, dass wir unterwegs auf sie stoßen.«

Sie zerstreuten sich sofort, durchsuchten die unmittelbare Umgebung, weiteten die Suche sogar bis zum Waldrand beiderseits der Straße aus. Zu Daniels großer Erleichterung fanden sie nur die leer geschossene Donnerbüchse und die toten Pferde, aber sonst nichts.

»Was jetzt?«, fragte seine Mutter, als sie sich nach der Suche wieder trafen.

»Jetzt fahren wir weiter, aber langsamer als bisher«, entschied Daniel, als alle ihn ansahen und auf eine Antwort warteten. »Ich möchte, dass jeder aus dem Fenster blickt, für den Fall, dass sie zwischen den Bäumen entlanglaufen und nicht am Straßenrand. Wenn wir sie bis zur nächsten Schenke nicht gefunden haben, werden wir uns wieder zusammensetzen und überlegen, was wir dann tun werden.«

»Runter von der Straße! Sofort!«, fauchte Jeremy und stieß Suzette so kräftig auf die Bäume zu, dass sie fast hingefallen wäre.

Es gelang ihr jedoch, auf den Beinen zu bleiben, und sie folgte ihrem Vater, der sich von der Straße entfernte und über das Gras auf die Bäume zustapfte. Lord Madison ging so lange weiter, bis er an ein dichtes Gebüsch kam, das Schutz bot. Dort hockte er sich hin, ohne dass Jeremy es sagen musste. Suzette war nicht überrascht. Sie hatten das hier schon zweimal gemacht, als sich Kutschen genähert hatten. Wenn das so weiterging, würden sie verdammt lange brauchen, bis sie in Gretna Green ankamen. Was ihr nicht sonderlich viel ausmachte. Sie verspürte nicht den geringsten Wunsch, mit diesem Mann überhaupt irgendwohin zu gehen.

Unter normalen Umständen hätte Jeremy wahrscheinlich eine der Kutschen herangewinkt und darum gebeten, bis zur nächsten Schenke mitgenommen zu werden. Dort hätten sie eine Kutsche mieten und die Reise so beenden können. Allerdings war das kaum möglich, wenn er Suzette und ihren Vater mit einer Pistole in Schach hielt, was sie dazu brachte, sich zu fragen, wie er sie nach Gretna Green bringen und zwingen wollte, ihn zu heiraten.

»Runter!«, fauchte Jeremy, als sie dem Beispiel ihres Vaters nicht sofort folgte und sich nicht schnell genug duckte. Er drückte ihr auf die Schulter, und sie ließ sich auf die Fersen sinken.

»Wie genau haben Sie eigentlich vor, uns unter diesen Umständen nach Gretna Green zu bringen, Danvers?«, fragte ihr Vater plötzlich.

Suzette sah ihn mit einer Mischung aus Überraschung und Erleichterung an. Er hatte kein Wort gesprochen, seit er das Bewusstsein wiedererlangt hatte, und sie hatte sich schon gefragt, ob er sich doch stärker verletzt hatte, als sie ursprünglich angenommen hatte. Sie war froh, ihn überhaupt wieder sprechen zu hören, aber die Antwort auf die Frage interessierte sie ebenfalls. Nachdem sie ihren Vater leicht angelächelt hatte, wandte sie sich wieder Jeremy zu.

Sein Gesicht war in der Dunkelheit blass, schien das Mondlicht widerzuspiegeln. Sie sah, dass er die Mundpartie anspannte, bevor er sagte: »Wir werden weitergehen, bis wir eine Schenke erreichen, und dann werde ich euch beide im Wald anbinden, während ich uns eine Kutsche besorge, mit der wir den Rest des Wegs zurücklegen können.«

»Noch einen Fahrer, den Sie erschießen können?«, fragte sie trocken.

»Ich werde die Zügel selbst in die Hand nehmen«, sagte er kurz angebunden. »Und jetzt halt den Mund.«

Suzette machte ein finsteres Gesicht, aber sie richtete ihre Aufmerksamkeit auf die Straße, als eine Kutsche in Sicht kam. Sie fuhr sehr viel langsamer als die anderen beiden, die bisher vorbeigefahren waren. Die Pferde der anderen waren galoppiert, offensichtlich darauf erpicht, rasch irgendwohin zu gelangen. Der Fahrer von der hier ließ die Pferde im langsamen Trab laufen, als würde er einen Ausflug im Park machen. Hinter der ersten war noch eine zweite Kutsche, die genauso langsam fuhr. Suzette musterte die beiden Fahrzeuge näher, und die Nackenhaare stellten sich ihr auf.

»Das sind die Männer.«

Im gleichen Moment, als Suzettes Vater dies sagte, konnte sie durch das geöffnete Fenster der ersten Kutsche Daniel und Richard erkennen. Sie lehnten sich nach draußen, musterten das Gras und die Bäume am Straßenrand, als würden sie nach etwas suchen.

Suzette wusste, dass sie nach ihr suchten, und sie lächelte, als ihr Vater sagte: »Da ist Daniel. Ich habe dir gesagt, dass er dich heiraten will.«

»Mund halten«, zischte Jeremy, als die zweite Kutsche dicht genug an ihnen vorbeifuhr, dass sie die zwei Frauen sehen konnten, die sich genauso aus den Fenstern lehnten wie die Männer in der ersten. Auch sie musterten die Umgebung, durch die sie fuhren. Suzette erkannte Lisa, aber sie wusste nicht, wer die andere Frau war.

»Das muss Daniels Mutter sein«, murmelte Cedrick Madison.

»Wenn einer von euch noch einen Pieps von sich gibt, werde ich auf Lord Madison schießen«, fauchte Jeremy leise, aber hitzig.

Suzette starrte auf die Pistole, die plötzlich vor ihrem Gesicht auftauchte und auf den Kopf ihres Vaters gerichtet war. Sie dachte kurz daran, Jeremy in die Hand zu beißen und sich auf ihn zu stürzen, in der Hoffnung, die Pistole wegzuschieben. Allerdings bestand die Chance, das sie losgehen würde, solange sie immer noch auf das Gesicht ihres Vaters gerichtet war, und das konnte sie nicht riskieren. Also saß sie reglos da und sah hilflos zu, wie die Kutschen an ihnen vorbeifuhren und hinter der nächsten Biegung verschwanden.

Suzette begann, sich zu erheben, aber Jeremy packte sie am Arm und zerrte sie wieder nach unten. »Bleib, wo du bist«, bellte er.

»Wieso?«, fragte sie gereizt. »Sie sind weg.«

»Ich will sicher sein, dass sie weiterfahren und nicht umkehren«, erklärte er kurz angebunden. »Und jetzt halt den Mund und rühr dich nicht von der Stelle.«

Suzette verzog das Gesicht, aber sie folgte seiner Anweisung und blieb hocken. Die Stellung war allerdings sehr unbequem, und sie seufzte ungeduldig, als sich die Zeit in die Länge zog.

»Hör auf«, zischte Jeremy. »Ich versuche zu lauschen.«

»Oh, um Himmels willen«, sagte sie scharf. »Sie sind weitergefahren. Können wir nicht einfach weitergehen? Ich habe Hunger, mir ist kalt, und dieses Mal muss ich mich wirklich erleichtern.«

Jeremy starrte sie finster und voller Missfallen an. »Würde es nicht um deine ziemlich hübsche Mitgift gehen, wäre ich sehr versucht, dich gleich hier und jetzt zu erschießen«, knurrte er.

»Stattdessen werden Sie warten, bis Sie geheiratet haben, und uns danach töten«, sagte Lord Madison trocken.

Jeremys Gesicht verschloss sich, dann sagte er: »Das ist lächerlich. Ich habe keinerlei Verlangen danach, Sie beide zu töten. Ich will Suzette nur heiraten. Wenn das geschehen ist, lasse ich Sie beide frei, Mylord. Ich werde Suzette sogar gestatten, bei Ihnen zu leben, wenn sie das vorzieht, und die Ehe nur dem Namen nach aufrechterhalten, sobald wir sie vollzogen haben und sie nicht mehr annulliert werden kann.«

Suzette glaubte ihm kein Wort. Er würde sie beide töten müssen. Ob die Ehe vollzogen war oder nicht, sie konnte immer noch dafür sorgen, dass sie aufgehoben wurde, indem sie zur Obrigkeit ging und erklärte, dass sie dazu gezwungen worden war. Jeremy konnte es nicht riskieren, sie am Leben zu lassen.

»Sind Sie wirklich so dumm zu glauben, dass wir Ihnen das abnehmen?«, fragte sie trocken. »Wenn das so ist, haben Sie sogar noch weniger Verstand, als ich anfangs dachte.«

»Ach ja, du hast gedacht, ich hätte wenig Verstand?«, fragte er und wirkte eher amüsiert als beleidigt. »Und doch hast du dich bereit erklärt, mich zu heiraten.«

»Mylord, ich habe mich nur dazu bereit erklärt, weil ich verzweifelt war. Jede Frau hätte das getan«, versicherte sie ihm.

Jeremy knirschte mit den Zähnen und knurrte: »Wenn Dicky nicht schon tot wäre, würde ich ihn selbst töten, weil er dich mir aufgehalst hat.«

Es überraschte Suzette nicht besonders, zu hören, dass er von Dickys Tod wusste. Sie zuckte lediglich mit den Schultern und sagte: »Sie müssten sich hinten anstellen, viele wollten seinen Tod.« Sie lächelte und fügte hinzu: »Ich bin mir allerdings ziemlich sicher, dass viele auch Sie tot sehen möchten. Und ich bin mir auch sicher, dass einer davon irgendwann erfolgreich sein wird und Sie Ihre wohlverdiente Strafe erhalten.«

Jeremys Augen zogen sich missbilligend zusammen. »Ich fange an zu glauben, dass deine beachtliche Mitgift es nicht wert ist, so lange mit deiner scharfen Zunge auskommen zu müssen.«

»Aber der Plan war doch, dass Sie sowieso nicht gezwungen sein würden, allzu lange mit ihr auskommen zu müssen, oder?«, fragte ihr Vater scharf.

»Ich weiß nicht, wovon Sie sprechen«, murmelte Jeremy. Er richtete den Blick wieder auf die Straße.

»Auch wenn ich vermute, dass es nicht der ursprüngliche Plan war«, berichtigte sich ihr Vater grimmig. »Ursprünglich war es so gedacht, dass alle drei Mädchen durch mein angebliches Spielen in eine Ehe gelockt werden sollten. Heirat, Beischlaf und dann der Tod. Aber ich hätte am Leben bleiben sollen, um den Verlust zu betrauern, während Sie, Dicky und irgendein dritter Mann sich über die jeweilige Mitgift gefreut hätten.«

»Sie wollten uns alle drei umbringen?«, fragte Suzette stirnrunzelnd. Sie fragte sich, wie viel sie eigentlich verpasst hatte, als sie mit Lisa im Salon gewesen war. Sie war bereits zu dem

Schluss gekommen, dass Jeremy plante, sie und ihren Vater zu töten, nachdem er sie gezwungen haben würde, ihn zu heiraten. Aber dass es Dickys großer Plan gewesen war, alle drei Mädchen in eine Ehe zu zwingen und dann zu töten, kam ihr schrecklich kalt vor. Er hatte sich diese Intrige offenbar ausgedacht, noch bevor er den Mädchen überhaupt begegnet war, und dann hatte er die Geduld gehabt, zu warten, bis jede einzelne dazu gezwungen werden konnte, eine Ehe einzugehen – die er dann irgendwann auf seine Weise beenden wollte. Es war bereits ein Jahr her, seit Christiana Dicky geheiratet hatte. Wie lange würde es wohl gedauert haben, ihren Vater noch einmal zu betäuben und erneut in die Spielhölle zu zerren? Es hätte gut noch ein weiteres Jahr oder mehr vergehen können, wenn alles nach dem gleichen Muster hätte ablaufen sollen wie nach dem Vorfall, der zu Christianas Heirat geführt hatte. Ihr Vater hatte den größten Teil des letzten Jahres in seinem Arbeitszimmer verbracht, hatte sich angesichts dessen, was er getan zu haben glaubte – nämlich seine Tochter sozusagen verspielt zu haben –, vor seiner eigenen Schande und seinem Abscheu versteckt. Zweifellos hätte er das Gleiche getan, nachdem Suzette in die Ehe gezwungen worden wäre. Es hätte leicht noch ein Jahr vergehen können, bevor Dicky und seine Leute ihn hätten dazu bringen können, erneut auf den Trick hereinzufallen, um auch Lisa zur Heirat zu zwingen. Die Geduld, die nötig war, um diesen Plan auszuführen, war so beängstigend wie die Kaltblütigkeit, die ihm zugrunde lag.

»Alle auf einen Streich«, beantwortete ihr Vater ihre Frage. »Ihr drei solltet bei einem tragischen Unfall mit einer Kutsche ums Leben kommen.«

»Woher wissen Sie das alles?«, fragte Jeremy alarmiert.

»Georges Kammerdiener Freddy hat alles erzählt«, verkündete Lord Madison. Er klang jetzt selbst ziemlich kalt.

»Freddy.« Jeremy spuckte den Namen wütend aus. »Er sollte die Schuldscheine holen und mir bringen. Ich hätte das Geld beanspruchen können und ihm für seine Mühe ein paar Münzen gegeben.« Er machte ein finsteres Gesicht und fragte: »Wie zum Teufel konnte er ergriffen werden?«

»Weil er nicht viel heller war als Sie«, fauchte Suzette, bevor ihr Vater etwas sagen konnte.

»Bei Gott, bist du ein zänkisches Weib«, sagte Jeremy angewidert und murmelte dann in sich hinein: »Das war ja klar, dass Dicky die süße liebe graue Maus Christiana für sich selbst haben wollte, während er mir die Schwester anhängt, die eine Harpyie ist.«

»Oh, buh buh buh, Sie Armer, dass sie mit meiner scharfen Zunge fertig werden müssen, um an mein ganzes Geld zu kommen. Sie –« Suzette hielt inne und blinzelte, als plötzlich ein Teil von dem, was er über Freddy gesagt hatte, seine Wirkung entfaltete. *Er sollte die Schuldscheine holen und mir bringen.* Und genau die hatte er im Arbeitszimmer gesucht, als er Christiana dorthin geschleppt hatte. Er war nur gestorben, bevor er sie finden konnte. Sie sah Jeremy erstaunt an, als sie vorwurfsvoll sagte: »Sie haben die Schuldscheine gar nicht.«

»Nein, habe ich nicht«, gab Jeremy zu, dann verzog sich sein Mund zu einem grausamen Lächeln. »Stell dir das mal vor, wenn einer von euch klug genug gewesen wäre, um zu verlangen, sie zu sehen, würdet ihr beide jetzt nicht in dieser Klemme stecken. Das war tatsächlich meine eine große Sorge, als ich dich bei der Schenke angesprochen habe. Ich wusste, dass ich dich zu der Idee verlocken konnte, mich zu heiraten.« Er kicherte und prahlte: »Selbst ohne Geld bin ich ein guter Fang. Dich auf die entsprechende Idee zu bringen, war der leichte Teil. Sorgen habe ich mir darüber gemacht, was passiert, wenn ich aufgefordert werde, den Schuldschein vorzulegen. Allerdings ist niemand von euch auf die Idee gekommen, danach zu fragen.« Er wölbte eine Braue und fragte trocken: »Nun, wer ist jetzt hier besonders helle?«

Suzette schloss die Augen und verpasste sich im Stillen mehrfach einen Tritt, weil sie nicht daran gedacht hatte.

»Tut mir leid, Suzie«, sagte Lord Madison verdrießlich. »Ich hätte daran denken und ihn auffordern sollen, ihn mir zu zeigen.«

Sie blinzelte, dann schüttelte sie den Kopf. Sie musterte das Gesicht ihres Vaters, sah die Trübsal in seiner Miene und schüttelte noch einmal den Kopf. »Nein. Ich habe auch nicht daran gedacht. Es ist nicht dein Fehler.«

»Interessiert es euch, auch noch den besten Teil von alldem zu hören?«, fragte Jeremy. Er krähte beinahe vor Schadenfreude. »Nachdem ich dich geheiratet und deine Mitgift beansprucht habe und ihr beide tot seid, werde ich nach London zurückreiten, Dickys Arbeitszimmer durchsuchen, bis ich den Schuldschein gefunden habe, und dann das Gut dazu bringen, mir den auch noch auszuzahlen. Ich werde sowohl die Mitgift als auch das Geld vom Schuldschein bekommen.«

Suzette sah ihn stumm an, während er über seine eigene Schlauheit lachte. Sie wartete, bis er aufgehört hatte, dann fragte sie: »Und wie sollen wir sterben?«

»Hmm.« Er runzelte die Stirn. »Ich schätze, noch ein Unfall mit der Kutsche würde ein bisschen verdächtig aussehen, da wir gerade einen hatten. Und dann habe ich Thompson erschossen und werde behaupten müssen, dass es Wegelagerer waren, also fällt das auch weg.« Er dachte einen Moment nach und zuckte dann mit den Schultern. »Ich schätze, ein Feuer ist gut. Dicky wollte das nicht, weil seine Eltern und sein Bruder in einem Feuer umgekommen sind. Er dachte, es könnte verdächtig wirken. Dieses Problem habe ich nicht. Abgesehen davon wird es dann langsam und schmerzhaft für euch beide sein, und diese Vorstellung gefällt mir.«

»Ich kann sie nicht ausstehen«, sagte Suzette grimmig.

Jeremy lächelte. »Was für eine Schande. Glücklicherweise ist das für eine Hochzeit auch nicht erforderlich.«

»Wo wir gerade davon sprechen, wie genau wollen Sie mich dazu zwingen, Sie zu heiraten, wo ich doch jetzt weiß, dass Sie uns sowieso umbringen werden?«, fragte sie trocken.

»Weil du leben willst und alles tun wirst, was ich sage, in der Hoffnung, dass du dich später retten kannst«, sagte er mit einem Schulterzucken.

Suzette vermutete, dass das stimmte. Trotzdem sagte sie: »Ich tue jetzt nur, was Sie sagen, weil Sie meinen Vater bedroht haben. Aber Sie können ihn kaum mit einer Pistole in Schach halten, wenn wir nach Gretna Green kommen. Niemand wird uns verheiraten, wenn Sie mit der Pistole herumwedeln.«

»Darüber habe ich nachgedacht«, gestand Jeremy. Er wirkte allerdings nicht besonders betroffen, und als er weitersprach, verstand sie auch, warum. »Ich werde deinen Vater irgendwo verstecken, gefesselt und festgebunden, während wir verheiratet werden. Du wirst mich heiraten, wenn du ihn noch einmal wiedersehen willst«, sagte er mit Gewissheit.

Suzette starrte ihn mit ohnmächtiger Wut an. Sein Plan würde funktionieren. Sie würde ihn heiraten, damit ihr Vater für den Moment in Sicherheit war, und weil sie hoffte, dass sie später einen Weg finden würden, sich zu retten. Und das war ihre einzige Hoffnung, begriff sie. Dass Jeremy einen Fehler machen würde und sie irgendwie entkommen könnten … oder dass Daniel und die anderen in Gretna Green auf sie warteten und sie retteten.

»Wir haben lange genug gewartet«, sagte Jeremy plötzlich. »Geht weiter.«

Suzette richtete sich sofort auf, aber Jeremy musste ihrem Vater helfen, wie er es schon bei den beiden anderen Malen getan hatte, als sie angehalten hatten. Als er stand, ging es ihm allerdings wieder gut, und er begann, zur Straße zu gehen.

»Nein. Wir werden uns von jetzt an im Wald halten«, sagte Jeremy.

Ihr Vater zögerte, doch dann drehte er sich wieder zu den Bäumen um und ging weiter. Suzette folgte ihm, sich nur zu sehr bewusst, dass Jeremy hinter ihr war.

»Wir müssen sie zwischen hier und der umgestürzten Kutsche verpasst haben«, sagte Daniel grimmig, als er Robert und Richard aus dem Stall der Schenke führte.

Obwohl Danvers' Fahrer erschossen worden war – von einem Wegelagerer, wie sie vermuteten –, gingen sie davon aus, dass die anderen drei unverletzt davongekommen waren oder zumindest noch in der Lage gewesen waren zu gehen. Sie hielten es für unwahrscheinlich, dass der Bandit alle drei verschleppt hatte. Wegelagerer raubten Geld und Juwelen, keine Passagiere. Das bedeutete, dass Suzette, ihr Vater und Danvers zu Fuß weitergegangen sein mussten. Allerdings waren sie nirgendwo auf der Straße zu sehen gewesen, und daher hatten sie angenommen, dass sie die nächste Schenke noch vor ihnen erreicht hatten. Dies hier war die erste, seit sie die umgestürzte Kutsche gefunden hatten. Der Wirt hatte ihnen jedoch versichert, dass die Beschreibung der Personen auf keinen seiner Gäste passte. Trotzdem hatten sie zusätzlich mit dem Stallburschen gesprochen, von dem sie allerdings die gleiche Antwort erhalten hatten.

»Wir könnten umkehren und noch einmal die Straße bis zur umgestürzten Kutsche absuchen«, schlug Richard vor.

Daniel schüttelte den Kopf. »Auf diese Weise könnten wir

sie verpassen. Sie sind offensichtlich zu Fuß unterwegs. Sie müssen sich im Schutz der Bäume halten, um nicht noch einmal Ärger mit irgendwelchen Banditen zu bekommen. Es könnte gut sein, dass sie in der Zeit, während wir zurück zur Kutsche fahren, hier eintreffen und weg sind, noch bevor wir zurückkehren.«

»Ich wünschte, wir wüssten, wie lange der Unfall her ist«, murmelte Richard und warf einen Blick zur Straße. »Dann könnten wir besser abschätzen, wie nah sie sein könnten.«

Daniel brummte und suchte die Straße und das Gebiet bis zu den Bäumen um die Schenke herum mit Blicken ab. In diesem Moment wurde ihm klar, dass Danvers, Suzette und Lord Madison jeden Moment eintreffen konnten. Er fragte sich, was wohl passieren würde, wenn Danvers ihn und die anderen sah. Soweit er wusste, hatten Suzette und ihr Vater keine Ahnung, dass Danvers den Brief geschickt haben könnte oder dass er möglicherweise auf ihn geschossen hatte. Daniel war sich nicht ganz sicher, dass er es gewesen war, wenngleich er es vermutete. Die Unwissenheit würde Suzette und ihren Vater schützen, aber wenn Danvers sah, dass Daniel und die anderen hier warteten, würde er keine Neigung verspüren, näher zu kommen. Was wiederum zu Fragen und vermutlich sogar Protesten führen würde, zumindest von Lord Madison, sodass Danvers womöglich in Zugzwang geriet. So konnten Suzette und ihr Vater schließlich doch noch in eine gefährliche Situation geraten.

»Wir warten hier«, entschied Daniel grimmig. »Aber wir werden die Kutschen außer Sicht schaffen und uns selbst ebenfalls verbergen. Dann werden wir sie hier erwarten.«

»Schneller«, schnappte Jeremy. Er stieß Suzette die Pistole in den Rücken.

Der unangenehme Stoß ließ sie die Zähne zusammenbeißen. Seit mehreren Minuten tat er es immer wieder, und sie war es leid. Abgesehen davon vermutete sie, dass ihr Vater gar nicht schneller gehen konnte. Es gab einen Grund, warum er einen Stock hatte, und ganz sicher verstellte er sich nicht. Er hatte sich das Bein vor Jahren bei einem Reitunfall verletzt, und manchmal bereitete es ihm Probleme. Das lange Gehen jetzt verschlimmerte die alte Verletzung, wie sie wusste, denn sie hatte schon vor einiger Zeit gesehen, dass er humpelte. Sie unterließ es jedoch, Danvers etwas davon zu sagen. Sie wusste bereits, dass der Mann kein Mitgefühl hatte, also blieb sie einfach stehen und sagte lediglich: »Nein.«

»Beweg dich«, knurrte Jeremy und schob sie weiter.

Suzette drehte sich um und lächelte ihn süßlich an, klimperte mit den Lidern, wie sie es bei den Frauen auf dem Ball der Landons gesehen hatte. Das Einzige, was ihr fehlte, war der Fächer, als sie jetzt hauchte: »Oh, Mylord, ich bin so furchtbar müde, und meine Füße sind ruiniert. Können wir nicht anhalten und eine Pause machen?«

»Wenn es dir in den Kram passt, kannst du also sehr wohl so *tun*, als wärst du eine Lady«, sagte er trocken.

»So, wie Sie so tun können, als wären Sie ein Mann, wenn es Ihnen in den Kram passt«, schoss Suzette zurück.

»Gott, du bist wirklich eine Nervensäge«, knurrte Jeremy.

»Ja, darüber jammern Sie schon die ganze Zeit unaufhörlich«, sagte sie gleichgültig und schlug dann vor: »Dann heiraten Sie mich einfach nicht. Ich würde sowieso lieber Daniel heiraten.«

»Ja, das habe ich bemerkt«, höhnte er. »Du hast dich wie eine läufige Hündin verhalten, als ich euch im Stall gesehen habe.«

»Ich habe mich wie eine Frau verhalten, die einen Mann liebt«, fauchte Suzette. Sie war plötzlich aufrichtig wütend. Als sie seinen Brief gelesen hatte – denn sie zweifelte nicht daran, dass es seiner war, auch wenn er es noch nicht zugegeben hatte –, war sie in einer Woge aus Scham versunken. Sie würde nicht zulassen, dass sie noch einmal solche Scham empfand. Sie sah ihn von oben herab an und lachte humorlos, dann sagte sie: »Es überrascht mich allerdings nicht, dass Sie das, was Sie gesehen haben, nicht als Zeichen der Liebe erkannt haben. Ich kann mir nicht vorstellen, dass überhaupt irgendeine Frau Ihnen gegenüber jemals so ein wunderbares Gefühl empfinden wird. Aber glauben Sie mir, was Sie gesehen haben, war eine Frau, die sich in Liebe dem Mann hingegeben hat, den sie liebt und heiraten wollte.«

»Liebe, ja?«, höhnte Jeremy ungläubig, dann nickte er mit kalter Heiterkeit. »Und trotzdem warst du schnell bereit, mich an seiner Stelle zu heiraten.«

»Sie haben dafür gesorgt, dass ich glauben musste, er würde mich nicht wollen«, sagte sie zu ihrer Verteidigung.

»Ja, das habe ich getan. Und es war so leicht, dass es fast schon wehgetan hat. War dein Vertrauen zu ihm so schwach? War deine *Liebe* so schwach?« In seiner Stimme schwang offener Abscheu mit.

Suzette spürte, wie das Blut ihr Gesicht verließ. War ihr Vertrauen so schwach gewesen? Hätte sie sofort erkennen müssen, dass der Brief eine Fälschung war, als sie ihn gelesen hatte? Auch wenn sie und Daniel nie darüber gesprochen hatten, dass sie einander liebten – und sie zweifelte auch tatsächlich daran, dass er so für sie empfand –, war sie sich doch ganz sicher, dass er sie zumindest mochte. Und seit ihr Herz nicht mehr gebrochen war, war sie sich auch ganz sicher, dass Daniel niemals eine Frau so hartherzig behandelt hätte. Wenn er wirklich vorgehabt hätte, die Verlobung aufzulösen, hätte seine Ehre von ihm verlangt, es persönlich und so sanft wie möglich zu tun.

Vermutlich hätte er sogar dafür gesorgt, dass sie unter seiner Entscheidung nicht gelitten hätte, indem er ihr entweder das Geld gegeben hätte, um den Schuldschein auszulösen, oder indem er ihr geholfen hätte, einen anderen Ehemann mit gutem Charakter zu finden, der bereit gewesen wäre, seinen Platz einzunehmen und sie zu heiraten. Er war einfach so.

»Wie niedergeschmettert du warst, als du gedacht hast, dass er sich so wenig aus dir machen würde«, bemerkte Jeremy. Er legte den Kopf schief und sagte: »Oder war es Scham, weil du dich wie eine Hure mit ihm im Stroh gewälzt hast?«

»Ich bin keine Hure«, sagte Suzette voller Würde, aber Jeremy musterte sie auf eine Weise von oben bis unten, als wäre sie unsauber.

»Zweifellos hast du vorgehabt, dich bei mir genauso würdelos zu benehmen«, sagte er beinahe anklagend. Danvers zitterte, anscheinend widerte ihn allein die Vorstellung an, und er versicherte ihr: »Du wärst ziemlich enttäuscht gewesen.«

»Ich bin mir sicher, dass ich das gewesen wäre«, sagte Suzette trocken und stellte zufrieden fest, dass er vor ohnmächtiger Wut rot wurde.

»Das habe ich damit nicht gemeint!«

»Nicht?« Sie klimperte unschuldig mit den Lidern. »Sie meinen, Sie sind nicht wie Dicky, der unfähig ist, bei einer Frau seine Pflicht als Mann auszuüben? Und ich dachte schon, dass Sie beide von einem solchen Leiden befallen sind, weil Sie eine seltsame Männerliebe füreinander empfinden.«

»Miststück«, fauchte er und schlug ihr so heftig gegen den Kopf, dass sich nicht in der Lage war zu verhindern, dass er zur Seite gedreht wurde.

»Nein!«, brüllte ihr Vater.

Suzette sah, wie er sich umdrehte und zu ihnen zurückkehrte, aber sie drehte sich langsam um und sah Jeremy gelassen an. »Ich muss einen wunden Punkt getroffen haben, um solch einen Zorn hervorzurufen, Jeremy. *Haben* Sie denn Geschmack an Dicky gefunden?«

Jeremy stieß ein wutentbranntes Brüllen aus und sprang auf sie zu.

Suzette konnte nicht viel mehr tun, als zurückzuweichen, da ihr die Hände hinter dem Rücken zusammengebunden waren. Bevor sie allerdings zwei Schritte gemacht hatte, legten sich Danvers' Finger um ihren Hals.

16

»Irgendetwas stimmt da nicht«, murmelte Daniel. Er starrte durch die Stalltür nach draußen und musterte die Bäume.

»Sie brauchen wirklich lange«, sagte Richard grimmig.

»Sie sind zu Fuß unterwegs, und wenn einer von ihnen verletzt ist, werden sie nur langsam vorankommen«, gab Robert zu bedenken.

»Wenn einer von ihnen verletzt wäre, hätten sie eine der Kutschen angehalten, die an ihnen vorbeigefahren sind, und würden nicht zu Fuß gehen«, sagte Daniel überzeugt. Der Wirt der Schenke hatte ihnen erzählt, dass zwei andere Kutschen vor ihnen bei der Schenke angekommen waren und darauf hingewiesen hatten, dass sie unterwegs eine umgestürzte Kutsche mit einem toten Fahrer passiert hätten. Die erste war nur eine halbe Stunde vor ihnen an der Schenke angekommen. Der Weg die Straße entlang dauerte zu Fuß kaum mehr als eine Stunde. Sollten sie durch den Wald und das Unterholz gehen, waren sie sicher etwas langsamer. Wenn das Gelände sehr uneben war, konnte man vielleicht gut eine halbe Stunde draufschlagen, aber er und die anderen warteten hier schon seit fast einer Stunde. Wo waren sie?

»Du glaubst doch nicht, dass sie einen Bogen um diese Schenke gemacht haben könnten, um gleich weiter zur nächsten zu gehen?«, fragte Robert besorgt.

Daniel runzelte bei dieser Vorstellung die Stirn. Er bezweifelte, dass sowohl Suzette als auch ihr Vater so etwas freiwillig getan hätten, aber es war möglich, dass Danvers sie dazu gezwungen hatte. Es war allerdings ein langer Weg bis zur nächsten Schenke. Fluchend drehte er sich um und schritt zur ersten Box, in der eines ihrer Pferde stand.

»Was hast du vor?«, fragte Richard und folgte ihm.

»Ich werde durch den Wald zurückreiten und versuchen, sie zu finden. Wenn mir das nicht gelingt, werde ich zur nächsten Schenke reiten und dort nachsehen«, verkündete Daniel grimmig.

»Du kannst mit deiner Verletzung nicht reiten«, wandte Richard ein.

»Es ist nur ein Kratzer. Stört mich gar nicht mehr«, log er munter, nahm einen Sattel von einem Sägebock an der Wand und ging dann in die Box, um das Pferd zu satteln.

»Ich werde gehen«, bot Richard an, nahm ihm den Sattel aus der Hand und legte ihn auf den Rücken des Pferdes.

»Jemand muss hierbleiben für den Fall, dass ich sie verpasse und sie hier ankommen, während ich weg bin«, sagte er und sah Richard finster an. Andererseits war er dankbar dafür, dass sein Freund die Sache mit dem Sattel geregelt hatte. Seine Wunde hatte vor Schmerz aufgeschrien, als er das verdammte Ding in die Hand genommen hatte.

»Du kannst mit Robert hierbleiben und Ausschau nach ihnen halten, während ich weg bin«, sagte Richard ruhig und schnallte den Sattel fest.

Daniel packte seinen Arm. Als Richard innehielt und ihn ansah, fragte er ihn ernst: »Würdest du hierbleiben, wenn Christiana da draußen wäre und nicht Suzette?«

Richard runzelte die Stirn. Er drehte sich wieder um, um den Sattel weiter zu befestigen. Als er fertig war, seufzte er und schüttelte den Kopf. »Deine Mutter würde mich umbringen, wenn ich dich gehen lasse.«

»Nur, wenn sie es erfährt«, sagte Daniel entschlossen. Dann

lächelte er ironisch und fügte hinzu: »Ich würde es sogar begrüßen, wenn du es ihr nicht sagen würdest. Sie würde mir nur nachreiten.«

»Da hast du verdammt recht, dass ich das tun würde«, verkündete Lady Woodrow.

Seufzend drehte sich Daniel um und sah, wie sie den Stall betrat. »Ich werde gehen, Mutter. Keine Diskussion.«

»Etwas anderes habe ich gar nicht erwartet«, gab sie zu. Sie wirkte alles andere als erfreut. »Aber du wirst nicht allein gehen.«

»Robert und Richard müssen hierbleiben, für den Fall, dass –«

»Dann komme ich mit dir mit«, sagte sie schlicht und warf Richard einen Blick zu. »Würdest du mir bitte ein Pferd satteln, Richard? Mach dir nicht die Mühe mit einem Damensattel, ich kann im Herrensitz reiten.«

»Ja, Lady Woodrow«, murmelte Richard und verließ die Box, um einen anderen Sattel zu holen und damit zum nächsten Pferd zu gehen.

»Mutter, du wirst nicht –«, begann Daniel, aber sie unterbrach ihn.

»Willst du hier stehen bleiben und dich mit mir streiten, oder sollen wir zusehen, dass wir Suzette finden?«, fragte sie abrupt. »Denn wenn du streiten willst, kannst du das haben. Aber es wird Zeitverschwendung sein, denn ich *werde* mit dir mitgehen.«

Als Suzette erwachte, tat ihr alles weh. Ihr ganzer Körper schmerzte, ihr Kopf, ihre Kehle, ihre Seite, ihre Handgelenke, ihre Fußgelenke. Entweder es pochte oder es brannte. Es war ziemlich unangenehm.

»Suzie?«

Sie erkannte die Stimme ihres Vaters, öffnete die Augen und blickte sich um. Es dauerte einen Moment, bis sie begriff, dass die dunklen Wächter um sie herum Bäume waren und sie wie ein Embryo zusammengerollt auf dem kalten Boden lag. Sie konnte ihren Vater allerdings nicht sehen.

»Bist du wach?«, fragte er, und Suzette begriff, dass seine Stimme von irgendwo hinter ihr kam. Als sie eine warme Hand auf ihrer spürte, drehte sie den Kopf, unterdrückte ein Stöhnen, als ihre Kehle sich gegen die Bewegung sträubte.

»Vater?«, fragte sie. Jetzt konnte sie einen dunklen Umriss hinter sich ausmachen.

»Ja.« Er drückte ihre Hand. »Wie geht es deinem Kopf?«

»Er tut weh«, gab sie müde zu.

»Das überrascht mich nicht. Du hast dir den Kopf angeschlagen, als du gestürzt bist. Es hat schlimm geblutet«, fügte er hinzu. »Blutet es immer noch?«

»Ich weiß es nicht«, sagte Suzette. Sie fragte sich, wie sie das wissen sollte. Es schmerzte, das war das Einzige, was sie wirklich wusste. Dann runzelte sie die Stimme und fragte: »Wann bin ich gestürzt?«

»Als Danvers dich angegriffen hat, habe ich ihm meine Schulter in den Körper gerammt. Mehr konnte ich nicht tun«, sagte er entschuldigend. »Ich hatte Angst, dass er dich erwürgen würde.«

»Er war sehr wütend«, sagte Suzette trocken.

»Diese Wirkung pflegst du auf Menschen zu haben«, kam seine ironische Antwort.

Suzette lachte kurz und fragte: »Dann hat es genügt, ihm die Schulter in den Körper zu rammen, um ihn aufzuhalten?«

»Nun, daraufhin seid ihr beide zu Boden gegangen, und ich habe seine Aufmerksamkeit auf mich gezogen. Ich vermute allerdings, dass er vor allem deshalb nicht weiter versucht hat, dich zu erwürgen, weil ich ihn daran erinnert habe, dass er wohl kaum eine Leiche heiraten kann«, gab er zu.

»Guter Gedanke«, seufzte sie.

»Es hat funktioniert«, sagte ihr Vater. Dann schickte er entschuldigend hinterher: »Unglücklicherweise hast du dir den Kopf an einem Stein angeschlagen, als du hingefallen bist. Für die Kopfschmerzen bin also ich verantwortlich.«

»Du hast mir das Leben gerettet«, erklärte sie und versuchte, sich in eine aufrechte Position zu bringen, stellte aber fest, dass sie irgendwie festgebunden war.

»Er hat uns zusammengebunden«, erklärte Cedrick Madison. »Er hatte keine Stricke mehr, deshalb hat er Streifen von deinem Kleid abgerissen und die benutzt.«

Verblüfft sah Suzette an sich hinunter und bemerkte, dass ihr Kleid sehr viel kürzer war als vorher. Das erklärte vermutlich, wieso ihr so kalt war. »Wo ist er?«

»Er wollte zur nächsten Schenke gehen, um eine Kutsche zu mieten und uns dann zu holen. Deshalb hat er uns zusammengebunden. Er war der Meinung, wir würden nicht weit kommen, bevor er zurückkehrt, selbst dann nicht, wenn du das Bewusstsein wiedererlangen solltest.«

Suzette war einen Moment vollkommen reglos. »Wie lange ist er weg?«

»Lange genug, dass wir uns aufmachen sollten, wenn wir versuchen wollen zu fliehen«, sagte ihr Vater ernst.

Suzette nickte, was sie sofort bereute, als ihr ein greller Schmerz durch den Schädel schoss. Sie wartete einen Moment, bis sich der schlimmste Schmerz gelegt hatte, und sagte dann: »Zähl bis drei. Auf drei werden wir uns beide aufsetzen.«

Ihr Vater begann zu zählen.

»Wir müssten jetzt etwa die Hälfte des Wegs bis zur Kutsche zurückgelegt haben.«

Daniel reagierte nicht auf die besorgte Bemerkung seiner Mutter.

»Sie müssten doch sicher weiter gekommen sein als nur bis hierher?«, fügte sie hinzu. Ihr Blick schweifte über die Bäume links und rechts von ihnen.

Daniel presste die Lippen zusammen, aber er blieb störrisch und schwieg. Er würde nicht umkehren, bevor sie die Kutsche erreicht hatten, obwohl er genau wusste, was seine Mutter als Nächstes sagen würde.

»Daniel, ich glaube –«, fing Lady Woodrow an, aber dann unterbrach sie sich und zügelte ihr Pferd. »Was ist das?«

Er zügelte sein Pferd ebenfalls und warf ihr einen Blick zu. Sie saß vornübergebeugt da und starrte verblüfft und dann immer beunruhigter ein Stück nach vorn und rechts.

»Was für eine Kreatur ist das?«, fragte sie. Ihre Stimme wurde vor Sorge immer schriller.

Daniel drehte den Kopf und folgte ihrem Blick, spähte in den dunklen Wald vor ihnen, bis er eine Bewegung bemerkte. Er beugte sich jetzt selbst nach vorn und versuchte, etwas zu erkennen. Was immer es war, es war noch ein gutes Stück von ihnen entfernt. Und es war groß, so groß wie ein Mensch, aber mit größerem Umfang. Im Mondlicht war es ein Flickenteppich aus Weiß, Grau und Schwarz … und er hatte keinen blassen Schimmer, um was es sich handelte. Das Ding schien herumzuhüpfen, aber es war viel zu groß für ein Kaninchen, und seine Bewegungen waren schwerfällig, wirkten beinahe wie die eines Betrunkenen, als es sich unbeholfen hüpfend erst in die eine, dann in die andere Richtung bewegte.

»Ich weiß es nicht«, gab er schließlich zu. Daniel sah noch eine Minute zu, dann erklärte er: »Bleib hier«, und drängte sein

Reitpferd weiter. Er ließ das Tier im Schritt gehen, um sich vorsichtig zu nähern, denn er wusste ja nicht, was es war. Als er jedoch näher kam und den Lärm hörte, den die Kreatur veranstaltete, begriff er, dass sie ihn niemals hören würde. Das Rascheln und Knacken des Unterholzes, über das sie stapfte, war laut genug, um jedes Geräusch zu übertönen, das er verursachte. Tatsächlich machte sie so viel Lärm, dass er eine Minute brauchte, um zu begreifen, dass sie sprach ... und zwar mit zwei verschiedenen Stimmen ... einer weiblichen und einer männlichen.

»Geradeaus, Vater. Du hüpfst immer nach rechts.«

»Ich *gehe* doch geradeaus, Suzie. *Du* bist diejenige, die immer zur Seite drängt.«

»Nicht von *dir* aus gesehen geradeaus, Vater. *Parallel zur Straße.* Hüpf stattdessen nach links.«

»Oh. Wieso hast du das nicht gleich gesagt, Mädchen?«

Plötzlich wusste Daniel genau, auf was er da starrte. Erleichterung strömte durch ihn hindurch, wurde aber gefolgt von einer Woge der Heiterkeit, die so stark war, dass er sich auf die Zunge beißen und den Kopf senken musste, um nicht laut loszuprusten. Er wusste einfach, dass Suzette fuchsteufelswild werden würde, wenn er einfach auf sie zuritt und sich dabei kaputtlachte.

»Ist sie das?«

Daniel sah sich um und bemerkte, dass seine Mutter sich seiner Anweisung widersetzt hatte und neben ihn geritten war. Von hier aus konnte auch sie sehen, dass es zwei Menschen waren, die Rücken an Rücken zusammengebunden waren und auf ziemlich unbeholfene Weise durch den Wald hüpften. Daniel nickte, er traute sich immer noch nicht, etwas zu sagen, aus Angst, er würde laut auflachen.

»Nun.« Lady Woodrow neigte den Kopf, während sie die Frau beäugte, die bald ihre Schwiegertochter sein würde.

Schließlich sagte sie: »Sie muss ziemlich frieren in diesem … äh … was immer sie da trägt.«

Daniel sah jetzt wieder zu Suzette hin, und als er auf das starrte, was sie anhatte – oder besser, was sie nicht anhatte – blinzelte er. Er konnte nicht glauben, dass er von allem anderen so abgelenkt gewesen war, dass ihm vollkommen entgangen war, dass sie kaum mehr als ein kurzes Hemd oder Kleid trug. Zumindest sah es zunächst so aus, aber dann glitt sein Blick zu ihrem Oberkörper, und er begriff, dass es ein Kleid war, von dem ein gutes Stück fehlte. Ihre Beine waren fast bis zur Hüfte frei. Gütiger Herr.

Er grub seinem Pferd die Fersen in die Flanken und drängte es weiter, jetzt eifrig bestrebt, die verbleibende Entfernung zwischen ihnen hinter sich zu bringen.

»Noch mal.« Suzette keuchte, dann hüpften sie wieder, sie nach rechts, ihr Vater hinter ihrem Rücken nach links, sodass sie sich in Richtung der Schenke voranbewegten, wie sie hoffte.

»Suzie?«, fragte ihr Vater und kam ihrem wiederholten »Noch mal« zuvor. Er klang genauso atemlos, wie sie sich fühlte.

»Ja?«, keuchte sie.

»Vielleicht sollten wir in die andere Richtung gehen«, schnaufte er. »Immerhin ist dies der Weg, den auch Danvers genommen hat. Er wird auf ihm zurückkommen.«

»Ja«, gab sie zu. »Und genau deshalb gehen wir in diese Richtung.«

»Ach ja?«, fragte er unsicher. »Und warum?«

»Weil er damit rechnen wird, dass wir die andere Richtung nehmen«, sagte sie einfach. »Wir gehen nur noch ein kleines Stück weiter, dann arbeiten wir uns tiefer in den Wald hinein. Er wird direkt an uns vorbeigehen, und wenn er feststellt, dass wir nicht da sind, wo er uns zurückgelassen hat, wird er weiterreiten und in der entgegengesetzten Richtung suchen. Er wird glauben, dass wir versuchen, zur letzten Schenke zurückzukehren, statt das Risiko einzugehen, ihm in der nächsten Schenke in die Arme zu laufen.«

Sie spürte sein tiefes Kichern in ihrem Rücken, dann sagte ihr Vater: »Du warst schon immer ein schlaues Mädchen.«

»Nicht schlau genug«, sagte sie traurig. »Wäre ich nur so klug gewesen und hätte Vertrauen zu Daniel gehabt –«

»Nein, fang nicht an, dir deshalb Vorwürfe zu machen. Danvers hat euch beide offensichtlich bei etwas im Stall beobachtet, von dem ihr geglaubt habt, dass niemand davon wüsste. Du konntest gar nichts anderes glauben, als dass er es war.«

»Aber du hast den Brief für eine Fälschung gehalten«, sagte sie.

»Nicht sofort. Mir ist es irgendwann etwas verdächtig vorgekommen, dass Danvers genau in dem Moment aufgetaucht ist und dich heiraten wollte, als du den Brief bekommen hast. Und dann habe ich mich daran erinnert, dass er mit mir und Dicky im Club gewesen ist«, gab er zu. »Also gib dir nicht die Schuld für diese Sache. Nichts davon war dein Fehler. Danvers und Dicky hatten es von Beginn an geplant, und Danvers hat den Plan einfach nur weiter ausgeführt.«

»Ja.« Sie seufzte und sah sich um. »Vielleicht sollten wir anfangen, jetzt tiefer in den Wald zu gehen. Danvers könnte jederzeit zurückkehren, und –« Ihre Stimme erstarb, als sie sah, dass sich ein dunkler Schatten von vorn näherte. Einen Moment später erkannte sie einen Mann auf einem Pferd, und einen furchtbaren Moment lang dachte sie, dass es Danvers wäre und sie doch zu lange gewartet hatten, um den Pfad zu verlassen. Aber dann erkannte sie, dass die Schultern zu breit für Danvers waren. Genau genommen sah die Gestalt ganz nach Daniel aus. Sie hatte ihn oft genug angestarrt und seinen

Körper bewundert, dass sie ihn jetzt allein an seiner Silhouette erkannte. Sie entspannte sich.

»Es ist Daniel«, sagte sie laut, als ihr bewusst wurde, dass ihr Vater vor Angst beinahe zitterte.

»Bist du dir sicher?«, fragte er besorgt.

»Ganz sicher«, versicherte sie ihm, aber Cedrick Madison entspannte sich erst, als Daniel sein Reittier vor ihnen zum Stehen brachte und sie begrüßte.

»Suzette, Lord Madison!«, sagte er und glitt vom Pferd. Er blieb nach dem Absteigen einen kleinen Moment auf dem Boden stehen, nicht lange, aber die Art, wie er sich in diesem Augenblick am Sattel festhielt, verwunderte Suzette, und dann kam er rasch zu ihnen. Im Mondlicht wirkte sein Gesicht blass.

»Alles in Ordnung?«, fragte er, als er zu Suzette trat.

Sie nickte, bemerkte kaum den Schmerz, den die Bewegung durch ihren Kopf schickte. Jeder Hüpfer, den sie gemacht hatte, um hierherzukommen, hatte ihren Schädel vor Qual fast bersten lassen, da war dieser kleine Stich leicht zu ignorieren.

Daniel musterte ihr Gesicht und runzelte die Stirn, als er das getrocknete Blut auf ihrer Stirn sah. »Du bist verletzt.«

»Ich habe mir den Kopf angestoßen, das ist alles«, sagte Suzette ruhig. Ihr Blick wanderte hungrig über sein Gesicht. Sie hatte gedacht, sie würde ihn nie wiedersehen, und doch war er jetzt da.

Daniel wirkte nicht sehr beschwichtigt, sondern fragte: »Hat Danvers das getan?«

Sie verzog das Gesicht. »Ja.«

»Wo ist er?« Er sah sich um.

»Vater sagt, er ist zur nächsten Schenke gegangen, um eine Kutsche zu mieten«, antwortete sie.

Daniel entspannte sich etwas, dann suchte er ihren Blick und sagte mit fester Stimme: »Ich habe diesen Brief nicht geschrieben.«

Bevor Suzette darauf antworten konnte, zog die Stimme einer Frau ihre Aufmerksamkeit auf sich und machte deutlich, dass Daniel nicht allein gekommen war.

»Um Himmels willen, Daniel«, tadelte sie beim Absteigen. »Binde sie endlich los. Das arme Mädchen steht praktisch in nichts da. Sie muss frieren, und zweifellos haben beide Hunger und sind erschöpft. Erklärungen haben Zeit, bis wir sie sicher in die Schenke und ins Warme geschafft haben.«

»Oh, ja«, murmelte er und trat rasch zur Seite, um sich anzusehen, wie sie zusammengebunden waren. Suzette hatte keine Ahnung, wie Danvers die Knoten gemacht hatte, abgesehen davon, dass er aus einem Teil ihres Kleids den Strick hergestellt hatte. Deshalb stand sie jetzt so gut wie nackt und fröstelnd da, was die Frau, die jetzt näher kam, richtig erkannt hatte. Suzette starrte sie an, bemerkte, dass sie selbst dann, wenn sie mitten in der Nacht durch einen dunklen Wald stapfte, die Aura und die Anmut einer … nun, einer echten Lady hatte. Suzette wusste, dass sie über unsichtbare Hindernisse stolpern und sich auf dem unebenen Boden den Knöchel verrenken würde. Nicht diese Frau. Sie kam aufrecht und anmutig und elegant auf sie zu, zog dabei ein kleines Messer aus dem Ärmel und reichte es Daniel.

»Hier, damit geht es besser«, sagte sie.

»Wo zum Teufel hast du das her?«, fragte Daniel überrascht.

»Ich habe es von zu Hause mitgebracht. Ich habe auf diese Reise auch eine kleine Pistole mitgenommen«, teilte sie ihm in aller Ruhe mit und zog eine Augenbraue hoch. »Hast du gedacht, ich würde für diese Fahrt lediglich Kleidung einpacken und nicht auch Waffen, nach allem, was passiert ist?«

Daniel schüttelte einfach nur den Kopf und drehte sich wieder um, um den behelfsmäßigen Strick zu durchtrennen. Während er damit beschäftigt war, wandte sich seine Mutter an Suzette. Sie trat vor sie.

»Sie müssen Miss Madison sein«, sagte sie zur Begrüßung. »Es ist schön, Sie kennenzulernen, Liebes. Ich bin Daniels Mutter, Catharine Woodrow.« Es klang, als würden sie bei einer Tasse Tee zusammensitzen.

»Äh … es ist auch schön, Sie kennenzulernen«, sagte Suzette unsicher. Angesichts ihrer Situation war sie sich ein bisschen durcheinander und wusste nicht recht, was sie tun sollte. Normalerweise hätte sie der Lady die Hand geschüttelt oder … nun ja, sonst irgendetwas getan, aber sie stand da, immer noch an ihren Vater angebunden, die Hände auf den Rücken gefesselt und unfähig, irgendetwas anderes zu tun als schief zu lächeln.

»Daniel hat mir eine ganze Menge über Sie erzählt«, sagte Lady Woodrow lächelnd zu ihr, während sie das Cape abnahm, das sie trug. »Und ich kann Ihnen gar nicht sagen, wie froh ich bin, dass er endlich ein Mädchen gefunden hat, das er heiraten will. Ich hatte schon die Hoffnung aufgegeben, dass das jemals passieren würde.«

»Oh … äh … ich – « Suzettes vergeblicher Versuch, vernünftig darauf zu reagieren, erstarb in dem Moment, als der Stoff, der sie an ihren Vater kettete, plötzlich schlaff wurde und ihr damit die bisherige Stütze verloren ging. Sie hatte gar nicht gewusst, wie sehr sie sich an der Kraft ihres Vaters angelehnt hatte, bis der Strick weg war und sie begann, auf den Boden zu sinken, als ihre Beine nachgaben.

»Hier«, sagte Lady Woodrow fröhlich und legte Suzette das Cape um, während sie sie gleichzeitig auffing und davor bewahrte, auf den Boden zu fallen. Sie stützte sie mit einer Hand unter dem Arm und mit dem anderen an der Taille, nahm ihr auf diese Weise einen Teil ihres Gewichts ab. Daniel durchtrennte die Handfesseln ihres Vaters, sodass auch er ganz frei war.

»Können Sie zu den Pferden gehen, Mylord?«, fragte Daniel und legte ihm einen Moment eine Hand auf den Arm.

»Gut, gut«, sagte Lord Madison mit einem kleinen Seufzer und wandte sich dann an Suzette und Lady Woodrow. Er lächelte die verwitwete Countess an und nickte leicht, dann sah er Suzette voller Sorge an. »Suzie hat sich den Kopf ziemlich hart gestoßen. Sie war lange bewusstlos und muss untersucht werden.«

»Wir werden Sie beide zur Schenke bringen und uns um Sie kümmern«, sagte Lady Woodrow ernst. Ihre Hand glitt von Suzettes Taille zu ihrer Schulter, sodass Daniel den Umhang zur Seite schieben und das Band, das ihre Hände fesselte, durchtrennen konnte.

Als er das getan hatte, gab er seiner Mutter das Messer zurück und hob Suzette hoch, ächzte dabei jedoch vor Schmerz, was sie veranlasste, die Stirn zu runzeln. Bevor sie jedoch etwas sagen konnte, sprach Lady Woodrow und zog ihre Aufmerksamkeit auf sich.

»Ich fürchte, wir haben nicht daran gedacht, zusätzliche Pferde mitzunehmen, Lord Madison«, erklärte Lady Woodrow und schob das Messer in ihren Ärmel zurück. Dann hakte sie sich bei Cedrick Madison ein und ging mit ihm auf ihr Pferd zu, als würden sie einen Spaziergang durch einen Park machen. »Ich fürchte, Sie werden mit mir zurückreiten müssen.«

»Was mir ganz sicher ein Vergnügen sein wird, Lady Woodrow«, sagte Cedrick Madison ernst.

Suzette runzelte die Stirn, als sie bemerkte, dass er noch deutlicher hinkte als bisher. Das Hüpfen hatte ihm wahrscheinlich gar nicht gutgetan. Er würde sich ausruhen müssen, und vielleicht brauchte er eine warme Kompresse, um die Schmerzen zu lindern.

»Ich habe die Wahrheit gesagt, Suzette«, sagte Daniel ruhig und zog ihre Aufmerksamkeit auf sich, als er begann, sie zu seinem eigenen Pferd zu tragen. »Ich schwöre dir, dass ich diesen Brief nicht geschrieben habe.«

»Ich weiß«, sagte sie mit einem Seufzer. »Es tut mir leid, dass ich es geglaubt habe, aber er wusste von der Sache im Stall, und –«

»Du musst nichts erklären«, versicherte er ihr, als sie bei seinem Pferd angekommen waren. Daniel blieb stehen und gestand: »Ich war zuerst wütend auf dich, weil du mir zutrauen würdest, dass ich alles mit einem so kaltherzigen Brief beenden würde, aber dann habe ich gelesen, was er über den Stall geschrieben hat, und –« Er schüttelte den Kopf. »Natürlich musstest du glauben, dass ich es war. Wir dachten ja, wir wären allein.«

Sie nickte, sagte aber nichts dazu. Suzette wollte jetzt nicht darüber sprechen, dass Danvers sie im Stall beobachtet hatte. Sie wollte nicht daran denken. Danvers hatte es geschafft, die wundervolle Erfahrung mit seinen grausamen Bemerkungen ein bisschen zu beflecken.

Daniel gab ihr einen Kuss auf den Scheitel, vorsichtig bemüht, die verletzte Stelle nicht zu berühren. Dann fragte er: »Kannst du einen Moment allein stehen, während ich aufsteige?«

»Ja«, murmelte sie.

»Halt dich am Pferd fest«, wies er sie an und stellte sie ab.

Suzette lehnte sich an das Tier und sah zu, wie er aufstieg; als er dann saß, hielt sie ihm die Arme hin, und er zog sie zu sich hoch.

»Entspann dich ruhig«, sagte er zu ihr, nachdem er sie vor sich auf den Pferderücken gesetzt hatte. »Du bist jetzt in Sicherheit, und es wird nicht lange dauern, bis wir in der Schenke sind, wo du es bequem haben wirst.«

Suzette schmiegte sich an seine Brust; sie versuchte, den Kopf stillzuhalten, um den Schmerz so gering wie möglich zu halten, als er das Pferd in Bewegung setzte.

Der Ritt zurück zur Schenke dauerte sicher nicht lang, auch wenn es Suzette so vorkam, als würde er nie enden. Von dem ganzen Geruckel tat ihr Kopf schließlich so weh, dass sie bei der Ankunft bei der Schenke das Gefühl hatte, sie hätte alles von sich gegeben, hätte sie irgendetwas im Magen gehabt. Aber glücklicherweise hatte sie nichts gegessen, seit sie sich mit Danvers auf den Weg gemacht hatte, was bereits ziemlich lange her war.

Robert und Richard kamen aus dem Stall geeilt, als sie den Wald verließen und auf den Hof ritten.

»Habt ihr ihn erwischt?«, fragte Daniel und zügelte sein Pferd.

»Danvers?«, fragte Richard überrascht. Er hielt das Pferd von Lady Woodrow an der Gebissstange fest, als sie es mit Lord Madison hinter sich neben ihnen zügelte. »Nein. War er nicht bei Suzette und Lord Madison?«

Daniel schüttelte den Kopf. »Er hat sie aneinandergebunden und im Wald zurückgelassen, während er offenbar hierher unterwegs war, um ein Gefährt zu beschaffen, das sie nach Gretna Green bringen sollte.«

»Wir haben nichts von ihm gesehen«, versicherte Robert ihm und trat zu ihm, um sein Pferd zu halten.

Daniel runzelte die Stirn. »Hier, nehmt Suzette.«

Er reichte sie herunter wie ein Kind, und Robert ließ das Pferd los und nahm sie sofort an, drückte sie an seine Brust. Als er sie ansah und ihre Wunde am Kopf bemerkte, runzelte er die Stirn. »Was ist mit deinem Kopf passiert, Suzie? Hat Danvers das getan?«

»Nein, ich habe ihn mir an einem Stein angeschlagen«, sagte sie müde.

»Es war mein Fehler«, sagte ihr Vater angewidert, als er abstieg. Er drehte sich um und half Lady Woodrow beim Absteigen, während er erklärte: »Ich habe versucht, Danvers von ihr runterzustoßen, aber sie sind beide zu Boden gegangen, und hinter ihr war ein ziemlich großer Stein. Ich hätte vorher hinsehen sollen, bevor ich dem Mann eine verpasst habe.«

»Was hat Danvers ›auf‹ ihr gemacht?«, fragte Daniel.

Suzette sah ihn überrascht an. Er klang seltsam, seine Stimme war auf einmal kalt, wütend und voller Angst.

»Er hat versucht, sie zu erwürgen«, antwortete ihr Vater in seltsam beschwichtigendem Tonfall. Suzette konnte nicht überhören, dass alle Männer sich plötzlich ein bisschen entspannten, als wäre diese Antwort akzeptabler als das, was sie gedacht hatten. In diesem Moment begriff sie, dass sie alle sofort befürchtet hatten, er hätte versucht, sie zu schänden.

Trotzdem fragte Richard: »Wieso zum Teufel hätte er das versuchen sollen? Wenn du tot gewesen wärst, hätte er dich kaum heiraten können.«

»Er hat sich durch etwas beleidigt gefühlt, das ich gesagt habe«, antwortete Suzette steif.

»Oder vielleicht durch mehrere ›Etwasse‹«, murmelte ihr Vater.

Zu Suzettes großer Erleichterung fragte Daniel nicht nach, was sie gesagt hatte, sondern hob sie wieder hoch und trug sie in seinen Armen zur Schenke. »Ich bringe sie in ein Zimmer und komme dann zurück. Danvers hätte inzwischen längst hier sein müssen. Wir werden den Wald absuchen müssen.«

Da sie nicht gewusst hatten, ob sie bleiben würden oder nicht, hatten sie noch keine Zimmer in der Schenke gemietet und mussten sich jetzt darum kümmern. Das änderte allerdings nichts daran, dass es nicht lange dauerte, ehe sie oben waren und Daniel sie auf einem Bett absetzte.

»Wenn ich zurück bin, müssen wir uns unterhalten«, sagte Daniel ruhig und gab ihr einen Kuss auf die Nase, bevor er sich wieder aufrichtete. »Ich muss jetzt erst nach Danvers suchen.«

»Du musst deinen Mantel ausziehen, damit ich einen Blick auf deinen Rücken werfen kann«, entgegnete seine Mutter, die mit Christiana, Lisa und Cedrick Madison im Schlepptau ins Zimmer kam. Christiana und Lisa brachten Wasser, Tücher und Verbandsmaterial mit, während ihr Vater sich verwirrt umschaute und sich zu fragen schien, weshalb er eigentlich hier war.

»Meinem Rücken geht es gut«, sagte Daniel grimmig zu seiner Mutter.

»Was ist denn mit deinem Rücken?«, fragte Suzette stirnrunzelnd.

»Daniel ist angeschossen worden. Das war der Grund, weshalb er nicht pünktlich zur Schenke zurückkehren konnte«, erklärte Lady Woodrow.

»Angeschossen?« Suzette schnappte nach Luft. Sie musterte Daniel genauer. Sie konnte zwar seine Verletzung durch den Stoff hindurch nicht sehen, aber er wirkte etwas blass. Allerdings nicht so sehr, dass sie auf die Idee gekommen wäre, er könnte verletzt sein. Die Tatsache, dass er angeschossen worden war, erklärte jedoch tatsächlich, warum er nicht zur Schenke zurückgekehrt war, und Suzette fragte sich sofort, ob Danvers das gewesen war. Immerhin hatte er auch seinen Kutscher in den Rücken geschossen. Offensichtlich schaute der Mann den Menschen nicht gern ins Gesicht, die er zu töten versuchte. Nun, abgesehen von ihr; er war direkt vor ihr gewesen, als er versucht hatte, sie zu erwürgen.

»Du wirst diesen Raum nicht verlassen, bevor ich nicht deinen Rücken gesehen habe, Daniel«, sagte Lady Woodrow grimmig. »Du bist die ganze Zeit herumgeritten und hast Suzette getragen, und ich vermute stark, dass die Wunde wieder aufgebrochen ist. Also zieh dich aus.«

Als Daniel ein finsteres Gesicht machte und aussah, als würde er daran denken, sich der Anweisung zu widersetzen, drohte sie: »Wenn es sein muss, werde ich nach Richard und Robert schicken lassen, damit sie dich festhalten, während ich mich um die Wunde kümmere.«

»Also gut«, fauchte er und machte sich rasch daran, seine Jacke auszuziehen.

Zufrieden wandte Lady Woodrow sich jetzt an Suzettes Vater. »Was ist mit Ihnen, Mylord?«

Cedrick Madison richtete sich etwas mehr auf. »Mit mir?«

»Haben Sie irgendwelche Verletzungen, die versorgt werden müssen?«

»Oh, nein. Mir geht es gut«, versicherte er ihr rasch und wollte schon zur Tür huschen.

»Warum habe ich dann getrocknetes Blut in Ihren Haaren gesehen, als Sie abgestiegen sind?«, fragte Lady Woodrow spitz. »Und wieso humpeln Sie?«

»Oh, das ist nur … das Bein ist eine alte Verletzung. Und was den Kopf betrifft, nun, ich habe vorhin einen Schlag darauf bekommen«, gab er zögernd zu und fügte rasch hinzu: »Aber das war schon vor Stunden, und ich bin mir sicher, dass es in Ordnung ist. Ich werde jetzt –«

»Setzen Sie sich, damit ich es mir ansehen kann, nachdem ich mich um Daniel und Suzette gekümmert habe«, befahl Lady Catharine energisch.

Cedrick Madison seufzte. Seine Schultern sackten nach unten, dann ging er zum Kamin, um sich auf einen der Stühle dort zu setzen.

Suzette, Christiana und Lisa hatten das alles mit ziemlich großen Augen verfolgt, aber als Lady Woodrow jetzt zu Daniel ging, der mit nacktem Oberköper dasaß, sahen sie sich an und mussten plötzlich bis über beide Ohren grinsen. Sie waren praktisch ohne Mutter groß geworden, und Lady Catharine Woodrow war wirklich eine Art Offenbarung, was das betraf.

17

Suzette öffnete die Augen und sah sich schläfrig in dem von einem warmen Feuer erleuchteten Zimmer um. Einen Moment lang fragte sie sich, wo sie war.

»Oh, Sie sind wach.«

Bei der Bemerkung wanderte ihr Blick zu einem Stuhl am Kamin, und zu der Frau, die dort saß. Daniels Mutter. Lady Woodrow hatte Daniels Wunde am Rücken versorgt, die tatsächlich wieder aufgebrochen war, und dann hatte sie ihn mit der Ermahnung, vorsichtig zu sein, gehen lassen, um Richard und Robert dabei zu helfen, das umliegende Gebiet nach Danvers zu durchkämmen. Danach hatte sie sich um Suzettes Kopfwunde gekümmert, sie gereinigt und dann entschieden, dass sie nicht genäht werden musste. Allerdings hatte sie ihr etwas absolut Abscheuliches zu trinken gegeben und ihr gesagt, dass sie ein bisschen schlafen sollte. Suzette hatte sich gehorsam hingelegt und die Augen zugemacht, während Lady Woodrow sich um ihren Vater gekümmert hatte. Sie war sich sicher gewesen, dass sie nicht würde schlafen können. Ihr Kopf hatte furchtbar gepocht. Allerdings war sie schließlich doch eingenickt, auch wenn sie nicht wusste, wie lange sie geschlafen hatte.

»Wie fühlen Sie sich?«, fragte Lady Woodrow. Sie blieb beim Bett stehen und bückte sich, um ihre Hand auf Suzettes Stirn zu legen. »Sie haben kein Fieber. Tut Ihr Kopf weh?«

Suzette schüttelte langsam den Kopf. »Nein.«

»Gut.« Sie nickte zufrieden.

»Haben sie Jeremy gefunden?«, fragte Suzette und sah zur Tür hin.

»So lange haben Sie nicht geschlafen. Sie suchen immer noch nach ihm«, sagte Lady Woodrow und verzog dann das Gesicht. »Ich bezweifle aber, dass sie ihn finden. Er muss uns bei der Schenke gesehen haben, und dem angeblichen Brief von Daniel zufolge, den er geschrieben hat, scheint er klug genug zu sein, sich wie ein Fuchs während der Jagd zu verstecken. Ich bin mir sicher, dass es nicht das Letzte war, was wir von ihm gesehen haben.«

»Der Brief? Sie haben ihn gelesen?«, fragte Suzette schwach. Ihr Magen schien sich ihr umzudrehen, als Daniels Mutter nickte.

Lady Woodrow sah sie an, dann setzte sie sich auf die Bettkante und nahm eine von Suzettes Händen in ihre. »Dieser Brief sollte Sie dazu bringen, sich zu schämen, aber das sollten Sie nicht tun.«

»Nicht?«, fragte Suzette mit einem Seufzer. Es war nicht gerade ein angemessenes Verhalten gewesen, wie der Brief aufgezeigt hatte.

»Nun, wenn Sie sich schämen sollten, dann muss ich es auch tun«, verkündete Lady Woodrow. »Denn Daniels Vater und ich haben unsere Eheschwüre auch vorweggenommen, und zwar auch auf dem Weg nach Gretna Green.«

»Wirklich?«, fragte Suzette überrascht. Lady Woodrow wirkte so … so sehr wie eine Lady. Es war schwer, sie sich in den Wogen der Leidenschaft vorzustellen.

»Ich war auch einmal jung, wissen Sie«, sagte sie mit einem Lächeln. »Und Daniels Vater war ein wunderbarer Mann – charmant, gut aussehend, klug und witzig. Wir haben uns so sehr geliebt.« Sie seufzte traurig, dann sah sie Suzette wieder an. »Daniel ist ihm ziemlich ähnlich, und wenn Sie beide auch nur halb so viel Glück erleben wie sein Vater und ich, werden Sie wirklich sehr glücklich werden. Aber ich denke, Sie werden es noch viel besser machen.«

»Ich werde versuchen, ihn glücklich zu machen«, versicherte Suzette ihr rasch.

»Das weiß ich, und er wird das Gleiche tun«, sagte sie voller Überzeugung. »Er liebt Sie, wissen Sie. Ich habe es sofort gewusst, als er angefangen hat, mir zu erzählen, dass er Sie heiraten will. Ich habe noch nie erlebt, dass er von jemandem so gesprochen hat wie von Ihnen.«

Suzette schluckte gegen einen plötzlichen Kloß in der Kehle an. Das war das Wunderbarste, was sie jemals gehört hatte.

»Und ich denke, Sie lieben ihn auch«, fügte Lady Woodrow hinzu.

»Das tue ich«, gestand sie flüsternd.

»Dann wollen Sie ihn auch heiraten, obwohl er nicht arm ist?«, fragte Lady Woodrow amüsiert.

Suzette verzog das Gesicht, aber dann kicherte sie und schüttelte den Kopf. »Ja. Natürlich.«

»Gut.« Sie tätschelte ihr die Hand und stand auf. »Ich werde Ihnen jetzt etwas zu essen besorgen. Da Ihr Kopf nicht mehr wehtut, sind Sie wahrscheinlich hungrig.«

»Danke«, sagte Suzette und lächelte schwach, während sie ihr nachsah.

Als sich die Tür hinter Lady Woodrow geschlossen hatte, lehnte Suzette sich mit einem kleinen Seufzer wieder zurück. Sie dachte darüber nach, dass Daniel sie womöglich liebte. Es war schön und beruhigend gewesen, es von seiner Mutter zu hören, aber es würde noch schöner sein, wenn es von Daniels Lippen kam.

Suzette lächelte schief über die Richtung, die ihr Leben genommen hatte. Anfangs hatte sie geglaubt, dass sie in der kurzen Zeit, die ihr zur Verfügung stand, keine wahre Liebe finden würde. Sie war davon ausgegangen, dass sie sich mit einem Ehemann würde begnügen müssen, der ihre Mitgift so dringend benötigte, dass sie die Regeln ihrer Ehe festlegen konnte. Es wäre die Möglichkeit gewesen, sich vor der Art von Misshandlung, wie Christiana sie bei Dicky erlebt hatte, zu schützen. Stattdessen hatte sie einen Mann gefunden, der nicht nur ihre Mitgift nicht brauchte, sondern sie anscheinend auch noch liebte. Und den *sie* ganz sicher liebte. Darüber hinaus würde sie eine Schwiegermutter bekommen, die sie jetzt schon ziemlich mochte und zu der sie vermutlich schon bald echte Zuneigung entwickeln würde. Lady Woodrow entsprach jedenfalls eindeutig den Komplimenten und Beschreibungen ihres Sohns. Sie war eine Frau, zu der Suzette glaubte, aufsehen zu können. Ganz sicher bewunderte sie sie dafür, wie sie zuvor mit den Männern umgegangen war. Diese Frau war meisterhaft, und es gab eine ganze Menge, das sie von ihr lernen konnte.

Suzette war sich nicht sicher, wie es kam, dass sie jetzt so viel Glück hatte, aber sie war dankbar dafür.

»So. Sie sehen perfekt aus«, verkündete Lady Woodrow und trat zurück, um ihr Werk zu begutachten.

Suzette strahlte unter ihrem anerkennenden Blick und betrachtete sich in dem Spiegel, den Daniels Mutter mitgenommen hatte. Sie hatte ihr schönstes Kleid angezogen, ein kurzärmeliges Kleid im Empire-Stil, das so blassrosa war, dass man es fast für Weiß halten konnte. Darüber trug sie einen roten, ärmellosen Umhang mit goldener Bordüre, der bis zum Boden reichte. Georgina hatte ihr beim Baden und Ankleiden geholfen, aber Lady Woodrow hatte die Zofe dann verscheucht und ihr selbst die Haare gemacht. Sie waren immer noch nass vom Baden, und sie war um die Wunde über Suzettes Ohr herum sehr vorsichtig gewesen, hatte ihre langen Locken mit einer Reihe von Haarnadeln oben am Kopf befestigt. Es sah ziemlich hübsch aus.

»Sie sehen wunderschön aus«, erklärte Lady Woodrow. »Ihr beide werdet mir wundervolle Enkel schenken.«

Suzette errötete, dann lachte sie und drehte sich um, um sie zu umarmen. »Danke, Mylady.«

»Das habe ich sehr gern gemacht«, versicherte Lady Woodrow ihr und erwiderte die Umarmung. Dann sagte sie: »Mylady klingt so steif. Du kannst mich Catharine nennen, wenn du möchtest, und duzen, oder …« Sie machte eine kurze Pause und biss sich auf die Lippe, dann gestand sie: »Ich hoffe, dass du dich eines Tages wohl genug fühlen wirst, um mich Mutter zu nennen. Ich möchte dich aber nicht dazu drängen.«

»Danke. Es würde mich sehr glücklich machen, Mutter sagen zu können«, flüsterte Suzette, die von dem Angebot richtig bewegt war. Und es stimmte auch. Sie und Lady Woodrow hatten sich in der Nacht zuvor stundenlang unterhalten, nachdem sie mit einer Mahlzeit für Suzette zurückgekehrt war, und sie hatten ihr Gespräch erst dann beendet, als die Männer mit der nicht unerwarteten Nachricht zurückgekehrt waren, dass sie Danvers nicht hatten finden können. Sie hatten sich daraufhin schlafen gelegt, aber weiterunterhalten, während sie sich angezogen hatten und zum Frühstück mit den anderen nach unten gegangen waren. Selbst während der Kutschfahrt auf dem letzten Wegstück nach Gretna Green hatten sie sich unterhalten. Die Fahrt hatte drei Stunden gedauert, aber diese Zeit war wie im Nu verflogen, da sie und Lady Woodrow über Bücher gesprochen hatten, die sie gelesen hatten, über Dinge, die sie gern taten, während ihr Vater und Daniel nachsichtig gelächelt hatten. Nun, ihr Vater hatte nachsichtig gelächelt. Daniel hatte gelächelt, aber es war eine Mischung aus Nachsichtigkeit und

Erleichterung gewesen, und sie wusste, dass es wichtig für ihn gewesen war, dass sie und seine Mutter sich verstanden. Glücklicherweise taten sie das. Sie zumindest mochte und respektierte Lady Woodrow ganz sicher.

»Nun.« Daniels Mutter lächelte sie mit leicht feuchten Augen an und wandte sich zur Tür um. »Ich gehe jetzt und sage deinem Vater, dass er dich holen kann.«

Suzette sah zu, wie sie das Zimmer verließ, und blickte dann mit einem kleinen zufriedenen Seufzer an sich hinunter. Das Kleid, das sie trug, war eigentlich geeigneter für einen Ball als für eine Hochzeit, die im Hof einer Schenke von einem Schmied durchgeführt wurde. Aber das störte Suzette nicht. Sie wollte bei ihrer Hochzeit hübsch aussehen. Und sie sah hübscher aus als je zuvor in ihrem Leben und hoffte, dass Daniel das ebenfalls dachte.

Bei dem Gedanken an Daniel lächelte sie in sich hinein. Dann verblasste ihr Lächeln ein wenig, und sie stieß einen kleinen Seufzer aus. Während sich Suzette viel mit Lady Woodrow unterhalten hatte, seit sie gerettet und zur Schenke gebracht worden war, hatten sie und Daniel bisher noch nicht die Gelegenheit gehabt, das Gespräch zu führen, das er angedeutet hatte. Die Männer waren müde gewesen, als sie von ihrer Suche zurückgekehrt waren. Sie hatten offensichtlich das Gebiet zu beiden Seiten der Schenke durchgekämmt, waren in der einen Richtung bis zur umgestürzten Kutsche geritten und dann in der anderen Richtung ähnlich weit, hatten sowohl auf der Straße als auch im Wald nach Danvers gesucht.

Sie alle waren sowohl müde als auch enttäuscht gewesen, dass sie ihn nicht gefunden hatten, aber Daniel litt immer noch unter seiner Verletzung und hatte erschöpft und blass gewirkt. Suzette hatte zugestimmt, als Lady Woodrow darauf bestanden hatte, dass er zunächst einmal zu Bett ging und erst am nächsten Morgen mit Suzette sprach. Allerdings hatte es an diesem Morgen auch nicht viel Gelegenheit dazu gegeben. Suzette hatte lange geschlafen, was wahrscheinlich eine Folge der Tinktur war, die Lady Woodrow ihr gegeben hatte, bevor sie sich schlafen gelegt hatten, und dann hatte sie sich eilig angezogen und war nach unten gegangen, wo sie gerade ankam, als die anderen sich setzten und zu frühstücken begannen. Als sie mit ihrer Mahlzeit fertig gewesen waren, waren alle erpicht darauf gewesen, weiterzureisen und diese Sache hinter sich zu bringen, bevor noch irgendetwas schiefgehen konnte. Also hatten sie auch da keine Chance gehabt, sich zu unterhalten. Und in dem Moment, als sie in Gretna Green angekommen waren, hatte Daniel Suzette mit den anderen Frauen weggeschickt, damit sie sich fertig machen konnte, während er selbst mit dem Schmied sprechen wollte.

Jetzt war es an der Zeit zu heiraten, und sie hatten sich noch immer nicht unterhalten. Suzette war sich nicht sicher, was er mit ihr besprechen wollte. Er hatte ihr bereits erklärt, dass er den Brief nicht geschrieben hatte, was sie selbst ohnehin bereits herausgefunden hatte. Sie dachte, dass er ihr vielleicht sagen wollte, dass er nicht arm sei und ihre Mitgift nicht brauche, aber auch das wusste sie bereits.

In Wahrheit hoffte Suzette, dass er ihr seine Gefühle offenbaren wollte. Ihr Vater und seine Mutter hatten beide behauptet, dass Daniel sie liebte. Es wäre nett, es aus seinem eigenen Mund zu hören. Aber andererseits hatte auch sie ihm noch nicht gesagt, dass sie ihn liebte, wie ihr plötzlich klar wurde, und dann wurde sie von einem leisen Klopfen abgelenkt.

Sie öffnete die Tür und lächelte, als sie ihren Vater im Gang stehen sah. Er trug eine Kniehose und einen Gehrock und sah ebenfalls so aus, als würde er auf einen Ball gehen. Er hatte auch seinen Gehstock wieder; Suzette vermutete, dass Daniel und die Männer ihn aus der umgestürzten Kutsche geholt hatten, während sie nach Jeremy Danvers gesucht hatten.

»Du sieht gut aus, Vater«, machte sie ihm ein Kompliment.

»Und du hast noch nie so wunderschön ausgesehen, Suzie«, sagte er ernst und fügte dann hinzu: »Deine Mutter weint jetzt wahrscheinlich im Himmel vor Stolz und Glück.«

»Oh.« Sie wedelte mit der Hand vor ihren plötzlich feuchten Augen herum und verzog das Gesicht. »Sag nicht solche Sachen, Papa. Sonst werde ich noch bei meiner eigenen Hochzeit weinen.«

»Tut mir leid, Kind.« Er küsste sie sanft auf die Wange und schob sie in das Zimmer hinein, sodass er eintreten konnte.

»Was hast du vor?«, fragte sie überrascht.

»Ich möchte mir dir sprechen, bevor wir nach unten gehen«, sagte er ernst und machte die Tür zu. Er führte sie zum Bett und bedeutete ihr, sich auf die Bettkante zu setzen. Dann ließ er sich neben ihr nieder, nahm ihre Hände in seine und musterte sie ernst. »Ich möchte nur sichergehen, dass du das wirklich tun willst.«

Suzette runzelte die Stirn. »Warst du nicht derjenige, der versucht hat, mich davon zu überzeugen, dass ich lieber in der Schenke bleiben und auf Daniel warten soll, statt sofort Jeremy zu heiraten?«

»Ja«, bestätigte er.

»Und jetzt versuchst du, mir auszureden, Daniel zu heiraten?«, fragte sie verwirrt.

»Nein, nein«, sagte er sofort und drückte ihre Hände. »Nein, Suzie, ich versuche gar nicht, es dir auszureden. Es ist offensichtlich für mich, dass ihr beide euch liebt, und ich denke, dass er perfekt zu dir passt.«

»Nun, was ist dann –?« Sie schwieg, als er ihre Hand tätschelte.

Er lächelte jetzt schief und schüttelte den Kopf. »Ich mache das hier nicht richtig. Es ist nur, dass du und Daniel so eine ungewöhnliche Phase der Brautwerbung gehabt habt. Nun, genau genommen hat er gar nicht im eigentlichen Sinne um dich geworben, und ich möchte nur, dass du dir sicher bist. Ich möchte nicht, dass du das Gefühl hast, dass du ihn wegen all der Dinge, die passiert sind, heiraten musst … und ich möchte, dass du weißt, dass ich dich unterstützen würde, wenn du dir mehr Zeit lassen möchtest, um ihn besser kennenzulernen. Es gibt keinen Grund zur Eile.«

Suzette entspannte sich und beugte sich vor und umarmte ihn. »Danke, Vater«, flüsterte sie. »Das bedeutet mir sehr viel.« Sie setzte sich wieder aufrecht hin. »Aber ich brauche nicht noch mehr Zeit. Ich möchte ihn heiraten.«

»Nun, gut.« Er lächelte, dann seufzte er leicht. »Ich schätze, dann werden Lisa und ich in Zukunft allein sein … und sie wird auch bald einen Gemahl finden.« Er schüttelte den Kopf. »Es kommt mir immer noch so vor, als wäre es erst gestern gewesen, als ihr alle meine kleinen Mädchen wart und herumgelaufen seid und gespielt habt.«

»Wir werden immer deine kleinen Mädchen sein, Papa.« Sie drückte seine Hand. »Du bist immer herzlich eingeladen, mich und Daniel auf Woodrow zu besuchen. Und da du das Stadthaus verkauft hast, wirst du bei Christiana und Richard wohnen müssen, wenn du in der Stadt bist. Du wirst uns also sehen. Du bist immer noch unser Vater und Teil unseres Lebens.«

»Natürlich«, pflichtete er ihr bei und brachte ein Lächeln zustande, das zuerst schwach wirkte, aber dann herzlicher wurde, als er sagte: »Und ihr alle werdet mir wunderbare Enkel schenken, die ich verwöhnen kann, während ich zusehe, wie sie euch wahnsinnig machen, so wie ihr es bei mir und eurer Mutter getan habt.«

Suzette musste plötzlich lachen, und sie schüttelte den Kopf. »Ihr seid beide so wild auf Enkelkinder, du und Lady Woodrow, dabei sind wir noch nicht einmal verheiratet.«

»Hmm.« Ihr Vater stand auf und reichte ihr seinen Arm. Als Suzette sich ebenfalls erhob und ihn nahm, drängte er sie zur Tür. »Lady Woodrow scheint eine gute Frau zu sein.«

»Ja, das ist sie«, bestätigte Suzette mit einem Lächeln, als er sie aus dem Zimmer führte. »Ich mag sie bereits.«

»Nun, das beruht auf Gegenseitigkeit. Sie hat es mir selbst gesagt.« Er blieb stehen, um die Tür zu öffnen, dann ging er mit ihr den Korridor entlang zur Treppe. »Bist du ner – ?«

Als er mitten im Wort verstummte und dann auch noch stehen blieb, warf Suzette zunächst einen neugierigen Blick auf ihren Vater und sah dann in die Richtung, in der etwas seine Aufmerksamkeit erregt hatte. Ein Mann war gerade etwas weiter vorn aus einem der Zimmer auf den Flur getreten. Er war noch ein gutes Stück entfernt, aber auch so konnte Suzette erkennen, dass er die grobe Kleidung der Arbeiterklasse trug und einen kurzen Einreiher, der bei Stallburschen beliebt war. Da Suzette annahm, dass er hier im Stall arbeitete, fragte sie sich verwundert, was er in einem Gästezimmer zu suchen hatte – dann drehte er sich zu ihnen um, und sie sah sein Gesicht. Im gleichen Moment, als ihr klar wurde, dass es Jeremy Danvers war, entdeckte er seinerseits sie und ihren Vater und zog eine Pistole aus der Jacke.

»Hast du nicht gesagt, dass sie fertig ist?«, fragte Daniel und blickte unruhig zur Schenke. Seine Mutter war schon vor einigen Minuten heruntergekommen und hatte Lord Madison zu Suzette geschickt, um sie abzuholen. Die anderen hatten sich sofort in den Innenhof begeben, wo sie warteten … und warteten.

»Das war sie auch«, murmelte Lady Woodrow und warf ebenfalls einen Blick zur Schenke. Seufzend zuckte sie mit den Schultern und schlug als Erklärung vor: »Vielleicht führen sie noch ein Vater-Tochter-Gespräch unter vier Augen.«

»Hmm.« Daniel trommelte mit den Fingern auf seinem Oberschenkel herum, zählte die Sekunden, während er wartete, aber sein Blick war jetzt auf die Tür der Schenke gerichtet, die er mit reiner Willenskraft aufzuzwingen versuchte. Die beiden hätten längst hier sein müssen, und er bekam allmählich ein ungutes Gefühl.

»Du denkst doch nicht, dass sie Zweifel bekommen hat, weil du nicht arm bist, oder?«, fragte Richard mit einem Stirnrunzeln.

»Ich habe es ihr noch gar nicht gesagt«, erklärte Daniel sofort.

»Oh.« Richard zögerte und gab dann zu: »Aber ich.«

»Was?« Daniel drehte sich bestürzt zu ihm um und sah, wie sein Freund entschuldigend das Gesicht verzog.

»Das war, nachdem sie den Brief erhalten hatte. Ich dachte –«

Daniel wartete nicht mehr ab, was er gedacht hatte. Er war bereits auf dem Weg in die Schenke. Seine Gedanken waren in Aufruhr. Vermutlich hatte er sich in die einzige Frau in ganz England verliebt, die sich weigern würde, ihn zu heiraten, weil er reich war, dachte er empört, als er die Schenke betrat.

Wenn er ehrlich war, schien er sich immer bei allem den schwersten Weg auszusuchen. So betrachtet war auch klar, dass er sich in einer Liebesbeziehung mit der vermutlich schwierigsten Frau wiederfinden würde, die er wohl finden konnte. Aber wenn Suzette dachte, dass sie aus dieser Heirat wieder herauskam, hatte sie sich getäuscht, dachte er grimmig, als er die Treppe zu den Schlafräumen hochging. Sie hatten die Ehe bereits vollzogen. Sie trug vielleicht schon jetzt sein Kind. Und er liebte sie, verflucht! Das musste doch etwas bedeuten, versicherte er sich, als er den Flur entlangging. Sie würde ihn heiraten, und wenn er dazu –

Daniel blieb abrupt stehen, als er Suzettes Stimme hinter einer der Türen hörte, an denen er vorbeikam. Es war nicht die Tür zu ihrem Zimmer, sondern zu dem Raum, in dem er selbst, ihr Vater und Robert die letzte Nacht verbracht hatten. Stirnrunzelnd trat er näher und legte ein Ohr an die Tür, um zu lauschen. Wenn sie und ihr Vater wirklich ein Vater-Tochter-Gespräch führten, würde er einfach wieder weggehen und sich zwingen, geduldig zu sein. Wenn sie jedoch mit ihrem Vater darüber stritt, ihn zu heiraten, würde er –

Der Gedanke versiegte, als ein anderer Mann sprach. Er kannte die Stimme nicht, aber es war nicht Lord Madison, und da alle anderen Männer, die zu ihnen gehörten, unten waren, blieb nur eine einzige Person übrig, die ihm jetzt einfiel: Jeremy Danvers. Daniel vermutete, dass er hätte wissen müssen, dass der Mann nicht klug genug war, untergetaucht zu bleiben.

Mit zusammengebissenen Zähnen packte er den Türgriff und drehte ihn so langsam und vorsichtig wie nur möglich, dann schob er die Tür ein Stückchen auf, sodass er den Kopf ins Zimmer stecken und hineinsehen konnte. Zuerst sah er Lord Madison und Suzette. Lord Madison wirkte besorgt und grimmig, aber Suzette starrte einfach nur wütend und finster einen Mann an, der eine Pistole auf sie beide richtete. »Sie sind ein Idiot, wenn Sie glauben, dass Ihr dummer Plan, mich wegen meiner Mitgift zu heiraten, immer noch funktionieren wird. Selbst wenn Sie mich zwingen sollten, Sie zu heiraten, wüssten alle, was Sie im Schilde führen, und die Ehe würde keinen Bestand haben.«

»Ich habe nicht die Absicht, ein scharfzüngiges kleines Gossenkind zu heiraten«, knurrte der Mann, der Danvers sein musste.

»Was wollen Sie dann?«, fragte Suzette scharf. »Warum haben Sie uns gezwungen, in dieses Zimmer zu gehen?«

»Weil ich Geld brauche natürlich«, sagte er trocken. »Ihretwegen werde ich von jetzt an auf der Flucht sein, und –«

»Oh, versuchen Sie nicht, die Schuld für den Schlamassel, den Sie aus Ihrem Leben gemacht haben, mir in die Schuhe zu schieben, Mylord«, unterbrach Suzette ihn und sah ihn finster an. »Sie sind der Vollidiot, der Vater bewusstlos geschlagen hat, statt uns einfach aus der Kutsche aussteigen zu lassen, und Sie sind derjenige gewesen, der seinen eigenen Kutscher erschossen hat und uns dann aneinandergebunden hat. Sie haben wahrscheinlich auch auf Daniel geschossen, stimmt's?«

Daniel sah Suzette an und hörte nicht, dass Danvers irgendetwas sagte, aber er musste das Gesicht verzogen oder etwas getan haben, das nahelegte, dass es so war, denn Suzette schnaubte höhnisch. »Glücklicherweise haben Sie das genauso versaut, und er lebt noch. Und das ist der einzige Grund, warum ich Ihnen dieses Angebot machen werde. Wenn Sie jetzt gehen, werden Vater und ich kein Wort über das verlieren, was hier passiert ist. Gehen Sie einfach. Wir werden die Männer nicht hinter Ihnen herschicken.«

»Ich werde nicht ohne das gehen, wofür ich gekommen bin«, schnappte Danvers. »Ich brauche Geld, um eine Fahrt zum Kontinent zu buchen und dort zu leben, und ich weiß, dass Ihr Vater hier irgendwo den Erlös vom Verkauf seines Stadthauses aufbewahrt.« Sein Blick schweifte zu Lord Madison. »Das haben Sie gesagt, als Sie uns beim Wasserfall getroffen haben. Sie haben gesagt, dass Sie es in der Schenke hätten und sofort holen würden. Stattdessen sind wir nach Gretna Green aufgebrochen. Ich bin fest davon ausgegangen, dass es in der Tasche war, die Sie mitgenommen haben.«

»Ich habe Ihnen nicht getraut, deshalb habe ich es nicht mitgenommen«, sagte Madison, und Daniel bemerkte, dass er zufrieden damit war, dies sagen zu können.

»Das habe ich inzwischen auch herausgefunden«, sagte Danvers bitter. »Ich bin zu Fuß den ganzen Weg bis zur Schenke gegangen, und als ich bei ihr angekommen bin, habe ich Woodrow und eine Frau losreiten sehen. Ich dachte, die ganze Gruppe wäre womöglich dort, also habe ich kehrtgemacht. Aber natürlich hat er euch beide vor mir gefunden«, brachte er mühsam hervor. »Nachdem er und die alte Frau mit euch beiden zur Schenke zurückgekehrt sind, habe ich beschlossen, den Erlös vom Verkauf des Stadthauses zu suchen und zum Kontinent zu fliehen, also bin ich den ganzen Weg zurück zur umgestürzten Kutsche gegangen. Das Geld war aber nicht in Ihrer Tasche.«

»Ich habe es in der Kiste gelassen, die in Roberts Obhut war«, sagte Madison ruhig.

»Dann können Sie es jetzt rausholen und mir geben, wenn Sie und Ihre Tochter dieses Zimmer lebend verlassen wollen.«

Daniel zog die Augen zusammen. Er war unbewaffnet und hatte darauf gewartet zu erfahren, wie der Plan aussah, bevor er sich entschied, was er tun wollte. Wenn der Mann versucht hätte, mit Suzette zu entkommen, hätte er sich im nächsten Zimmer versteckt und dann auf den Mann gestürzt, wenn er an ihm vorbeigekommen wäre. Allerdings schien das nicht der Plan zu sein, und Daniel bezweifelte auch, dass Danvers vorhatte, Lord Madison und Suzette zu erlauben, das Zimmer jemals wieder zu verlassen, ob lebendig oder sonst wie und unabhängig davon, ob er das Geld bekam oder nicht. In der Stimme des Mannes war zu viel Gift und Wut. Er hasste Suzette und ihren Vater und gab ihnen die Schuld dafür, dass sein Plan gescheitert war und er sich in dieser Situation befand. Außerdem hatte er bereits jemanden getötet, wie sie inzwischen alle wussten, und er hatte versucht, ihn selbst zu erschießen und Suzette zu erwürgen. Daniel vermutete, dass er Lord Madison im gleichen Moment erschießen würde, in dem er das Geld zum Vorschein brachte, und dann Suzette erwürgen würde, um das zu beenden, was er in der Nacht zuvor begonnen hatte.

Nach dem Ausdruck in den Gesichtern von Cedrick Madison und Suzette zu urteilen, dachten sie das auch. Dennoch nickte Madison einmal und drehte sich um.

»Was tun Sie da?«, schnappte Danvers und machte einen Schritt hinter ihm her.

Daniel nutzte die Gelegenheit, um ganz in das Zimmer zu schlüpfen und die Tür zuzumachen. Dann glitt er etwas nach links, versuchte, hinter Danvers zu gelangen und aus seinem Blickfeld zu verschwinden, während Lord Madison gerade sagte: »Ich hole das Geld für Sie. Das wollten Sie doch, oder etwa nicht?«

»Schön. Versuchen Sie nur nichts Komisches«, fauchte Danvers, packte Suzette am Arm und zog sie dicht an sich heran.

Daniel bewegte sich weiter nach links, arbeitete sich zum Kamin an der Seitenwand vor – und zu dem Schürhaken, der dort lehnte.

»Würde mir nicht im Traum einfallen«, sagte Madison trocken; er klappte eine große Kiste an der Wand auf und begann, in ihr herumzuwühlen.

Daniel trat jetzt neben den Schürhaken und bückte sich leicht, um ihn in die Hand zu nehmen. Er hielt ihn fest, ging dann einen Schritt nach vorn und trat hinter Danvers.

»Machen Sie schnell, verdammt«, knurrte Danvers ungeduldig.

»Robert hat es hier reingelegt, ich … ah, da ist es ja«, sagte er plötzlich.

Daniel wusste nicht, womit er sich verraten hatte. Er hatte kein Geräusch gemacht, und er war auch nicht im Blickfeld des Mannes. Er war beinahe dicht genug bei ihm, um ihm mit dem Schürhaken einen überzubraten, als Danvers sich plötzlich versteifte und herumwirbelte. Seine Augen weiteten sich ungläubig, als er Daniel sah, dann richtete er die Pistole auf ihn, während Daniel mit erhobenem Schürhaken auf ihn zustürmte.

Der Pistolenschuss dröhnte unglaublich laut durch das Zimmer. Dennoch hörte er Suzette schreien, als er abrupt stehen blieb und an sich hinunterblickte, nach einer Wunde suchte, obwohl er keinen Aufprall gespürt hatte. Als er weder Blut sah noch Schmerz empfand, runzelte er die Stirn und sah genau in dem Moment zu Danvers und Suzette, als Danvers zu Boden fiel. Jetzt sah er Lord Madison an, der immer noch vor der Kiste kniete, aber eine rauchende Pistole in der Hand hielt.

»Daniel!«, schrie Suzette und lief zu ihm, schlang ihm die Arme um die Taille. »Du hättest erschossen werden können.«

»Wurde ich aber nicht«, murmelte er und ließ den Schürhaken fallen, um die Arme um sie zu legen. »Abgesehen davon habe ich mir mehr Sorgen um dich gemacht.«

»Das war nicht nötig«, versicherte sie ihm. Sie beugte sich leicht zurück, um ihn ernst anzusehen. »Vater hätte das Geld niemals in einer Kiste im Zimmer einer Schenke gelassen. Jemand hätte es stehlen können. Er trägt es am Körper, seit wir London verlassen haben. Er hat nur gesagt, dass es in der Kiste ist, damit er die Pistole herausholen konnte.«

»Ja, das begreife ich jetzt«, murmelte Daniel und sah Lord Madison mit neuem Respekt an, als der aufstand und Danvers auf den Rücken drehte.

»Vater ist ein ausgezeichneter Schütze«, sagte Suzette voller Stolz. »Er hat uns Mädchen allen das Schießen beigebracht.«

Daniel spürte, wie allein bei dem Gedanken daran, dass Suzette in die Nähe einer Pistole kommen würde, Besorgnis in ihm aufstieg, aber er brachte ein schwaches Lächeln zustande und sah dann Lord Madison an, als der aufstand.

»Tot«, verkündetet er ernst. »Ich werde den Wirt bitten, ihn wegzuschaffen, während wir die Hochzeit durchführen … sofern ihr noch heiraten wollt«, fügte er unsicher hinzu. »Alle würden verstehen, wenn ihr unter diesen Umständen lieber bis morgen warten wollt und –«

»Nein!«, sagten Suzette und Daniel wie aus einem Mund.

Lord Madison lächelte und nickte. »Dann werde ich jetzt nach unten gehen und mit dem Wirt darüber sprechen, dass die Leiche weggebracht wird. Wir treffen uns dann im Hof. Fangt nicht ohne mich an.«

»Ich schätze, wir sollten nach draußen gehen«, murmelte Daniel und ließ Suzette los, als die Tür sich hinter Lord Madison schloss.

Suzette löste zögernd ihre Umarmung und ließ sich von ihm zur Tür führen. Dort blieb sie allerdings stehen und sagte: »Ich muss dir etwas sagen.«

Daniel spürte, wie sein Herz ein paar Zoll nach unten sank, als er die Worte und den ernsten Ton ihrer Stimme vernahm. Beides verhieß nichts Gutes, sondern legte nahe, dass sie kurz davor war, irgendein großes Geständnis zu machen, das ihm wahrscheinlich nicht gefallen würde. Er räusperte sich, sah sie an und nickte. »Schön.«

Als Suzette tief ausatmete und dann kurz auf ihre Füße blickte, sank sein Herz noch ein bisschen tiefer. Er war sich sicher, dass auch dies nichts Gutes verhieß. Und dann hob sie den Kopf und platzte heraus: »Ich liebe dich.«

Daniel blinzelte; er wartete einen Moment, rechnete immer noch mit irgendeinem schrecklichen Geständnis, aber schließlich begriff er, dass dies das war, was sie ihm sagen wollte. Sie liebte ihn. Seine Mutter hatte es behauptet, und obwohl es ihm Hoffnung gemacht hatte, war es noch einmal etwas anderes, es von ihr selbst zu hören. Es war einfach … wunderschön.

»Danke«, sagte er schließlich und legte seine Hände um ihre Taille. »Ich liebe dich auch.«

»Wirklich?«, fragte sie unsicher und fügte hinzu: »Obwohl ich nicht immer eine richtige Lady bin?«

Daniel versteifte sich. Er erinnerte sich an die Worte, die er ihr am ersten Abend gesagt hatte. Sie hatte sich dagegen gesträubt, dass er sie auf die Terrasse begleitete, weil sie einander nicht ordentlich vorgestellt worden waren. Seine Antwort war gewesen: »Nur zu wahr. Allerdings vermute ich, dass Sie auch keine richtige Lady sind, daher sollte das kein Problem sein.«

Als Daniel jetzt die Verletzlichkeit und die Angst auf ihrem Gesicht sah, schloss er kurz voller Bedauern die Augen. Es war beachtlich, wie eine einzige, unachtsame Bemerkung zu einem zurückkehren und einen treffen konnte. Er hegte keinen Zweifel daran, dass die Erinnerung an diese Worte alles nur noch schlimmer gemacht hatten, als sie den Brief gelesen hatte, den Danvers ihr als von ihm – Daniel – stammend untergejubelt hatte.

Er öffnete die Augen, nahm ihr Gesicht in beide Hände und sagte ernst: »Du bist eine richtige Lady, wenn es nötig ist, und wenn du es nicht bist, liebe ich dich sogar noch mehr. Du bist alles, was ich mir in einer Frau wünschen könnte, Suzette, und ich liebe dich so, wie du bist: klug, witzig, mutig und frech. Ich liebe dich.« Er zog sie dicht an sich und gab zu: »Ich wünschte nur, ich hätte es als Erster gesagt.«

Suzette zuckte in seinen Armen mit den Schultern. »Dann hättest du schneller sein müssen.«

Daniel schloss die Augen und brach in schallendes Lachen aus. Im Hinterkopf hörte er Lord Madison sagen, dass Suzette wie ihre Mutter war und er immerzu hinter ihr hergehüpft war, um mit ihr Schritt zu halten. Daniel zweifelte kein bisschen daran, dass es mit Suzette genauso werden würde … und er freute sich darauf.

Kopfschüttelnd hob er ihr Kinn mit einem Finger und küsste sie fest. »Gehen wir in den Innenhof. Ich kann es kaum erwarten, dich zu meiner Frau zu machen.«

»Also gut«, murmelte sie, löste sich von ihm und ließ sich aus dem Zimmer führen. »Aber du kannst mir nichts vormachen, Daniel. Ich weiß, warum du so wild darauf bist zu heiraten.«

»Und warum?« fragte er.

Suzette zuckte erneut mit den Schultern und neckte ihn: »Du willst auf der Rückfahrt nur nicht mehr mit Vater und Robert in einem Zimmer schlafen müssen.«

Daniel brach erneut in schallendes Gelächter aus. Er zog sie dicht an sich, dachte daran, dass das Leben mit ihr als Gemahlin eine Freude sein würde, und dass er es kaum erwarten konnte, dass es begann.

Leseprobe

KATIE MACALISTER
Prinzessin ohne Furcht und Tadel

Leopold Ernst George Mortimer, der siebte Earl of March, Anhänger der Krone, Spion im Dienste des (zuweilen vom Irrsinn befallenen) Königs und gelegentlich Retter von Katzen in Not, war alles andere als glücklich.

»Heute ist einfach nicht mein Tag«, klagte er der in luftiger Höhe festsitzenden kleinen Samtpfote sein Leid, als er nach ihr langte, um sie vom Baum zu pflücken, und ihm zum Dank für seine noblen Bemühungen ein heimtückischer Zweig ins Gesicht peitschte.

»Wieso?«

In einem kurzen Moment der Verwirrung dachte Leo, das Kätzchen hätte mit ihm gesprochen. Doch da die Frage von irgendwo unten kam, ließ er den Gedanken schnell wieder fallen. »Wieso was?«, fragte er, nachdem er den Zweig, der ihn am Sprechen hinderte, vom Mund entfernt hatte. Durch das dichte Blattwerk des Baumes nur schwer zu erkennen, machte er die schmächtige Gestalt eines kleinen Mädchens von etwa acht Jahren aus, das auf seinem großen braunen Wallach Galahad thronte und sich dort allem Anschein nach sehr wohlfühlte.

»Wieso ist heute nicht dein Tag? Weil du Engländer bist? Großmama ist aus England. Meine Mami sagt, die Engländer sind so traurig, weil sie nicht in Dänemark leben. Bist du traurig, weil du nicht in Dänemark lebst?«

»Ich bin überhaupt nicht traurig.«

»Du hast dich aber beklagt.«

Er robbte auf dem Ast nach vorn. Die kleine Katze – ein fauchendes, graugetigertes Fellknäuel – teilte seine allgemeine Unzufriedenheit mit dem Leben offensichtlich, da sie sich nicht nur groß und gefährlich wie ein Tiger gebärdete, sondern auch plötzlich zu merken schien, dass die spitzen Dinger in ihrem Mäulchen und an den Enden ihrer Pfoten ein schlagendes Argument sein könnten bei dem Versuch, ihn zu überzeugen, sie einfach zu lassen, wo sie war. »Ich sagte nur, heute wäre nicht mein Tag.«

»Eben. Du hast dich beklagt«, erwiderte das Mädchen und zuckte zusammen, als das Kätzchen seine Position mit gezielten Abwehrmaßnahmen verteidigte.

»Verflucht!«, knurrte Leo, als er die Hand von der in die Enge getriebenen fauchenden Bestie zurückriss.

»Das darf man nicht sagen!«, stieß das Mädchen empört hervor.

»Hab ich aber.« Er langte noch einmal nach dem widerspenstigen Tier und fing sich noch mehr Kratzer ein.

»Meine Mami sagt, dass Menschen, die schlimme Sachen sagen, gottlose Heiden sind. Bist du ein gottloser Heide?«

Leo verbiss sich einen gepfefferten Kommentar auf die Weisheiten ihrer Mutter und konzentrierte sich darauf, das störrische Ding einzufangen, ohne noch weiteren Schaden an Leib und Leben zu nehmen.

»Meine Mami sagt auch, dass Menschen, die so schlimme Wörter sagen wie du, dumm sind, weil ihnen keine anständigen Wörter einfallen.«

»Mir würden aber auf Anhieb ein oder zwei Dinge einfallen,

die ich deiner Mutter sagen könnte. Woher sprichst du eigentlich so gut Englisch?« Er täuschte eine Bewegung nach links an und versuchte, die Katze zu überrumpeln, doch so klein sie auch sein mochte, so schlau war sie doch, sich tunlichst knapp außerhalb seiner Reichweite zu halten.

»Das hat mir meine Mami beigebracht. Sie sagt, dass wir eines Tages nach England fahren, um Großmama zu besuchen … aber erst wenn meine Brüder älter sind. Tu ihm nicht weh!«, rief die Kleine, als sie beobachtete, wie Leo sich Jacke und Weste auszog und einen seiner Hosenträger abnahm.

»Was für ein verlockender Gedanke, aber ich behandle Tiere niemals grob.« Das Kätzchen fauchte ihn an. »Auch wenn sie es verdient hätten. Ich versuche nur, diesen kleinen Teufel einzufangen.«

»Er ist kein Teufel, sondern heißt Fränzchen, nach dem heiligen Franz von Assisi, der alle Tiere liebte, ob groß oder klein. Er schläft mit mir und hält mich nachts schön warm.«

Während das von dem Mädchen unfreiwillig erzeugte Bild Leo kurz ins Stocken brachte, legte er den Hosenträger in eine Schlinge und versuchte, diese dem kleinen Kater über den Kopf zu werfen. Er verfehlte ihn jedoch um eine gute Armlänge. »Du solltest auf den richtigen Gebrauch der Präposition achten, wenn du so etwas sagst.«

»Hast du auch Verwandte hier, so wie Großmama?«

»Nein, ich bin nur auf der Durchreise.« Ächzend rutschte er auf dem Bauch über den Ast und dachte lieber nicht daran, was er seiner Kleidung damit antat. »Auf dem Rückweg nach England.«

Das Mädchen zog die Stirn kraus. »Bist du etwa hier, weil Krieg ist?«

»Krieg? Welcher Krieg?« Er robbte noch ein Stückchen vorwärts und kam dem wehrhaften Biest greifbar nahe.

»Papa sagt, dass die Engländer unsere Schiffe vor zwei Tagen angegriffen haben. Er sagt auch, dass wir jetzt nicht ein einziges Schiff mehr im Hafen haben und dass die Engländer Hunderte Seemänner umgebracht haben. Hast du einen Seemann umgebracht?«

»Nicht dass ich wüsste. Ich komme aus Sankt Petersburg und will nach Kopenhagen und hoffe bei Gott, dass sich dein Vater irrt, was die Schiffe angeht.« Einen Moment lang hielt er inne und dachte über das nach, was das Mädchen gesagt hatte. Dann schüttelte er den Kopf. Nein, von einem geplanten Angriff auf die Dänen war ihm nicht ein Sterbenswörtchen zu Ohren gekommen. Sicherlich, auf seinem Weg aus dem tiefsten Russland bis an die dänische Küste war er von der Außenwelt zwar praktisch abgeschnitten gewesen … so etwas Wichtiges wie Angriffsabsichten der Admiralität wären jedoch bestimmt auch bis zu ihm durchgedrungen.

Wenn man allerdings bedachte, wie unzufrieden der Premierminister und seine Berater mit den Skandinaviern im Allgemeinen waren – zum Beispiel mit ihrer nachsichtigen Haltung gegenüber diesem Tunichtgut Napoleon –, war ein Krieg doch nicht ganz ausgeschlossen. Aber realistisch betrachtet? Er schüttelte wieder den Kopf. Die Royal Navy müsste verrückt geworden sein, die Dänen anzugreifen. Im Gegensatz zu dem, was die Briten und ihre Verbündeten aufzubieten hatten, war Dänemark nur eine verschwindend kleine Macht, selbst wenn man Dänemarks Flotte und Armee zusammenrechnete. »Also, dann wollen wir doch mal sehen, ob wir dieses Fiasko nicht beenden können.«

Eine kurze Bewegung aus dem Handgelenk, und die Schlinge traf ihr Ziel. Behutsam hielt er das sich windende Kätzchen im Nacken fest, während er versuchte, sich seine (nun blutende) Hand mit einem Taschentuch zu verbinden.

»Du hast ihn!«, quietschte die Kleine entzückt und klatschte vergnügt in die Hände.

Leo packte das Kätzchen fester, um den scharfen Zähnen zu entgehen. »Hier, Anna, oder wie auch immer du heißt – «

»Amadelle.«

»Im Ernst? Deine Mutter muss sehr einfallsreich sein. Hier hast du den kleinen Räuber.« Er hielt sich mit einer Hand am Baum fest und beugte sich mit dem noch immer gefährlich fauchenden Fellbündel in der anderen Hand so weit wie möglich nach unten. Das Mädchen war ein mutiges kleines Ding, das ohne zu zögern nach dem fauchenden Etwas griff, ihm die Schlinge abnahm und es fest an sich drückte. Ihre große seelische Not, in der sie sich – wie feuchte Spuren auf ihren Wangen verrieten – vor seinem Eintreffen befunden hatte, schien völlig vergessen, als sie Leo jetzt anstrahlte.

»Ich gebe dir den guten Rat, den hinterhältigen Teufel zukünftig nicht mehr auch nur in die Nähe von Bäumen zu lassen«, erklärte er mit ernster Miene, wobei er sich bemühte, nicht unter ihrem Blick offener Heldenanbetung hinzuschmelzen. *Lass dich nie mit Einheimischen ein*, war stets sein Motto gewesen, ein Motto, mit dem er bei seinen zahlreichen Einsätzen, die ihn durch ganz Europa geführt hatten, immer gut gefahren war. Er würde sich doch jetzt nicht von einem pausbäckigen kleinen Mädchen dazu verleiten lassen, seinen Schwur stoischer Gleichgültigkeit zu brechen, auch wenn er sich bei ihrem Blick noch so heroisch fühlte. »Schließlich kannst du dich nicht darauf verlassen, dass sich immer irgend so ein Trottel wie ich hierher verirrt und dir dein Kätzchen rettet.«

»Danke«, rief sie mit hoher und restlos glücklicher Stimme. Dann rutschte sie, das kleine Monster fest im Griff, mit einer Leichtigkeit von Galahads nicht gerade niedrigem breitem Rücken, die auf eine beachtliche Erfahrung in der Kunst des Pferderückenherunterrutschens schließen ließ. Sie strahlte Leo auch weiterhin glücklich an … zumindest noch für drei weitere Sekunden … ehe sie in großes Geschrei und wildes Gestikulieren ausbrach, als ihr die Katze aus den Armen sprang, geradewegs an Galahads Hals.

Sein Pferd war ja so einiges … mutig, robust, zuweilen, ja auch das, ziemlich störrisch … aber wenn sich gleich vier mit scharfen Krallen besetzte Pfoten in seinen Hals schlugen, erhob es Einspruch, und zwar in der ihm einzig bekannten Form: Es scheute und ging durch.

»Fränzchen, nicht!«, schrie das Kind und stürzte der Katze hinterher, die den Pferdehals längst verlassen hatte und wie ein grau-weiß gestreifter Blitz in Richtung der Scheune raste, deren Dach er über einem kleinen Wald dicht belaubter Bäume erkennen konnte.

»Galahad!«, brüllte Leo, doch ohne Erfolg. Sein tapferes Ross setzte elegant über die Mauer, die den Hof umschloss, und jagte davon, ehe er auch nur etwas anderes tun konnte, als seinem treulosen Kameraden mit erhobener Faust hinterherzudrohen und fürchterliche Racheschwüre auszustoßen.

Innerhalb von nur drei Sekunden fand sich Leo in völliger Einsamkeit, auf einem Baum hockend und mit etlichen blutigen Kratzern im Gesicht und auf den Händen wieder.

»Es gibt Momente«, klagte er und richtete vorsorglich den Blick gen Himmel für den Fall, bei irgendeiner Gottheit oder einem anderen Wesen, das sich für ihn interessieren mochte, Gehör zu finden, »da bin ich felsenfest davon überzeugt, dass ein furchtbarer Fluch auf mir lastet. Damals in Berlin, im Schlafzimmer der Gräfin, das war so ein Moment. Und was mir erst kürzlich in St. Petersburg passiert ist, war noch so einer. Aber dieser Moment … ich gestrandet auf einem Baum, mein

Pferd auf und davon, mein Schiff nach Deutschland wahrscheinlich auch … übertrifft einfach alles.« Er gönnte sich ein tiefes Seufzen und überlegte, ob er noch ein Weilchen in Selbstmitleid baden sollte, kam jedoch zu dem Schluss, dass ihm das auch nicht aus seiner misslichen Lage half. »Na, wenigstens ist das Wetter heute schön.«

Fast wie aufs Stichwort schob sich eine Reihe unheilvoller grauer Wolken vor die Sonne, die – das hätte er schwören können – vor fünf Minuten noch nicht da gewesen waren. Das leise Tropfen in den Blättern um ihn herum entlockte ihm das nächste Seufzen.

»Natürlich. Wer ist auch so dumm und fordert das Schicksal heraus?« Die nächsten mindestens zwanzig Minuten verbrachte er damit, sich einen Weg vom Baum herunter zu überlegen. Ohne Galahad, der ihm hin und wieder als Leiter diente, und tiefer gewachsene Kletteräste war der Abstieg zwar nicht gerade ein Spaziergang, doch am Ende landete er nach zahlreichen Flüchen, einem weiteren, durchaus zu verkraftenden Blutverlust, den er den scharfen Kanten abgebrochener Zweige zu verdanken hatte, und einem kurzen freien Fall mit einem dumpfen Aufprall auf dem Boden.

Sein linkes Bein, das er sich bei einem beherzten Sprung aus dem Schlafzimmerfenster besagter deutscher Gräfin vor ein paar Jahren gebrochen hatte, protestierte zwar, gab jedoch nicht nach, wofür er ihm ausgesprochen dankbar war. Er richtete sich auf und wischte sich die schlimmsten Spuren des Baumes von der Kleidung, ehe er sich in der Absicht umdrehte, Galahad hinterherzuhinken … der hoffentlich nicht allzu weit gelaufen war und jetzt irgendwo am Straßenrand stand und graste … als plötzlich drei Männer vor ihm standen.

Die in dänischen Uniformen steckenden und allesamt mit einem Gewehr und einem Säbel bewaffneten Männer starrten ihn an. Einer der Soldaten hielt Leos Schwert in der Hand, das er abgelegt hatte, damit es ihn beim Klettern nicht behinderte.

Als die Männer sich ihm näherten, sackten seine Schultern nach unten. »Sag ich doch«, seufzte er. »Heute ist einfach nicht mein Tag.«

Sabrina Jeffries

Des Herzogs größter Begehr

Roman

Eine Reise mit Nebenwirkungen

Als Maximilian Cale, der Herzog von Lyons, in der Ermittlungsagentur Manton aufkreuzt, sieht Lisette Bonnaud ihre Chance gekommen, endlich echte Detektivarbeit statt nur Sekretärinnendienste zu leisten. Max behauptet, er habe von ihrem Bruder Tristan Nachricht erhalten, dass sein totgeglaubter Bruder Peter noch lebt. Lisette, die seit Monaten nichts von Tristan gehört hat, besteht darauf, mit ihm nach Paris zu reisen, um Peter und Tristan zu suchen. Dabei ahnt sie nicht, dass Max bald mehr in ihr sieht als nur eine hübsche Reisebegleitung ...

»Eine fesselnde Liebesgeschichte voller spannender Abenteuer!« *Romantic Times*

Band 1 der Serie
416 Seiten, kartoniert
€ 9,99 [D]
ISBN 978-3-8025-9770-1

www.egmont-lyx.de

LYX
EGMONT

Madeline Hunter

Ein skandalöses Rendezvous

Roman

Bewaffnet mit einer Pistole reist die junge Audrianna Kelmsleigh zu einem Gasthof, um einen Mann zu treffen, der den Namen ihres verstorbenen Vaters reinwaschen könnte. Doch statt des mysteriösen „Domino“ taucht dort der attraktive Lord Sebastian Summerhays auf. Durch ein Missgeschick werden die beiden zusammen erwischt, und der Skandal ist perfekt. Audrianna bleibt nur ein Ausweg: Sie muss Sebastian heiraten.

»Die faszinierenden Figuren und tiefen Gefühle ziehen die Leser in ihren Bann.«
Romantic Times

Band 1: Ein skandalöses Rendezvous
ISBN 978-3-8025-8792-4

Band 2: Die widerspenstige Braut
ISBN 978-3-8025-8804-4

Band 3: Eine Lady von zweifelhaftem Ruf
ISBN 978-3-8025-9084-9

Band 4: Lady Daphnes Verehrer
ISBN 978-3-8025-9108-2

www.egmont-lyx.de

LYX
EGMONT